# 半山有雾

山莽子 ◎ 著

线装书局

图书在版编目（CIP）数据

半山有雾 / 山莽子著. —北京:线装书局,2012.9

ISBN 978-7-5120-0663-8

Ⅰ.①半… Ⅱ.①山… Ⅲ.①长篇小说—中国—当代 Ⅳ.①I247.5

中国版本图书馆 CIP 数据核字（2012）第 233290 号

## 半山有雾

**著　　者**:山莽子
**责任编辑**:杜　语　孙嘉镇
**排版设计**:秋　水
**出版发行**:线装书局
　　　　　　地　　址:北京市西城区鼓楼西大街41号(100009)
　　　　　　电　　话:010-64045283　64041012
　　　　　　网　　址:www.xzhbc.com
**经　　销**:新华书店
**印　　刷**:北京天正元印务有限公司
**开　　本**:710mm×1000mm　1/16
**印　　张**:18.5
**字　　数**:333 千字
**版　　次**:2013 年 4 月北京第 1 版　2013 年 4 月第 1 次印刷
**印　　数**:2000 册
**定　　价**:55.00 元

# 目 录
## CONTENTS

| | | |
|---|---|---|
| 第一章 | 李大海其人 | /1 |
| 第二章 | 巧遇美妇人 | /5 |
| 第三章 | 又识有钱女 | /16 |
| 第四章 | 横眉三寸刀 | /25 |
| 第五章 | 夜宴风雨楼 | /33 |
| 第六章 | 亚娜海猜想 | /40 |
| 第七章 | 时代冷兵器 | /48 |
| 第八章 | 双胞胎怀孕 | /55 |
| 第九章 | 挑选凤凰窝 | /63 |
| 第十章 | 身登青云梯 | /75 |
| 第十一章 | 祸事因偶然 | /84 |
| 第十二章 | 打出温泉水 | /89 |
| 第十三章 | 巧儿与瑶瑶 | /97 |
| 第十四章 | 我爱电脑城 | /104 |
| 第十五章 | 绵里绣花针 | /112 |
| 第十六章 | 临水有诗案 | /120 |
| 第十七章 | 远走大洋洲 | /128 |
| 第十八章 | 老海盗之梦 | /136 |
| 第十九章 | 第三种打击 | /145 |
| 第二十章 | 关索玛之死 | /152 |
| 第二十一章 | 洒血祭雄杰 | /161 |
| 第二十二章 | 洗衣房风波 | /172 |

| | |
|---|---|
| 第二十三章　肚里有乾坤 | / 181 |
| 第二十四章　"七"的神秘性 | / 190 |
| 第二十五章　红烧锅巴铲 | / 199 |
| 第二十六章　委屈为求全 | / 209 |
| 第二十七章　人间都是怨 | / 219 |
| 第二十八章　海内有仙山 | / 229 |
| 第二十九章　怒杀黑狐帮 | / 239 |
| 第三十章　何尝怕断头 | / 248 |
| 第三十一章　苦命赴黄泉 | / 257 |
| 第三十二章　神明指路 | / 260 |
| 第三十三章　四面八方 | / 265 |
| 第三十四章　东部世界 | / 269 |
| 第三十五章　北无通路 | / 279 |
| 第三十六章　奔向西方 | / 282 |
| 第三十七章　南方极乐 | / 286 |
| 后　记 | / 290 |

# 第一章  李大海其人

李大海，何许人也？

要想认识和了解一个人，按惯常的说法是，听其言，然后观其行。我们先来看看李大海的言论。

关于首都北京的迁都问题，上个世纪八十年代就有人讨论过，现在是又旧话重提。我们对此可做一些探讨和分析。唐朝定都长安，宋代定都汴梁。这些都相距远了，我们只从元代说起。

元朝定都北京。这有它的历史原因，又有它现实的考虑。

成吉思汗是蒙古族的英雄，他所率领由蒙古勇士们组成的军队，蒙古骏马的铁蹄几乎踏遍了大半个欧洲。但蒙古人的根，植于大草原，他们就像离不开马奶子酒一样离不开草原。草原才是他们的家。

他们入主中原，统治整个神州大地。那么，把首都定在哪里好呢？肯定是距离草原不远的地方。南北方由于版图辽阔，各种风俗习惯、宗教信仰、甚至饮食起居都有很大不同，有很大的差异。

南方人受不了北方的严寒，北方人同样受不了南方的酷热。草原不适宜作为都城，无险可守。因而，离草原近的北京就成为首选。这里，背靠草原母亲，南控中原大地，进可以攻、退可以守。选择北京作为首都是蒙古人这个生活在马背上的民族的聪明、明智之举。也是一种必然的选择。

明朝，是朱元璋这个泥腿子出身的和尚用棍棒打天下而建立起来的农民政权。朱元璋是安徽凤阳人。地道的汉民族。他的部队是以汉族人为其根本而组成。那么，明朝后来又为什么也选择北京作为都城呢？要知道，中国几千年的封建历史，最大和最主要的威胁就是来自北方。匈奴、契丹、女真……

中国几千年的历史基本上就是一部中原人和北方民族争夺天下的历史。

明朝为什么要大规模修复秦长城，不就是要抵御来自北方的侵略吗！定都北京，权力重心北移，使天子靠前指挥，部队主力靠北拱卫京师，则南方无恙也。这并不是朱元璋的子孙们喜欢北京，他们是从巩固明朝政权出发迫于无奈的一种选择。从大局考虑，从全国一盘棋出发。小朱和尚还算聪明。定都北京也就顺理成章成为必然。

　　旗人占领中原后，中原的肥沃和富庶，令他们向往和羡慕，但他们对中原大地和众多人口又心生警惕和畏惧之心，不肯孤军深入，不敢久居中原腹地，越偏南的地方更有山岚瘴气，毒虫猛兽。他们水土不服。

　　还是他们自己的黑土地，蒙古大草原、东北平原才能给他们以安全感。于是，审时度势，仍定都北京。走元代祖先的老路。

　　辛亥革命以后，军阀混战，人民流离失所，战乱频仍。北洋军阀张勋复辟，袁世凯窃国，孙中山辞世等，国民政府选择定都南京。

　　我们来看北京的不足和劣势。

　　北方缺水，这是致命的弱点。虽有黄河、海河、黑龙江、松花江等大小河流，但总体来讲干旱少雨，水量不足。有的河流污染严重，有的无法灌溉和饮用。现代社会，交通拥挤堵塞，人口急剧膨胀。城市的负荷愈显沉重，城市的功能受到挤压而变形，各种社会问题应运而生。摊大饼式的发展还要摊多大？这摊大的路我们还要走多远？人太多了水不够。

　　水，是人类赖以生存的基础。

　　还有就是北方的风沙，一刮就是遮天蔽日。黄沙漫漫，白天如同黑夜，伸手不见五指。衣领、袖口、鼻子、嘴里、室内、室外全是黄沙。弥漫的黄沙淹没了多少人渴望晴空万里，蓝天白云，风和日丽，国泰民安的梦想。

　　北方的严寒也不利于经济和社会的发展。"北国风光，千里冰封，万里雪飘"看是好看，但无多大实际作用，人不能只靠欣赏风景而生活。滴水成冰的北国，有半年时光在室外什么事也干不了。

　　纵观中外历史，不乏迁都之举。外国有政治中心、经济中心、文化中心等各种中心之说，不一定非得挤在一个地方。

　　现在北方沙俄，仍有觊觎之心，但1949年定都时，中苏正是蜜月期。现在的威胁，主要来自海上，黄土地已走向蔚蓝色。

　　那么，我们还待在北京干什么？早有迁都考虑的话，何来南水北调？何建"三北"防护林？古人云：山不在高，有仙则名；水不在深，有龙则灵。又云：仁者乐山，智者乐水。我们喜欢山就搬山在我旁，喜欢水就搬水来我边吗？这是笨人所为也。代价太为沉重。而正确的方法只能是，面山而居，逐水草而居。人要适应环境。

　　久居首都，在皇城天子脚下，北京人有老大思想。这一点也不奇怪。可转而一想，南方也有高楼，孔雀也可东南飞。抛开北京人1300万不计，绝大多数中国人不见得会赞成"北漂"。以十三亿中国人而论,北京市1300万人占百分之一不足。

你说定都哪里好呢?中国定都,若要南迁的话,有的是地方。

现代战争,不打则已,打则是立体战争。空中、海上、外太空,电子战、信息战,只要不用原子弹。早就没了前线、后方的概念。但若想占领城市,长治久安,还得靠陆军步兵。那么地缘观念将决定地缘政治。虽是立体,地理位置也极端重要。

从地图上看中国版图,西安、成都、重庆都位于心脏地带。长沙、武汉也无不可。抗日战争时期,建陪都于重庆是为什么呢?日本侵略者只打到湖北宜昌,那里有三峡天险。湖南只推进到雪峰山,贵州打到独山,再也不能前进一步了。丢下上百万的死伤者。

重庆乃至大西南,成为抗战的大后方。你看,"后方"两个字脱口而出。

当然,定都哪里。是执政者考虑的范畴。迁与不迁?定都何处?应可征求人民群众的意见,也是题中之意。广泛征求意见,博采众长,何尝不是好事。

人应该胸怀宽广一点。

明朝末年,李自成自称"闯王",举旗造反。他有一个叫牛金星的谋士,写下这样的诗句:"百代中原竞逐鹿,关河离乱又沧桑。沉沦周鼎今何在?自古洛阳是帝乡"。

李大海想到这里,不禁浩然长叹,中国主要的症结还是人口太多了。多得都要爆炸了。路宽了再加宽,房子建了又再建,城市大了还要大……路还是欠窄,房子还是不够住,这什么时候才是个头呀?难道真要把中国的版图全用混凝土覆盖完不成?上个世纪五十年代鼓励敞开生育所种下的苦果,我们正在品尝。是那么的难以下咽。

现在把路修得像机场的跑道那么宽。有朝一日,后代们保不准又会把它们挖开,种上庄稼,这绝不是危言耸听,不是不可能。只是我们不知道,躺在地下无从知晓。发展带来的问题与取得的成绩相比,同样严重。人类最终的发展结果也许就是毁灭自身,这绝不是说胡话,耸人听闻。

我们能提着自己的头发离开地面吗?什么叫返璞归真?什么叫回归自然?人们真正应该关注的东西究竟是什么?

"忽闻海上有仙山,山在虚无缥缈间。"这两句诗中只有两个字最正确。古人已经看到了人类的未来,今人尚浑然不觉。真是悲哀!

李大海不是中国科学院的院士,也不是中国社会科学院的研究员。李大海不研究自然现象,不寻找客观规律。就是一个平凡得不能再平凡的普通人。但在生活中，却发现了一些怪异的现象，却在书籍史书中，各种资料现实中找不到答案。于是，有些困惑和郁闷。那么多的科学家，那么多的科研机构，那么多的研究院、所，那么多的领取国家财政工资、津贴、奖金的人，是在干什么？他们分工研究，不是都细到"马尾巴的功能"那么细了吗？

李大海迷路生活中。大到浩瀚的宇宙，小到地球自身。甚至还可以小到质子和中子，还往下分。古人云：取一木棍，日裁两半，无穷分也。什么都有人在研究，外国中国，海内海外，概莫如此。

李大海在装米的缸上，搁了一个物件，压着。一防老鼠。二是那物件放那地方是最好的归宿。老婆煮饭时，那物件被挪了地方，不归位。李大海复原。儿子煮饭时，那物件仍不归位。媳妇、兄弟，谁来谁都不归位。

饮水机分上下两层，上层有过滤网栓，多年堵塞了，不渗水了。李大海有个朋友，便提上层直接加水下缸。兄弟来了，还是倒水上面，李大海朋友对弟解释。哥哥来了，仍又倒上面，谁来谁如此。

国家建的高速公路，两旁筑有界桩，有铁丝网拦护。两边住的人就是要破网钻进钻出，到对边去。有的人不惜以身试车。其实，不远处，就有过高速路的桥梁和隧道。

例子很多很多，不胜枚举。这算是最经典的例子了。

由此生出多少感慨：人类对真理的认识是何等困难！人生有多少陷阱，又有多少人重复着错误？人类自身存在多少的问题，做了多少无用功，耗费了多少无谓的精力。是"江山易改，本性难移"吗？还是习惯使然？恐怕没有那么简单，如果有人作深入的研究，可能会有惊人的发现。

是常识问题还是人性的悲剧？我们只有抬头问天。

一月之内，亲舅子娶儿媳妇，最好的朋友嫁女，直接上司的老丈人死了，六七起"大案"，都得去，送钱事小，到场事大。不去不行。本来家里忙得脚都不沾地了。"又是龙灯又是会，又是幺儿满周岁。"事全往一堆凑，解释解释，是怎么回事？

消失的玛雅人曾经具有高度的文明形态。他们预言：2012年12月21日是地球世界的末日。他们以前的预言都基本上是准确的。这次呢？注意：2012.12.21这一连串数字，4个2，3个1，1个0。是惊人的巧合还是四个儿死，要、要、要。万物归零。等于零。表示——完蛋。完蛋就完蛋。

如果说地球要毁灭的话，那也并不可惜。因为——这个世界上的罪孽太深重。那么，世界上的一切事情都可以说是虚混时光。地球停止转动的那一天，一切问题就该得到彻底解决了。

## 第二章 巧遇美妇人

听了以上几段李大海有代表性的言论后，又来看看李大海的所作所为吧。这时间可能要往前追溯很多年。

李大海独自一人沿着长滨公园上的河堤公路向前慢步而行，显得有些百无聊赖。长滨公园是两江市市中区沿着长江左岸兴建的一个亲水公园。河堤随着河道的弯曲而自然延伸，河堤上一条水泥铺就的公路，路两旁树木成行，浓阴覆盖，草木茂盛。是一个休闲、锻炼身体的好去处。

李大海四十多岁年纪，但从面容看上去比实际年龄却要年轻许多。他身高175厘米，体重65公斤，腰板笔直，背不驼，腰不弯，削肩，双手细长而有力。这都得益于他少年时练过武术和坚持至今几十年的每天早晨风雨无阻的三千米长跑。他去年生了一场病，在病床上躺了两个多月，因和单位上头儿的关系很铁。头说：你休息一段时间，暂时不用上班了，工资反正照发。于是，李大海赋闲在家已一年多了。

滔滔的长江水在脚下哗哗流淌，有三五成群的游泳爱好者背着安全气囊在河水中飘浮。远处，偶尔会看见野鸭和江鸥在水面觅食。由于生态环境的逐步好转，长江里的鸟类也在增多。

这一年多来，李大海在家待着，什么也没干。他觉得人生下来就是吃苦的，一生都在忙碌，真是活得累。他老早都想躺下来休息一段时间，但身体壮如牛，一直没有机会。一场无名的脑血肿，使他开足了马力的机器终于停了下来，坏事倒变成好事。"塞翁失马，安知非福。"古人的成语呀，颠扑不破，真理。

最近一段时间，李大海有点闲不住了，开始觉得生活应该有点变化才对，应该琢磨着做点什么。这不，他一个人来到长滨公园，独处静思，似乎什么都想，又似乎什么都没想。

长滨公园依长江而建，长约十公里，两边散布着一些茶馆、溜冰场、酒吧、舞厅、游泳池、篮球场、运动场等。绿树掩映中，各色人等不少，有的喝茶，有的打牌，有的散步。反正，人都有自己喜欢的活法，该干什么干什么去。

突然，李大海觉得眼前一亮，对面而来的一个女人，引起了他的注意。在他前方二十几米处，有一个漂亮的中年女人慢慢向这边踱过来。她年纪三十挂零，一张银盘脸，大眼睛，脚蹬一双黑色的长筒马靴，下身穿一条水磨的牛仔裤，上身穿一件鹅黄色的圆领毛衣，外套一件银灰色的薄呢风衣，头顶上，斜戴一顶鲜红的毛线绒帽，看起来有点俏皮。也很风流。

李大海心头"咯噔"一声，怦然心动，这女人符合他的审美标准，他喜欢这种体态的女人。李大海似乎漫不经心，斜着眼瞟着迎面而来的女人，一边继续往前走，但走得很慢，一边在想办法。那中年女人也在正面看着他，高昂着头，往这边不紧不慢地走，眼角里微有笑意。

李大海长得并不丑，而且可以都说得上是属于帅哥之列。记得十多年前，他到一风景区去旅游，在一个庙宇的九十度转角处，他与一个有些风骚的女人猛抬头相见，李大海的带成熟男人韵味的帅气把那女人惊得倒退两步，惊愕得一下用手捂住了张大的嘴。那女人可能在梦中曾梦见过的白马王子就是他吧！这情形还不是一次两次，李大海见得多了。年轻时，女孩子主动接近他的不少。这次，他想试一试，作为成熟男人的魅力还在不在？若不在了，他放弃。

就在李大海和那戴红绒帽的女人擦身而过时，他拿定了主意。他在心中默默地数着：一、二、三、四、五，回头。李大海转过头去，看那已走过的女人，那女人也正好回身来看他，四目相对，那女人嫣然一笑。嘿！有门。这办法灵验。李大海转过身去，继续往前走，却再也没有回头看。

骆明远这辈子还算活得舒心。生活不好也不差，节奏不快也不慢，女人不多也不少。他当过知青，上山下乡到农村插队去过。回城后，在长江航运公司下属的一个单位开车，当驾驶员。他会开各种各样的车，一生走南闯北，见识不少。为人豪爽，幽默风趣，虽说有时说话有点结巴，但荤龙门阵不少。他属于那种与人打交道，一见如故的很随缘的乐呵呵人。

骆明远兄妹三人，他排行老二，人称骆老二。在改革开放大潮中，他放弃了开车职业，下海经商。倒腾十几年，钱找了不少，但也用得多。和前妻离婚后，儿子大学毕业，在外地找了工作并安了家，父子之间的来往少了。所以骆明远去年又与一个丈夫因车祸去世的女人结了婚，准确一点说，是同居。两人都不愿去扯结婚证，认为那个红本本是对人的一种羁绊。

这天上午十点左右，骆老二一人来到长滨公园独坐，他在遮阳伞下，面朝长江，背靠公路，要了一碗茉莉花茶。这几天，他心情有些烦躁，他的第二位准老婆和他乌二默叽地闹别扭。

他老婆一时心血来潮，吵着闹着要去外地旅游，要么就去看马尔他、塞班岛。骆老二心想，你去就去嘛，到上海、到台湾，到哪儿都行。但老婆不依教，要去二人同行。不然，一个人嘴独独的，不好玩。骆老二已到了男性更年期，心情懒散，无精打采，根本没有了出去玩的心情。可小他十多岁的老婆哩，成天打扮得花枝招展，想去寻找一次艳遇也未可知？矛盾、烦恼由此产生。

两个半截大爷昨天晚上在北滨路捡了一个钱包，首先申明，真的是在花坛中的草丛中捡到，不是偷或抢的。打开一看，里面除了几张存折，银联卡等物件外，还有几千元现金。两人喜出望外，将现金取出揣进兜后，其余物品统统扔进了长江，来个毁包灭迹。今日上午二人上街购物，把钱花了个精光。吃醉酒后，来到长滨路疯玩。两个少幺爸一会儿打闹，一会奔跑，向骆明远喝茶处互相追逐而来。

再说李大海自从那日在长滨路见到那戴红绒帽的女人后，这几天魂不守舍，心猿意马，这天也鬼使神差地又一次来到了长滨路。有《凤求凰》为证："有美人兮见之不忘，一日不见兮思之如狂，凤飞翱翔兮四海求凰，无奈佳人兮不在东墙……"。他沿着惯有的线路向前游荡着，希望能有所发现。他比那两个少年郎先到河边。李大海走过骆明远的身边时，他只能看见骆老二的一个侧面。李大海心想，这个人我好像认识，但就是一时想不起来。因骆是背朝大路，面朝大江斜躺在椅子上，又在沉思默想，故而骆老二根本没有看到李大海。李大海继续往前走，搜索枯肠，想呀想……十几分钟后，他一拍大腿，"骆老二"他喊了一声，开始往回奔。

李大海和骆明远相识相交还是十几年前的事。有一次，李大海和骆明远的姐夫哥乘单位的小车到外地出差，车上搭载了骆明远。骆老二幽默的语言，荤素不论的趣闻、故事，使小车内的人大笑不止，解除了大家长途颠簸的寂寞和枯燥，李与骆遂成了无话不谈的朋友。因为李大海也是个神吹吹，故二人一见如故，相见恨晚。后来，天各一方，又是多年没打交道了。但那份情谊还在。如今，不想在这里碰见了。

李大海返回到了骆明远身边时，那两个少年也疯疯癫癫地来到了这里。高个一点的青年朝矮个子头上敲了一下，开始笑着向前飞跑。矮个喝麻了，眼睛血红，这下敲痛了，恼了，"嗷"的一声扑了上来。手中空啤酒瓶脱手而出，向高个子飞去。高个子回头一看，不好，忙把头一低。啤酒瓶正中骆明远面前小桌上的盖碗茶中，顿时汤水四溅，碗破瓶裂，热水热茶玻璃碴弄得骆老二满身都是，他不知所措地站了起来。由于事起仓促之间，几人都愣在了那里。说时迟，那时快。矮个子的第二个酒瓶又飞了过来，李大海眼明手快，一个燕子抄水，飞过去接住了空中的啤酒瓶，那份敏捷，那份身体的柔软度非一般人所能比。这下，倒叫那小王八蛋俩傻眼了，愣在了当场。

巡逻的警察迅速赶到了现场，控制了两个小混混，问明了情况后，叫两个年轻人赔偿了茶馆老板被打碎的茶具，并重新给李骆二人沏上两杯茶，并赔礼道歉后，带离了小青年。

骆明远一见李大海，大喜过望，早把刚才的不愉快忘到了九霄云外，他拉着李大海的手说："李老弟，多年不见，真是有缘千里来相会啦！走走走，茶不喝了，到我家去，我换了衣服找个地方喝酒去。"骆明远不由分说，扯着李大海的胳膊就往家走。骆明远的家离滨江路不远，在位于十九梯的一条小巷内，一幢二楼一底的半新不旧的小洋房里。

刚一打开房门，骆老二就大声喊了起来："老婆，来客人了，一个多年不见的朋友，来来，见个面认识认识。"从里屋走出来的正是那个戴红绒帽的，令李大海心灵悸动，灵魂震撼的名叫王亚娟的女人。两人见面一刹那间，都喜形于色，内心如遭电击，心里想：该来的终究要来。李大海和王亚娟二人的手握在了一起，像是相识几十年的老朋友一样在用眼神作无声的交流。

人生无常，造化弄人呀。男人和女人，两个奇怪的动物。放在一起要生出多少的化学反应。两性之爱，是一切欢乐和痛苦的根源。男和女的配对，永远是阴差阳错。有的人终身寻找自己的另一半，到死也没有结果。李清照的："寻寻觅觅冷冷清清凄凄惨惨戚戚……"的词句，不就是要表达异性之间互相寻找知音而不得的凄惶和无奈吗？古人云："好马常驮痴汉走，巧妇长伴拙夫眠。"说的不就是这个理吗？李大海常想：人间男女无绝配！能有三五起所谓好的配对就非常不错啦。如梁山伯与祝英台呀，罗密欧与朱丽叶呀等。俗话说的：这个世界是好男人找不到好女人，好女人找不到好男人。真不可真。

王亚娟就这样走进了李大海的生活。而且，注定将会不平凡。

王亚娟出生于两江市的一个贫民家庭，但从小勤奋好学，乖巧听话，过惯了苦日子才知道生活的艰辛和不易。她读大学期间，有几家大型企业假借招收，挑选模特儿为名，实为招收小蜜，或称之为公关小姐。一次选秀比赛中，一个房地产业的老板看上了身材高挑、丰满，面相甜美的王亚娟。于是与她签订合同。王亚娟大学毕业后到他公司上班，薪酬从优。条件是大学后面几年的费用由老板负责。这样，顺理成章，风华正茂，漂亮迷人的王亚娟大学毕业后到那个姓裴的六十多岁的老头的房地产公司当了办公室秘书。年薪足以让那些同龄的白领丽人瞠目。当然，具体数字保密，不属于宣传的内容。反正，王亚娟衣食无忧。二年后，裴老板与原配妻子离婚，并与王亚娟结了婚。离婚前，裴老板给了妻子和三个子女一大笔钱，一让老太婆颐养天年；二让两个儿子，一个女儿可资创业、奋斗。儿子、女儿都有正式工作，又都是高级知识分子，对老了的父亲很顺从，不吵不闹，也没找王亚娟的麻烦。他们想，反正老头一辈子很辛苦，找个年轻漂亮的女人享受一下，也应该。

可惜，好景不长。一次车祸，裴老头命归黄泉，让这场不到两年半的婚姻夭折。这真是天有不测风云，人有旦夕祸福。但还好，裴老头与王亚娟结婚后，次年生下一女，可爱无比。生前裴老板视若掌上明珠。有人感到奇怪，60多岁的，奔70岁的人了，竟能生育？一个阴阳先生拈着胡须说："这叫不怕天干，只要地润。"虽属个别现象，八十岁的老翁配年轻女人，也能生育。

房地产企业是裴老板旗下的大型公司，不可一日无主。原配发妻与几个子女站了出来，打了一场官司，夺走了大部分财产。只给王亚娟母女两间各八十平方米左右的门面，一套住房一台小车和三百万元现金。王亚娟心想，也够了。便放弃了对公司的争夺，当起了富孀。两间门面出租给人家做生意，租金年约十多万元，尽够日常花销了。现金呢？存银行，保不时之需。就这样，花天酒地，风流快活，稀里糊涂地过了七、八年。女儿渐渐大了，也挺懂事。母女俩相依为命。生活、生计倒不发愁，只是无法排遣的空虚、寂寞和漫漫长夜。

在一次朋友的聚会上，王亚娟认识了骆明远，她被他的幽默和风趣所倾倒，一来二去，二人住在了一起。但经济上相对独立，互相不干涉与干扰。这就是时下流行的："新生活，各顾各，白天打麻将，晚上要集合。"两人的婚史也不深谈。

今天，王亚娟的打扮与那天李大海第一眼所见的风姿绰约完全不同。因是在家中，并不准备出门。王亚娟把乌黑的长发胡乱地挽成一个髻搭在脑后，并用一条薄纱围巾从前额勒过去在后颈部打一个结，脸上不见一根头发，显得那张粉嘟嘟的银盘脸，白光闪烁，耀人眼目，令人不敢逼视。她上身穿一件黑丝绸的吊带装，外披一件亚麻的白色衬衣，但没有系扣子，下身穿一条宽松的黑绸七分裤，脚上一双拖鞋。要得俏一身皂。整个人显得胸大腰细臀肥。在屋中走动，一幅居家打扮，使满屋生辉。看得李大海是欲火升腾，难以自制。

三人在沙发上坐下，彼此寒暄了几句，交流一下分别后各自的情况。王亚娟春情勃发，忙站起来。等谈话停顿的机会说："你们两个老弟兄多年不见，好好聊聊，我出去买点菜，大家喝点酒，叙叙旧。"骆明远忙打断她，说："买啥子菜哟，等会儿我们出去吃馆子，你陪李老弟，摆一下龙门阵，我去换一下被茶水弄脏弄湿的衣服。"他边说边往卧室楼上走。客厅中只留李、王二人。

李大海与王亚娟互相对视着，脸上都洋溢着笑意，像一对相识相知多年的朋友。此时用一句《红楼梦》上的台词形容再恰当不过："眼前分明外来客，心底却是旧时友。"王亚娟端起茶杯递给李大海，口中并不言语。李大海不去接茶杯，而是用手去抚摸王的白皙的手，王也不避让。良久，王亚娟眼望楼梯。嘴里却低声说："明天上午十点，我在滨江公园大门口等你，什么也不要说了。"李大海心领神会，频频地说："一定，一定。"联络方式刚刚搞定，骆明远已换好衣服走下楼来。

这一顿饭吃得好么香甜。

席间，骆明远上了一趟洗手间。李对王说："我这辈子生下来可能就是冲着你来的。"王甜蜜蜜地说："我找了你一万年。"两人相视大笑。

骆明远在吃饭时饮了点酒，又加上旧友久别重逢，在席上眉飞色舞，妙语如珠。荤素一起上，豪爽大方，风趣幽默之态毕显，三人个个龇牙咧嘴，笑容满脸，好不高兴。

只可惜骆明远的幽默这次用错了地方。

第二天一大早，李大海早早地就起了床。洗漱完毕，并特意刮了胡子，然后冲了澡，换上一件干净的灰色衬衫，外穿一件休闲装。吃了早饭，便匆匆地出了门，到滨江公园去，时间还不到八点钟。

李大海知道离约会的时间还早，也许王亚娟还在"美人春睡"，海棠依旧，绿肥红瘦哩。但李大海是这样想的，先到滨江公园去走一走，整理一下自己复杂的思绪。

自己和朋友妻偷偷约会，好不好？虽然知道，骆与王是凑合的"露水夫妻"，不受法律保护。但一个是单男，一个是剩女，何况自己还是通过骆而认识的王，朋友妻不可欺哟！但转念又一想，王亚娟天生尤物，本来就应是我盘中物，"路边的野花，不采白不采。"

李大海本来就对自己的婚姻不满意，常抱怨自己的生活质量差。妻子是一个农村人，不解风情，又不懂温柔。使李大海以往的生活味同嚼蜡。可是舍此而无他法，天下夫妻绝大部分凑合过呗。过就过呗，反正混一天是一天。虽然心有不甘，他一直在生活中注意寻找自己的合适的另一半，无奈人海茫茫，"有心杀敌，无力回天。"他只有感叹：天意，天意如此不可违也。

就这样胡思乱想着，但眼前挥之不去的却是王亚娟那一团白花花的肥肉。从内心深处讲，李大海喜欢丰满，肉感的女人。而王亚娟就正好符合他的择偶标准。按李大海的理解，性感就是肉感，肉感也最性感。试想，怀中抱着一个枯瘦如柴，瘦骨嶙峋的骨感美女，骨头硌得人浑身疼痛，有什么舒服可言。所以，李大海时常对荧屏上那些模特儿嗤之以鼻。肥胖、白皙的女人多好，搂抱在怀里，像睡席梦思一样绵软。只要这女人不是痴肥、傻胖就行。

李大海就这么想着，矛盾着，游走着。时间挨近了上午十点，他提前十分钟到了公园的大门口。不到三分钟，只见王亚娟从一个小巷中钻出来，匆匆向他走来。她今天穿得很低调，很平淡，为的是尽量不引起别人的注意。尽量用长衣服，灰色调掩饰自己凹凸有致的身材，三十挂零的女人若保养得好并保养得法的话，肌肤也确能像婴儿一样娇嫩。

王亚娟挥手招呼了一下，一辆黄色的计程车急驰到她的面前，她钻进了副驾驶的位置，李大海比她还要敏捷，就车门右边钻进了后座，根本不用她打招呼。这二人还真是老手，刚认识一天就这么默契。"真是缘分呀！"这是小品演员范伟说的。

王亚娟对驾驶员说了一句："到燕子楼。"就再也不吭声了。燕子楼是位于市中区某高档住宅区的一幢双子塔楼，楼高二十八层，住有二百多户人家。因是精品小户型，很受白领人士喜爱。下车之后，二人通过门卫室，王亚娟将皮夹中的出入证亮了亮，横杆、安全门升起来。一会儿时间，二人乘电梯来到二单元十九层的一个房间。

这是一套大约五十六个平方米的单间配套房屋，有一室一厅一厨一卫，外加一个阳台，面朝大江，光线充足。室内装修豪华，布置雅致，家具电器一应俱全，地上铺有厚厚的地毯。昨天，王亚娟抽空打了一个电话，叫钟点工过来把房间收拾得纤尘不染。房间中弥漫着一种法国知名品牌香水的淡淡清香，撩拨着人的情绪。王亚娟将手提包和钥匙随手扔在沙发上，返身就向李大海走来，在他怀中一下子瘫软了。没有更多的语言，也没有更多的试探和交流，两个昨天的认识和见面，就已经是蛤蟆盯绿豆——对上眼啦。

二人互相拥抱着，抚摸着，接着吻，就像渴马奔泉。那一阵天上乌云四合，天地失色。谁也没有讲话，只有动作，没有语言。二人像饿了千年的孩子突然拥有一大堆食物那么令人狂喜，互相撕扯着，终于双双倒在卧室那张宽大的床上……

根本没有借助万艾可的外力，他们疯狂做爱了三个多小时，其间数次高潮，温热的海水把他们送上了九重云端。这真正是灵与肉的融合，灵魂与肉体的搏斗，这是一次真正高质量的性爱享受。

当二人从沉沉倦意中醒来，已是黄昏时分。二人在床上互相依偎着，说起了喃喃情话。

"我人生一世，从没享受过如此快乐的性爱。"

"爽，我对今天永世难忘。"王亚娟、李大海知道他们彼此再也离不开对方了。只此一回，胜过别人一辈子的夫妻恩爱。

燕子楼这套房屋，是王亚娟的秘密私产。谁也不知道，户主写的是女儿裴小玉的名字，但女儿也不知道，也一次没有来过这里。当初，裴老板和王亚娟结婚之后，王亚娟就多了个心眼，趁裴老板睡了之后就从他包里隔三岔五匀钱，两年多时间，竟让她匀出了这套房子。裴老板身为大型房地产企业的董事长，交际应酬多，几乎每晚都是大醉而归。有时有王亚娟陪着。有时由司机送回来。上床之后，鼾声如雷，人事不省。他所随身携带的皮包里总是放着几万元钱，备不时之需。或给官员孩子小恩惠啦，或是当做慈善捐款，施舍啦什么的。人在世上走，戏总是要演的，虽然很累，但值。那些政府官员何尝不是如此。戴着假面具做人，戴着镣铐跳舞，完全丧失了自我。活得又苦又累，一生都小心翼翼地在一层鸡蛋壳上行走，随时可能掉入万丈深渊，随时可能万劫不复。但他们仍乐此不疲，趋之若鹜。就像飞蛾扑火，生生不息。

王亚娟呢，就趁老头睡熟酒醉后，从他包里三千、五千的往外掏。因老板的钱，要么心中无数，要么装糊涂。所以居然积少成多，集腋成裘，让她悄悄置下这份产业。这是王亚娟防的后路，不想如今派上用场，而且还是大用场。

裴老头酒醒后，通常天已亮了，他总是天亮后与王亚娟做爱，然后去上班。王亚娟当上专职太太后，从不插手企业事务，经济上也很干净，裴老头试探过几次，都未探到虚实。他因而信任她，一点也不怀疑她。

当然，像骆明远这种临时"搭子"，就更不知道这处秘密巢穴。王亚娟历来在骆明远面前装得像一个过着中等生活的美妇人，来去自由，谁也不管谁。这不，狡兔三窟。天上落豆渣，该狗捡粑和。

当满城灯火辉煌照亮天际时，二人去到江边的一座渔楼上，美美的饱餐一顿。

李大海与王亚娟在饭桌上经过商量，敲定了各种场合的接头暗号，联系方式以及相应的切口等。做到先说好，后不乱。真是煞费苦心。而且这些联系方式都很富喜剧特点，如他们把燕子楼这个公寓称作"爱的小巢"，想去做爱，就说："曹大哥在找你。"你看，二人没受过特务训练，可是比间谍还精。

"三十如狼，四十如虎。"二人正是如狼似虎的年龄，头天认识，第二天就上了床。远处传来嘘声："这有啥子拽的，人家当天就上床。"但你想，人家一交往，就如鱼得水，如胶似漆，达到了性爱的最佳境界。这容易吗？的确不容易。也许他们二人的结合在世界上，是最佳绝配也未可知。

接下来的几个月时间里，李大海与王亚娟彼此都陷入了狂热的爱恋之中。他们有时完全抛开了骆明远，过二人世界的生活，有时三人一起出外玩耍。泡温泉、吃美食、逛大街，外出旅游……比年轻人还年轻，比蜜月还蜜月，真正享受了人间至爱。二人彼此都认为，有了这段生活，虽死无憾。

在这期间，王亚娟拿出了她的一部分积蓄，到精品屋、名品店给李大海购置了从内到外的各种季节的服装，把他从头到脚都武装起来了。这下，李大海抖起来了。俗话说："佛要金妆，人要衣裳。"经过几个月的修饰、配置，李大海俨然变了一个人，连许多熟悉他的人都似乎认不出他来了。是呀，李大海本就生得身材匀称，气质高雅。如今鸟枪换炮，有美妇人加金钱作支撑，想不变都难。唯一美中不足的是，头部中间有些透顶。这还不好办，王亚娟拉着他到拱桥铺的一家整容医院，进行了全面检查。并以他自己的头发作为培养基，作了头发移植术，两鬓的少许白发也作了白变黑的处理。有钱就是好。硬是把人生的时光拉回了二十年。

王亚娟呢？虽说以往也漂亮，也感觉年青，但给人的感觉是总不太滋润，不水灵。李大海在变，王亚娟更在变。她受李大海爱情之水的浇灌，近段时光也变得油光水滑，生机盎然，春情勃发，容光焕发，魅力四射。走在大街上，这个中年美妇人常使一些边走路、边回头看她的人在电线杆或行道树上碰得鼻青脸肿。

有本杂志上说：人的一生应该结四次婚，不同的阶段有不同的幸福感，是人生的最佳效果。爱情能给人第二个春天，第三个……说得真好。

李大海在大学里学的新闻专业，自修了中文系，所以文学基础好，脸上有一丝书卷气。加上长期的潦倒生活，使脸上的神情常常显得很忧郁。他的眼睛里经常有一层迷雾。这几种东西奇妙的混合在一起，使他的外部形象和表情表达了多种情绪。这种东西对少妇最具杀伤力。加之精心打扮，那种如玉树临风的洒脱和气度，令王亚娟迷醉之中夹杂着一丝醋意。她暗暗下定决心，要设法离开骆明远，与李大海结婚，消除自己的不安情绪。

离开骆老二容易，因是临时组合，不受法律的保护，没有家庭、经济、子女等关系，离开他就像购物者离开商店那么便利。但要抓住李大海的心并牢牢的掌控在自己手心里，怕就不是那么轻而易举啦。大海呀大海，比天空还辽阔。

两江市是一个山城，山城就多雾。一会儿阳光灿烂，万里晴空如洗；一会儿乌云乍起，电闪雷鸣。

王亚娟自从认识李大海以后，觉得很受用，特别是他的床上功夫令人迷恋，花样翻新，层出不穷。经常性地把她送上五彩云端，让人流连忘返，令人陶醉。尽管她和不少男人有过床笫之欢，但李大海给她创造的奇幻仙境，却是绝无仅有。她心中暗暗感到惊奇，自己已三十出头了，为什么还有少女般的情怀，莫名的期盼和悸动。她有房有车有钱，还有一个乖巧的女儿，她什么也不缺。现在认识李大海后，她慢慢地明白，人类还有那么多的未知领域，并且还是全新的领域。不行，她要去探索，要抖起英雄胆，她不能虚度此生。

王亚娟是一个熟透了的女人，就像一个熟透了的红苹果。她体态丰腴，皮肤白皙，浑身充满了女人味。也浑身都是性欲，就像一个三百斤的肥猪儿，你一撩她，她就"哼哧、哼哧"的躺下来。似乎天生就是给男人玩弄的，但只能是给识货的男人。

李大海可不是一般的男人。他天生异类，天赋异禀，十八般武艺件件皆能。他特别对女人感兴趣，觉得一个女人一个味，个个味道不同。这个人世间，除了女人，还有什么令人感兴趣呢。他少时贫穷，遍尝了人世的艰辛。他对穷人、富人、幸福、人生呀等等都有自己独到的见解。虽不见诸史籍和前人之说，但都是他自己的总结和经验之谈，一般秘不示人。他认为，人生苦短，追求享乐才是最聪明之举。例如，他认为：富人就是社会不公造就的畸形人，是抠门人中出类拔萃者，是机遇垂青，运气特别好的极少数人。富人并没有付出比大多数人更艰辛的劳动。"吾愿手提三尺剑，斩尽世间诸魔邪。"若有机会，我要杀富济贫。社会也许还会来个第二次"特殊时期"。

指点江山，激扬文字，叫风云变色。是政治家、伟人们的事，绝大部分人干不了。但庸碌一生，平安而过，李大海并不愿意。"人生一世，草木一春。"岁月无情流过，再回首已是百年身。岳武穆的《满江红》为什么千古传诵，他主要是表达了多少人想表达而无法表达的人生无奈情绪。

"人世间有多少百媚千红，我独爱你这一种。"谁解其中味？在人类种族的繁衍上，李大海也有自己的见解。从中国这个国度讲，结婚、配对应提倡南北融合。不要光提倡计划生育嘛，不是还讲要提高人口素质吗？北方人高大、粗犷、威猛，南方人小巧、水灵、温柔。提倡北方人多找南方人结婚，取杂交优势，生"杂种"，使人类的不同人种走向优质化。汉族人与少数民族通婚，中国人与外国人结合，这也是民族大融合，世界大融合的必然方向。符合客观规律。你看，李大海有多少奇谈怪论，奇思妙想。

楚王好细腰，宫中多饿死。唐王好丰腴，太平洋上的汤加岛也以胖为美，以肥胖为图腾崇拜。李大海也好此道，肥美的王亚娟能拴住李大海的心吗？能长相厮守吗？谁也不知道。

# 第三章 又识有钱女

一天晚上，李大海、王亚娟二人相约到银竹宫去跳舞。银竹宫原是一个人民防空的地下工程，后在全民经商的热潮中，改作地下商城，在两江市曾经名噪一时。因深处地下，曲折幽暗，空气不很流通，使人呼吸不畅，商城因此停摆了。闲置一段时间，有人承包过来，经过改装，做了一个大众化的舞厅。白天、夜晚都开着，舞客可以随时来，随时走，票价很便宜。许多闲得无聊的人，或是想猎奇和想碰艳遇的人就经常到银竹宫寻找刺激。

舞厅里人很多，灯光很暗淡，看不太清人的脸，也更分辨不出人的实际年龄。舞厅两侧的通道里，有一些一格一格的小单间，供人们间隙时小坐、休息。李大海和王亚娟二人都是自己包场，音乐声起，赶紧拉对方起跳，免得别人染指，乘虚而入。不给别的舞客以机会。

为何李、王二人要到这么低俗的地方去跳舞呢？原来二人约定一个原则，"神州任我行，跳遍两江城。"哪里有舞厅都去跳舞，不时的变换地点，这也符合他们求新求异的个性。这倒不是怕别人认出来，碰上熟人难为情。四十多岁的人了，还怕什么！人越老越不要脸。不知是谁说的，好像是离经叛道者黄永玉说的。不管它。李大海、王亚娟二人主要是想到两江市的大小舞厅看一看，都是些什么调调。

半个小时过去了，跳了六、七支曲子。李大海忽然有一种不安的感觉。这感觉是什么？李大海反正想不明白，也弄不清楚。在以往的生活经历中，他碰见过类似的情况。李大海的第六感很强，很灵敏。有一篇文章说：马克思说："人不仅用思维，而且靠一切感觉来掌握世界。"

人有五官：眼、耳、鼻、舌、身。

人有五觉：视、听、嗅、味、触。

这五种感觉叫做一般感觉。仅此，还不足以充分感知丰富的客观事物，更不足以感知深层的强烈感情。

因之，除了这五官、五觉之外，还有一种人们看不见、摸不着的感觉在。它如灵犀一点，心气一缕，神光一闪，磁力一曳，虽然神秘、恍惚，却分明负载着某种信息在流动。人们无以类之，姑谓之"第六感觉"。

第六感觉又叫艺术感觉，审美感觉。

艺术家在作品中表现的不是他所见的那个东西，而是深藏在那个东西里面的个人感觉。这个感觉愈是独特，用一般感觉就愈难说清。

创作过程也像蜈蚣调动自己的腿一样，虽然操纵自如却自己也无法说清楚。

真正的欣赏，其奥妙也是道不明白的。

在画里："凝滞的动感"怎么看？"无声的音响"怎么听？

在诗里："母亲糊进窗格的忧愁"什么形状？"父亲挂在屋檐的叹息"怎么捕捉？

"不道破一句"是中国美学的重要原则之一。艺术之妙，正在这既作用于五官五觉又超乎五官五觉的画外之形、弦外之音、文外之旨、味外之味……

第六感觉伴着直觉。

有的人虽然素不相识却能一见如故，甚至一见钟情，互相吸引的是什么？是风度和气质。

风度气质是人的性格修养和精神状态的综合体现，它包含着许多尚未显示出来的细节，是成于中而形于外的东西。度是风的制约，质是气的载体。风与气从五官出又不仅仅从五官出，它形成一个无形的信息流，作用于对方的直觉。

第六感觉的触须有时会伸向梦境。

第六感觉并不神秘。揭开笼罩在直觉遥感，预感、梦境等等上面的神秘帷幕，就会发现，它不过是过去未被完全认识的自然规律而已。

作为结构复杂的有机体，人体有着巨大的潜能。

第六感觉虽然不属于五官五感，却与五官五感息息相关。可以说，它是相对意义的超视波、超声波、超嗅波、超味波、超触波。这些潜波作用于潜意识，以其敏感和善藏，成为五官五觉的微妙补充。

第六感觉比五官五感更模糊，因而也更"精确"。

对于充满了模糊性的客观世界来说，模糊感就是精确感。换言之，有机的模糊是更高层次的精确。

今夜又来了，像月经一样，不定期的袭来。原来他的出现，引起了一个黑衣女子的关注。

这个黑衣女人名叫梁娜，不到三十岁，身材高挑，像一个时装模特。她生性高傲，但命比纸薄。大学毕业后，久找工作无着，不知怎么勾搭上了一个政府官员。一来二去，就做了他的情妇，成了笼中的金丝鸟。但梁娜才不愿久成笼中之物，她向往真正的爱情，她渴望生活中出现她要寻找的白马王子。她要与那个梦中经常出现的人爱得昏天黑地，一塌糊涂，轰轰烈烈，死去活来，叫人欲仙欲死。她把这个奇异的想法经常讲给那个假老公——政府官员听，官员开始诧异，后觉释然。他自己是不可能跟自己那个黄脸婆离婚的，党纪国法不允许。已成年的子女肯定是两个字：反对。那人家女孩年纪轻轻的，不可能当"小三"当到老呗！只要有合适的，相当的，也可嫁人，生儿育女。但有一点：在建筑系统任领导的假老公说，嫁人可以，但有空仍要和我偷着乐。他想把他与梁娜的儿女私情，男女关系延续到死。梁娜当然是满口答应。不为什么，当然是为了那套已属于她在使用的房子、车子，和数目不小的存款。

梁娜从此以后，开始在茫茫人海中，寻找她的真命天子。她这人有点怪。她总是固执地认为，天涯何处无芳草？三人行必有我师焉。野有遗贤，民间也有好货，而且好货沉底。社会上肯定有散落的奇才、怪才、人才。只是没被人发现而已。你知道天才是什么意思：那就是勇敢；自由的头脑、广阔的气魄……。鬼才，是指基础知识较差而又善于发明创造的人，它是人才研究中的一种特殊对象，其成才的过程和规律至今尚未被人们充分注意和认识。她就要做伯乐，寻找能骑在她肚皮上驰骋的千里马。反正有的是时间，吃穿又不愁。她要走遍天下，来个沙里淘金，寻找"和氏璧"，最后是"仙人摘桃。"今晚这个桃子让她碰运气碰上了，不是别人，就是李大海。

李大海刚进舞厅，就被她瞄上了。无论是谁，都会在记忆中重现往事。可是，也有这种情况：眼前的情景和人物明明是第一次遇到，却有似曾相识之感。这种事实上并未见过的错觉，就称作"先视感"，有时也称为"先视体验。"这不就是那个梦中经常出现过的人吗！有一次，她甚至还在迷梦中与他做过爱。醒来后，按迷信的说法，把身上盖的被子角上用嘴咬了咬，这样对方会有所感应。第二天，对方耳垂会酸痛，男左女右，百试不爽。说实话，梁娜没有王亚娟漂亮，也没有那股风骚入骨的韵味。可她桀骜不驯，对生活有自己的主张和追求，不是一个好驾驭的主。她虽然身材可以，但五官平淡无奇，就像一个普通得不能再普通的乡下妇人的脸。她又不想去整容，在脸上挖挖补补她害怕得不得了。有内在，有气质就行，真金不怕火炼，喜欢我的人我才喜欢他。走着瞧。

梁娜想请李大海跳舞，以便搭讪，接近他。但李大海身边的那个女人寸步

## 第三章　又识有钱女

不离，曲曲都是"专场音乐会"，使她不能得手。莫慌，机会来了。每场舞会的中途休息，一般要放两到三支迪斯科舞曲，大多数人跳到中场，有些乏累，便选择在这时休息。王亚娟跳得香汗淋漓，便说："我去一下洗手间。"而李大海意犹未尽，就与少部分精力旺盛的人蹦起迪斯科。射灯在头上旋转，光线忽明忽暗。当王亚娟在洗手间盘桓时，梁娜却扭着柔软的腰肢，甩着圆圆的屁股，来到李大海的身边像鳗鱼一样不离左右的前后扭动起来。实话实说，梁娜蹦迪斯科舞蹈的确有几刷子，她的脸上洋溢着青春的激情，全身各个部位，特别是胸部和臀部都一起跟着强烈的节奏扭动和抖动。一袭黑衣裤像一道黑色的球形闪电在舞厅中央旋转。她的目标就是要引起李大海的注意，让他把目光放在她身上。现在这个社会是个啥子社会，女人主动追求心仪的男人。也许将会演变成社会的主要潮流也未可知。

一曲终了，王亚娟还未出现。梁娜傍着李大海站在舞池的边沿上，她低声地对他说："等一会，你请我跳一曲舞，我有话将对你说。"在等第二曲音乐响起的空档，李大海对这几句话听得清清楚楚，明明白白。李大海冰雪聪明的人，一点就通。他明白了，他刚才的不安情绪来自于这个黑衣女人。他朝梁娜的脸上仔细地看了看，瞧了瞧，貌不惊人嘛。俗话说："人日脸，狗日舔。"她脸上没有能挑起情欲的东西。不过，有戏看啦，反正李大海是奇书必读，奇人必交的人。他怕什么，赤条条来去无牵挂。

中场休息一过，又是慢四步的舞曲。许多男女舞者，又溜进拥挤的舞池，紧紧地相拥着跳起了贴面舞。有的干脆闭上了眼睛，仿佛在音乐中陶醉，男女互相拥着只是原地踏步，摇晃着，好让灵魂飘升。现今的舞厅与改革开放之初的情形，已是大相径庭。

快接近终场时，王亚娟已是娇喘连连，而黑衣女人又不断向他示意。于是，李大海朝王亚娟的耳边悄声说："你休息一下，白天夜晚的连轴转，床上床下的忙，别累坏了身体。"然后瞅个空档，邀约梁娜下了舞池。梁娜贴在他的耳边，悄声说，但声音大小刚好能让李大海听见："你们二人一看就不是原配搭子，看她把你照得好紧。我跟你讲，给我打电话，我会有惊喜给你。"边说边把手伸进了李大海的右边衣兜。至此，二人只跳舞不再讲话。王亚娟在右边的椅子上坐着休息，二人尽量往左边转圈，但王亚娟目不转睛地盯着梁娜的脸看，她要记住这张脸，看下一次什么场合会再出现。她可不是一盏省油的灯。

李、梁二人舞毕，李大海回到王亚娟身边，说："我去一趟卫生间。"便向洗手间走去，进到卫生间后，小解已毕，将手伸向右边衣兜取出一张字条，

19

上面写着梁娜的名字和手机号码。他默诵了三遍手机号码，记住了。然后将纸条撕碎丢进抽水马桶用水冲走。他不动声色，不露痕迹地出了洗手间，继续跳舞。说也怪，李大海不安的神经松弛了，第六感消失。

一宿无话。第二天清晨，李大海在自家屋起床后，像往常一样，出门去练三千米长跑。家里人知他是多年来养成的习惯，早就习以为常，继续翻身睡觉。李大海沿着海峡路的林荫道向前慢跑，一边想着昨晚的事。这个梁娜是什么人？她找自己干什么？他从不认识她，也不知以前在什么地方打过交道。难道又是一个闲得无聊的"少猫"出来找野食吃，唔！十有八九是猫儿思春，找人解闷。但她为什么独独找上我呢？李大海自称，在江湖上混了多年，阅人无数，一搭白便知人家肚里有几两货。特别是对女人，更是了解比较透彻。他自认为，他能从女人的眼神里读懂她们那未说出口的语言。但社会在飞速变化，不断进步中，女人也让男人越来越看不懂，越来越弄不明白。

早晨的凉风吹拂在人的身上，有几分寒意。江边的雾岚开始升腾，与树丛中的轻纱一样的薄雾绞合在一起，渐成化解不开的浓雾。今天，又将是大晴天。中午以后，定会云开雾散太阳出。前面出现了古代圣人老子的一尊雕像。跑到这里，李大海就该掉头往回走了，这里是一千五百米的转折点，再往回跑，铁定三千米。老子不是著有《道德经》，但什么是道德？李大海才懒得去想。他只是在想该不该给那个叫梁娜的女人打电话，她能给他什么惊喜。

李大海返身往回跑，在距离自己的家大约五百米处，他打定了主意。暂不给梁娜打电话，等过几天再说。一则吊梁娜的胃口，欲擒故纵；二则前段时间花在王亚娟肥白的肚皮上边的时间太多，自己要调养将息，以待恢复。哇，把那个丢了许久的"床上八段锦"弄来每天练几遍，强身健体，固本培元，补肾益津。他少时学过武术，会长拳，擅长棍术。哦，还有那个"铁裆功。"

王亚娟随便找了一个借口，离开了骆明远，搬回到"世纪新园"自己原本与女儿裴小玉居住的家中。家中长期雇请有一个保姆，专门给女儿洗衣煮饭兼做家务。小玉在读初中二年级，学校离家很近，王亚娟对女儿的事操心不多。女儿很乖巧，她挺明白做母亲的难处，总是鼓励王亚娟去另找一个伴，老了好有个归宿。而王亚娟总是对女儿说："我有你就够了，找伴的事要等缘分。"女儿学习也很用功，上大学是肯定没有什么问题的。只是要有钱供给就行。这个，对王亚娟来说，当然不成问题。

王亚娟要与李大海见面，只到燕子楼碰头，她绝不会让他到"世纪新园"的家中去。她甚至连具体的几栋什么楼层多少门牌号都没有告诉李大海。她不得不防。她告诉他这些，有什么作用？

梁娜苦等李大海的电话,过去了五天而不得。于是动起了心思。梁娜有许多特长,无人能及。首先,她对两江市的各路公交车的运行线路了如指掌;其次,市内各处好玩的地方,热闹的所在,购物商店,名特小吃,温泉、酒吧、卡拉 OK 等,她是如数家珍,能娓娓道来。你不得不佩服她具有广博的知识和极强的记忆力。再次,梁娜还是一个电脑高手,甚至具有扮演黑客攻击政府网络的能力。人能处处能,草能处处生。不成想,金丝鸟中也有出类拔萃者。

梁娜用了五天,就查找到了王亚娟的情况,而没有惊动任何人。既然能找到王亚娟其人,她身边的男人们还跑得脱、逃得掉吗?不能,当然不能。可没等梁娜去找李大海,李大海却主动给她打了电话。当然,这不是李大海一时心血来潮,抑或又是第六感官起作用,而是李大海练的"铁裆功",又使他恢复了勃勃生机。

电话是在那次跳舞邂逅以后,第十天后的一个上午打的。李大海说:"我们在什么地方见面?"梁娜想都没想,就说:"下午两点,你到春风洼地来,我在小区门口等你。"然后挂断了电话。"春风洼地"是一个高档住宅小区,但这却不是梁娜同政府官员幽会的地方。这是梁娜的另置别业,好似王亚娟的燕子楼。好啊!燕子楼呀燕子楼!多少男人或是女人拥有静悄悄地"燕子楼"。

经济发展了是好呀,可是经济发展了又伴随着多少罪恶。

"一别家山音信杳,百种相思,肠断何时了。燕子不来花又老,一春瘦的腰儿小。薄幸郎君何日到,想自当初,莫要相逢好。好梦欲成还又觉,绿窗但闻莺啼晓。"

下午两点十五分,李大海与梁娜二人准时跨进了"春风洼地"属于梁娜个人私密财产的闺房内。房间大约有 120 多个平方米,三室两厅两卫一厨,外带两个阳台。房间是按欧罗巴洲风格来装修的,颇具异国情调。看得出来,房主人是一个非常挑剔而又颇具艺术水准的人。说起这套房产,还有一个有趣的故事。梁娜的假老公是一个建筑行业的官员,手握工程建设发包的权力,他手下当然少不了一群像苍蝇一样围着他转的大包工头。有时官员也带梁娜出席各种社交的非正常宴会,对外称是自己的侄女。但大家心知肚明,装聋作哑,不点穿罢了。只要不让老婆知道就行。一来二去,有的人就打起了梁娜的主意。几个包工头打赌,谁上了梁娜的床,就等于钻进了政府官员的肚子里,像孙猴子钻进铁扇公主的肚子里一样,还愁揽不到更多更大的工程。这几年,两江市的交通、水利、市政、林业、民生等多少工程上马?那钱、那银子不是像水一样往外淌?

这打赌的绝密消息不知怎么让梁娜知道了，她于是心生一计，召集那几个包工头私底下聚会，当然这一切必须瞒着那位政府官员。她说："打开天窗说亮话，我们大家都是铁哥们，刀搁在脖子上也不会乱讲的主。谁想得到我，就必须送我一件礼物。我就陪送我礼物令我高兴的人睡觉。保险说到做到，不放空炮。你们几个不要串通，就把礼物写在手掌心，我逐一看过后，就抛绣球，谁中谁夺魁。"大家照令而行，一时游戏已毕。梁娜便逐一观看每个包工头的手掌心，有的写的小车，有的是首饰，有的是国外旅游，有的开出的是五十万元现金。而只有那个从乡下进城，身材像个圆桶，满脸淌着油汗的名叫陈德田的包工头手心里写的是自己旗下正在建设的楼盘，而且平方大小任她自己选。这真是瞌睡来了送枕头，天上掉馅饼的大好事。梁娜想的就是要套房产，作为备份。今后人老珠黄，不管钱了，这路还不知咋个走哩。她把桌上杯子折的手巾作为绣球扔给了陈德田。她也实践了自己的诺言，跟那陈总睡了觉。不过，在那事之前，她去了一趟售房部，挑选了这套房屋，并签下了购房合同，完善了一切法律手续。虽然楼盘还在建设中，但她并不怕陈德田反悔。当陈德田搂着她睡觉的时候，兴奋得直打抖，一直仿佛都在梦中。太真实了反而让人感觉到虚幻。而她那假老公，浑然不觉，被严严实实的蒙在了鼓中。

牛皮鼓震天响，石鼓，谁能敲响？

陈德田发泄了兽欲后，感激涕零地离开了。他离开时说："娘子（因梁娜姓梁，包工头都这么称呼她，作为昵称），你的这套房子装修也包在我身上，但有紧要关头，你能拉的就拉我一把，我有你就有，是不是？"临走到门口时又嬉皮笑脸地说："娘子，你不可能只让我挨一次吧？有机会还是想……"梁娜面带笑容，用手扯着陈总面颊上的肥肉说："我的心肝宝贝，滚吧！不知饱足的东西。"说完在他嘴上又亲了一口，弄得陈德田陈老总半个身子都酥了。

你看，这些个有钱人，玩的什么把戏。送走陈总后，梁娜把自己全身浸泡在洒了玫瑰露香液和牛奶液的温暖的浴盆中，让全身彻底放松，她足足泡了两个多小时才出浴。她一想起陈德田那满身汗津津的肥肉就恶心。但值，平心而论，做几次爱就换一套装修好的房屋作交换，这天底下怕没有几个女人能做到。当然，假老公手中权力的阴影无处不在，她非常明白这个道理。

抓住机遇，乘势而上哟！并不是人人都有机遇。为什么天下芸芸众生平庸无为者多，就是因为没有发财的机会。古人语：一人养一口，两脚忙忙走；一人养十口，背包桵伞走；一人养百口，骑马坐轿走。越轻松越找钱。找钱多的人并不费力。有时真是这样。

当李大海、梁娜二人在客厅落座之后，梁娜开门见山，和盘托出了自己的打算。她说："你先听我说，不要急着回答问题，好吗？"于是她从王亚娟的情况说起，既全面又详细，有许多都是李大海不知道或是不想知道的。甚至连王亚娟的女儿裴小玉有同性恋倾向都说得有鼻子有眼。这不光是网上"人肉搜索"的结果，也有花钱雇请私家侦探的功劳。这一切都是真实的，李大海比任何人都清醒和明白，梁娜说的不是假话。他只能是瞠目结舌，无言以对。半晌，他也没有回过神来，最后丢魂落魄的说了一句："我相信你说的都是真的，但这一切你想说明什么？你要得到什么？你给我的惊喜就是这个吗？"

"傻包"梁娜调侃说："我给你说的这些，是要证明我过人的能力。没有我办不到的事，当然造原子弹、氢弹除外。傻瓜，我看上你了，要你陪我打发时光。"随后她顿了顿，又说："我每月给你五千元，条件是随叫随到。"

李大海脑袋内嗡的一响，如遭电击，脸色惨白，四肢瑟瑟发抖。他想，完了，又遇上一个"神女"，不图钱只图快活。这是阔小姐开窑子呀。可每月五千元确有一定的吸引力。在性功能上，李大海可说是天生神力。他可以连续三、四个小时做爱而不泄精，能让女人最大限度的得到性满足。他每月2500元左右的工资，除了日常开销，所剩无几。现在花天酒地的生活，全靠王亚娟支撑。但王亚娟在对李大海的交往上又非常精明，买服装一、二万都舍得，但要拿现金给李大海用不行，最多只能给三、五百块钱。坐出租车，吃顿饭够；拿去另嫖女人，没门。

梁娜却对李大海一口开出了每月五千元的价格，不过是陪她聊聊，排遣她那挥之不去的寂寞。当然，性生活有时肯定是少不了的，这也在情理之中。又有女人抱，又有钱归，何乐而不为。

李大海还是有点闹不明白，有点想不通，世上那么多的人，为什么独看上了我李大海。那些王大海、张大海、陈大海不是只有夜夜独眠，失业了吗？

他还是很世故，对这类棘手的问题还是很冷静。他说："妹，你岁数小我许多，天下男人多的是，你何苦拴在我的树上。"梁娜一本正经地对他说："李大海，这不属于你考虑的问题，我只喜欢我喜欢的，没人能强迫我。你很幸运。说，行还是不行？"梁娜很强势，又有五千元的诱惑，李大海还能说什么呢？但接下来的顺理成章的男女之爱，却让李大海大吃一惊。梁娜的阴功了得，不但会"吹气功"，还会"吸纳功"，让李大海这个功夫明星，倒是死过去活过来。高手过招，狭路相逢勇者胜，勇者相逢智者胜，智者相逢先者胜，男女相逢女者胜。

据史书记载和民间传闻，在性生活上有异禀者，要么是地势屋基出，要么是遗传因素，要么是遗传中的变异。反正，能为翘楚者是凤毛麟角。长篇小说

《白鹿原》中的主人公，阴茎在腰上绕三转，还能留下一截打狗，看来中华大地皆有此说。

　　反正那天，李大海与梁娜的性生活是生不如死。他才明白，什么叫强中更有强中手。真是天外有天，人外有人，楼外有楼。半月之后，他才恢复起来。向梁娜打电话说："我投降！"，梁娜在电话那头笑了，笑得很开心，很惬意，三、两分钟后才说："我这个人，就喜欢骑烈马。"

# 第四章　横眉三寸刀

　　李大海真正厉害，在两个女人间游弋，谁也不得罪。但王亚娟、梁娜倒怕了他，对他百依百顺，百般迁就。但打桩机有时也有机械故障，何况是人。二人对他是好得无以复加。天道不公呀，在这个问题上是表现得特别明显，世上事从来是肥上添膘，而没有雪中送炭。前朝如此，现代如此，人间交往如此，概莫能外。

　　那一天过后，李大海不分白天黑夜，何论天晴落雨，只是在两个女人间穿梭，纵是铁打的身体也吃不消了。但李大海硬是挺过来了。

　　不到二个月，摊牌的时间到了。

　　王亚娟、梁娜两个女人互相知道对方的存在，像现在这样不温不火，不阴不阳的拖下去也不是办法。李大海、王亚娟、梁娜三人经过约定，今天终于在"海客洲"的一个茶楼包间里见了面。

　　"海客洲"是一幢高楼，处在长江、嘉陵江的交汇之处，三峡大坝蓄水运行，使江面变得异常宽阔，长江的浊水与嘉陵江的清水在这里交汇，那条连接的水线曲曲弯弯，有细微的波浪在涌动。水面有江鸥、野鸟、白鹭在低飞觅食，三、五艘渔船在江上捕鱼。季节已是早春，江岸边的柳树已绽出了新芽，满眼葱绿，春意盎然的桃花天已是指日可待。

　　又是一年春草绿。人哩，真能长生不老该有多好！一年三百六十五天都是春天该有多好！永远有权有势有钱该有多好！女人怕老不怕死，男人怕死不怕老。可惜落花有意，流水无情。风水轮流转，明年到我家。谁见过长盛不衰？历史只有并写满了：否极泰来，盛极而衰。两句话，八个字。残缺是一种美，变化也是一种美。倘若月无圆缺……

　　倘若月无圆缺，那吊在天上的苍白的"圆灯"，不使人感到单调吗？假如只有春天而无冬天，只有白昼而无黑夜，只有晴空万里而无风雨交加，那生活岂不是一潭死水而毫无情趣了吗？正如狄德罗在《拉摩的侄儿》一书中说的那样:"如果世界上一切都是十全十美的,那便没有十全十美的东西了。"相反,失去双臂的维纳斯,她的美,不仅征服了西方也征服了东方,不仅征服了昨天还将征服未来。曾几何时,多少艺术家绞尽脑汁,想为她重塑双臂,然而,欲其完美,适得其反。你能说,"残缺"不是一种美吗?

从某种意义上说,人生便是"残缺"。

工程师羡慕作家,教师羡慕医生,农民羡慕工人……就是说,某一职业的人羡慕另一职业的人。这种羡慕,一般说来并不影响他对本职工作的热爱,但又不能说这不是一种向往。可是,社会决定了他只能干某一工作。这就是职业的"残缺"。

他具有多种才能,既懂音乐,又会绘画。然而,有深谷才会有高山,有所不为才能有所为。漫漫人生只允许他在某项事业上孜孜以求,奋斗终生。可是,江山代有人才出,各领风骚没几年。他所取得的成就在人类浩瀚的知识海洋面前,又实在是微不足道,他多么想继续奋斗下去啊!生命局限了他。这是才能和事业的残缺……

看来,"残缺"是绝对、永恒的,完美是相对、暂时的。完美至极,就像天空永远悬着圆月一样单调,本身倒实在是一个残缺了。每个人都有她的"残缺",克服了这些"残缺",又会有新的"残缺",无休无止。

意识到人生的"残缺",我们就要"知足常乐",每一个人都是一个局限,不去想入非非,而要脚踏实地地意识到人生的"残缺",我们就要"不知足常乐",只争朝夕,奋力拼搏,超越前人,以求日臻完美。

矛盾乎?统一乎?

"海客一枝梅"茶楼是一个高档的所在。位于"海客洲"的顶层。这里视野开阔,风景极佳。推窗眺望,天高云淡,水天一色,令人神清气爽。两句诗怎么说,变一下,改几字如何?"春水共长天一色,落霞与孤鹜齐飞。"好啦!不要去写景了,不要去抒情了,更不要去发什么人生感慨了。再尴尬的场面也得去面对,再难过的坎也得翻过去,历史沉重的一页也不是都要翻过去吗?

李大海要了一壶"绿水青山"茶后,服务员小姐退了出去并掩上房间门。三人久坐,默然无语。都是一顶一的"武林"高手,都是"城市猎人",无言胜有言,无招胜有招。剑气一出既可伤人于无形。是否"不鸣则已,一鸣惊人;不飞则已,一飞冲天。"三人还是不言不语,就这么枯坐着,谁也暂时不想打破这难堪的沉闷。倒不是刻意的在斟酌词句,而是说什么呢?都不是"正股子",上不得台面的东西,有什么好说的。王亚娟靠的白肉,梁娜靠的是大脑,李大海靠的是潇洒和"功夫"。这些都是客观真实存在的。存在的就

<<< 第四章　横眉三寸刀

是合理的。萨特的理论。存在是合理的，那合不合法呢？符合不符合人们的道德规范呢？你落伍了，现在是什么时代？是电子高科技时代，人们的思想和行为都已经产生了很大的变异。林子大了，什么鸟都有。人上一百，形形色色；人上一千，必有汉奸。连汉奸、卖国贼都出来了，何况女人乎！性爱的的嘎嘎个事。

轻松一想，倒也是这个理。好，莫侃远了，回到正题上来。

还是王亚娟最先打破静默，茶水已饮下大半杯，她说："梁娜，凡事要讲个规矩，要讲个先来后到，商店卖紧俏商品还要讲排轮站队哟。"这个"上了李大海的床，一辈子都不会忘"的李大海，啥时候又变成了商品。

"你还是正宫娘娘么？给我说这些……哼！"梁娜反唇相讥。

两个女人你一言我一语的争执起来，但都拼命的压抑着声音。雅座包间隔音效果好，本不怕别人听见。但两个人为了保持有钱贵妇人的矜持，故不想作泼妇人骂街状。时间在一分一秒地过去，人类意识形态的争论永无休止，两个女人的争论也永不停息……

天上的老鹰在仰起飞，有人说那是信天游，那是母子逗公子，是雌雄在交配。水里的鱼儿成双对，有人说那是为了繁衍的需要，鱼是在产卵。世间万事万物，皆有其存在的道理。皆有起因，皆有未来。过程也是一种美，也是一种必然。

最后两个女人趋同一致，取得达成共识，这事还得靠李大海，由他取舍定夺，她二人再怎么说都是空的。茶室又陷入沉默中，只有墙壁上的挂钟发出"嘀嗒"的声音。良久，李大海终于开腔了，他说："你们二人能否化干戈为玉帛，我们三人和谐相处，你二人结拜为姊妹，取互相之长，补相互之短，在这纷繁复杂的社会上，以我们三人的智慧、聪明相叠加，岂不是能活得更滋润。"哇噻！这话还有一定新意，还有一定的思想深度。仔细思索，两虎相争，必有一伤，或是两败俱伤。一方若主动退出，又不太愿意，不太可能。正是冬天热炉子炖狗肉——正当其时。所谓猫爪心痒，正捞到酸处，谁肯罢手。若三强结合，不失为第三种选择，唔，好主意。选择容忍，选择后退，不失为明智之举。斗则损，谁也捞不到便宜和好处。和为贵，行，这主意还真行。王、梁二人反复揣摩，三人的手不自觉地握在了一起，脸上都露出胜利者的微笑。聪明人就是比别人聪明，道理一点拨就通，省事。

首先，李大海要从现在的家庭境况中解脱出来，便于与王、梁二人的交往，便于开展新的业务，便于拓展财路。这得想一万全之策，要既稳妥，又要有利于今后发展，才不至于后院起火，殃及池鱼。

27

其二，以三人之力要逐步摆脱对别人的依赖，主要是做大做强对财富的积累。减少经济上被别人控制，一切立足于自己有才是真的有。说白了，主要还是梁娜对政府官员的依赖。可以借假老公之力发力，经济达到一定规模，有了钱就可以蹬掉他，自立门户。在社会上扬名立万。由争风吃醋变为精诚团结，强强携手，共谋发展。这场戏剧性的转变，表现了人的某些本性。对利益的共同追求才是最大的存世之道。李大海、王亚娟、梁娜三人这回是"矮子过河——安（淹）了心的"，"麻子打哈欠——全部动员（圆）"，准备"野猫日牛——大干"。

罗尼德是两江市东南地区某县的一个公务员。他身材短小，头顶没有几根头发。大概是遗传的因素，他父亲就是个秃顶，于是长期戴一顶假发头套。他的眼睛随时眯着，似乎随时都在思考问题，但谁也不知道他脑子在想什么，反正罗尼德肚子里坏水多。也是遗传染色体起作用，他皮肤白皙，像他的母亲，是个典型的小白脸。他有一个习惯，一年四季无论春夏秋冬，外套一般不穿进胳膊里去，总是披在肩上。而且烟不离手。

罗尼德原是乡村小学一个普通教员，后通过关系调到县政府当办事员，几年努力入了党提了干，凭他三寸不烂之舌，当上了县委宣传部副部长、教委主任、卫生局长等职务。前年，他因为得罪了不少人，被撸了官职，改为非领导职务当调研员。他退居二线后，就不再去上班，而是来到两江市闲居。

罗尼德从任副职到任正职的二十年间，却做了几件大事，令世人和官场对他刮目相看。

第一件。他任宣传部副部长期间，当时任县委一把手的朱书记，特别喜欢看二月河写的帝王系列小说，想学雍正皇帝的幕僚邬思道的"屠龙术"，也就是谋取皇位的帝王之术。当然，他当皇帝那是妄想，只是想当更大的官。经别人介绍，不知怎么找到了罗尼德，要他代为采购，有一本奉献一本。因在一个县城，这些书是不容易搜全的。但书记找到自己，是对自己莫大的宠幸。也是巴结讨好领导的绝好机会。于是，罗尼德八方寻找，甚至到外地采购，把这任务完成得非常完美。但罗尼德很精明，他并不是将几十册书一下子交给朱书记，而是一次一、两本，估摸着要看完了又送二、三本。这样创造更多的接触领导的机会，当然，购书钱是万万不可收的。按时价，那系列丛书几十册是要好几百元钱的，领导也压根没有给钱的意思。后来一件小事，宣传部开罪了朱书记，他在一次领导大会和常委会上把宣传部说得狗血淋头，一无是处。本来罗尼德一个副职。单位的事有老大担着，不关他什么事。但朱书记的批评有点过火，特别是县委常委会上的小范围批评更为尖锐。这下罗尼德恼了，犟脾气上来了。恰逢朱书记这年全县烤烟大丰收，他稀里糊涂的得了个杠上花自摸，升迁调到区里去了。罗尼德提笔给朱书记写了封信，大意是：祝贺书记升迁，未能远送，但你要作廉洁表率，走时应公物还家，书是用公款所购，望乞归还。信中极尽讽刺挖苦之能事。不久，朱书记托专人将几十册书原物奉还。虽说恨得牙痒痒的，但狗咬刺猬——下不到口。其奈何哉。何况人走茶凉，想报复都晚了。再说公物还家也是正理。

第二件事。更是使罗尼德声名大噪。要说第一件事还是小范围传颂的话，这第二件就是人人知晓了。猪走了羊来了。那年又是一个姓杨的当县委书记。姓杨的为了出政绩，好大喜功，急功近利。每次部局长大会上都屡屡催促，"你们每一个部局长，都要尽自己所能修单位的办公大楼，县里有七、八十个部局单位，都能找上面要、自己筹、职工集资修建一幢大楼的话，我们县城的市政建设不是都搞好了吗。能修多大多高算多大多高，八仙过海，各显神通。"随后把招商引资的具体任务，分解落实到每个单位。包括县团委、妇联这些只有三、两个人的单位，也概莫能外。反正强推硬逼，有条件要上，没有条件创造条件也要上。硬要鸭儿上架，牯牛下崽。今天一个统计表明天一个电话，反正是要数据要进度，要随时报告进展情况。下面莫法，一时怨声载道，骂声一片。但骂归骂，无济于事。俗话说："端人碗要服人管。"人在矮檐下怎能不低头。

当时罗尼德已在卫生局任职，多次开会，决定修建一幢大楼。底层作门面，二、三层会议室、办公室。四层以上职工宿舍。集三种功能于一身，主要是考虑卫生局占地狭窄，节约用地。国家、县财政没出一分钱，仅凭职工集资的几十万元资金垫底。就开始热火朝天的干起来。修建大楼的过程中，多少艰辛罗尼德无人可以诉说。只能是打掉了牙齿肚里吞。风里来雨里去，历时一年半，大楼矗立起来了。楼有十余层，楼高四十米。但一算账要200多万元。资金差了一大截。但现在找谁都找不着了。当初是"只顾羊卵子，不顾羊性命。"现在是两江市的市领导，县里领导全换届了，新任领导不认黄，谁叫修的找谁去，我可管不着。承建商不交房，县上领导又不认账，这真是叫天不应、叫地不灵。这可把罗尼德害苦了，包工头成天追着他要钱，堵门堵路，上访县政府，市政府，无所不用其极。职工交了集资款，也催着要住房。

新从外地调来一个乡巴佬领导，原是外县的一个区工委书记，调来当县委副书记兼管卫生系统。罗尼德这下看到了希望，便兴冲冲地去向他汇报工作，当然主要是资金问题。殊不知陡升县委副书记，那个人认为祖坟冒青烟，已不知自己姓什名谁了。"自己的事情自己办，找我干什么！哼！"那个态度，把罗尼德气得半死。一条命去脱半条命，就用剩下的半条命去跑路，去哀求，去下跪说好话。因问题摆着，总得要想个解决的办法。罗尼德去了多次，那个屌毛灰的副书记倒先发了火，一拍桌子站了起来："你就来把我缠到，你滚，卫生局的事情关我球事，我还做不做其他工作。"说完把某些乡镇干部的地痞流氓形象暴露无遗，袖子挽起便开始破口大骂。罗尼德最怕得罪人，但一旦得罪就得罪到底，舍了命干什么也不怕。他怕个铲铲，脑壳掉下来碗口大个疤。舍得一身剐，敢把皇帝拉下马。毛泽东时代长大的人，毛主席的话时时激励着他。罗尼德反拍桌子，也暴跳如雷，吼道："你吼个铲铲，老子没说你盐咸，你还说我醋酸，你行时个卵，包谷屎都没屙干净，老子看你打碗水把我吞了。"罗尼德是一个烂凼凼滚出来的人，什么花脚乌龟，金毛狮子没有见过，还怕你这个汗条狗。好一阵对骂，外面的办事人员只聆听着。不好进来劝，双方都是领导，下面人员都免得惹火烧身。有的本来心怀不满的人趁机煽风点火，低声说："这是狗咬狗的斗争。"这下副书记虚了，本想以强凌弱，仗势欺人，才遇到一个不怕死的。他算知道了这个地方人的厉害。打电话叫来保安，劝走了罗尼德。这下可好，事情很快得到解决。但皆大不欢喜。而罗尼德也因而成了名人。但乡巴佬书记开始安排人查罗尼德，想揪住他的把柄而灭了他。先审计局对大楼情况进行审计，没有问题；又对罗尼德任期中审计，还是没有问题；本地人信不过，请两江市专业审计部门来审计，不但没问题，比前两次审计情形更符合国家标准。乡巴佬大哭一场，平生第一次整人，就碰了个刺儿头。

　　乡巴佬后来当了县人大主任。罗尼德呢？也到了退位年龄。县委文件规定，部门一把手年龄原则上不超过52岁。罗年龄一到点，就退了下来。大家眼不见心不烦。自那事过后，罗与乡巴佬主任在大街上碰见，当面对撞，佯装不见，互相不理。所以退下来，罗尼德也觉得与这些人一个盘子舀饭吃没有多大意思，便跑到两江市来当起了寓公。

　　但愚公难移山呢，罗尼德何尝不是如此。一个人的能量是有限的，但几股能产生裂变的力量碰在一起，岂是你我之辈所能预见。科学家已发现了反物质，据说：反物质不到500克的破坏力超世界上最大氢弹，具有超级威力；仅需要几十毫克就能把人类送上火星，具有超级动力；一小滴可维持美国纽约全天全城能量，具有超级能量；反物质几克就可毁灭地球。这个世界一切都变得可能。反物质客观存在，不是你承不承认的问题，而是缺少发现。好的文章，诗歌哪里是文人们，李白、杜甫们所写的嘛，而是本身就存在于天际宇宙中，被李白们发现了，表述出来。他们的功劳只是在于发现了这些东西。"文章本天成，妙手偶得之。"说的就是这个道理。

不知是机缘巧合，还是鬼使神差，反正李大海与罗尼德认识了，并且还挺投缘的。李大海觉得罗尼德的知识、谈吐、脾气都很合自己的胃口。两人相见恨晚，很快成了无话不谈的朋友。

要解除李大海的后顾之忧，无非是与妻子离婚。但万全之策是拿金钱不算数，用钱摆平老太婆。可是里面却有许多小九九，小心眼。王亚娟、梁娜二人明白，真要离婚，黄脸婆不同意，子女一搅屎，闹得鸡飞狗跳的，说不定打不到狐狸还惹一身臊。这样得不偿失。再说，李大海真离婚了，又属于谁？不如来个挂名夫妻，让出实质。有的人是服软不服硬。"软索能套猛虎。"这钱王、梁二妇人各出一半。给老婆说，大意是外出搞一个事业，和你只挂夫妻名分，在外和其他女人你就不要干涉。在外也许三年五载不回家，你也不要找我。我要回来是我的事，来去自由。至于用钱问题，给你二十万慢慢取用。李大海老婆一听二十万，眼睛都亮了，连声说："要得，要得。"她平日省吃俭用，又不打麻将，自己又有千多元的退休金，日常开销不大。不过是看着二十万舒心，晚上能睡个安稳觉而已。至于不能和李大海过性生活了，这才无所谓，她已有几年没和李大海亲近过了。中国的大多数女人都有性冷淡。

这个结果令王亚娟、梁娜二人喜出望外，她们二人本来怕黄脸婆狮子大开口，漫天要价，不想二十万元就搁平了。这下二人平分天下，每星期一三五李大海到燕子楼，与王亚娟做夫妻；二四六到春风洼地与梁娜厮守。星期天休息，自由活动。到燕子楼与王亚娟会合，李大海是百分之百愿意。王亚娟那熟透了的女人胴体，令他迷恋十分，王亚娟长发披散，妩媚动人，风情万种。就像一堆柔泥瘫在他的怀里，也像一个面团任凭他揉摸。王亚娟皮肤白皙，乳房结实，腰肢柔软。他抱她入怀，就情不能自禁，胸中有青春少年般的冲动，下身勃起，就很想进入状态。他在燕子楼什么都做，很勤快。煮饭、洗衣、拖地，过性生活也是他主动。常常是要了还要，像一个不知道疲倦的孩子。李大海是男人中的个案，特例，极品。四十多岁还像年轻人那般逗劲，不靠万艾可，能由意念控制射精。的确非凡品。这令王亚娟如获至宝，欣喜万分。她知所以为他可献出一切，这不能不说是一个重要的原因。夫妻二人那般恩爱，那般缠绵，简直是如登仙境。相见恨晚：

相见恨晚，

相见恨晚，

过去了多少时光，

我们才相逢在今朝。

你可知未来的坎坷，

你可知过去的忧伤，

只要真诚相爱，满怀希望。

任凭岁月悄悄流淌，

走呀走呀，哪管地老天荒。

相见恨晚，

相见恨晚，

过去了多少时光，

我们才认识在今朝。

你拥抱多彩的生活，

我沐浴七色的阳光，

我们心心相印，并肩携手。

只要灵魂熊熊燃烧，

走呀走呀，生命值得歌唱。

可是星期二四六到春风洼地梁娜家去，李大海就有些勉强了，他什么事也不做，只是躺在床上，享受梁娜的各种照顾。梁娜很强势。生活中如此，性生活上也是如此。她总是躺在李大海身子上面蠕动着，享受这部性欲机器带给她的从心灵到肉体的震颤。她的叫床声也很特别，不是像一般女子那样细哼哼，浅唱低吟。而是在高潮到来时，像恶狼一样短促低沉的嚎叫。这不免叫人有时毛骨悚然。但梁娜与王亚娟又不同，她能读懂李大海。她能知悉李大海所想的一切。知道，李大海是男人中的极品，万千人中难觅其一。她对他百依百顺，懂得他的价值。

有时，二人躺在床上闲聊，梁娜总是撒娇地躺在李大海的怀里，说："大海，你有一个聪明的脑袋，非凡的性器，你是上天送给我的最好礼物。"有时，她又用手套弄他的下身说："这是什么怪物？说软又软，说硬又硬，能让人魂飞天外，像在天河的温水中浸泡一样……看我不吃了你。"两个女人两个味。但生活过得不错，尽是营养补人的东西填肚皮。两个女人明白，作为重劳动力的李大海，不得吃得亏欠，拖得太虚。

## 第五章　夜宴风雨楼

　　一边是缠绵悱恻的春宫图画，一边又是公司筹备的紧锣密鼓的工作。终于，经过几人的多次策划，一个名叫"两江市亚娜海咨询创意广告设计有限责任公司"集团要呼之欲出了。公司由王亚娟任董事长，因她出资二百万元，最多。梁娜任总经理，李大海任副总经理兼财务总监，罗尼德任办公室主任。公司下设咨询部、策划部、广告部、演出部、人事部、后勤部等多个部门。公司通过梁娜出面找陈德田在下半城一个商住楼的第二层租了做公司本部办公楼所在地。这幢大楼是陈德田的房产之一，底楼街面是大型超市、商场，二楼全租了，并付了租金，但很低廉。梁娜讲，公司现暂时住此处，以后发展了壮大了，自己盖公司大楼。

　　公司要成立，事务就少不了。公司要办各种证照，要取得各种手续，借以合法经营。公司楼层要全面装修，因公司本就有广告业务，大楼内部设计一定要新颖、别致，别具一格，不落窠臼。还要招聘人员，凡此种种。所以几个月来忙得几人团团转，脚板不沾地，七窍在冒烟。

　　还好，有贵人相助，公司渐渐轮廓初具，各项准备工作趋向齐全，选择定吉日，就要开张了。这相助的贵人有哪些呢？王亚娟的死男人裴老板不是还有一定的人脉吗？梁娜的假老公不是在市建委工作吗？

　　好，我们得停下手头的活计，来认识认识这位名叫关索玛的男人。

　　关索玛出生农家，是一个穷孩子出身。从小发愤苦读，成绩优秀。大学毕业后，在市建委工作。从一个一般人员干起，工作兢兢业业，他是一个工作狂，拼命三郎。领导赏识他的踏实肯干，从科长到处长，近五十岁时，已是市建委副主任。关索玛的身上，有四分之一的僚人血统。他生性豪爽，为人讲义气，遇事肯帮忙。在单位上口碑好，职工服他。他穷人出生，知道钱的艰难，这几年在建委这样的好单位工作，私底下也积蓄了不少个人财产。他善于钻营，用手中权力和金钱铺路。所以上上下下，黑白两道都有很多朋友。

这次开办公司，梁娜在他面前吹了不少枕头风。他也明白，梁娜办公司从幕后走向前台，使洗钱成为现实，不是自己梦寐以求的吗？所以，他动用了一切关系，全力以赴地支持。梁娜出资一百万，公司注册资金八百万元。

李大海、罗尼德无钱可出，就专事跑腿。还好，王、梁二人有小车，少花出租车费，多烧了汽油钱。

办公大楼已装修完毕，一派大公司的气象。办公用具在陆续搬进，几个人就开始在此先期办公。这天，李、王、梁、罗四人聚在一起，商议开业日期和其主要议程。台子要先搭起来，戏才好唱下去。时间初步定在今年国庆节。为什么不请算命先生择一个黄道吉日呢？罗尼德说："一个新中国成立的纪念日，标志着改朝换代，这是最大的黄道吉日，好得不能再好了。"现在已是九月初，开业的庆典是非常逼近了。庆典当天的议程无非是请铜管乐队，老扮俏的女人秧歌队、鞭炮、烟花、酒席、纪念品等项，这到简单。在现代社会，一切事务性的东西都有人在经营，而且还是一条龙服务。价钱分三档：高中低，任君选择，看谁的兜里鼓胀。省事不操心，不麻烦。只是在请领导出席以壮声威上费了点时间，大家众说纷纭。

这么一个中型公司成立，要请市领导参加，不太可能。首先这四人均不认识市领导，也没有联系渠道。就算认识人家也不一定来。那么请一下职能部门如国土房管、建委、工商、公安、市政等，倒是有这个必要，也有这个可能。找谁出面呢，梁娜说："还是找老关吧！他有办法。"罗尼德在旁眨了眨眼睛，说了一句深沉而了得的话："我们先请关主任吃一顿饭，把关系摆正过来，他关索玛主任和我们李大海副总是铁哥们，你们二人和他没有任何关系。帮铁哥们办事，名正言顺，也师出有名。你们说是不是？"李大海一拍大腿："这主意好，这铁哥们也包括你罗尼德，席上大家再仔细商议。"王亚娟、梁娜二人相视会心一笑。

实际，李大海、罗尼德与关索玛并不认识。但还怕搭不上桥吗？和尚不亲帽儿亲。何况李大海与关索玛是靴友，还真有关系。只是这关系李大海明白，关索玛就不清楚了。每每想到这里，梁娜心中就窃笑："两个傻男人。"笔者我是个男人，写到这里我想替男人说句公道话，男人有时是挺可怜的，事事呵护着女人，在女人肚皮上折腾得筋疲力尽，以满足她们那无尽的欲望，还要遭女人嘲笑，其实真冤。

饭局定在嘉陵江边的"北山风雨楼"。风雨楼靠山面江，风景秀丽。后靠的北山上树木苍翠，草木森森。窗外的江水滔滔，江风拂面。北山风雨楼主营火锅，是两江市叫得响的名火锅之一。楼内装修豪华，食客众多。这天是周末，各种牌号的轿车把楼前的停车场，公路边的停车位摆得满满当当。火锅店生意真是了得。

风雨楼的四楼也就是顶楼，全是顶级的豪华包间。李大海他们提前预订，选了一个临江的雅间。雅间很宽敞，取名"夜宴小筑"，很有诗意。大圆桌可以转动，以选择不同的菜品，而每个人的面前，都有一红一清两个汤锅，任君品尝和选择。大圆桌可围坐十六人。旁边还有休息厅、卫生间。

关索玛下午六点钟，带着一大帮朋友到了。这一群人中，有两三个是市建委的处长，而绝大部分是建筑公司的老总。这当中，也有陈德田那圆滚滚的身影。为了防止穿帮，细心的梁娜就于两天前安排关索玛和李大海、罗尼德见了面，先期熟悉和认识。这一见面不打紧，三人还挺谈得来，挺投缘的。很私密的一次聚会后，三人都喝高了。互相称兄道弟，关索玛居长称兄，罗尼德居二次兄，李大海三人中年龄最小，排小老弟啦。惺惺相惜，怎么不早认识啊！梁娜互相介绍他们三人时，只说了几个字：索玛，这两位是我的老师。

这天，王亚娟、梁娜使出了浑身解数，打扮得俏丽妖娆，使"夜宴小筑"内春光无限，满屋生辉。特别是王亚娟上穿一件质地很好的吊带装，外披一件透明的白色披风，大半个乳房都露在外边，乳沟深深，成了一道暗影，不免使人想入非非。看得关主任带来的一帮人眼睛都直了，当然也包括陈德田。

大家入座之后，李大海首先站起来致辞："各位领导、各位朋友，大家能光临此间，欢聚一堂，本人不胜荣幸。来来来，本人代表董事长、总经理敬各位一杯，干！"服务员侍立身后，早就替桌上各位倒上了一小杯白酒，他们今天喝的是"五粮液"。当然，红酒、啤酒、各种饮料桌上是应有尽有。

一杯酒下肚，关主任站了起来，说："大海老弟，今天你们不要客气，来的都是朋友，我给你一个个介绍。"说着，他逐一向王亚娟、梁娜、李大海、罗尼德等介绍了他带来的一帮人。这个张三、那个李四，乌龟王八，被点到的人都是站起来，笑容满面，双手作揖，连声说："幸会、幸会。"这一群人中数关索玛位置最高。关主任又对随行的人介绍李大海、罗尼德时，说："大海、尼德是我的老哥子，多年的朋友啦，你们各位请多关照哟。"大家齐声说："好说、好说。"当又转向二位女士时，他又说："这是大海、尼德公司的董事长王亚娟女士。"王亚娟忙站起来，不经意间半边披风掉了下来，露出了半边雪白的胸脯和滚圆的胳膊，嘴里说着："不敢当、不敢当。"并向大家深深地鞠了一躬。

其实，在座的包工头老板大多认识王亚娟，晓得她是个有钱的主。裴老板的遗孀嘛！谁不认识。大家只是不明白，她怎么又和关主任搭上了？这情形惹得梁娜都不免有些妒意和一丝酸酸的感觉。她站起来说:"各位朋友,我还有一事要告诉大家,我们亚娜海公司将于国庆节开业,我这里先预请各位届时光临捧场,不胜荣幸。到时,请柬一定送到各位领导、朋友手中,请大家务必赏光,不胜感谢。来来来,我敬各位一杯。"说完,她将杯中白酒一饮而尽。梁娜今天化了淡妆,薄施脂粉,穿的一套天蓝色的职业女性套裙,臀部浑圆,腰肢挺拔。一杯酒下肚,一朵红云飞上脸颊,增添了几分妩媚。到底才三十出头左右年纪,年龄是个宝呀,青春就是好。人类平均寿命延长,女人三十不是豆腐渣了。

酒过三巡,菜过五味。席上开始热闹起来,锅中热气腾腾,席间觥筹交错。有的包工头开始猜拳行令,有的脱下外套,只穿衬衣或汗衫,甩开膀子大干起来。王亚娟等四人按顺序轮番上阵劝酒,好不热闹。来而不往非礼也。

大家也趁着酒劲给王、梁、李、罗四个主人敬酒。包工头中有几个人已开始舌头不听使唤,有点麻叽叽了。膘肥体壮的陈德田属于先喝麻之列,他东偏西倒地走过来,一把抓住王亚娟的肥嫩细滑的膀子说:"王董,我先敬你一杯,今后有用得着我陈某的地方,只管开口,你肯定是指向哪里我打向哪里。"左手抓着王董事长的手不放,趁机揩油,右手端着酒杯一定要与王亚娟共饮。

王董事长三十来岁,却还有着少女般的肌肤,的确少见。但她儿大女成人,什么人没有见过?她知道眼前这个乡下人是个建筑业中的暴发户,她们的亚娜海公司不就是租借这个陈德田的产业吗?她要在眼前这个人身上下点工夫,以供今后派上用场。她也知道梁娜与这个男人有一腿。但俗话说有钱大家用,银子大家分。你魔高一尺,我道高一丈,狼有狼财,狗有狗道。你既然垂涎我的肉体,她从陈德田肥猪那饥渴的眼神中读出了肉意。王亚娟索性脱下外套,只穿一件吊带装,上身的半截白肉就像一大堆银子在晃啦。她站起来说道:"陈总,今后仰仗你的时候多着呢,我为租房一事还想单独勾兑感激你。来,好事成双,我俩喝个双杯。"看,伏笔就此埋下了,"单独勾兑"。

于是,旁边的服务小姐就找了四个一模一样的杯子,每杯大约盛一两酒。给四个杯子倒满后,王董说:"怎样喝?"陈总说:"两杯倒成一杯,我们喝交杯酒,一口闷。"王亚娟与梁娜两个女人平日滴酒不沾,但一旦拼起酒来,是一斤白酒以上的量。何况今天来之前,已经早喝了醒酒汤。说这些,怕你不成。二人一个找了一个大点的杯子,将两杯凑成一杯,胳膊肘交叉,喝了一个男女合欢的交杯酒。赢得满堂的叫好声。

这时,从外面走进一个领班模样的瘦高个儿男子,他径直走到关索玛耳边嘀咕了一句，便走了出去。关主任站起来，摆摆手示意大家安静，然后说："老板捎话，何副市长在隔壁雅间吃饭，陪家乡来的父母官和一些亲戚，我去敬杯酒，请各位慢吃。"说完，端起一杯酒，走了出去。这何副市长名叫何九月，是浙江人，在市里分工管建委、国土房管这一块，正是关索玛副主任的顶头上司。包工头中也有几个人认识他，有的还一起吃过饭，饮过酒。何九月副市长的酒量惊人，据说喝三斤白酒不醉。

本来大家以为，关副主任去敬了酒就会很快回来。殊不知，关索玛去后，首先叫来"北山风雨楼"的老板，把何九月副市长的招待算到自己账上，并且按人头给何副市长家乡来的客人一人一条好烟，并去挨个儿的敬了酒，管他老的少的，男的女的。这下让何九月觉得很有面子，执意要跟过来，敬关索玛这边酒席上的朋友一杯酒。

何副市长过来，眼睛只是不经意的朝两个女人瞄了瞄，就对认识的几个包工头打了招呼，然后说："各位，我与女士单独一杯，表示尊重，男士们共饮一杯，好不好？"大家纷纷说："要得。"于是，何副市长九月同志先与王亚娟碰酒举杯，并问关索玛说："这是？"，关索玛说："这是亚娜海公司王董。"二人一饮而尽。问到梁娜时，关索玛也是如实回答。何九月副市长多看了梁娜一眼，说："女中豪杰，二位老虎。"众皆大笑。何副市长最后一杯与全桌人共饮。然后离去。

这顿火锅吃得大家舒畅，大汗淋漓，浑身通泰。

因为准备充分，国庆节这一天，全称为"两江市亚娜海咨询创意广告设计有限责任公司"，简称为"亚娜海公司"如期开业了。仪式上午十点在大门前的街心广场举行。鲜花扎成的花篮排成两行，铜管乐队在卖命地吹着欢快的乐曲，四支老年腰鼓队扭着秧歌，打着腰鼓在广场中心翩翩起舞。这四支腰鼓队的横幅红布上写着自己的队名，一支队伍自称"美眉"；另一支叫"美少妇"；还有两支叫"五月花"队，"八月瓜"队。名称很新颖，也很别致。但一看队员，全是中老年妇女。

中国已经进入了老年社会。60岁以上的老年人在总人口中的比重越来越大，开始出现一些由老年人多而引发的社会问题。走在大街上，路两旁，树荫下，全是三五成群的老年人。各个公园、各个公共场所也会见到成堆的中老年人。而近些年来，退下来的人员越来越不甘心过清闲的生活，于是便拉起了各种队伍。有的专事锻炼，强身健体，想延年益寿；有的从事各种文化娱乐活动，进行有偿的逐步商业化的各种活动。有的整天泡在茶馆中，打麻将打牌消磨时光。有的老年人是想在有生之年旅游，走遍全中国或是走遍全世界，让晚年生活丰富多彩；有的则是看破红尘，万念皆空，坐着等死。这取决于对待生活的态度。

但随着老年朋友们越来越多的介入社会生活的各个层面，可以预见，在不久的将来，老年群体将成为一股不可忽视的重要力量，其中的明星人物或可进入政坛，影响和左右政局。

但据观察，有一个奇怪的现象，就是男少女多。原来男人不经死。新中国成立前是女人平均寿命低于男性，而新中国成立后则变成男性平均寿命低于女性。

男人真辛苦。男人真忙。男人真累。男人真的不经死。著名医学养生专家洪昭光说：男人有许多生理和心理问题容易让人忽视。男人有泪不轻弹，男人有话不爱说，男人有病不去看，男人有家不爱回。社会责任，家庭责任……压得他们喘不过气来。但有一点可以值得欣慰，由于"鸡公涨价"，老人再婚问题男性要比女性占优势，占点起手。原因嘛，女多男少，不言而喻。

庆贺公司成立庆典上，董事长致辞，来宾讲话，按惯例走完程序。广场上，彩旗飘飘，礼花弹开放，锣鼓喧天，号角齐鸣，闹得不亦乐乎。然后主宾入席，共度良辰美景。来宾中，邀请的客人基本上都来了，有职能部门的领导，有相好的朋友，有各色相关的人员，反正达到了预期的目的。

邀请的客人中，有一个没有来，那就是何九月副市长。他临时有事应付不过来，加上国家有规定，未经允许，市领导不轻易参加无关紧要的社会事务性活动。但他人虽然没有来，他却给亚娜海公司送来了礼物。那就是亚娜海公司成立的第一桩业务，承办海棠大道"金秋旅游节狂欢夜"庆典。开价100万元的经费。

于是公司忙碌起来，这第一炮一定要打响。公司草创，业务人才还很少，于是他们决定借力打力，玩一下空手道。以十万元的价格，交给一个演出公司，让他们准备90分钟的歌舞节目，又要唱又要跳，反正制造气氛要热闹就行。另外，节目中至少有两个节目要与狂欢之夜，主题相贴切。节目要审查，合同签订后，先付一万元定金，演出结束并保证成功后，再付余下的九万元。这事由梁娜负责，她心细又懂行。另付十万元给专门从事焰火燃放的公司，要他们在晚会上，负责十五分钟的焰火。这容易，"冲天炮"公司就是吃这碗专门饭的。他们手答脚应，合同一签，忙着准备去了。这事归罗尼德管。

另外的事务，由李大海统管。布置会场，安排主席台，请婚礼公司来当主持人，内容吗自个编。这年头，找四只脚的猪不好找，找两只脚的人遍地都是。杂务很多，李大海跑不过来，心中暗暗下定决心，一定要建自己的精悍队伍，能吃能睡，能打能办事。公司才能事业兴旺。

海棠大道"金秋旅游节狂欢夜"庆典活动如期举行，并且大获成功。那晚，数万人参加狂欢活动，到处人头攒动，整个海棠大道成了灯光的海洋，音乐的海洋，啤酒的海洋，欢乐的海洋。

何副市长非常满意，兴奋的满脸红光。他受到了市委书记、市长的口头表扬，两江市的媒体也夸奖何副市长牵头的这项活动"指挥得当，调度有方。"活动之前，狂欢之夜活动领导小组筹备办公室给亚娜海汇了30万元款，很快，余下的70万元顺利的划到了公司账上。

# 第六章　亚娜海猜想

　　旗开得胜，公司开门红，不但有了信誉和知名度，还打干除尽，净赚70万。大家都来了劲，公司上下都为自己的事业，公司的未来充满了信心。

　　这时，在王、梁、李、罗四人开的碰头会上，李大海提出，我们必须建立自己的队伍，趁热打铁，组建保安队，模特儿队。闯天下办公司，必须要有一支训练有素拉得出去的自己的队伍。有人才有一切，才能办大事。不要什么事都要找外援，救一时之急可以，长期作战，没人不行。

　　大家一致同意，组建模特队，由梁、李二人负责。并定下章程，模特儿队可招聘100人左右，全招清一色的年轻女孩，身高165厘米到175厘米之间，太矮不行，太高也不行，因怕招不齐那么多身高的人。40人作常规力量，统一安排食宿，发基本工资，有任务另外分成，统一服装。平日里，请老师培训，上课有礼仪、走台、形体、舞蹈、化妆、声乐等基本内容，还要穿插，讲旅游、风土人情、文学欣赏、茶道、插花、文秘、家政等专题讲座，以提高模特儿的文化修养和文化素质。一遇活动，就拉出去亮相。要成为两江市一道靓丽的风景线。要成为两江市响当当的模特儿队伍。口号是：有我模特亚娜海，两江市不用摆。

　　另外60人作为模特儿们的预备队，预防有人生病、请假，或是走人后留下的空档。这60人留档备招，留下联系方式，来去自由。不发基本工资，不发服装。来听课欢迎，免费午餐。但一旦参与活动，报酬从优。单位在职人员也可参加，解决人家兼职，找外水。

　　招聘启事一上媒体，美女靓妹蜂拥而至，人山人海。这年头，中国要起无事干的人太多了，要招多少招多少。组建一个正规军也许都没有问题。

　　罗尼德负责组建保安队。人数初定20－40人，主要是大门值守，内部保卫，有重大活动时的安全、值勤等任务。一句话，主要是当听用。哪里缺人哪里去。这个队伍20人常规力量，20人机动部队保安，招之即来。常规保安力量则也是统一食宿，统一服装，统一训练。他们的训练科目除与模特儿们，统一上大课外，大多数时间是练擒拿、格斗、队伍、队形等。队员要清一色的退役军人和武警。但梁总有一条严令：严禁模特儿与保安谈恋爱。违者要么走人，要么开除。理由是队伍内部谈恋爱，容易引起感情纠葛，引发桃色事件，麻烦。

决议一经商定，就要雷厉风行。大家又有事干了。先是两支队伍的文化考试，找考场，编考题，请老师，发通知，然后又是面试。两个队伍的面试工作，侧重点不同，模特儿主要看五官、看谈吐、看气质。保安主要选身材挺拔、拳术、格斗、贴身肉搏等的表现。功夫不负有心人。一月左右时间，模特儿、保安两支队伍已人欢马嘶，初见雏形。

在这期间，公司也不断接到一些业务，王董就如狂欢夜的方法而炮制，外请公司和人员，分段承包。自己公司吃点差价。既算有事可做，又是有钱可赚，亚娜海公司就是正常的职能发挥，正常的运转经营了。因自己的队伍要假以时日，才能独挑大梁。

王董、梁总忙得没空去感谢何九月副市长，倒是何先打来了电话。他说："感谢的话就用不着了，我倒有一事相求。"王梁二人异口同声："只要我们能办到的，一定照办。"何客气了一番，便说他有一外甥，现无工作，现居浙江老家农村，能否在公司谋一个差事，找碗饭吃。本来何副市长随便找个单位，给外甥谋个工作也不是办不到。但他一则已安排了不少亲戚，二则这个外甥三四十岁年纪，已是老大不小，又没有文化，三则还是怕社会影响不好，耽误了自己的仕途不划算。

这事有何难，来就是。梁总在电话中说："叫你外甥赶快从浙江过来，车船费由公司报销。工资嘛，待定，反正不要你难堪，你也别问，好不好？"何副市长说："一切听你们安排，该打该骂是你们分内的事，我不袒护。"这些话，就是有秘密部门搞电话窃听，也不出格吧。

不几天，一个佝偻着背，老气横秋的中年人来到了亚娜海公司，这个人名叫黄冈——何九月副市长的外甥。还是罗尼德这个公司的办公室主任开车去火车站接过来的。王亚娟、梁娜、李大海一看，此人言辞少、木讷，不好安排什么具体工作，特别是他一口方言，许多人听不懂。几人合计，给黄冈官封保安队副队长，工资与罗尼德一样，住就住两间门房，吃伙食团。反正这个安排要上能对人，下能服众。

关索玛与李大海、罗尼德称兄道弟后，与公司的交往多了起来。谁不知道是铁哥们来往，又将什么公路通车、工程奠基的事，揽了几个活给亚娜海公司承办，反正银子是大大的有。

一年过去，亚娜海公司财务预算显示，盈利好几百万。公司人强马壮，人才济济，还有不少具有博士、硕士学历的人到公司应聘。公司也在这一年期间，大肆招兵买马，积草囤粮。各部门都人手齐备。完全具备独立的策划大型活动，担负演出任务，各种广告设计包括电视广告，电视短剧制作等业务的能力，并开始做好了进军服装业，房地产业的准备。

工作一忙，性生活就有所松懈。李大海实际上是公司的一把手，大量的工作都由大海在做。那两个女人一是出了本钱，是大股东。二是需要女人外交的时候，她们才出面攻关，拿项目，拿合同，拿协议，再交由李大海、罗尼德等人去具体执行，操作。一般来讲，有金钱铺路，有漂亮女人出面，是无往而不胜，无往而不利。

李大海这个副总，因为工作忙，就搬进了公司居住。吃住都在公司里面，这样办起事来也很便当。但是，他还不知道，危险已经慢慢迫近。这次，他的第六感觉没起作用，失灵了。

自从李大海与王亚娟勾搭上以后，就少有到骆明远处走动，无非有时打个电话聊上几句。后来王亚娟又不明原因的搬了出去，不再同他往来。他就有了疑心，左思右想，他开始跟踪王亚娟，不出一个月时间，就将情况摸了个八九不离十。他想，好呀，作为朋友，你李大海先不仁，就莫怪我不义。骆明远对失去王亚娟并不特别心痛、气愤。他本身对肥胖的女人就不甚感兴趣。再说，王亚娟与他做了一年多露水夫妻，搞也搞腻了。他是对李大海巴搭上自己的女人而飞黄腾达，开办公司又不拉自己入伙而感到不满。他要报复李大海，于是，开始暗中准备。

自李大海搬到公司居住后，与王、梁两个女人的来往也较少了。他现在成了"午夜牛郎"，谁招就去，不召就在公司待着，养精神。反正白天也忙得够呛。说也奇怪，两个女人都少有召唤他，好像互相串通的一样，十天半月也不见动静。好么，我就去另外找乐子，李大海心想。

离亚娜海公司不远的一条小巷里，有一个名叫"寒流"的发廊。有一次因事，李大海从小巷中经过，发觉发廊内的几个妹儿还年轻漂亮，于是便进去洗了一次头。顺理成章认识了一名叫婷婷的姑娘，还要了她的电话号码。一来二去，二人还成了朋友。说实话，从开始李大海还真没有对婷婷有干啥子地想法。婷婷湖北人，才十八岁，还是嫩芽幼苗。

可是这天晚上，婷婷主动打电话给李大海，要他做东，请她吃饭。李大海刚忙完事，正考虑晚饭是外出还是到公司餐厅吃饭。于是欣然答应。他与婷婷在一处僻静的小饭馆里见了面。双方交谈甚欢，席间婷婷殷勤劝酒，她自己也陪他对酌。慢慢的李大海已酒至半醺，婷婷说她已醉了，要李大海送她回租住的房里去。李大海与婷婷相互搀扶着，回到出租房，刚打开门，一股劲风扑面，李大海头上和腮帮上早已挨了两拳，便昏了过去。

李大海幼时习武，身体素质好，反应敏捷。本不该遭此暗算，无奈是自己饮酒半醉，行动有些迟钝的情况下。再说，自己一点也没有防备之心。才在阴沟里翻了船。等李大海醒过来时，已经是半个小时以后。他已经手脚被人捆住，动弹不得。双手被反绑在一个木靠椅的背后，双脚被绳索绑得严严实实。他想，今天完了。

室内一灯如豆，一高一矮两个年轻人狞笑着，站在他的面前。李大海开口道："两位兄弟，有话好说……"高个子青年的右手肘关节猛击李大海的左边胸膛，嘴里说："谁是你的兄弟？"连击三下，痛得李大海闷哼几声。他忙说："我做错了什么，请明言。"话音未落，矮个子年轻人又用他的左手肘关节猛击李大海的右边胸膛，嘴里说："做错了什么，你自己明白。"又是三下。李大海说什么，那两个年轻人就接着话茬儿打。中间穿插着猛踹他的大腿，卡他的脖颈，撕扯他的下身，并用二人屙的腥腥的尿液灌进李大海的口中。弄得李大海死去活来。在这折磨他的过程中，有时用毛巾堵住李大海的嘴巴，怕他大声呼救。

这时，李大海酒早已醒了，他明白这次遇上对头啦！是谁呢？他想不明白。从这两个年轻人打人的手法上分析，这两个人来自监狱，是从"山上"放出来的刑释人员。自己与他们素不认识，不可能结怨，肯定是有人雇请，买凶报复。

他知道，这个时候千万不能用语言激怒这两个年轻人，让他们起杀心。一定要稳住他们，所以李大海处处显得很配合。说叫干啥就干啥。李大海说："你们出来混，也不容易，有啥困难给哥说一下，我来想办法。你们放了我，我不会报警。我们今后还是朋友。"折腾了几个小时，那两个家伙也累坏了，反正拿人钱财替人消灾，打人教训一下的目的也达到了，便说："你不准报警，我们知道你的情况，我们被关进去，一旦放出来定杀你无赦。明天给一万元现金给婷婷，如婷婷被抓，你就死定了。"说完，松了绑，二人径自去了。

李大海良久才站起来，活动一下手脚，还能动。证明骨头还未打断，便赶紧跑回公司。回到公司宿舍，已是凌晨，他在穿衣镜前脱光衣服检查，满身伤痕累累，惨不忍睹。这时，他才涌出一身冷汗，好歹总算死里逃生，人家要下杀手，一百条命也丢了。

这次遭人暗算，被下暴黑打，究竟是何人所为，尚不清楚，报案也是枉然。公司生意正红火，若曝光此件丑闻，有损公司声誉，还会惹来媒体猜测和非议，带来许多不必要的麻烦。李大海反复掂量，决定暂不报警，也不声张。他只对罗尼德说了实情，让罗工作上多担待些。便买来一些疗伤的药，如田七、跌打损伤之类，自己在家休息。罗有事电话联系。如王亚娟、梁娜问起，便借口说洗澡滑倒并伴感冒云云。好在公司一切运转正常，也无急事或是棘手问题需要处理。一周之后，李大海外伤基本痊愈。可以勉强上班处理事务了。好在有罗尼德这个得力助手，他暂时上不上班都没有大的关系。

王亚娟、梁娜这两个富婆这段时间都干什么去了？既不电召李大海，又没到公司视察或是过问情况。这缘于两个女人的一番推心置腹的一次长谈。

那是十天前的一个下午，二人不约而同从各自的办公室出来，在大门口碰头了。梁总主动邀约王亚娟，说："王董，今天有没有安排？我们去喝杯咖啡如何？"王亚娟知道梁娜有话对她要说，便顺口说道："今天正好没有什么事，好呀，听你安排。"于是二人各开一辆车，梁娜在前，王亚娟紧随其后，往南滨路风驰而去。

正是下班时间，路上车辆很多，因南滨路是两江市内著名的饮食一条街，下班后去那里吃晚饭的车也多，所以车速很慢，不一会就堵成了汽车的长龙。王亚娟开的是一辆宝马车，银灰色。梁娜开的是一辆奥迪，宝石黑。夹在车流中，缓慢的向南滨路流动。

梁娜慢慢地挪动着奥迪车，心想，眼前的长江水面若能依靠高科技手段变成一条宽阔的公路，该有多好。就像北方冬天冰冻的江河一样，可行载重大卡车。小车顺江而下，风驰电掣，直下武汉、南京、上海。交通该有多方便。这各大城市的堵车有时令人发疯，这该死的马路！为何不能宽点，再宽点。

好不容易车到南滨路，找了一个地方停了下来，二人找到一个比较清静的咖啡屋，坐了下来，开始拉起家常。这两个女人有时视为仇敌，有时又视为知己，女人的性情千变万化，由此可见一斑。二人摆了几句家常，梁娜开门见山，单刀直入地说："王姐"她不自觉地使用了"姐"这个亲密的称谓，想拉近和王亚娟的距离。"王姐，一是公司今后的发展；二人对李大海这个人有什么打算和看法。我想听听你的意见。"

王亚娟思考了一会，便审慎的说："对大海这个人目前还是用人之际，我认为还不到讨论他的时候。"她摸不清梁娜的真实意图，不知梁娜葫芦里卖的

## 第六章 亚娜海猜想

什么药,所以小心翼翼的绕开了这个敏感的问题。不谈李大海,对第一个问题,她说:"我想先听听你梁总的意见。"

梁娜说道:"王姐,对李大海这个人,你说得也对,还不到讨论他去留的时候。但公司的开办资金是我们俩出的,现公司的发展势头又很好,对李大海这个人应该是未雨绸缪,先应该有个考虑,免得到时候突遇变故,我们措手不及。公司总是要有男人撑起,站在前台的。"

梁娜顿了顿,端起咖啡抿了一口,又说:"至于公司的发展,我倒有个想法,提出来与你商量商量,先听听你的意见。"说完,她不待王亚娟回答,又自顾自地说了下去:"我认为公司除了当前依仗李大海、罗尼德继续抓好各项业务工作外,我二人应该全力以赴的做一件大事。"梁娜的眼睛注视着王亚娟的脸,打住不说了。王亚娟疑惑地看着梁娜,问:"什么大事?"

梁娜莞尔一笑,说:"久租人家地盘做生意,像水上浮萍定不了根,我们应借助何副市长,关索玛,那些包工头的力量,找一块地盘,建一幢公司大楼,配套齐全的话,那就是永久的产业。王姐,不管今后如何风云变幻,我们都能立于不败之地。那就是铁打的营盘。我们老了,什么都干不成的时候,或是租给人家,或是留给后代。起码能保我们这一代,锦衣玉食的高档生活不受影响。你说,对吧?"这个女人想得不可谓不深。

王亚娟脸显喜色:"这个主意不错。但面临两个障碍,一是地盘问题;二是资金问题。如何解决?"

"地盘问题麻烦一点,但还是有办法可想的",梁娜伸过头去,在王亚娟耳边嘀咕了几句,王亚娟脸上一红,嗔怪道:"亏你想得出来。"二人在慢慢地喝咖啡,想着各自的心事。但看得出来,二人都喜上眉梢。

过了一会,梁娜又才说道:"至于资金问题,我二人把私房钱拿出来,一人200万,再找人借400万,公司抽200万出来,合计一千万。就可以先做前期工作,一部分用于打点,一部分用于购置地块。注意,地块50亩左右就完全够了,不然心大烂肺,我们没有那么大的吞口。一部分启动基础建筑,就可以把高楼往上盖了。大楼你起一个名字,计划用三年完成,我们亚娜海公司今后每年的收入除支出外,就全部投进去,不留一分钱,我们的大楼不就建起来了吗?那可是我们二人永久的基业呀!再也不怕男人抛弃我们,再也不怕人老珠黄不值钱了。"

王亚娟仔细一想,梁娜说的句句在理,便完全同意。于是二人便开始商议起各项细节,连饭也忘了吃。

第二天,王亚娟在公司会议室召开了中层以上的干部会,由梁总经理宣布了亚娜海公司准备自己建办公大楼及配套设施的宏伟计划,搞得会场气氛非常热烈。梁总慷慨激昂,热情洋溢地讲了一个小时,秘书们飞快的作着记录,因为会后要形成文件下发到每一个职工。归纳起来,她的讲话不外乎两个内容:一是大家要努力工作,发挥每个人的聪明才智,把公司做大做强;二是把公司大楼聚沙成塔,集腋成裘盖起来,每个人都可以入股,举全公司之力办成这件大事,利在当代,功在千秋。

俗话说:有智就使智,无智就使力。一个星期之内,整个亚娜海公司上上下下的人员都处于一种莫名的亢奋之中。大家都在为未来公司的远景蓝图而献计献策。众人拾柴火焰高,人多毕竟力量大。"人民战争就是那无敌的力量",啊,无敌的力量!

首先,领导班子及筹备办公室架子搭起来了。王亚娟任工程指挥长,梁总为办公室主任。班子成员中有市国土房管局局长林金紫的姨侄女婿马奔,有市规划办副主任叶陵儿子未过门的媳妇米莉莉,还有时尚界的交际花杨水月等。真是要枪有枪,要人有人。

如今富人猖狂是不争的事实。"床前明月光,我爸是李刚。"穷人乍富,癞狗长毛,小人得志。穷得富不得,富得了不得。得了,天在我脚下,人在我脚下。有的人稀里糊涂就富了,没做好任何的心理和生理准备,补药吃多了会流鼻血,糊不住呀!便有了亢奋、躁动,想打人,想杀人,胸中有一股东西要涌出来。毛泽东时代,银子怕露白,"有肉饭下瓮",穿新衣、走夜路。而今,生怕人家不知道自己有钱,只差在街上鸣锣呢?

党委的组织部和宣传部,职能各有不同。宣传部是生怕人家不知道,才大力宣传;而组织部哩,干部要变动前生怕人家知道了,要保密。现在是无钱人冒大,怕人瞧不起。真正富豪低调,怕被人杀。钱倒多不少的猖狂。

小平同志的政策好呀!让一部分人先富起来。就像一万个人在街上走,排成横队不分先后迈入小康社会是不可能的。因为路没有那么宽,并排走不下十几亿人。只能分先后次序。但共产主义的终极目标是共同富裕。一些穷来一些富。能建和谐社会吗?"吃的吃来看的看,心头犹如锥子钻。"渴望平等是人类最原始和最本质的追求。历代农民起义,总要打一个旗号,上面写的总是"分田地,均贫富。"这最有号召力。上下五千年,经历多少代,但口号始终不变,为什么?因为分田地是物质共同占有,均贫富是终极追求。

有人说,古人愚昧,生产力低下。总的情况毋庸讳言,是这个样子。但《易经》,张衡的地动仪等古人的发明和创造,至今无法正确地解释和解读,又是为什么呢？只能说明，我们现代许多东西超过古人，但又有许多东西，不敌古人聪明。只举一例，诸葛亮的"木牛流马"，你能造出来吗？不信，但看中央电视台十频道。世上知其理而不知其事也，是你智慧不够；知其事而不知其理也，是你的经验不够。

## 第七章　时代冷兵器

　　米莉莉何许人也？亚娜海公司模特儿队队长。她二十六七岁年纪，身材高挑，鸭蛋脸，柳叶眉，一双丹凤眼，鼻梁高而削，似乎隆过鼻。胸前一对与模特儿身材不太相称的圆滚滚的乳房。一个拖屁股在宽松的衣裙遮掩下都还显得肥大。按相书上讲，这类妇人是生养儿子的好料。这米莉莉怎样看怎样像个少妇，不太像一个未开过苞的少女，浑身泡楚楚的，像一个发酵过后的馒头。但她在公司人员的表格上"婚否"栏目非常清楚的填着：未婚，无婚史。

　　她初进公司，并没有显示过自己有什么背景，而在有几次在公司大门口被梁娜瞧见，一个富公子模样的年轻人开着法拉利跑车来接她外出吃饭。梁娜是何等冰雪聪明，这女人有一万根岔肠。马上一打听，那公子是市规划局常务副局长兼总规划师叶陵的儿子。

　　梁娜佩服米莉莉内敛的性格，未经任何人商量就让米莉莉当了模特儿队长，工资比一般人员高了三倍。梁娜在提拔米莉莉当队长的时候，是建模特儿队之初，那时根本没有拿地建大楼的打算。她只是觉得米莉莉这样的人，放在那里关键时刻是肯定会起作用。投之以桃，报之以李。梁总无端升米莉莉为队长，让米莉莉心生感激，何况工资还涨了一大截。

　　事后，王亚娟等人都夸梁总此事处置及时，高瞻远瞩。米莉莉这下派上了用场，英雄有了用武之地，她要为了公司的利益，进攻自己未来的老公公了。好，瞄准。有的人刀枪不入，但肉弹就不一定啦！中国已经开始富足，特别是那些当官的手握重权的人们，已经是养尊处优，吃得脑满肠肥，富得流油了。饥寒起盗心，饱暖思淫欲了。饱暖——狗卵。

　　但米莉莉和叶公子的恋情还处于地下状态，他父亲母亲还不知道。一个偶然的机会，叶公子见到米莉莉，就一见钟情爱上了她。米莉莉的漂亮脸蛋，高挑的身材，风趣的谈吐，当然还有那沉甸甸的乳房和圆圆的屁股，都令叶公子着迷。于是便开始了一场追逐。

米莉莉呢，知晓了叶公子的身份后，便欲擒故纵，顺水推舟的让他上了她的床。事后，"你要对我负责"的话就常挂在了米莉莉的嘴边。叶公子是个梦虫，是米莉莉替他开的苞，他觉得与米莉莉做爱如登仙境，赌咒发誓，今生非米莉莉不娶。他比她小三四岁，有一定恋母情结。这年头怪，有权有势的是老子、母亲怕儿子。父子或母子作对，老的必败无疑。其实，叶公子是没有经验，米莉莉脱光衣服，在他面前袒露全身白肉的时候，他已经花了眼，没有看清米莉莉的稍稍隆起的小腹上那靠近大腿根的右边，有一条细小的妊娠纹。很细小不容易看出来。证明这个女人不但有过性史，还怀过孕。当然，知道这些又怎样嘛？这人我还是要定了。这才是公子哥儿的脾气。

蒹葭苍苍，白露为霜，所谓伊人，在水一方。

古人的仰天长啸，慷慨悲歌，是否与当代的神经错乱者的鬼哭狼嚎源出一脉？是来自宇宙的灵感，还是他们都共同发现了冥冥之中的某种信号，而在这时需要的事，那就是——唱歌。以表达一种莫名的情感。

谈完了米莉莉，该杨水月登场了。

杨水月，女性，28岁，大学本科，读的服装设计专业。这女人来自农村乡下，五官身材都谈不上漂亮，但她见人总是一脸脸的笑，很有亲和力，一笑嘴角就露出两个浅浅的酒窝。

这女人，什么都会，是一个杂家。唱歌、识简谱和五线谱，拿着歌单就能唱；会乐器，什么都能摸上一把，算不上精通，但都能吹或奏出调子；学过武术、跆拳道；又练过瑜伽，身体的柔软到无以复加；她又是一个美食家，不但亲手能做出可口的饭菜，对苏、粤、鲁、川四大菜系都能谈出道道，品出色香味鲜的诀窍。

杨水月这女人就像一个生活博士，社会上基本没有她不知道的东西。又像一部中华帝国的百科全书，博学庞杂，触类旁通。譬如数学，她懂万物都是数，她知道数学具有高度的抽象性和广泛的实用性。又譬如中医，她能背"药性赋"、十八反歌，她知道"遍行补法，未必尽是虚弱；执用辛热，岂有概是寒凉。"对演艺界，哪个歌星唱那首歌，以及哪些影星、歌星的故事，她都能如数家珍。

这还不算杨水月的过人之处，她真正的强项是会农村所谓封建迷信那一套。没走出深山沟的时候，她在当地当村小老师的父亲的督促和指导下，系统的阅读了《金刚经》、《枕中记》、《周公解梦》、《周易》、《相书》、《堪舆学》、《厚黑学》、《圣经》等书籍。父亲言传身教，使她很小就接触到那些稀奇古怪的东西。她会摸骨、看面相、算八字、选阴地阳宅。

"甲子乙丑海中金，丙寅丁卯炉中火，戊辰己巳大林木，庚午辛未路傍土，戊寅己卯城头土"

大甲子她能倒背如流。她在农村给别人选宅基地，也令人交口称赞："这个地势生得好哩！后面是座来龙山，前头是口蓄龙潭，左有青龙，右有白虎，上有朱雀，下有玄武，朝天看，是天长地久；朝地看，是富贵荣华。"比她大许多岁的农民们也不由拍起巴掌来。杨水月会这一套，在农村不愁找不到一碗饭吃。但城里的天空更广阔，城里人现在也时兴这一套。

你莫以为杨水月只会农村那一套土八路办法。心理学上的"先视体验"，"马里奥特"盲点；黑格尔的哲学；康德的机械论；巴格宁、克鲁泡特金的无政府主义；俄罗斯的"符号学"；甚至连法国上个世纪五十年代的话剧《等待戈多》；她也能说出个一、二、三，道出个所以然。你说奇也不奇。但她深藏不露，绝技从不轻易示人。对外形象大家都只知道她是两江市时尚界的交际花。

那么这一个读奇书的奇人，又是怎么会被亚娜海公司看中而得到重金礼聘的呢？还是那个罗尼德。他一次独自一人到一个小酒馆里饮闷酒，邻桌的几个酒客比他先到。罗尼德进去时，那几个人已是喝得二麻二麻、二把栏杆的，只听得一个大舌头在叙述着杨水月的种种神技，把偷听的罗尼德也吹神了。他经过打听，得知杨水月的地址和电话，便抽了个半天，来找杨水月验证。他进门就说，也不自报家门："侠姐"，这是两江市人的江湖习惯称谓，五十多岁的人称呼年方二八的年轻女子，可叫"姐、孃、姑婆"都行。叫与听的人一点也不觉得别扭。他道："侠姐，我是慕名而来，你能两句话说出我的一生，我重金谢你。"

杨水月也不搭话，知他是有备而来，决心露一手，惊惊他。她叫罗尼德端坐在椅子上，便仔细地瞧了瞧他的面相，然后说："你的情况我已清楚，但要浓缩为两句话，容我想想。"她要卖个关子。故作思索状。俄顷，杨水月道："有了"。取纸笔来龙飞凤舞写了几行字，递给罗尼德。老罗接过纸条一看，大惊失色，半晌，没有言语。那娟秀的字体堪比书法家，内容是：行走于黑白两道，介乎于正邪之间。

于是，罗尼德郑重其事的把杨水月推荐给了公司高层。王亚娟、梁娜、李大海均不相信，认为老罗是喝醉了酒，打胡乱说。罗尼德也不解释，说："你们摆个擂台，让杨水月来试试，给个机会给人家，总可以吧？"现在正是用人之际，打起灯笼火把网罗人才。好，公司高层，中层人员全部会场坐好，单等杨水月出场。这农村姑娘倒也大方，一点也不怯场。她站在会议室内的中间，衣着得体，沉稳大方，淡定从容，脸上挂着微微的笑容，笑看四面八方。

　　主考官是李大海，大家除罗尼德一人外，都不知他挨过黑打。他现在伤已好了，但心灵之痛还未平复。罗尼德受他委托，曾去发廊"寒流"找过婷婷，老板说，早就不知去向。他去出租屋了解，也是同样的回答。身份证复印件核对，身份证是假的。被人打了，还不知道主使是谁，李大海心生凉意，做事警惕多了。

　　问："天王盖地虎"

　　答："宝塔镇河妖"

　　问："正晌午时说话"

　　答："谁也没有家。"

　　问："脸红什么，"

　　答："精神焕发。"

　　问："怎么又黄啦?"

　　答："防冷涂的蜡。"

　　你李大海问什么，她杨水月答什么，并且对答如流。王亚娟、梁娜、罗尼德，以及人事部经理等都坐不住了，便纷纷向杨水月提问，一连串的偏题、怪题像炮弹一样掷向杨姑娘。但她不慌不忙，不疾不徐，回答问题节奏控制得很好。并慢慢的占据了考场主动。

　　问："桥儿两空"

　　答："脚踩当中"

　　问："当中有个眼"

　　答："脚踩边边点"

　　问："天上明晃晃"

　　答："地下水凼凼"

　　问："天上一枝花"

　　答："地下牛屎巴"

　　问："单田一根线"

　　答："跑马如射箭"

　　问："大路朝天"

　　答："一个半边"

　　问"平阳大路"

　　答："甩开脚步"

　　……

51

......

独木桥，就慢慢摇。慢慢摇呀，摇到外婆桥，这场考试就从上午十点摇到下午四点。但大家毫无倦意，如享大餐，兴奋得如同抽足了大烟。搞得皆大欢喜。梁总欢天喜地，天下英雄皆入我亚娜海公司也。当众宣布聘请杨水月为公司顾问，年薪五位数以上。并宣布放假半天，餐厅加菜会餐，并特许饮酒。

酒席上，杨水月发话了，她说："你们该问的都问了，现在我也想问你们一个问题。谁能答上来，是男的我任你亲吻，是女的我叫你亲娘，好不好？"众皆叫好，催快出谜语。杨说："什么最复杂？什么最简单？"各种各样的猜测都有，但杨水月均说不是。大家只好作罢。

酒席散去，大家尽兴而归。在回去的路上，车里只有王亚娟、梁娜、杨水月三个女人。梁总开车，王董问话，说："小杨，你刚才的谜语还没有解密哟，给我们说说。"杨水月故作神秘："人嘛最复杂，造人最简单呗。"末了她还叮嘱二位上司："别给那些男人说，让他们去瞎猜猜。"梁娜噗的一口，差点把刚吃进去的酒菜饭喷出来。心想，这个女人还真不简单呢！

至于成员中的马奔，生得五大三粗，是关索玛主任亲自介绍来的。现任公司保安队队长。此人当过兵，对领导忠心耿耿，说一不二。最关键的是，他老婆的姨爹是市国土房管局局长林金紫。

但在大城市里兴建一幢大楼，是非常不容易的一件事，老百姓连想都不要想。这牵涉很多繁琐、复杂、麻烦的诸多问题。很多人对此是望而却步。因为这是自建自用，要批许多手续，要经许多部门，要过许多关卡，整个手续按常规要半年到一年才跑得下来，光公章就要盖三百多个。这还是正常情况，若遇卡壳、意外，那不知要拖到猴年马月。你不知道"衙门深似海"呀。而且有些问题不光是用钱就能解决的。所以，一般要有专攻小组，要有锲而不舍的精神，要有大量的金钱做后盾和支撑，像打过江隧道一样，钻呀钻呀，一直往深处钻……

对于一个指挥人员来说，这就是一场战役。要全面谋划，通盘考虑，四面出击，重点突破，有所侧重，随机应变，八面玲珑，无所不用其极。为了目的，不择手段。

与商品楼不同，国家对土地实施统一管理，那是挂拍竞价拍卖，你是建好后销售，你是做生意，我就要卖地赚钱养财政。这自建自用大楼，性质有所区别，就好比某单位建办公大楼，还是要通过层层审批，也要报告，也要花钱，国家才划拨或是低价买卖土地。

亚娜海公司高层召开了一个"诸葛亮"会议，集思广益，大家出主意，想办法。按梁总经理的说法是:"把这次办手续的过程变成一次轻松的旅行,就像在风景优美的地方漫步一样,不要把它看成辛苦的跋涉,就像攀登珠峰那样艰难。"话是这样说,那得这味药。在战略上藐视它是正确的,凡事要有信心没错。但在战术上要非常重视才行。有些事说则容易,做则难。隔行如隔山,碰到钉子你才知道什么叫厉害。

李大海身为常务副总,最后在大家畅所欲言的发表了各种意见后,作了一个概括:首先,单位要拟好,一个用地建楼的报告,至于格式,去找一份样本,依葫芦画瓢,要搞得很正规,像模像样,因这是一件严肃的事,不能当儿戏。报告要写明建大楼的目的,发展经济嘛,反正是那些好听的话往里装,建好的用途、大楼的规模、资金来源、环境的保护、三废的处理、绿化、门前三包等等,尽可能将报告写得详细和全面一点,让人家无刺可挑。免得跑到半途推倒重来。要跑多少部门就涉及多少部门的内容,不然,一会说你没预留消防通道;一会又说你没注意食品安全,诸如此类问题,最好不要出现。这个报告由办公室草拟,我来把关,王董、梁总审批签字。报告要一周内出来,出来后,跑职能和相关部门由杨水月、马奔、米莉莉具体负责,配一部专车,带两个最漂亮的模特同行。

他看了看梁娜的脸色,梁总正抿嘴偷着乐。其实这些话都是王、梁、李三人早就商议好的。李大海接着往下侃侃而谈。在跑手续的过程中,遇到问题要随时请示,一点小事不要麻烦王董,找梁总和我就行。要请客吃饭到歌舞厅唱卡拉OK等具体事务,授权你们相机行事,但要给公司打个电话,让我们知道。初期开办经费先拨二十万元,以后视情况而定。公务也要注意节约。若需要领导出面,先打招呼,后有准备。

第二个问题,就是大楼选址问题。选得太偏,交通不便,客户不愿意上门,也难找。选在市中心,寸土寸金,土地比黄金还值钱,我们承受有难度。他不说承受不了,而说成有难度。看来李大海在斟酌词句上还是很讲究的。我认为选址应满足几个条件:

一是要选未来两江市的热土,现在还没热的地方,这事要有预见性,我们的目的是要大楼今后的地价增值;

二是交通便利;

三是城乡结合部,这样地价低。

选址一事,非常关键。所以,我建议最好搞三个备份。可以先从地图上找,再去实地踏勘,最后大家定夺。这事由梁总牵头,罗尼德等人参加,米莉莉负责一个单项,那就是找规划部门了解未来热土是哪里。杨水月也要参加。

从堪舆学角度看龙脉、地势、财源，以有利于今后公司兴旺发展。米莉莉、杨水月也是参会人员，听后轻轻点了点头。撰写报告与选址二事同步进行。半月内务求有回音，其他事以后再说。说完，他看了看王董和梁总，示意她们总结。

# 第八章　双胞胎怀孕

王亚娟说："就按李总说的办吧！"这段时间，她感觉到有些慵懒，什么事都打不起精神，月经也有两个多月没来了。她心中明白，她王亚娟四十挂零，如今身怀有孕了。原来，自从王亚娟与李大海交往后，她觉得李大海还是很优秀，所以她想把李大海永远拴在裤腰带上，那么，怎样才能拴住男人的心呢？给他生个孩子。这就是夫妻之间，不对，是男女之间心中永远的痛，永远的牵挂。于是，王亚娟偷偷一人去到医院，去把避孕环取了。李大海并不知情，在床上还是生龙活虎，这不，男大女大，挨到就下。怀孕了。但王亚娟没告诉任何人，包括李大海。前几个月和李大海的性生活是频繁了一点，猛了一点。谁叫李大海是猛男嘞！四十多岁了，不靠伟哥，完全靠自身神力，坚持几个小时而不衰。王亚娟心中还有个小九九，她要在性生活上与梁娜一决雌雄。她在心中连小孩的名字都取好了：李小海。当然，这要是个儿子才行。

这时，梁娜讲话了，她说："我完全同意李总的意见和工作安排，但补充一点，今后这样的会议要经常开，以便大家互相了解情况。散会。"

其实，不光王亚娟累了，梁娜也累了。她也感觉到慵懒，她也做了同样的事，取了避孕环怀了孕，只不过在时间上，她比王亚娟推迟了一个多月。但这孩子究竟是谁的？梁娜心里还犯嘀咕，因上身那几天，她和关索玛、李大海都有鱼水之欢，红楼交颈春无限，夜夜笙歌乐无穷。只要关索玛不来，她就找李大海，基本上没放空枪。今后孩子生下来不知是叫"小海"嘞，还是叫"小玛"。管它呢，反正这孩子铁定要生下来，管他是哪个的。车到山前必有路，水到桥头自然直。到时候再说。

会议一结束，除王董与梁总外，其余人等如旋风般滴溜溜转了起来。李大海与罗尼德摊开两江市的大地图，开始了地毯式的搜索。

两江市主城共有九个区县。长江、嘉陵江穿城而过，把城区分割成大小不一的几大块。从地图上看，整个城区就像一片秋海棠的树叶。他们先在北部寻找，按照大家议定的几个先决条件，用格状框定法，初步选定了一个范围，再一一过细在互联网上，电脑上筛查。这工作很细，耗神费力。但别人又不能替代。罗尼德这个老狐狸建议，每天上午查地图，找资料，网上室内作案头工作；下午是开车外出，实地踏勘。这样，可调节神经，动静结合，借机兜风。外带一个驻班模特儿，既养眼怡神，这样男女搭配，干活不累。一举几得。

李大海采纳了罗尼德的建议。三天下来，终于初步在纸上划出了三个地方。

北部地块，双龙湖。这里丘陵起伏，十余个大小湖泊点缀其间，交通还算便利。城市的前沿触须已经刚刚延伸到这里，很有发展前景，周围有几桩地产，楼盘都已经批下来了，只待择日开工。

南部地块，双凤山。双凤山因两个乳房状的小山岗形似凤凰而得其名。这里山势左环右抱，气象万千，前有大江，后有远山，有一股龙脉从东南方向蜿蜒而来，地势也好得很。传说，这里有一个地心核点，叫"天心地胆凤凰窝。"古时，一对夫妻住在这里，家很贫穷。但子嗣特旺。二人十八岁结婚，到三十六岁时，便有了36个儿子，一年一胎，一胎两个，连生了十八年，全是儿子。县官不信，派差人去打探，回来禀报情况属实。遂带地仙前往亲看，一屋从大到小全是光着身子，长着小鸡鸡的男子，一数整整36个，一个不少。惊得县官作书禀报朝廷。地仙说："他们二人住这个岩窝，是天的中心，地的核点，是一个凤凰窝，专门下蛋的地方。"皇上下旨，将36个作了安排：朝政供养十个，县官供养八个，地仙供养六个，去的两个差人也跑不脱，各供养四个，其余的夫妻二人供养。当然，这传说终是传说，不能当真的。

如今，这岩窝已经找不到了。但反正是这一带。如若不发财，发人也行。因为老班子讲：有钱不如有人好。这句话的背后，也有一个故事，说的是古时，有两个朋友，也是亲戚。二人互相请吃酒，串门。一个钱多，一个儿多。先到有钱人一家饮酒，抬出桌子，地上不平，便用银元垫桌子脚，以此显富。过了几日，又到儿多一家饮酒，抬出桌子，也是地上不平，桌子搁不平整，父亲就叫四个儿子这里不平就将桌子搬到那里，搬过去搬过来，还是不平，就叫四个儿子一支桌脚站一个，抬起桌子让他们饮酒。瞧瞧，是钱多还是儿多好。中国人多子多福观念根深蒂固，由来已久，不易消除。钱是死的，人是活的，卵子是割猪匠的。钱是人找的，也是人造的。这些话都不错。

西部也选了一块，在温泉城旁边，叫烟雨大道。"侍儿扶起娇无力，温泉水滑洗凝脂。"春江水暖，温泉水滑，应是出大美女的地方。在相书上，水代表财源，水流汤滚，财源广进，这是大大的吉兆。

## 第八章 双胞胎怀孕

两江市两江怀抱，三山环列，如一个金佛半卧。左手如托泰山，乃缙云山也；右手如抱婴孩，铁山坪是也；后有长龙奔潭，赤龙上天，大巴山余脉是也。都好，都好。这真是："排空驭气奔如电，升天入地求之遍。上穷碧落下黄泉，两处茫茫皆不见。忽闻海上有仙山，山在虚无缥缈间。"

三天之后，从杨水月处也传来信息，报告走得很艰难。为什么呢？一个小小的办事员，什么权都没有，就是保管一个公章，都吃拿卡要，不然靠山吃山，靠水吃水，他靠谁去？任你有日天的本事，对他其奈何哉！任你官清如水，岂敌他吏滑如油。大官好见，小鬼难缠。那些办事员就像非洲丛林中那些黑色的狗熊或是棕熊，在春暖花开的季节里，守在不知名河流的滩口上，正是大马哈鱼鱼类产卵和亮翅的时光，鱼儿不断地蹦出水面，熊就张口吞食。电视《动物世界》也常见，有多少鱼儿落进熊口。这叫一口老鸹守一口滩，滩滩老鸹都要吃鱼。这过五关斩六将走下来，硬碰硬是走不通的。必须改变思路，走捷径才行。

这是伤脑筋的事，大费周章。大家又开会商讨对策。这次是梁娜总经理发话。开始打烂条。办手续必须要改变策略，广交朋友为主，捎带办事为辅。君子门前三千客，瘸脚跛手都要得。只要对我有用，来者不拒。把模特预备队调上去，打上甘岭战役，没有攻不破的堡垒。只要船坚炮利，开花弹，穿甲弹，人肉炸弹全用上，火力全压上。定能攻无不克，战无不胜。有的硬上，有的迂回，有的堡垒最容易从内部攻破。

亚娜海公司的主营业务是承办各种大型庆典，会展活动；承办各种演出商务活动；承接某些大型集团或大公司的单项和多项业务咨询，民间调查或战略发展方向的创意和策划；也承揽户外广告，各种媒体的广告等业务。从目前发展的势头看，情况良好。但这还远远不够，公司正有打算，逐步吞并一些小公司壮大自己，接纳一些有投资意向的财团，借机发力，借鸡生蛋。逐步向服装行业，房地产业发展。

任何一个集团或民营企业，开创之初，项目、品种都比较单一，这样风险也大。在不断发展、壮大的过程中，开始不断涉及新的行业，新的领域，这是扩张的价值取向，必然结果。这也符合人的本性，获得社会承认，体现自身价值，向新的目标的永恒追求。对财富的追求是人的不竭的动力。

王亚娟、梁娜、李大海都不约而同地想到了新的一点，在这个社会上，梁总的话开启了智慧的大门，如同灵感对创作的作用。公司必须开办新的业务，为公司的发展壮大服务，为公司的多元化开辟新战场做铺路石。

做什么呢？开大酒楼，集住宿、餐饮、娱乐、休闲、温泉、旅游等功能于一身。一条龙服务，从头洗到脚，站着进来，睡粑了出去。既辟了财路，增加收入，又可办许多以前办不到的事。

公司高层很审慎，对开办酒楼项目，兴办服务业实体作了认真的思考和研究。先是派出一队大学毕业生为骨干的队伍，到市内各大饭店、服务行业做了一番广泛的调查，市场摸底。有的装作应聘人员混进人家公司内部掌握了解运行流程，经营状况，指标数据；有一队人甚至去了外地打探人家情况，到京津沪等地取得经验。结果大有斩获。

调研报告的结论是兴办服务业大有可为。二是管理人才缺乏怎么办？罗尼德出了一个点子，这点子有点阴，但实用又具操作性。他说，在被开除公职、开除党籍的"双开"人员中，寻找人才。这几年反腐倡廉，打击经济犯罪活动中，有许多官吏纷纷落马。刑满释放后，有的不甘寂寞，有的生活无着，但这些人都是一些干才。门类齐全，应有尽有，擅长发挥某些特殊功能。这些人要先收其人，再买其心，果断重用，不歧视。

年轻人要按专长任职，发挥才干；年龄大的作顾问，让经验、人际关系起作用。他们必定感恩戴德，有报效之心。若真能起核弹作用，一个人可顶十个刚从大学毕业的新毛团呢！当然，这事说起有点不光彩，甚至有可能有负面影响。但我们只做不说，不宣传。现在社会上有些事不就是这样吗？有的事只说不做，有的事只做不说。"要把房价降到合适的水平"，例如房价降下来问题，只说不做，房价不但未降，反而嗖嗖嗖地往上蹿，房奴是叫苦不迭。

例如收红包，此事只做不说。真正有媒体晓知此事，要做什么文章，我们就正面回应，不是有给出路政策吗？人老了还得给养老金嘞！包括农村老人。我们是功德无量哟，人尽其才，物尽其用。说得多，实际用得少。人才浪费才是最可惜的事。

王董插话问道："这批人怎么去找？你又不可能打广告？"罗尼德说："这事好办，组织一帮人在网上，报刊上搜寻，只要找到一些人，他们下课干部之中互有联系，都是同病相怜吗，就相互推荐，这是其一。其二，以写反腐题材为由头，派人到纪委、检察院查阅档案，反正公开处理过的一般不保密。当然牵涉国家安全，个人隐私的除外，这多管齐下，还愁找不到几个经营管理的人才？"

大家听得频频点头，这办法行之有效。会议还议了租楼房、搞装修、搭班子等许多非常具体的问题，一一作了安排。资金问题成了最大的拦路虎。王董说："夜深了，此事大家回去想一下，明日接着再议。"散会的时候，她喊住了李大海，说："小曹，今天有事要找你。"这是他们之间约定的暗语，意即

>>> 第八章 双胞胎怀孕

燕子楼相见。

一番缠绵之后，王亚娟全身赤裸地躺在李大海的滚烫的怀抱里，说："大海，你说这资金的问题如何解决？"李大海沉吟有顷，才回答道："亚娟，投资酒楼，兴办实体究竟需要多少钱？我们明天先合计一下，算个粗帐，心中才有数。至于资金么，我们办成个股份制企业。每股五千元，全体职工认购，也可面向社会，欢迎有实力的人参股。若资金还不足，把公司准备建总部大楼的款项调一部分过来，自己建楼的事缓一缓，先把实体办起来，有稳定的收入渠道后再建大楼。办手续证照的事边等边做，一点也不要停。若集资过剩，则可考虑职工分等级限购，控制规模和数量，你看如何？"

王亚娟思索了一会，说："目前，搞股份制集资兴建实体是唯一可能的选择，但如何分配得有一个细则，要让人尝到甜头，有利可图，才有投资的积极性。"

李大海说："这个容易，在职工购股时讲明，买股以后，职工就是企业的主人，兴办的实体盈利之后，除去经营性成本，按股分红。多赚多分，全部分完，不搞提留。"然后李大海又幽幽地补充道："王董，你还有多少私房钱可以用于购股？少了的话，对兴办实体企业投资资金的驾驭权和话语权就会相对减弱，那时是否决定董事长之职长久，可得认真考虑。"他见王亚娟在沉思，便又说："我完全是为你着想，亚娟。"说完以后，双手又伸向王亚娟的乳房抚摸起来。

裴老头留给她的三百多万元，组建亚娜海她投入了二百多万元，还余一百多万。但不想将详情告诉眼前这个情人。她想，凡事都得留一手，未可全抛一片心。自己的底细王亚娟不想告诉谁，但自己怀孕的消息，还是应该告诉李大海，只不过是要寻找一个恰当的时机，让他惊喜。正在她犹豫不决之际，李大海像蛇一样灵巧的双手已抚摸得她浑身炽热起来，她忍了又忍，终于忍耐不住的大声呻吟，猛一下，她骑上了李大海的胯间，忘情地说："大海，我还要……。"

王董和梁总怀孕的消息没有任何人知道。但常桩模特儿队伍中却有三个女孩怀孕了，并且全公司的人都知道了。找来一问，三个女孩都抵死不说男方是谁，有刘胡兰那样的坚强。公司也没有办法。现今社会，上床跟人睡觉是寻常事，只要不是强奸，双方自愿，又年满十八周岁，此事又不犯法。事关个人隐私，公司无权过多干涉和过问。只是梁总和李大海觉得关乎男人的背景，怕伤害有权有势的主，也怕是黑社会人物所为也难说。不好下手认真追查，得罪了哪路神仙还不自知。于是只动员她们去做人流手术，不开除继续留队效力。有两女孩去做了人流,另有一个女孩选择了离开,她要生下小孩当妈妈。人各有志,不能强求。上当受骗,人家是自觉自愿,与你无关。

集资兴办服务业实体,出乎意料的顺利。办各种手续比修建大楼顺畅得多。大家投股认购的积极性空前高涨,资金的问题也得到解决。就是网罗人才的事稍稍慢了一拍,因此事急不来。很快,有十几个人先期进入公司高层的视线。这些人,有的任职总经理,有的任副总经理,有的任部门经理。架子一搭好,具体的事就让这批人八仙过海,去显其能了。至于对这些人的介绍,他们后面将一一粉墨登场,给观众亮相。这里就不赘述了。

这个集多功能于一体的实体,牌子叫"凤翥龙翔"娱乐总汇。隶属亚娜海公司。除了招聘的"双开"人员外,还将保安预备队,模特儿预备队全部调上去,保安队的人员充当娱乐总汇的管理者,模特女孩则大多做了服务员,招待员。在房间、餐厅、洗脚城、娱乐厅、温泉池中穿梭。住宿楼、餐厅、娱乐厅、歌舞厅、KTV包房、温泉、美发美容等均是全套人马。

"凤翥龙翔"一经开业,就很红火。生意红透了大半个两江市。

范晓生原是市商委的副主任兼市内某大型超市集团的总经理,因受贿罪被判有期徒刑七年,通过关系,只在牢中被关了三年就放了出来。此人四十岁不到,生得短小精悍,是个工作狂,浑身充满活力,仿佛有用不完的劲。三年的牢狱生活似乎并没有磨掉他的锐气。公司用其所长,叫他担任娱乐总汇的总经理,工资实行年薪制。范晓生来了劲头,施展出平身所学,把娱乐总汇按集团公司模式来进行管理,指挥有序,赏罚分明。不到两个月,就把"凤翥龙翔"搞得风生水起,河翻水浪。两江市的娱乐业这一池塘水,被他搅得哗哗作响。

当然这娱乐业中,最红火的莫过于位于酒店大楼底层的"龙凤"歌舞厅里。这里小姐漂亮,人数众多,甚至还能看到持各种签证逗留在中国的外国妞,英国美国法国,其中以俄罗斯女郎居多。经理叫陈华,是一个三十多岁的美丽妇人。她用肉体换来了两江市某区财政局长的位置。她毕业于某财经学院,擅长理财与交际。她上台不到一年,便锒铛入狱。是一个小案子牵出她这条大鱼,她被判了六年。关在牢中,她最渴望的是自由。狱中的滋味真不好受。她爱美又爱洁成癖,牢中的脏乱差几乎令她发疯。于是她只好放下颜面重操旧业,用她那副皮囊去换取一切。终于换来了提前出狱。陈华一出来,就投入亚娜海的怀抱,做小姐们的妈咪。她想要报复一切,便变本加厉,没日没夜的工作,以换取大量的金钱,作为筹码。所以主客观的原因相结合,搞得"龙凤"歌舞厅名头最响。

陈经理是有求必应,有客就陪,像一架疯狂旋转的机器。反正她出事后,

## 第八章　双胞胎怀孕

丈夫与她离了婚，小孩归父亲扶养。她是独身一人，无牵无挂。其实这些女人更令人恐怖。她什么也没有，什么也不怕，什么也见过，对于她这类女人来讲，还有何事不可为？

有一天，梁总把米莉莉请到了她的总经理室，又是泡茶又是让座，对其关怀备至。然后面授机宜，要她如何依计行事，女人之间，总爱鼓捣一些小秘密。梁总要米莉莉借男朋友叶章作为跳板，靠近其老人公叶陵的身边，套出两样东西：市区的南北西三面的哪一部分，将会成为即将开发的新区。这是打入敌人的心脏里的首要任务。第二个任务是让亚娜海公司的建楼计划从规划部门获得通过。梁娜开的价格是，给公司股份200股干股给叶总工，坐收红利到死并可买卖、继承。另给米莉莉个人40股作为奖励。这份重礼对米莉莉来讲是喜从天降。于是整天缠着叶公子叶章要去见未来的公婆。要先进门，作谈婚论嫁的安排。

叶陵是个精瘦的老头子，他妻子倒还显得像个贵妇人，富态高雅，举手投足气质不凡。这是长期过惯了好生活，颐指气使娇纵出来的傲气。

米莉莉第一次进门，就对叶父叶母"爸爸、妈妈"的叫，这称呼令二人大吃一惊，背着米莉莉问儿子叶章，怎么回事？叶章回答：就那么回事。父母明白，儿子睡了人家啦。米莉莉一进叶家，表现得非常勤快，又是煮饭、洗衣，又是扫地抹屋，见啥做啥。很快取得了叶母的好感。

米莉莉一进叶家的门，叶工眼睛都花了。两江市美女如云，他见得多，但那是在大街上，匆匆的偷偷一瞥，像做贼一样。也看不太真切。这175厘米的身高，沉甸甸的两个大奶子挂在前胸，肥隆隆的臀部在裙下暴露无遗，这样近距离的大美人矗立在他的面前。还真让人有点不敢相信。他有一种被震慑之感。

不过进了两、三次门，米莉莉是个自来熟，她就习惯在叶父叶母身边撒娇了。一点不做作，像江河流水那么自然。

一个星期天，阳光灿烂，是一个令人感到愉快，舒心的休息日。叶母到超市买东西去了，还没回来。叶章到电脑室里（他家有独立的书房和电脑室）查找资料去了。叶总工一个人坐在客厅里的沙发上，在看电视新闻。米莉莉是带着任务来的，是有心之人，而叶工是无心之柳，没有戒备。米莉莉装着不经意的对叶总工说："爸爸，我和叶章二人商议，结婚后还是搬出去住，免得打扰你们的清静。我想在城郊结合部买一套房子，现在价格低点，为今后有升值空间，你说哪里恰当、合适？"边说边走到靠背牛皮沙发的后面，将上半截身子压在了叶总工的肩膀上。她嗲声嗲气地说着，不过是一个半撒娇的亲昵动作。但恰好两个热烘烘地带着青春气息和脂粉香气的乳房就挤压在叶总工的后颈窝上。叶总工脸一红，不假思索的说道："就双凤山一带吧，找个楼盘，那一带很快就要成为南部开发新区。"

但叶总工不敢挪动身子，这一躲避，他与儿媳之间的正常亲昵就会变味成暧昧了。于是，他眼睛在盯着荧屏，心却提到嗓子眼上，一动也不敢动。那两团魔肉传出的热度他明显感受到了。好在这时叶章在电脑室里喊米莉莉的名字，要她进去看东西。米莉莉不情愿地站起来，进去了。

五秒钟不过，防盗门咔嗒一响，门开了，叶母走了进来。她逛完超市后回家了。

# 第九章 挑选凤凰窝

梁娜得到米莉莉的密报，便同王亚娟、李大海一道，带上罗尼德、杨水月等，旋风般地扑向双凤山一带，由一个当地熟人带路，到处踏勘初选地址。她们从远处看，从高处看；然后又从近处看，从低处看。整整转了大半天，才在一个名叫"月亮沱"的地方停下脚步。只见此地三面环山，中间约有四、五十亩大小一块洼地。三面环列的山不高，不过四、五十米的丘陵，但却草木葱茏，山上长满了柏树、松树和枫香树，间或有几株挺拔的梧桐树。月亮塘是一个大水塘，横亘在洼地的前面，水面大约二、三十亩面积，深约有二、三米，月亮沱因此而得其名。此地山环水抱，草木茂盛。更奇的是正对洼地的后山腰间，有一个碓窝大小的石坑，从坑中底部石缝中冒出一股清澈的泉水，有酒盅粗细，一年四季不干涸，水就顺着一条小溪流汇入月亮塘。据说，此泉冬暖夏凉。

杨水月一看，对此地笑而不语，只是频频点头。大家忙着询问了地块主人，隶属关系等基本情况，因夜风已起，大家又饿又累，才匆匆踏上归程。梁总给了当地那个熟人二百元钱，说了些感谢的话，才最后一个开车走。

大家进入市区，找了一个小酒楼，吃晚饭。等候酒菜上桌的时候，梁娜才对杨水月说："侠女，你对刚才月亮沱那块地觉得如何？刚才有人在场，你怕泄露天机，防主人趁机涨价，多花成本。现在可说了吧？"

杨水月诡秘一笑，说："梁总冰雪聪明，连小女子这点心思也看了出来，佩服，佩服。"说完，不慌不忙端起服务员递过来的一杯茶水就慢慢喝起来。

王董催促道："别卖关子，水月快说与我们听听。"杨水月正色道："此处是一绝好佳地。它坐北朝南，后枕来山，来山有龙脉；前有渊水，深渊有龙升。远看长江，水如长田。此地山、水、气、势占全，当官官要升，找钱要发财，后有泉眼终年不断，银子像水一样往家流呀，是个打起灯笼火把，搬起石头都找不到的好地方。"一番话说得大家眉开眼笑，兴致高昂。李大海直喊服务员拿酒来，要庆贺庆贺。

少顷，杨水月又道："此处东北方向有一豁口，宜发女不发男。"王董、梁总一听此话，心下嘀咕，我们不都是女人吗？发女不发男，最好。罗尼德多了一个心眼，悄声问道："可有补救之法？"杨水月朝他瞅了瞅，慢条斯理的轻声说道："地盘弄过手，再说。"于是，席间大家欢声笑语，饥饿之态、疲劳之躯，一扫而光。

这段时间，亚娜海公司生意顺风顺水。主营业务因两江市不断闹腾，今天要当这个"中心"明天要建那个"高地"，这几年闹得很红火。三天一个什么"破土动工"，五天一个什么"庆典"，十天半月搞个大事情。所以亚娜海公司承接各种庆典、演出、展览忙个不停，活路有的是。娱乐总汇那边，也是用对了人，领导有方，因而是财源广进，生意好得令同行忌妒。兴建办公大楼方面，也在有条不紊地进行。那些个职能部门，经办人员只要装怪，装疯迷窍，杨水月就调漂亮模特儿出马，拉到娱乐总汇去。要吃有得吃，要喝有得喝，要耍有得耍，要什么有什么。把那些人玩得个骨软筋酥。还愁不是一路绿灯。男人来让靓女陪，女人来让帅哥陪，个个搞定。关键人员还有吃有拿，在这里找小蜜，搞包场，实行特殊化。个别桀骜不驯的，还偷偷给他录了像，一旦翻脸，网上丑态曝光。

常言道：好事成双，一顺百顺，一肥遮百丑。杨水月那个攻关组也进展顺利，各项手续也在办理之中，虽然不能说是很快，但在慢慢往前走，就是王木匠的锯子——不锉（错）了。中国十多亿人口，一座庞大的国家机器运转起来，是非常缓慢的，千万个齿轮，千万个螺丝钉，千万个头绪，你忙他不忙，你快他不快，所以想忙也忙不起来，想快也快不起来，反正是老牛破车往前走。你想叫它停下来，也不行。你停他不停，凭惯性机械式地往前走。它绝不会因为一个领导人的夭亡或是某个政策的改变而停下脚步。你停太阳、地球能停吗？道理显而易见。这惯性有传统的、自然的、社会的、各方面力量的综合叠加，巨大能量无人无力量可挡。

潮涨潮落，草长莺飞。谁人能令寒冬腊月百花盛开？据说，武则天当女皇时代，一时心血来潮，要叫冬天百花开，以验证一下自己是否真命天子。大臣们请个巫师搞了个幻术表演，实则是假的。这着实让女皇高兴了好久，殊不知这是大臣们蒙蔽她，让她龙颜大悦的把戏，其实是虚幻的东西。

古时也好，现今也罢，人们都喜欢听奉承话，听好话，报喜的话。于是，才你有所好，我就所投。上行下效，阿谀之风盛行，溜须拍马，察言观色，看上司脸色行事。而生性直率之人，快人快语，实话实说的人，却遭受打击、冷遇，纵有才能也不录用、重用。本是"良药苦口利于病，忠言逆耳利于行"。但社会上大行其道的就不是那个理。你说，咋个办？古今一理，一理皆然。

有人总结说：现在大街上有两多。一是各银行网点多，二是药店多。不知什么道理。昆仑山人说：药店多证明病人多。而病人多又为何不到医院看病呢？证明医院看病贵，看病难，病人看不起。一个感冒花几千元还医不好是常事。因此不如到药店，是什么病买什么药吃得了。就是医了病又报不了账，你其奈何哉！医改医改，你改得了吗？医生的钱会进病人的兜吗？你想想这个道理。

银行多证明有钱人多，流通的货币多。货币多在少数人手中，大多数人是无钱可存或是少量存款供急用，不时之需。是养老钱，防大病的钱，或子女读书的钱。谁不想潇洒的消费？而是消费不起。大款一掷千金，要羡煞多少人。但做不到呀，腰中无刀杀不死人，也不敢杀人。银行以低利息收钱进去，再以高息贷出去。小笔金额看似低息与高息之间价差不大。但几千亿万亿的利益差，是可吓死隔壁王二的妈！钱放家中怕抢、怕偷、怕火、怕水、还怕老鼠，所以银行网点多，把国家的钱，单位上的钱，老百姓的钱统统收进银行里。这样才保险，这样才安全。有钱不安全，有大钱更不安全。其实，无钱最不安全。

这个社会有些奇怪，有钱的人差感情。没有钱的人除了差钱外，也需要感情。似乎人们都缺少母爱，需要感情的慰藉。感情又究竟是什么东西呢？哲学和心理学上的解释特别难记，又挺晦涩，有个乡下人说得好，感情，感情——不就是杆杆上的情格嘛。看似无聊，一语中的，有些道理。社会上为什么有那么多的人需要感情？感情是一种须臾不可或缺的商品吗？那我们何不就建一个仓储式的感情超市，大量地批发和抛售这东西，让人人满意而归。各取所需，该有多好。

古人的嫁娶故事中，讲的是父母之命，媒妁之言，男女双方根本没有见过面。直到洞房花烛夜，才知好歹、美丑。多少人还不是长草短草一把捏到，是堆臭狗屎只好吞了。女的则是"嫁鸡随鸡，嫁狗随狗，嫁个癞蛤蟆跟倒走。"好歹凑合者有。但有多少人也婚后如胶似漆，如鱼得水，好得似是"岩边的土——犁（离）不得，"要知他们婚前二人根本不认识，感情就更谈不上了，这不证明，这不是杆杆（阴茎）上的情吗？乡下人，你切莫笑他，鄙弃他。

两江市东南地区古属黔州管辖。这里山高坡陡，草深林密，历来交通不便，消息闭塞。"黄鹤之飞尚不得过，猿猱欲渡愁攀援。""撑岩挂谷蝮蛇愁，入箐攀天猿掉头。"自然条件虽然极为恶劣，但自古以来就有山民们在此出

65

没、居住和耕种，他们过着刀耕火种、日出而作的生活，其生存的艰难状况不难想象。但先民们与天斗、与地斗、与各种困难斗，"一年三百六十日，风刀霜剑严相逼。"他们顽强的生存、繁衍，一代又一代，直到如今。

古代劳动人民虽然苦日子、穷日子过得十分艰难，但他们也有自己的快乐。不然，那愁、那穷、那苦，那苦闷的日子，那漫长的岁月还不把他们压死、困死、愁死。历史证明，他们没有屈服于任何困难，而是顽强的活过来了。虽然活得又苦又累。

靠的是什么呢？是什么在支撑着他们那瘦弱的身躯、不屈的灵魂，傲然屹立在几千年的风雨中，而不倒下。靠的是他们乐观、幽默的性格。他们乐天知命，随遇而安，通泰达观，自得其乐。他们出自本能知道苦日子总有头哟！太阳每天都是新的，"面包总会有的"。什么都可以丢，但不能丢了希望。这种豪爽乐观，幽默风趣，知足常乐的精神状态和人生态度是通过语言表现出来的，他们穷得什么都没有留下，但他们留下了神话、传说、故事、语言，这些宝贵的精神财富。而哲学思辨的光辉，是其产生的社会历史背景和深刻的思想根源。

祖先们留下来的除了贫穷还是贫穷。语言也在岁月的风雨中变化。闪电的影子，墨汁一样的黑夜，浓得化不开的忧愁，石破天惊的灵感、神鬼的悸动都可能划破语言的外壳进入其核心。自然界有那么多的未知数，它们在渗透和影响人类的灵魂、语言和生活。地球也许是宇宙中独一无二的现象。地球据说已生存了四十亿年，那么，地球的生存，不能不说是一个奇迹。

昆仑山人在两江市东南地区工作和生活了几十年，现赋闲在家。山人一生无所学，加上大部分时间在农村，所以对农民的生活比较熟悉和了解。现闲来无事，开始将多年搜集的东西陆续整理出来，以飨读者。

荤言子是其第一辑。荤言子，简言之，拿男女性器说事，要么性动作，要么性比喻，除此无它。据揣想，单调、枯燥的生活，使山民们除了正事还说什么哩。只能是荤话逗乐，打发时光。有人认为，荤言子不能登大雅之堂。但山人认为，话虽丑而理正。他们受历史、知识、生活的局限，还能创造出什么呢？山民们用性爱之乐来到取悦大家，取悦自己。这与伏洛伊德的名言："人的一切创造和壮举，都是性的变位升华。性交，是上帝赐给人类的唯一乐趣。"不是有异曲同工之妙吗？卫道士们，走开！

略举几例：

劈胯一把盐——懒起

水牛鸡儿（笨）河沙——干掺

老鸹日 P——慢慢游

喝二上蒸笼——去（汽）它妈那 P

则（蜘）蛛日 P——牵丝架纹

猴子日狗——七脚八手

野猫日牛——大干

黄牛打架——芒（忙）

雨天坝啄瞌睡——背湿（时）不醒

脑壳上长鸡儿——有日天的本事

豌豆滚屁眼——遇圆（缘）

老鼠子日猫 P——拿性命打斗

麻 P 反檐——心宽

腰杆上拴死耗子——假充打猎人

肩膀上佬朝冲（蛔虫）——老屁眼虫

老鼠子别枪——起了逮猫心肠

鸡儿尖尖的嫩肉——吃不得亏

猴子盘鸡鸡——盘用得放手

感情感情——杆杆上的情

P 头长噫子——不岸（暗）（看不出）

喝二打扑鼾——阴吹

细娃的八字——算了

鸡巴不淡——算了的意思

板凳上日沟子——硬斗硬

屙尿洗萝卜——翻乎是活路

沟里放牛——两面吃

扁担无啄——两头失用

黄泥巴滚裤裆——是屎也是屎，不是屎也是屎

细娃日屁眼——搞好耍的

月亮坝看鸡巴——自看自大

饿得吃鸡巴——还要人按脑壳

卵子不得 P 日——干展鸡巴劲

姜大公日姜大妈——姜（治）姜（刚好、恰恰）

扯鸡儿揩屁眼——日本人

黄牛黑卵子——格外一条筋

鸭子的屁眼——肥虫

睡起屙尿——过侧（测）

瞎子打右客——放不倒手

单身汉打亲家——自扣，自娱自乐

茅厮头丢柚子——发粪（愤）

老太婆打喝害（呵欠）——一望无涯（牙）

六月间的冰口——好意思咧（稀）开得

老太婆的裤裆——没得指望

姑娘穿健美裤——裆（当）是哪个就是哪个

老妈妈的奶——没得揪头

屙尿醒鼻子——两拿

张丞相看李丞相——绿起，望到起

癞格宝出痘——显点（摆）

老人公的鸡儿——蔫当得

吊颈鬼拴胎——死积

狗儿向火——寸（撑）起

狗儿打喷嚏——要睛

狗咬刺猪（猬）——下不倒口

麻P上长虱子——不逗捉

叫花子吃热稀饭——等不起

老水牛喝二——没开过瓮

王二吃狗肝——心头不育（舒服）

锅头煮鹅石堡——贺不转

哪个打发两姊妹（双胞胎）——要初（粗）一齐粗

月母子骑田坎——不夹泥（怀疑）都夹泥

P上一粑屎——大家搞不成

狗鸡儿抹边油——又尖又滑

月亮坝耍大刀——明砍

跛子的屁股——翘

虱子钻P——找屎（死）

篾条揩屁股——刮犊（毒）

不得鸡巴了——伟大

帮鸡巴硬——勇敢

>>> 第九章 挑选凤凰窝

亮鸡巴堂堂——光辉
第二辑——谚语、顺口溜
人抬人无价之宝，
水抬人万丈之高。

手长衣袖短，
想得到为不到。

长草短草，一把挽倒。

男的痒得屙泡尿，
女的痒得双脚跳。

人能处处能，
草能处处生。

公不离婆，秤不离砣。

竹子都没靠到，
还想靠笋子。

跟到好人就学好人，
跟到端公就学跳神。

瞌睡神呀瞌睡神，
瞌睡来得不由人。

媳妇不孝是儿不孝，
女婿不孝是女不孝。

三穷三富不到老。

人上一百，形形色色；
人上一千，必有汉奸。

生意买卖眼前花，
锄头落地是庄稼。

男笑痴，女笑怪；
叫花子笑米口袋。

69

有钱买你人困倒,
无钱困倒爬起来。

天上鹞子,地下矮子。

男人好吃要该账,
女人好吃要上当。

腰长肋巴稀,
把那点点P。

日P不过汤包,
咬人不过虱花。

家中有金银,
隔壁有戥秤。

舔肥舔到胯根根上,
遇到倒钩刺。

读书读到牛屁眼头去了。

一回生,二回熟,
三回四回肉挨肉。

人背时卵打腿,
鸡巴背时流清口水。

人老心不老,老马吃嫩草。

人日脸,狗日舔。

儿大背母,女大背父。

赶场不赶黑,那不叫角色。

打错一门亲,葬错一座坟。

早晨不起是病人,
晚上不睡是坏人。

吃不言,睡不语。

打牌赌钱真君子,
推磨摇浆是小人。

酒醉聪明人,
饭胀傻脓包。

男大女大,挨倒就下。

正做不做,豆腐放醋。

勤快人,有永远做不完的事;
懒人,永远找不到事做。

惟要心宽,不要屋宽。

有事不可胆小,
无事不可胆大。

抖么抖,我不冷讪。

仰起有条卵,扑起卵都没得。

船上千家,掌舵一人。

锣打千锤,不如雷吼一声。

乡里人上街,嘴巴都谈歪。

是龙就上天,是蛇就钻草。

龙生龙,凤生凤,耗子串儿会打洞。

吃药不投方,不怕用船装。

人不聪明傻吃亏。

不干不净,吃得不生毛病。

男女搭配,干活不累。

山猪儿吃不来细糠。

只顾羊卵子,不顾羊性命。

君子门前三千客,

瘸脚跛手都要得。

三千与我好，八百与他交。

弟兄只望弟兄穷
妯娌只望妯娌怂

亦哭亦笑，
黄狗屙尿。

当家才知柴米贵，
养儿才报父母恩。

我儿强过我，存钱干什么？
我儿弱过我，存钱干什么？

荷叶莲花藕，
鸡巴卵子球。

人过二十五，衣破无人补；
要想有人补，再过二十五。

你隔州来我隔县，
你的堂客我得见。
为啥子？
你背上背的横布片。

早不忙，夜慌张。
半夜起来补裤裆。

会打官司同到坐，笑官打死人。
男儿无性，钝铁无钢；
女儿无性，烂草麻瓢。

人不要脸，百事可为。

河里无鱼市上有，要吃鱼大家（牵）网。

除了张屠户，要吃活毛猪。

球经不懂当团总，

公事来得哭得皮泡脸肿。

脚大江山稳，
手大奔前程。

龚滩下来一只船，
梭草盖满檐，
一根蒿杆倒插起，
还吊两包盐。

请坐请坐，
包子两个；
只准吃饱，
不准咬破。

桌上两件扣，
不肥也不瘦；
你说是死的，
它又还在溜。
你说是活的，
它又有点臭。

人穷怪屋基，
房子漏怪各子稀。

穷得富不得，
富得了不得。

要得小儿安，
三分饥与寒。

人老气力衰，屙尿过手抬；
人老气力衰，屙尿打湿鞋。

一个老鸹守口滩。

鱼打千层网，网网都有鱼。

过程，一波三折；
结局，异常简单。

好花自然香，
何必站在风头上？

穷人莫听富人哄，
桐子开花才下种。

憨吃傻胀，
肚脐眼发亮。

爬树是精，钻洞是怪，
满山跑的还在。

二四八月桃花天，
男人走路要女人牵。

三月三，蛇翻山；
九月九，蛇钻孔。

刺芭林的斑鸠，
分不到春夏秋冬。

要想活路做得行，
烟杆烧得非烫人。

# 第十章　身登青云梯

这天是星期日，不用上班。王亚娟独自一人坐在燕子楼房间里面朝大江的阳台上，默默地想着自己的心思。太阳已经升起来了，但云层较厚，只见太阳像一个红红的圆饼挂在左边斜对岸南山的山巅上，光线一点也不刺眼。江面雾气翻腾，在水面四、五十米的空中奔涌。河面上有十几艘大小船只在上下交错航行，不时有一声声汽笛声划过江面的宁静。挖沙船停在水面一动不动，像一幅油画中的静物。一、二艘装载有柴油发动机的小小打鱼船逆水而行，冒着黑黑的油烟，啪啪的搅动着水面，使得浪花翻卷。

江风拂面而来，有些冷意。王亚娟半躺在阳台上的一个躺椅上，上身穿一件厚厚的绒睡衣，下半身搭着一床毛毯。旁边的玻璃圆桌上，放着一个搪瓷的托盘，有一杯热腾腾的咖啡正冒着热气。

王亚娟本就是一个比较丰腴的女人，如今身怀有孕，就显得有些臃肿。她低头望望已经隆起的腹部，不由叹了一口气。

她想到了自己的女儿裴小玉，她会怎样看待自己，未婚而孕。社会上，公司里的人们又会怎样看待自己腹中的胎儿。在名义上，她是一个寡居的富孀。若计划生育委员会的人或是社区、街道的代表来问自己，自己该如何答复人家？王亚娟一定要想一个体面而又实在的好办法，将儿子生下来，她想到了自己的姑姑。

王亚娟的父辈只有兄妹二人。姑姑比父亲要小大约十多岁，所以王亚娟小时，其姑姑也并不大，二人常在一起玩耍，像姐妹一样的感情，正所谓少年叔侄当弟兄。姑姑出嫁后，不久姑爷就因患癌症去世，留下一个儿子名叫张川。这儿子打小聪明伶俐，乖巧听话。姑姑除了照顾他的吃、住、穿以外，学习上基本不用当母亲的操心。从小学到初中，从高中毕业到考上大学，张川都是成绩优异，品德端正。这使独居的姑姑很欣慰，她为了不分儿子的心，也没考虑再婚。就这样，张川大学毕业后就到澳大利亚留学，在墨尔本大学取得博士学位后，被一个研究所录取，顺利地拿到了"绿卡"，加入澳大利亚的国籍，并讨了一个外国媳妇。在张川求学期间，王亚娟一家对张川一直给予资助，所以张川的功成名就，过着优裕的生活，王亚娟一家功不可没。

张川在澳大利亚定居并安顿好后，把母亲接了过去。他说母亲为了他辛苦一辈子，她的后半生，儿子要好生孝顺她。张川是一个孝子。

昨晚，王亚娟还和姑姑通了越洋电话，摆摆家常，拉拉近况。末了，姑姑和弟弟张川都盛情邀请王亚娟到澳洲游玩。张川在电话中说："娟姐，我和妈还有弟媳妇都非常想你们，请你们一定过来玩。"

王亚娟在电话中答应了弟弟张川，但在当时只是顺口答应而已，如今仔细想来，到澳大利亚探亲旅游不失为一个好主意。西方许多国家都有法律规定，包括香港特区，只要孩子在哪里诞生，就天然取得哪个国家的国籍。何不到澳大利亚去，把孩子生在澳洲，自己呆个两、三年，然后把孩子暂交姑姑抚养。自己再图良策。

可家里的这一摊子事又交给谁呢？女儿小玉怎么办？公司怎么办？自己出走海外，董事长一职又交给谁？一连串的问题涌上心头。使她有些郁闷，有些纠结，有些惆怅。

女儿小玉明年高考，该上大学了。把两间门面的收益给她，足够她上学的各项开销了，大学一毕业就赴澳大利亚。那里，王亚娟等儿子三四岁，已可返回故土了。至于公司的收益就叫李大海代理，按时打款海外，让她不至于生计无着。董事长一职只能是暂移交梁娜了。虽说有些不舍，但别无良策。为了肚里的孩子，必要的牺牲在所难免。她下定决心之后，便给自己公司的秘书打了一个电话，叫她开始着手办理赴澳洲的探亲旅游签证，时间越长越好。办完这些，她长长地舒了一口气，开始考虑什么时候给李大海说李小海的事。

梁娜给米莉莉开出的条件是非常诱人的，有很强的吸引力。但她自从进了叶章的家门后，米莉莉有了新的打算。她要接近叶家老头子。完成第二项任务。社会上有句俗语：叫家中有金银，隔壁有戥秤。她看得出来，叶家比较殷实，有一定家底。实权在叶老头子手中，娘儿俩知晓一些却不知全部。她要一探究竟，分一杯羹。米莉莉无资格可倚，没有骄人的资本。但她唯一可仗恃的便是她的美色。

又是一个双休日，在星期五的聚会时，米莉莉提议，西部温泉城新开张了一家温泉酒店，非常豪华时尚，有蜿蜒的水渠从套房中流过，房中有供一家人小范围泡的温泉池，水温亦可调节，池底是五彩的小鹅卵石，还有小鱼专门啄食皮肤上的皮屑。饿了有美食供应，倦了可以睡觉歇息，乏了有各式按摩。实行会员制，可单项也可套餐。全家都去放松放松。叶老头累，叶老太想去美容，叶章想反正是老头买单，大家都说：好，去。

两江市大牡丹温泉酒店，位于两江市西南部的核心，有高速路直达主城各区所在中心。大牡丹温泉大酒店，按照超五星级酒店标准设计建造，集商务、会议、旅游度假、餐饮、康体、休闲及娱乐于一体，是超大规模的高级涉外酒店之一。

它占地1200亩，有山有水有森林有草坪有河流，尽显富贵尊荣。

会议中心约11000平方米，以顶级会议中心标准重金打造，自动会议中央有集中控制系统，多国语言同声翻译系统，高级多媒体会议系统，是政要们重大决策和运营世界的重要策源地。有15000平方米的运动中心，配备高档篮球场、专业的游泳馆、标准桌球室、标准网球场等众多运动设施，为各阶层不同年龄人群提供全方位的运动体验，让生活动感健康。饮食中心可同时容纳八百人进餐。中餐宴会厅、风味特色餐厅、异国食府等供食客各取所需，室外花园式风情餐厅与烧烤场，人们尽可在如画的山水背景下享尽天下美味佳肴。

娱乐中心，以时尚前卫、潮流视野造就全方位感官磁场呈现感官盛宴。引进国外一流娱乐设施，配有高级音响设备，从家庭式个人消费至团体联谊晚会等娱乐活动，为高档消费者的生活及商务交流提供最完善的沟通桥梁和服务。

大牡丹温泉大酒店的商业中心，处处洋溢着青春浪漫、新潮前沿的时尚气息，散发着活力四射的魅力。尽善尽美的各种商业形态满足高品位尊贵生活消费需要，一切触手可及，一切唾手可得，使人生难得如此从容不迫。健康中心以传承中国传统养生文化之精髓，信奉和讲究动静结合，心身健康，天人合一，精神内守，以善心、福心、爱心忠对国家，孝对父母，诚对朋友。以儒释道为气场，以国术、中医为根本，全面的健康理念提出倡导性建议，为消费者的身心健康，岁岁平安给予体贴入微的服务和关怀。

全家四口人星期天早上九点起床，十点出发，十一时到"大牡丹"，选好房间后，便吃了一顿海鲜大餐。房间很豪华，叫"梦里水乡"，有两个房间，一个客厅、一个浴室，还有一个按摩阳光房，外面是一个小的独立庭院。庭院相对封闭，种满各种奇花异草。浴室很宽大，足足有四十平方米，房中间是一个椭圆形的温泉池，冒着腾腾的蒸汽。他们并没有急于去泡温泉。中午饭后大家睡了一会儿午觉。三点钟才开始泡澡。米莉莉在今天穿的泳装上，下了点工夫。她穿的是三点式，上身的泳装只能遮住半个乳房，两个带子拴在后背上系一个蝴蝶结。下身是小得不能再小的三角裤，上下两半截全是粉红色的薄薄的绸缎纱。显得非常性感迷人。叶老头上身赤裸，下身穿一个大裤衩。全家四口各据一方，泡在温泉里，闭着眼享受那难得的那份温馨。温泉水在无声地流淌，电动搅拌机通过气流孔传出漩涡的动力，令温泉水变成了细小的泡沫，滑过全身，清洗着身上的汗渍。

一个小时过去，身上的皮肤开始松弛，泛着红晕，汗也开始在额头上沁出来，人开始昏昏欲睡。米莉莉靠过去，在叶母身上搓洗起来，叶母闭着眼睛也不言语，任米莉莉给她搓肩，搓后背。不知什么时候，叶章已经披上浴袍悄悄地溜了出去。其实米莉莉明白，她通过探子早就知道叶章这个狗杂种已经移情别恋。听说这次找的是一个高中女生，还不满十八岁，他要"残害"幼苗去了。她佯装不知，她要用她米莉莉的催眠术将叶母送进梦乡。

这时，叶母的手机放在池沿上方的台地上突然响了起来。叶母豁然而醒，脸上笑容一扫而光。她走出池去，披上浴袍，对米莉莉说："莉莉，你帮你爸爸搓一下，我去接个电话就来。"叶母说着就从浴室中走了出去。

叶母这人什么都不奇怪，唯有一点，她接电话很神秘，不愿意任何人旁听。总要走到人们听不到、看不到的地方去接电话，而且一接电话就是半个小时以上。叶总工才懒得管她，充其量无非是养小白脸，那么大的年纪无所谓了。反正钱不落你手。

机会总是留给那些留意的人们。人要做有心人，不要无心肝。米莉莉像一条游鱼一样滑到叶总工身后，也不言语，就从背上给他按摩、搓洗。写到这个地方，有许多人肯定会不相信，公公和媳妇应该避嫌呀，怎么像这样呢？那你又落伍了。现代家庭，公公跟儿媳妇开玩笑已是开化，有知识、时尚的标志之一，这个你都不懂，老土！

搓了后背搓前胸，搓了上身搓下身。搓呀搓，热呀热。温泉水怎么温度陡升，喊服务员，调水温……暂且莫忙，米莉莉的手终于伸进了叶总工的裤衩里，抓住他已被泡得有些肿胀的性器套弄着，银铃似的笑声在浴室中回荡……。叶总工再也无法控制自己，反过身来抱住了媳妇米莉莉柔软的身躯。池水微微荡漾，起了涟漪。

万恶淫为首，《太上感应篇》，这是茅盾先生的词句。矛盾，现在这个社会已经没有矛盾。和谐社会，民生为本，科学发展观统领经济社会发展全局。如若硬说有矛盾，最大的矛盾就是贫富不均、分配不公。穷的穷来富的富。俗话是怎么说的："吃的吃来看的看，心头犹如钻子钻。"但这个矛盾我们正在解决之中。解决的过程是一个漫长的过程，必须要有足够的耐心。请大家少安毋躁。

何建军真的是一个幸运者。他的人生经历充满传奇色彩。他从大学毕业那年，正是大学毕业生很难找工作的日子。但他不同，学校人事部门通知他，有人要见他。见他的是三个人，没有表明身份，只说："你的材料我们已看过，只有一点，按我们的安排再去学习，出来后包分配工作，什么都包。但有一点，一辈子默默无闻，利有但无名。"何建军懵懵懂懂，知道一点什么，但又似乎什么也不知道。他的一生将固守着"保密"二字。他同意了，并签了服役终身的合同书。

他进了中纪委、监察部办的培训班进行学习，时间是三年。期间到香港、新加坡等地学习理论，参与实习，又是到检察院等部门参与案件调查。并与国际刑警组织合作，办过几起涉及毒品、军火、绑架的具体案例。

黑恶腐败分子，手段趋向于狡猾，但他们不变的目的是聚敛钱财。且手段趋于多样性，比以前更加隐蔽。与政府官员相勾结，竭力披上合法的外衣，是事物发展到一定时候的必然现象。你越严厉，敌人越狡猾。事物的发展总是遵循一定规律，总是先有现象，才有解决的办法。

当何建军经过血与火的考验，成为一名纪委监察部门特别情报处，检察院特检员的时候，他就要派上"卧底"的用场。但未来不可知。他不认识谁，谁也不认识他。中国已经进入了一个用非常手段治理非常时期的时代。

何建军的书没有白读，他花了那么多的国家的钱不可能毫无回报，他想建功立业，有所作为，虽说站不到亮处来，但"戳二弦"还可以吧？

其实官场腐败，大多有章可循。一是女人，二是金钱。女人，暗的多，明的少。很难察觉。再说，人家不叫，关你何事？讨卵嫌。那么金钱呢？总有蛛丝马迹可寻。要么账上过，清楚明白。要么明显不合，要么现金交易，但风险也大。最能反映问题的场所是酒楼、餐厅、卡拉OK、美容美发、高消费娱乐场所。黄的赌的这些场所常见，毒品一般不敢轻易涉足，因此事非同小可。

何建军现在的职业就是出入于各种场合，摸清楚情况，他的职业就是卧底。其实，沈阳市委书记慕绥新、马向东等，进入澳门赌场，被国家安全部门最先截获的事，早已见诸报端。但后来者还是乐此不疲。这只能说明中国的贪官不择手段，笨。二是不看新闻，不汲取教训。

这一看不打紧，一看就出了问题。那些有权有势的人们，那些有钱又有精力的人们，那些钱财来历不明的人们，他们基本上是夜夜笙歌，夜夜当新郎。天天有应酬不过来的酒局饭局，每逢夜晚，就到卡拉OK、咖啡屋、洗脚城、酒吧那些娱乐场里去过夜生活。一个个油光水滑，一个个脑满肠肥，一个个志得意满，一个个满面春风。真正过的是工资基本不动，老婆基本不用，很少回家吃饭，金银财宝，高档物品常搬回家的生活。公务员消费的是权，老板们消费的是房奴、卡奴等奴隶们所挣来的血汗钱。这个社会真有些不公平！有的人一辈子干的是牛马活，但还养不活自己，有的人一顿宴席，就不知要花费多少钱。

何建军心底在暗暗地为那些善良的忠厚的木讷的也挣不来钱的人鸣不平。但社会现实如此，生活现状就是如此残酷，谁也无可奈何。"怒发冲冠，凭栏处，潇潇雨歇。抬望眼，仰天长啸，壮怀激烈。"只有白白的壮怀激烈。生活中，命运总是和善良的人们开残酷的、无情的玩笑，这冥冥之中，究竟有没有上帝？究竟有没有上帝之手？谁也不知道。你说没有吧，不信鬼神，但这个世界上，又有那么多的人信奉上帝。信奉耶稣、信奉真主、信奉释迦牟尼。你说相信上帝吧，上帝无时无刻与你同在，但这个世界上可又有谁真正看见过上帝显灵，拯救过人类？以马内利。仰看浩瀚的宇宙星河，遥想它的博大深邃，觉得人是多么地渺小，生活是多么地无聊。

有篇文章叫《望星空……》

我常常独自仰望星空。

望星空，我看到浩茫、博大、深邃、无穷。

望星空，我想起了人类、历史、理想、心胸……

人，是伟大的。尽管人类历史不过二百五十万年，却使人们居住在这个已存在数十亿的地球发生了多大的变化！但是，从整个宇宙来说，人又毕竟太渺小了，且不说对天体的研究，也只不过是美国天文学家发现的弧形发光体（长约三百万兆公里，离地球三百亿兆公里），并声称是目前人类"在宇宙中所见的最大结构"，就是人对人自身的研究，尤相距遥远，小小的病毒尚未攻克，连人体器官也只认识到"人体各部位都有记忆"的程度，至于对人的灵魂的认识，似乎至今也无人把莎士比亚提出的"谁能告诉我：我是谁？"这一千年哑谜的谜底揭开……

如果我们经常仰望秋夜星空，凝神浩茫寰宇，是会感到人体渺小而思想无穷的伟力的，那么也就容易把个人的利害得失以至生老病死一类常常搅人心烦的事提高到宇宙的时空范围，让区区小"我"与浩渺博大的宇宙精神融为一体，这样便能集中全部精力为如何把短暂的人生化为"永恒的无穷"去思考、去学习、去工作了。

读者朋友，常常仰望星空吧，"赞叹和敬畏头上的星空和内心的道德法则"（康德），或许从中能使你提高人格层次，升华精神。"最光荣伟大的职务是在世界上做一个人"！（高尔基）我们都应该成为"仰不愧于天，俯不怍于人"的人！

灵魂、生命和死亡的本质究竟是什么？多少人在思索、探究这些问题？其实，也许本质的东西什么也不是。这又将归于虚无，富人将其归于享乐。穷人就是三顿饱饭。这些要求并没有什么本质的不同。

生存下去，等待希望。等待生命出现奇迹，等待生活出现转机。岂知，盛极而衰，否极泰来；尺有所短，寸有所长；物有所不足，智有所不明。

经济、社会事业的发展，很大程度上依赖于决策者们。此话但也不尽然，生活并没有如想象中的那般变化，据何建军观察，中国属于黄色人种，但中国人中已开始出现欧美体态者，前凸后翘，身躯庞大，浑身多毛等。这是否就是教科书中所讲的人类的趋同性？

"龙凤歌舞厅"生意出奇的好，也吸引了何建军的目光。他于是独自一人，有一个晚上便去该歌厅找乐。一元生两仪，两仪生四象，这四象生八卦。这两仪据说就是阴和阳。太阳为阳，月亮为阴；男为阳，女为阴；白天为阳，晚上为阴；龙为阳，凤为阴。这地球人都知道。但这阴阳交混，生出八八六十四卦，生出多少人间万象，却是谁也说不清楚了。

龙凤歌舞厅面积很宽，有大型舞池，也有包间，包间也分大中小，视客人人数多少而划分。象何建军独自一人去消费，非常少见。要么是告密者，要么找小姐，要么就是一个逃犯。他理所当然地受到了冷遇。

一个服务员小姐脸上带着礼节性的笑容，将何建军七弯八拐的带到一个小的包间，里面十五、六个平方米，但很齐全，卫生间、沙发、茶几、电视机、话筒、电脑点歌等一应俱全。小姐问道："先生，请问你是要包时间，还是包金额？"何建军问道："包金额怎样？包时间又是怎样？"问得像一个刚跨出学校门的学生。更像一个啥事也不懂的毛孩子。

服务员小姐被培训得非常好，脸上笑容依旧，一点不带鄙蔑之色。使何建军心中吃惊不小。"这里水深"。要知道，娱乐行业是典型的嫌贫爱富。要说整个社会都是嫌贫爱富。搞的是锦上添花、烈火烹油，不搞雪中送炭，生命急需。但嫌贫爱富娱乐业为甚。但现在有的有钱人爱标新立异，特立独行，要装成低调，扮成穷人，赚取笑料，作为茶余饭后的谈资。也许在"凤翥龙翔"成员中的培训课程里，有的人看似才不出众，貌不惊人，但实则是个土老肥，实则是半天云吊口袋——装风（疯）。讲到过矛盾的普遍性，也讲过矛盾的特殊性。

何建军从娘肚皮一生下来，至今为止，不知参加过多少培训，自己也记不

81

清了。他从服务员小姐不卑不亢的态度上，猜测出，这些人经过很好的培训，有良好的心理素质，这可不是街头混混，不图回头客的主。因他不带舞伴，穿着一般，不像个有钱的人。但人家仍然是一副"垒起七星灶，铜壶煮三江。摆开八仙桌，招待十六方。来的都是客，全凭嘴一张。"的范儿！

只听那小姐莺声燕语，道："先生，包金额呢就是这个小包间三百元包干，随你要多久。如果以时间算就是一百元一个小时，茶水另算。"何建军随口说道："那就按时间算吧。"他抬腕看看手表，时间已指向晚上九点十五分。那服务小姐又问道："先生，请问要请小姐陪你唱歌吗？"何建军这次略显认真地说："小姐怎样付费？"那姑娘一笑，脸上显现出两个圆圆的小酒窝，答复道："一个小时收费五十元。这样吧，先生你是初来，我们计时从九点半开始，还送你两瓶啤酒，一个水果拼盘，作为优惠。小姐是你自己去挑，还是我去给你带一个来？"何建军不明就里，说："随便吧。"那服务员一转身，出去了。

"凤翥龙翔"娱乐城有两个房间专供服务员小姐们休息，让她们没有服务的时候，这当然是晚饭以后，便分别坐在两间大厅里喝茶、聊天、抽烟或是打牌、打麻将。其实在外面的一间房里，人们可在玻璃墙后的镜子前，挑选自己中意的姑娘。里面的人看不见外面，可外面的人却看得见里面。

那为什么又是两间房呢？这里另有玄机。准确地说，这娱乐城的女性分为四种类型。第一类型，是亚娜海公司的模特儿们，她们分批分期上岗，例假者除外。她们是专门的房间。这些女郎年轻漂亮，身材高挑，面容姣好。若是陪唱、陪喝、陪舞，出场费三百元起底，若客人要带其外出，一要看模特本人愿不愿意。二看是否安全，当然是熟客才行。三是价格起码要翻倍。有顶尖的几个金牌选手，价格千元以上还不算小费。

第二种类型是亚娜海公司娱乐城的领班和服务员小姐们。她们身着统一服装，领班和服务员的差异只是服装颜色不同。这些人不陪客人唱歌喝酒，只是做端茶、送水，迎来送往的服务工作。当然特殊情况除外，若是熟客或是某位大老板看上了哪位领班或是服务员小姐，经大堂经理同意，也会"下下海、游游泳、小试锋芒"的，这批人都有自己的工作岗位，没有专门安排房间休息。要休息，娱乐城打烊以后的事。

第三种类型的女人，就是那些客人自个儿带进来的女性。这些人，要么是权贵们的情妇；要么是单位、部门过生日或是什么聚会的同事；要么是老板在打主意，还没搞上手的对象，到卡厅唱歌不是就多了接触的机会吗？管它那种情况，反正这些女性与娱乐城无关。而且，这些女性们不受娱乐城的待见，她们的到来娱乐城不欢迎。当然，女性高官，女老板不在此列。

那么，还有一个休息室是做什么用的呢？人是一种奇怪的动物，有时候山珍海味吃腻了，就想吃野菜，各地的小吃，如酸菜汤、苞谷粑、红烧锅巴铲、水煮抹桌帕呀，以换换口味，图下新鲜。高楼洋房住烦了，要去搞搞驴行，晚上露营睡睡帐篷，这野外的空气多新鲜，人变得多灵醒。本来男女分帐睡，有时半夜起来撒尿，睡昏了头，男的钻错帐篷，钻到女人的帐篷里去了，大家稀里糊涂，睡就睡了，你不嫌我老，我不嫌你小，成了一夜风流。圈内人士称这为"混帐"。这是真正的混了帐篷，真混账。

## 第十一章　祸事因偶然

　　这些达官贵人，私企老板们，高雅的女子见得多了，就淡味了，就腻歪了。他们觉得城里女子涂脂抹粉的脸俗不可耐，那身上的香水味令人作呕，于是便想找山里的妹子，村姑，纯情的女孩，开开"土"荤，注意不是开"洋"荤。洋荤是指外国妞，金发碧眼，丰乳肥臀，叫床声一流。

　　这个世界，有买家就有卖家，你有所好，我就投其所好，赚取银子而已。于是，有一间屋子里便是那些从各处临时找来的年轻女子，有的穿着朴素，有的举止稍显粗俗，有的粗手笨脚，但是野味尽显，野性未脱，乡土气十足，按书面语言叫有泥土的芳香，有泥土的气息。要的就是这个调调。野味，野生动物。国家严禁买卖、严禁捕猎和偷食。

　　龙凤歌舞厅娱乐城的人们，习惯性的称模特儿们休息的厅叫一厅，而称那些乡姑们呆的厅叫二厅。当然，这些情况是何建军后来才知道的。服务员小姐出去一会儿又折返回来，给何建军带来了一个怯生生的乡下姑娘，看样子不过十七、八岁的年纪，长得瘦高瘦高的，但模样还算清纯，特别是两只眼睛仿佛会说话似的。这是一个二厅的姑娘，价钱便宜。何建军对服务员小姐点了点头，服务员小姐掩上门退出去了。

　　何建军在电脑上点了几首歌，全是《夫妻双双把家还》、《十五的月亮》、《东方之珠》之类的男女声对唱的歌曲，叫那女孩陪他一起唱。但明显地可以看出来，那姑娘唱歌是外行，只会用她那本朴的声音唱歌，一点没有修饰，一点不懂技巧。可能入行才不久，或是唱歌的机会原本就很少的缘故。何建军有些索然无味，于是便放伴舞歌曲，和那女孩跳舞。那姑娘很温顺，依偎在他的胸前，两手抱着他的后腰，头贴在他的胸膛上，二人在小歌厅的中间只有七、八个平方米大的地方慢慢的跳起了贴面舞。

　　说实话，何建军是大山深处长大的孩子，他深知农民的艰难，苦日子谁都不愿意过，但生在那地方去了，投胎投错了，是奈何不得的事情，又有什么法呢？所以，他对城里长大的那些女孩子有一种天然的反感。认为她们忸怩作态，虚情假意。在读大学期间，他因此而没有耍女朋友。说也怪，大学里面乡村来的女孩子特别少，何建军归罪于基础教育的不公平，农村师资缺乏，好一点的教师都一级一级往上调，农村的家长也少有送女孩读书。所以能考上大学，能读大学的就少之又少了。

他抱着这个明显是农村来的姑娘跳舞，就像是抱着的是自己的妹妹一样。二人沉浸在音乐中，只是慢慢的荡，手上没有动作，脚只是踩着节奏，享受着这人生之中片刻的宁静，大脑也用不着思考什么。男的没有跳出"三条腿"，女的也没有跳出"矿泉水"。

儿童、少年时期，最是天真无邪，也是人生中最美好的时光。但男孩、女孩谁都渴盼着自己快点长大，好像大人一样工作、生活、挣钱、享乐。该多好。可是这快快长大的想法是多么的错误。直到晚年，才知童年、少年是多么纯真，多么美好。关于幸福的回忆，大多是在青少年时期。但等晚年明白，人要是永远都长不大，永远都是翩翩美少年，该有多么的好。但好景不长在，好花不长开。想到这些，令人不禁潸然泪下。人呀，有生老病死，有丰富感情，是最可怜的动物。像猪一样多好，吃了睡，睡了吃，什么都不用想。

这一趟歌舞厅之行，何建军一无所获。他想，自己一人去歌厅唱歌，总有些不伦不类，再则，不同异性亲密接触，也会引起别人的怀疑。好，来过，下次约一帮朋友，再带上安全套，越过雷池半步总可以吧。

这时候，关索玛出事了。先是被双规，后是遭逮捕。最后是开除党籍，开除公职，被判刑五年。罪名是受贿。事情的起因是，一个工程公司承包了市内某高速路的一段，其中有一座桥梁。这桥梁在建设的过程中垮了，摔死了七个人，伤了十余人。人命关天，这祸就闯大了。上面来了个事故调查组，一查，是工程质量问题。原来这个工程是层层转包，七转八转，转到施工方手中，已无多少油水可捞，只好偷工减料。于是，这不，就出大事了。拔出萝卜带出泥，这层层转包的过程中，吃了黑钱的，受了贿的，被抓了十来个人。关索玛的受贿金额是二十万。

听到这个消息，梁娜在无人的时候，关起门来大哭了一场。她哭命运无常。她哭二十万算什么事哟？有人吃了一大包盐没事，他关索玛尝一小撮盐就栽水了。大江大海都没翻船，这阴沟里倒把船掀翻啦。

关索玛的妻子一气之下，和关索玛离了婚，带着孩子回东北老家去了。这下可落了个白茫茫大地真干净。綦江彩虹桥事件，读者可曾听说否？那个被牵

85

涉其中的县委副书记后来跳楼自杀，老婆精神失常，疯了。那个在外国留学的儿子，也没了音信。想来，也有些惨然。中国的许多贪官，倒台后，大多晚景凄凉。也令人唏嘘。

李大海和罗尼德一琢磨，得去监狱看看关主任。这个时候，最显人的厚道和真情。于是，通过熟人，人上又托人，辗转找到了一个探监机会。时间只有十分钟。李罗二人带了一大包衣物和吃食，终于隔着厚玻璃窗，见到了关索玛。

关主任明显的瘦了许多，神情也很委顿。三人相对无言，半晌，李大海才说："老关，不要紧，我们一定要让你减刑，早点出来，我们亚娜海等着你。"他说话的时候，还眨了眨眼，这是在暗示关索玛，我们正在上下活动，让你早日跨出监狱大门。没了职业，到我们公司来，给你姓关的留有一席之地，有我们的就有你的一碗饭吃。关索玛心中明白，这是李大海、罗尼德送给他的定心丸。

这段时间，梁娜暂时撇下手头的工作，搭起一个班子，专门做营救关索玛的事。这女人还有点江湖上人的义气。她想，我要借个事试一试，看自己究竟有多大的能耐？看金钱的威力能不能奏效？要钱就给钱，要女人我模特儿队多的是，要多少有多少，只是怕鱼儿不吞饵。

这事情说起简单，其实做起来也不容易。若是想保外就医吧，这得找医生，还得找监狱的管理者，还得找法院的法官，还得要关索玛在狱中的配合等等，真是个累死人的事。就好比兴建一幢大楼，过无数个关卡，见无数的人，关关都是卡，人人都咬人。难为了这个身怀有孕的女人，我们的梁总呀！梁总。良种。

梁娜从模特儿队伍成立之初，就留意观察，试图发现有用之才。皇天不负有心人，还让她逮住了二个。一个叫江菊，一个叫苏小琼，二人头脑灵光，眼眨眉毛动，社会上的"风湿麻木"，不教就懂。更何况二人皆是有，倾国倾城之貌，有闭月羞花之容。女人，不光要有头脑，最重要的是要脸蛋漂亮。脸蛋，若是有不笨酱油敷醋都会咬一口的脸蛋，女人就是走遍天下也不会挨饿受冻。当然，脸蛋必须沉鱼落雁。

经过一年多的调教，江菊与苏小琼就好像成了梁娜的影子，三人互相交换眼神，就知对方拉什么屎。对外，江菊、苏小琼是梁娜的总经理助理，对内，三个女人就好比是一拨戏班子。互相心领神会、配合默契，就好像一个人那般协调自如。她们可以唱任何一出戏。管你京剧、川剧、黄梅戏，还是地方剧种。管你是红案还是白案，荤的素的，皆拿得起放得下。这才叫"十八般武艺"件件皆能，打遍天下无敌手。拳打南山猛虎，脚踢北海蛟龙。

"将碧血，写忠烈，作厉鬼，除逆贼，这血儿呀，化作黄河扬子浪千叠，长与英雄共魂魄！"这当口，让人不油想起了《蝶双飞》中的词句。

有一次，梁娜等三个女人请监狱管理局的某个领导喝酒吃饭。经打听，那个头儿不贪财，但是好酒贪杯，是个酒罐。于是三个女人殷勤相劝，你一杯我一杯，喝得脸上红霞飞。酒到半酣，江菊说道：

"头儿，我们三个女人与你喝酒，总是你占便宜不是，因你是海量，我们喝不过你，不如我们划拳，谁输谁喝。"那个头儿是个酒场就是战场，酒品看人品的主，他经常是"曲不离口、拳不离手"，划拳是个内行。便沉吟说道："我输了怎样？你们输了又怎样惩罚？"梁娜眉头一皱，计上心来。说：

"当然不能亏待你讪！头儿，你输了喝一杯酒，我们输了喝奶。"说完三个女人哈哈大笑。笑声飞出雅间，让大厅里的食客惊诧莫名，有不少人纷纷离席观看。那头儿喝酒正到兴头上，突听她们三人大笑，一脸茫然，不知何故，少顷，那头儿才问道："谁喝奶？喝什么奶？"

苏小琼借势贴过去，凑着耳朵对那头儿说道："这个你都不懂？我们输了，你就喝我们三个女人的奶。"她吐气如兰，脸红如霞，发着嗲声，使着粘劲，让那头儿好生受用。便装着很无辜的样子说："你们说话要算数，免得后悔耍死赖哟！"

他叫周正峰，今年五十多岁，反正干了几年就要退休回家带孙子了。从狱警干起，一干就是四十年。他早就看烦了那些囚犯们青酱酱的不带血色的脸。人生得意须尽欢，莫使金樽空对月。喝、喝、喝！喝它个天昏地暗、日月无光。反正今日不当班。今朝有酒今朝醉，明日愁来明日忧。

周正峰对婚姻生活不很满意，老婆不解风情，是个性冷淡。几十年两人总是磕磕绊绊的，既不谈离婚，也好不到哪里去。反正是得过且过，好歹凑合着过日子。当了领导后，就离婚问题连想都不要想，生活的质量总也提不高。这辈子就这样子了，要想变化，等下辈子吧。

苏小琼首先出马，和周正峰划拳，输了罚酒罚奶。这奶是姑奶奶的奶。周正峰心想：我是监狱管理局号称划拳第一人，难道怕你不成。便挽起袖子，放马过来。

周正峰一生有过无数次的宴饮，喝酒是赢多输少，他的白酒量是三斤不醉。划拳也是赢多输少，打遍天下无敌手。就监狱囚犯中的高手，也难与其匹敌。据说，只有南纪门那个靠划拳卖鸭脚板的川川与他有一比。

但这次的对手，硬是女人那个东西里头长虱子——看不出。苏小琼和周正峰对决，每拳必赢，二十分钟不到，周正峰就半两酒的杯子就已经十几杯下肚，有些迷糊了。噫吁兮！危乎高哉！周正峰摆了摆有些晕乎乎的脑袋，眨巴了几下眼睛，我硬还不相信，你这个女人有这么邪门。又来，还是输，又喝。这那里是划拳，这就是拿鸡蛋碰石头，不都不是一个档次。又是十几杯酒下肚。酒肯定是真酒，不是歪货。周正峰有些醉了，心想，完了，这回要栽在几个女人手里，在社会上传扬出去，我真的是喝酒的晚节不保。惭愧，惭愧！

周正峰呀周正峰，你听说过：山外有山，天外有天，人外有人，以卵击石这些话吗？现在就让你见识见识。周正峰那晚醉得是一塌糊涂，三个女人把他扶到宾馆里睡了一夜。他没有喝到女人奶，而是喝的烧刀子酒喝醉的。

事后，他逢到酒友就摆，唉！山不和水斗，男不和女斗！男不和女斗！

关索玛关押了一段时间，放出来了，题目是：保外就医。你想，人家梁娜是把吃奶的力气都使出来了，把奶都给别人叨了，人能不出来吗？

## 第十二章　打出温泉水

　　米莉莉和儿子叶章的关系是越来越疏远了，倒和其老子叶总工打得火热，跳上高枝啦。叶章和那个女高中生是越走越拢，走到人家床上去了，后来，干脆和米莉莉断了联系。米莉莉心想，也好，少了他的羁绊和纠缠，好一心一意巴叶工。这可谓是丢了竹笋，砍了竹子。其实，那天在大牡丹温泉酒店的浴室里，叶工与米莉莉并没有性交做爱，因为害怕老婆子一会儿返回来撞见，但米莉莉的撩拨确又挑起了叶工那埋藏在心底深处的欲望，他吻了她，也热烈的拥抱了她。他滚烫的下体在与米莉莉面对面的热吻中触顶到了她的下体私处，隔着双方的游泳衣裤，加之温泉水的作用，他感到了灼热。青春的肌肤是令人着迷的，除了灼热，还是灼热。叶工大口大口地喘着粗气，他松开米莉莉的身体后，躺在浴池的台阶上，对米莉莉说："莉莉，今天不行，另选时间。"莉莉鼻子里嗯了一声，表示答复，然后像猫儿一样游过来，给他又搓起背来。虽然今天没有成交，但窗户纸已经捅破了，成功了。

　　事后，叶工在该不该和米莉莉交往的问题上，思考了很久，也矛盾了很久。米莉莉到底应该是自己的儿媳妇，当然现在肯定不是了。因为那个杂种又另结新欢了。但人家议论起来，是老人公烧媳妇的火，属于公公背媳妇的丑事。人们会叫他"扒灰佬"。叶工想放弃这段不伦之恋。

　　一个星期后，米莉莉左等右等不见叶工约会的电话，知他在犹豫之中，就像小孩子玩的鞭炮，是又爱又怕。心想，不拉他一把，促他一下。这煮熟的鸭子要飞。你那蠢笨的儿子，不学无术，什么也不会的花花公子一个，我才不稀罕呢。那个傻儿子只会打着老子的牌子，用着老子挣的钱去吃喝嫖赌。开着老子的车去泡妞。我看上的是你叶工，是你的钱袋子，老东西。米莉莉在心里狠狠地骂着。

　　这天早晨，叶章一早就溜了出去。老太婆呢？逛超市去了，这是她每天上午的必修课，时间大约是一个半小时。上午九时左右出门，十点三十分左右回家。这天是双休，叶工穿一件睡袍，正坐在客厅的沙发上看当天的报纸。门铃叮咚作响，叶工打开铁制的防盗门，门外站着的不是别人，正是米莉莉。

米莉莉在叶家进出那么长的时间，已摸透了一家人的生活规律。她瞅准了这个空当，直接出手了。进门以后，米莉莉把防盗门反锁后，一下就扑在了叶工的怀里。她不能和他攀谈，她要一下子攻破他的防线。她用左手搂住叶工的腰部，右手直接插进他的睡袍里，一手抓住他的性器，开始搓摸。叶工大张着嘴，手里的报纸滑落到地上，他只有本能地往后退，一直退到沙发边上，嘴里却什么也说不出来。米莉莉又开始吻他的嘴，并将口里含着的一颗口香糖用舌头将其踱进了叶工嘴里。这情景像一部黄片，但似乎经过编剧和导演的精心策划。

男人哪里经得住美女的主动进攻，男人见到美女就想干那事，而美女主动委身于你，你还会推吗？傻帽！祝贺这次做爱成功，而且是女上男下，就在沙发上。

大约花了二十分钟，完事以后，米莉莉却不饶他了。她对叶工说："干爹"。她把对叶工的称谓都顺便改了，是撒，现在有了肉体关系，称谓是应该改。"干爹，我以后就不喊你爸爸了，叫干爹。你儿子不要我，我还是认你这个干爹。"她不等他回答，又说："我在外面某个地方等你，你把车开出来，我们出去疯。"末了她还加了一句："听清楚没有？给你半个小时收拾，快点。"米莉莉自顾自开门走了。

一切似乎都在梦中，人生如梦。再回首，云遮断归途；再回首，一切恍如梦中。

以后的事情就好办多啦。

那天，他们玩得很尽兴。他们开车去了城郊的一个农家乐，美美的吃了一顿大餐，然后开了房休息了两个小时，当然，免不了要做爱，要甜言蜜语，要山盟海誓。叶工这下铁了心，要和米莉莉偷偷相爱一辈子。他想我快要退休了，我快要老了，我找一辈子的钱，拼命地工作是为什么？还不是为了享乐、享受。自己的老婆是红旗不能倒的。但日久生厌，已没有多少味了。现在的相守只能说是互相的一种依赖，她是日死哑巴不开腔。你看，莉莉，多好。青春的肌肤，漂亮的五官，那给人的感觉真是妙不可言。那触手之处嫩、滑、细、白、软、热，什么都通过手掌传到心里。我无所求了，有一女性知己，给我当个小三，我知足了。

叶工陶醉在自己的美梦中，拥抱着那一团肥白的软绵温热的肉体酣然入睡。

## 第十二章 打出温泉水

　　午休后，他们去市内的一处高档电影城，去看美国的一部大片《舞动青春》，晚上又去北滨路某酒楼，吃了一顿海鲜。米莉莉点的菜品，全是滋补人的东西，什么鲍鱼、龙虾、石斑鱼呀，二人吃了个够。叶工人很瘦弱，吃什么都长不胖，是该好好补补。有的人吃水都胖。据说长到500公斤以上的大肥猪，每天只吃一拳头大的豆腐渣都能长肉，肥得已站不起来了，只能睡着要人塞在嘴里喂它。可是有的人任凭吃什么好东西都不长肉。那不成干豇豆，老青猴了，那是遗传在作怪。别瞎折腾了。

　　二人分手之前，叶工对米莉莉说："你就暂时不要到我家去了，我给你买一处房产，你就搬进去，我们就在那里碰面。"米莉莉什么也没有讲，只是抿着嘴唇点了点头。她要的就是这句话。那一刻她的心湖中有一只小船在轻轻地荡漾。

　　柏拉图讲，人可以精神恋爱，不受时间、年龄、知识的局限，那是鬼扯筋。米莉莉压根儿不相信精神恋爱的屁话。那须发皆白、嘴巴无牙、脸上全是鸡皮皱纹的七八十岁的老太婆能让人爱吗？能爱她的精神吗？虽然她年轻时可能是一个大美女，现在仙风道骨、鹤发飘飘，能有好精神吗？男人要的是肉，肥肉、白肉、嫩肉。这年头，卖肉最找钱。

　　叶工在十年前很出名的一个楼盘叫"江上明珠"的小高层，无电梯的二手房，选了一套九十平方米的位于二楼的房子。进行了内部的豪华装修，外观上看不起眼。但里面却是欧美风格，很舒适。为什么买二手房呢？叶工是这样解释的，无电梯就不用在楼道、电梯里停留，免得碰上熟人；二手房呢，则是过了气了，有权有势有钱的人早搬走了，他叶工还算有头有脸的人物，走在里面不引人怀疑和注目。米莉莉虽然内心有些不情愿，但房产证是写她个人的名字，装修又如此奢靡，不要屋宽，惟要心宽。想想干爹的话，不无道理。他叶工要的是二人世界，私密空间，金屋藏娇嘛。

　　米莉莉自从和叶工勾搭上之后，生活过得很充实。她每天照常去亚娜海公司上班，公司对模特儿管理得是较为严格，管吃管住，外出要请假。但对米莉莉有特例，因她攻关有功劳，连续拿下几个人物和项目。她来去自由，具体工作有梁总电话安排，别人不得插手和过问。米莉莉就有了很大的自由度和活动空间。

　　叶工给她那套房子，虽说是二手房。但整个小区还算不错。十几年前栽的那些小叶榕、桂花树和花草，长得很茂盛，已经成了气候。一到夏天，浓荫遮住了骄阳，树影斑驳，给人凉爽之感。小区房主有许多已经易主，空巢老人居多，显得宁静而空旷。适合叶工这样有身份的人出入。

房屋外观看,有些破旧,但豪华的内部装修弥补了不足。一进到家中,像宫殿般奢华、液晶电视47英寸挂在墙上,显得很气派。专用书房大显示屏的电脑,使眼睛不致疲劳。卫生间抽水马桶,礅坑两用厕所都有,两套洗浴设备,立式冲浴和大浴缸,热水二十四小时供应。

叶工给了她一张卡,里面有十几万元钱,供她零花。

叶工是个瘦猴,五十多岁年纪,他在性功能上是梁山泊的军师——无用。他每个星期抽空来米莉莉处一、二次,与她幽会见面。有时在此过夜,有时呆个把小时就匆匆而去。他是个大忙人,每天忙得连轴转。他每次来这里,就躺在高靠背的沙发上,叫米莉莉给他刮刮脸,干洗头,然后按摩。有时洗着洗着就竟自睡着了。他和她过性生活与别人不一样。他总是要求米莉莉脱光衣服在他面前走来走去,以撩拨他的情欲。要不就是在床上和沙发上拥抱着全身赤裸的米莉莉抚摸个遍,性器就是不能勃起。吃了伟哥稍好一点,但那东西,不敢经常吃,若是在女人肚皮上,叶总工程师来个脑出血,"马上风",就闹了个大丑闻了。

米莉莉对此有些不满意,但也无可奈何,只能如此了。她心想,你找老头子无非是图他钱财物,又不是找性伴。你和他是各有所图。

但米莉莉人高马大,身强力壮,欲望如火。叶工是不能给她以满足的,这盆火谁来烤,怎么办?只好出去打野食。随便找个男人就上床,她也不愿意,她怕委屈了自己。只能在公司内部找,社会上的人不可靠。

她刚想睡觉,就有人送来了枕头。

这人不是别人,正是何九月副市长的外甥,那个名叫黄闷的浙江佬。黄闷垂涎米莉莉的美色已经很久了,他经常望着米莉莉那高大的身影在公司大门口飘进飘出。他看着那包裹着衣物的女人体,高高的胸脯,柔软的腰肢,圆圆的屁股,经常是想入非非,馋得直流口水。

黄闷虽说名义上是亚娜海公司的保安队副队长,但他实则就是个守大门的门卫,睡就在值班室里。姑娘们进出大门,连正眼也不瞧他。他只能独自一人用浙江的宁波官话哼着《卖油郎独占花魁》里的唱词:"我要能汤着一个你的身儿,也宁愿一个死。"单身汉打亲家——自扣,在那里自娱自乐。

米莉莉从黄闷看她的眼神中,读懂了潜台词和弦外之音。也知他是何副市长的亲戚,有时就有一搭没一搭的和他扯会儿闲篇,把个黄闷经常喜得鼻子一抽一答的。她当时的想法是,把黄副队长作为备份,关键时可以让他派上用途。所以,她故意支他去为她买把雨伞啦,端个盒饭啦什么的,黄闷跑得比狗还快。她心知,有戏。这浙江佬为了她杀人都敢。

这天早晨,米莉莉刚走进公司大门,黄副队长像早在候她似的,凑了上来,对她说:"米妹子,我给你说个事。"看他神神秘秘的样子,米莉莉便尾随他来到值班室的门口,但一只脚在外面,身子斜倚在门框上,更加俏皮,更有风韵。黄冈左瞧右看,四顾无人。因此时上班时间早已经过了,大门少有人影。他从怀中掏出一个用餐巾纸包着的小纸团来,说:"我昨天捡的,送给你,好不好?"米莉莉用手接过纸团,打开一看,是一个金耳环,上面没有任何纹饰和佩饰,就是一个金色的小环,女老太婆带的那类素耳环。

米莉莉心头明白,便说道:"可能是哪个姑娘掉的,你还给人家呗,我不要。"黄冈有些失望,便忙解释:"我是在大街上捡到的,没有失主,我又用不着,你收好吧。"米莉莉又说:"你自己放着,给自己的老婆嘛。"黄副队长双手一摊,说:"有啥老婆哟,真有老婆,我睡着了都能笑醒。"

米莉莉开始挑逗他,说道:"我暂时把你收着。你要老婆我帮你介绍一个,要不,你要啥子样儿的?"她边说边把包着金耳环的小纸团放进肩上斜挎着的口袋里。其实她已经看见,那金耳环上还有小价签,是黄冈买来讨好她的,她不收白不收。再则在门口推扯,怕人看见说她没档次。

黄副队长见她收了礼物,便笑逐颜开,大胆地说:"要找就找你这个样儿的。"四周无人,米莉莉的手指头就戳在黄浙江的额头上,佯嗔却又压低声音道:"你这个人还看不出来,这么坏。"一边说,一边指头往下按,黄冈假装哎哟骡子的叫唤,一边就借势蹲了下去。

米莉莉在他耳朵边随即低声说:"另找时间。"说完飘然而去。这真是有钱能使鬼推磨,天上掉馅饼的大好事。我黄冈也有今天,老掉牙的送金耳环的故事,居然有效。他飘飘然如在梦中,大门口进出的人奇怪的发现,那个守大门的三十多岁半鸢老头一天都在哼歌。不知搞什么名堂。

大家以为,可能是黄副队长的亲娘明天出嫁,他才这么高兴。

一连五六天,不见米莉莉的面,急得黄冈抓耳挠腮,灵魂出窍。他一想,银子是白的,钱才是真钢。光老汉唱戏——过说,是肯定不行的。他赶忙跑到金店去,又选了一颗重约十克的黄金戒指,这是一个花戒。箍指的正面是一朵牡丹花,花了他好几千元。他有些心痛,但心里又想,只要能成功,花点钱算什么呢?这本来是应该寄回家孝敬老母亲的钱,但他没了办法,谁叫我胯下长了个带把的东西,痒得难受,眼目下只能送给他的亲姑姑——米莉莉。

米姑奶奶此时正在同别的男人亲热呢?她早把这事给忘了。若是没忘,米莉莉也不会急的,她要吊足了胃口,男人才会跪下去,而且长跪站不起来。

又过了几天,黄冈才见到了米姑娘。这时,黄副队长脸上长满了骚气米米，那是让给急出来的。他把戒指直接递给了米莉莉，说："我买来送你的。"莉莉一瞧，手里的戒指，和他满脸疙瘩蔫儿吧唧的样子，知道这次不给点甜头，让黄闯尝尝油炒莽莽的话，他就再也不会靠拢她了。他不配，这女人是玩他的。

她说："去医院把你脸上疙瘩消一下，我这一、两天就给你打电话。"黄闯如奉圣旨，赶紧屁颠屁颠跑医院去了。

第二天下午收工后，米莉莉没有失约。她来到一家宾馆开了一间房，然后就打电话给黄副队长，叫他一刻也不耽误，到某宾馆某房间来，她在等他。只一会工夫，黄闯就满头大汗的赶来了，因是冬天脑袋上还冒着团团热气。她赶紧叫他去洗澡，嘱咐时不忘加上一句，洗干净点，不然就没了下次。

她看电视节目等他。他洗完后，米莉莉躺在那里，平静地接受了黄闯队长的爱抚。她感觉得到黄在颤抖，但他不是童子鸡，床上功夫也还过得去。她一声不吭，日死哑巴不开腔。黄闯不笨，他比叶工强多了。

事后，黄对米说："从今以后，你就是我亲姑。你叫我干什么就干什么。"他对她感激涕零。而且后来见了面，一直称"米姑"。

亚娜海大楼终于批下来了，各种手续业已办妥，占地面积约五十亩，每亩单价十万元。这一阵子把杨水月一班人累得够呛，人都瘦了一圈，但按梁总的话说，叫功不可没。公司高层举行了一个庆功会，还给跑项目的班子成员发了红包，痛痛快快地喝了一台酒，然后给跑断了腿的人们放一个星期的假，休息休息。

要建亚娜海大楼，还有许多的前期工作。首先，要进行地质钻探，看地块下面的地质结构如何？岩层情况，要打多深，打多少个孔，定多少个桩位？都得有个通盘考虑。其次，要进行建筑设计，请建筑设计单位设计图纸。但三分匠人，七分摆布，你得给人家谈你的设计理念，外观设想，内部结构，楼层用途，甚至包括楼道、卫生间等细节有什么要求，都得写成计划书交给设计师们，他们才能根据你主人家的要求，设计成图纸。施工图、平面图、立体图、局部图、线路图，等等，图纸还要许多套。存档、建委、国土、规划等单位备案。施工用、监理用、领导人员用，有时多达十多套。

这事还是归李大海负责。李大海与罗尼德一合计，得给大楼取一个好听又响亮的名字，传得远又好记。他们初步拟定了三个名称，然后请王亚娟、梁娜、杨水月等人定夺。一个是"亚娜凤凰楼"；另一个是"凤凰大厦"；最后是"万泰明珠楼"。大楼计划占地五亩，门前留环形车道和大停车场，占地也是五亩。其他附属建筑物占地约十亩，其余三十亩暂作绿化带，栽上花草、树木，外面用围墙圈起来，今后免得与别人争地界。这三十亩中要建楼台亭阁、花坛草坪，要将半山的泉水用渠道引进来，"到处莺歌燕舞，更有潺潺流水。"大楼计划修建二十八层，垂直高度大约八十至九十米。底楼是宽敞洪亮的大堂，两厢作陈列室、展览室。一楼是大会议室，留舞台，可供演出之用。二楼是几个中型和小型会议室，三楼是大餐厅，四楼是餐厅的小包间，五楼至十楼是员工办公室，十一楼至十五楼是董事长、总经理、副总经理、总经理助理、顾问等的办公室和休息室。顶上两层是娱乐城、棋牌室、美容院、洗脚城等。屋顶是花园，广植花草，曲径通幽，十六楼至二十六楼全为宾馆房间。专用电梯六部，不与员工楼层混合搭乘。

附属建筑物主要是供公司员工住宿，模特儿队伍的培训、排练、住宿、职工餐厅、保安队的住宿、训练等之用。也是自成小社会，一应俱全。

初步计划意见书一送达董事长、总经理、顾问的案头，她们就及时做了研究。原则上她们三人同意大楼和附属建筑物的内部结构和性能分工，布局安排。但对大楼的名称持有不同意见，其理由是王、梁二人五行缺水，三个名称综合一下，叫"凤凰亚娜海大厦"为宜。加一个"海"字，还缺水吗？汪洋大海。这当然主要是杨水月顾问的意见。

公司大楼会缺水吗？谁也没有料到，地质钻探队进场施工不到半月，那个龙窝就钻出地下水啦，而且是温泉水。

这股温泉水是具有数万年矿化龄的天然温泉，源自地心三公里深处，成于二亿三千万年前的三叠纪嘉陵江组岩层，水温高达57℃，喷涌高度达一百多公尺，日涌量一千八百立方米。温泉富含偏硅酸、偏硼酸及硫化物、镭、钙、镁、锶、硒、氟等多种有益于人体健康的微量元素，简称"镁锶泉"。对人的神经系统、消化系统、心血管系统和皮肤病、美容、健身较之许多温泉更具有独特的医疗和保健效果。

挖出温泉水，犹如挖出了黄金或是石油。在大城市的城乡结合部，未来的开发新区，这一下使这块地身价陡涨，价格倍增。杨水月顾问这时显示出她非凡的判断力和洞察力，显示出她非凡的敏感，多年来的职业习惯告诉她。此事不能声张。她向王董、梁总进言道："打出温泉水，此事非同小可，政府知道了，肯定用土地置换，我们不是就竹篮打水一场空吗？温泉水一出，开发区就容易招商引资，这是千金难买呀！我建议，立即封掉温泉水这口探井。在职工中发出封口令，给钻井队封口费。此事宜快。"

王亚娟小心问道："那就这样封掉了，岂不可惜。"杨水月诡秘一笑："大楼挪位，等建好后，生米煮成熟饭，当地政府也不好说什么。现在是荒地一块，人家一切都好办。温泉水纳入二期开发就是了。"梁总在一旁冷眼旁观，心想："这女人年纪不大，如此心机深沉，不得不防。"

梁总召开职工大会，给因全体公司职工得到此消息，全都欢呼雀跃，以手加额高兴时兜头一盆冷水。她说："建公司大楼地盘打出热水，确有其事，但只流了半天，水就冷了。大家不要高兴太早，不要到处乱说，把我们公司福事说坏了，该干什么，干什么去。"你看，梁总会不会说话，多有策略。是有水呀，可冷了，没了。那就算了。众人一哄而散。

历史上的人物，爱用愚民政策，还有点道理，有点讲究。愚民政策，有时候真的管用。不哄你，不信，你也试试。

一切依计而行，李大海与罗尼德亲自赶到钻探作业工地，用高标号水泥和巨石将出水口进行了封堵，采取了一些技术性处理措施。当然，作好日后好便于寻找的记号，把打的那口井商量着掩埋了。

事后，李大海给钻勘队的负责人和施工人员说："本公司决定暂时不钻探了，因资金有些困难，待今后条件许可后再说。"他按合同协议，全额付给钻探队本应全部钻探完毕后才能给的款项。当然免不了嘱咐不要乱出去讲打出热水的事。然后请大家吃了一顿饭，喝了一台酒。好在钻探队参与此事的人不多，只有八、九人。花钱不多费事不大。把钻探队给遣走了，完事了。

然后找来杨水月，端起罗盘，重新勘测，把大楼前立面原定的位置向前挪移了约五十米。这样，温泉的出水口就被推到了大楼后面。再实际的圈划了四面围墙的走向和位置，按规划和建设主管部门划定的红线，能宽则宽，能占则占。打好界桩，请两个工人拉着卷尺，另二人推着独轮漏斗石灰车开始放线。李大海、罗尼德、杨水月三人在一旁指挥，花了两天时间，才把这些杂事做好，做完。

这是秉承王董、梁总的旨意，先把五十亩土地的四周用围墙砌起来。再才在里面建大楼，搞开发。我们经过审批又花钱购买的一亩三分地，我们在里面怎么闹腾是我们自己的事吧！别人管不着。等大楼建好投入使用后，又才在后花园打出温泉水，我们不是还有三十亩左右的绿化带吗？借地之力，借金钱之势，不是又可以建温泉城吗？有温泉区、垂钓俱乐部、水上客房、水上别墅、生态园、建成高品位园林式温泉休闲度假旅游区。还愁那银子不像水一样流淌。美！爽！不足以形容，高兴得公司的几个高层领导，真想在席梦思床上翻几个筋斗，打几个鹞子翻叉。但有二人可不行，她们肚中的小生命该有六、七个月了吧。

# 第十三章　巧儿与瑶瑶

王亚娟赴澳大利亚探亲旅游的签证办下来了。时间是半年，期满后还可申请续签，只要你能说出足够的法律允许的理由。澳大利亚，加拿大这些西方的资本主义国家，信奉金钱至上。一切有利于他们发展的，就是好的。不管什么原则不原则。什么技术移民，投资移民，知识移民呀等等，你只要有钱，一切皆有可能。不像有些国家有许多政治的、原则的、传统的羁绊。

有奶就是娘。有钱就有一切。有钱就是好呀！钱钱钱，命相连。钱并不是万能的，但没有钱是万万不能的。唉！这些话都老套啦。

王亚娟得此消息后，与梁娜在办公室里密谈了一个下午，内容外人不得而知。女人，在男人眼中永远神秘。男人只能进入她们的肉体，但永远也走不进她们的内心。走不进去就不走吧！放弃努力俺们就在门外候着。

王亚娟将董事长一职暂时交给了梁娜，而总经理一职则交给了关索玛。李大海等人的职位仍然不变。王亚娟的工资和年终分红则由李大海代为领取和委托保管，若是澳大利亚那边王董有需要，则通过固定的渠道汇过去。

关索玛虽然从牢中放了出来，但似乎仍然没有走出那牢狱的阴影。他神情落寞，郁郁寡欢，在工作上也没有多少激情，似乎有点看破红尘的味道和样子。从事业的巅峰上突然跌下来，职位没了，工作没了，老婆没了，什么都没了，这个巨大的落差搁在谁身上都难承受。打击是巨大的也是致命的。有的贪官出狱后装得若无其事，整天笑呵呵的。其实别人家猜，那是硬装出来的。都说是人家心态好，会精神调剂。但里面虚伪的成分居多。

梁娜为了帮助关索玛重新站起来，在床上使足了工夫想让关主任像男子汉那样雄起来，可惜无济于事。关主任不在是以前的那个雄姿英发，颐指气使，神气活现的人啦，他在床上不是阳痿就是早泄。吃了万艾可才稍稍好一点。但他又经常不喜欢吃那鬼玩意。这也许是年龄逐步大了的关系，人不可能一辈子都"性"趣盎然吧？果子也有青涩的时候，何况男人还有不应期。

岁月如药,可以疗治创伤。我们就等岁月这时光之药慢慢抚平关索玛那苍凉的内心和伤口吧。所以,亚娜海的日常工作,还是离不开李大海这个顶梁柱。

王亚娟安排好了公司的事,也妥当安置好了女儿的事。临走的头天晚上,她把李大海叫到了燕子楼,向他和盘托出自己怀了李大海的孩子而准备远走澳洲,在那边生下孩子等小孩长到二、三岁。再托付给姑姑代养的通盘考虑,而后返回大陆,再回公司主政等设想。这虽然是意料之中的事,但还是让李大海非常震惊。他李大海原来有一个儿子,但那是一个坏孩子,从小就不听话,非常惹大人生气。书不好生读,事不好生办。李大海也管不了他,索性也就不管。父子二人的关系也就是逐渐疏远了,李大海心目中也似乎自己没有孩子一样。他把子女的事似乎已经淡忘了。现在王亚娟说她怀的是自己的种,并说要到国外去生。这让李大海即惊也喜。惊的是孩子生在国外,取得外国国籍,今后见面难,孩子或她,认不认他这个父亲。喜的是如今生活好过了,老来得子也算喜事。

李大海五十岁了,老来得子,正应了"皇帝爱长子,百姓爱幺儿"的话语。他把王亚娟拥着,用手抚摸着隆起的腹部,喃喃地说:"娟子,你要远行,我舍不得你,舍不得你腹中的孩子。"王亚娟像猫狗一样温顺地依偎在李大海的怀里,说:"今晚上就让你爱个够,吃饱了,一辈子都不想那个东西。"

男女的性爱都有个够吗?对于有的人来说,似乎永远都无餍足。这也许是身体的个体差异吧。

李大海与王亚娟互相抚摸着,说着情爱的话语,疯狂的做爱。这夜,李大海第一次用了伟哥,使原本就是猛男的他,猛力倍增。整得王亚娟惊叫连连。这次王亚娟是永远不知足,按她的说法是,要吸干李大海的"海水",好让他在她离开的几年里都不再去找女人。李大海呢,也想把娟子喂饱后,使她在国外不去打野食,不去找那些外国猪猡。这一夜,二人彻夜不眠,除了做爱还是做爱。

第二天早晨,娟子不让大海去机场送她,说那样会让她难过,对腹中的孩子不好,生长不利。她不能难过,她要高高兴兴地离开。

偏僻农村有首歌《怀胎歌》是这么唱的:

怀胎的正月正,四身怀得轻,水上浮瓢时时未定根。

怀胎的二月过,是话不想说,新接媳妇脸皮薄。

怀胎的三月三,茶饭都不想沾,上坡下坎四身胯胯软。

怀胎的四月八,递信回娘家,多喂鸡母少喂鸭。

怀胎的五月五，四身是怀得丑，心想丈夫杀个肥鸡母。
怀胎的六月六，四身是热乎乎，渴望丈夫各自打间铺。
怀胎的七月半，扳起指头算，算来算去还有两月半。
怀胎的八月八，神隍庙上是把香插，保佑奴家生个胖娃娃。
怀胎的九月九，身上是怀得粗，儿在娘身打个翻筋斗。
怀胎的十月十，娘家是把信递，三背鸡蛋两背米。
怀胎的冬月冬依哟，四身是怀得空哟喂，只教哟儿子哟喊外公。
怀胎的腊月腊依哟，孩子是到处爬哟喂，爬来哟爬去哟找他爹和妈。

屈指一算，娟子怀胎也足足有六个月了。第二天，李大海去上班，两个眼圈是黑的，像个熊猫一样。梁总一见，打趣道："身体是革命的本钱，不要透支过度哟！糖吃多了，会发芽哟。"李大海反唇相讥："大哥莫说二哥，两个差不多。"说完他打了一个长长的哈欠，自顾忙自己的事去了。原来，自关索玛从山上下来以后，梁总和他是夜夜包专场，好久没有李大海的份啰。

王亚娟哩，当飞机飞行在辽阔的海洋上时，有十余个小时的飞行时间。她盖上毛毯，很快进入了梦乡。在梦中，她牵着一个二、三岁的小男孩，在草地上玩耍，头上，是澳洲晴朗的天空。身后不远，是金色的沙滩，沙滩尽头就是蔚蓝色的无边的大海。那小孩头发是黑色的，眼睛也是黑色的。一会儿，怎么那小孩变成金发碧眼了。梦境有许多是不真实的，醒来梦中的情境就忘了，就记不得了。

瑶瑶是一个朴实善良的乡下姑娘。她的老家在长江边上的某个县，属于三峡库区淹没线的水位线以下，是三峡库区移民的对象。她家只有父亲、母亲和她三个人，异地安置的地点是上海市郊区的崇明岛。那里的移民安置接待部门给她家分了房，也分了点地。但瑶瑶的父亲是一个老实巴交的农民，又没读过多少书，没有多少文化。他只去了一年多，就跑回了老家，在一个单位看门，当了一名保安。按他的说法是，上海人说话我听不懂，我说的鼓倒憋出来的普通话，口头心里都别扭得要命，憋得脸红筋胀，人家还是听不懂。是贵州骡子学马叫，让人难受。移民与当地居民语言交流很困难，费时费力加手势，一头大汗还不知为哪般。还有就是当地的饮食习惯和老家完全不同，瑶瑶的父亲每顿饭都要少吃，人都瘦了。于是他撇下妻子守家，自己跑回老家找了个临时工作。借口是照顾女儿瑶瑶。

当年移民搬迁时，瑶瑶没有走，留在舅舅家读书。她当时正在读初中，一家人商量的结果是，原地读书考大学。因害怕到外地，人生地不熟，语言不通，成绩下降，影响学业。这个结果经父亲的验证，是正确的。舅舅家是属于就地靠后安置。初中二年级的时候她早恋了，瑶瑶交了一个男朋友，也是移民安置家庭类似情况的一个同学。大家互相照顾，倒也互惠互利，减少了家庭移民搬迁后那无边的寂寞。每逢假期，瑶瑶也曾坐火车到上海崇明岛去看过一、二次，去看望母亲，去看崇明岛的新家。但也是不适应不习惯那个地方冷冰冰的生活，于是便打消了到崇明岛的念头。上海市是蛮大的，是一座国际性的大都市，但那里是有钱人的天堂。不是像瑶瑶这样乡下的姑娘呆的地方。她孑然一身，无权更无钱。在上海人的眼里，她们是赤佬，阿拉们连正眼也不会瞧你。别了，上海。她回到家乡，还是家乡好呀，山好水好人更好，真是故土难离啊，这"故土难离"一词，恐怕是前人尝尽了颠沛流离的生活，老了终归故乡，叶落而归根而总结出来的血泪词吧！每一个十字架下都是一部长篇小说。而故土难离这个词的发明者应该有多少部长篇小说没有写出来，没有流传于世。但我们可以从这个成语的表面读懂它背后那岁月的狰狞。

　　高中二年级时，瑶瑶和那男同学有了实质性的性生活。初见落红，她很疼痛也很害怕。但她很爱那个男生，她把他视为知己，视为一个寄居在别人家的女孩可以依偎的靠山。那男生有宽阔的胸膛，二人无话不谈。可是高中毕业大学发榜时，瑶瑶未考上，那男生则考上了东北的某所大学。临别之时，他们二人山盟海誓，互相永不抛弃对方。他们也做爱，但显青涩和稚嫩。不知什么原因，高中生一般不懂采取避孕措施，从高二到高考的一、二年间，二人间或还是做爱，但居然一次也没有怀过孕。这临别一夜，仍是如此。有时，瑶瑶心下暗自揣摸，自己会不会没有生育能力？月经每月如期而至。

　　那男生一去读书，从此泥牛入海无消息。那男生的家也是移民异地安置，地点是山东省某地。他放寒暑假只到山东度假去了。瑶瑶久等不见消息，知有变异，便想去大学找他，又没什么依据。若是大着肚子去，还可要他承担责任。现在，肚子平平，什么也没有。她只好选择了忍气吞声，放弃。有人做过一些调查，像瑶瑶姑娘这样始乱终弃的遭遇，在中国偌大人口中比比皆是，不胜枚举。

　　虽说初恋是甜蜜的，也是美好的，有时甚至是刻骨铭心。但好歹没有损失什么，生活中还留下了许多美好的回忆，供老了之后回忆和追思。唯一遗憾的是，少女的初夜不复存在，但人家少男也失去了童贞。互相有所失有所得，各取所需吧。据说，处女膜可以修复，那男生的童贞可以修复吗？他若练武术，就练不成童子功啦。

　　大学是个什么地方？知识的海洋，艺术的殿堂，高雅的红男绿女，五光十色，令人心醉神迷。任何人进去，不变都不行。人很快就迷失了自我。方向都找不着北了，哪里还记得三峡红叶？"村里有个姑娘叫小芳，长得美丽又善良。一双美丽的大眼睛，辫子粗又长。"电视歌曲里的场景，"谢谢你的爱"，实际生活中存都不存在。

那个男生虽然和瑶瑶有过肌肤之亲，肉体之爱，但"一入豪门深似海"，进了大学就没了消息。情理之中，情理之中吧。

大学是上等人待的地方。大学生是天之骄子。他们学成文武艺，就要货卖帝王家，他们学成之后是要当上等人的。有的读了还要读，要一直读到九州外国去。有的要读到爪哇国去。有的要读到死胡同，牛角尖头去。有的读傻了，读翻翘了，读到牛屁眼头去哒。有的读书后去研究原子弹、氢弹，用来大规模杀人。杀坏人倒不要紧，把武器走私坏人用来杀好人，杀老百姓就拐火哒！

瑶瑶一来二去，不知怎么和何建军相识了。因瑶瑶只能坐在二厅里面等候客人，何建军到龙凤夜总会去过几次，有一次是瑶瑶陪他。那一晚他们谈了很久，何建军同情这个善良的姑娘。他每次来，就点瑶瑶坐台。

瑶瑶今年二十八岁，她有一张娃娃脸，长得圆乎乎的，看上去比实际年龄要小一些。她对何建军有了好感，觉得他不像那些经常到夜总会的常客。怎么看怎么不像，但又说不出理由。只是感觉这个戴着眼镜的年轻人很斯文，可以信赖。那些到五光十色这光怪陆离，灯红酒绿，声色犬马场所的常客，大多肥头大耳，油光水滑，满面红光，一嘴酒气。

他们只是坐在一起唱唱歌，摆摆家常，拉拉龙门阵。

"龙门阵、龙门阵。

龙王老爷在害病。

乌龟去拿药，

螃蟹去看病，

回来死个邦邦硬。"

这是儿时的童谣，不知现在的牙牙学语的孩童，还唱当年的儿歌否？

瑶瑶对何建军讲，她高中毕业后，就出去打工，独自一人去闯天下。她父亲给人看门，一人吃饭，全家不饿。要养活自己都难。母亲哩，守着崇明岛那个家，办一点蔬菜，种点粮食，自给自足，自食其力。她在守望着女儿长大成人，看能不能打个翻身仗，自己能有个幸福的晚年。对幸福的渴望每一个人都有。憧憬，是一个什么样的词？农村人不认识这个字，但他们也拥有憧憬，也应该有自己的憧憬。

瑶瑶无一技之长，俗话说：有智就使智，无智就使力。瑶瑶只好凭自己的脸蛋和青春去挣钱。从十八岁干到二十八岁，十年从业经历，她还算是阅人无数，什么样的角色她一看便知。她对何建军讲，她当坐台小姐十年，只到过三个地方。一是湖北的襄阳市，二是陕西的西安市，三是广东的广州市。每个地方呆上个三、五年才换店，现在回到两江市，干到三十岁。就从良嫁人，当贤妻良母去了。不当这个坐台小姐了。

何建军默默地听她摆自己的身世，心中酸酸的，欲哭无泪。这都是良家子女，为生活所迫，出来挣钱糊口。人家多不容易呀！社会还歧视人家。不但不去帮助人家，有的张榜公布名单照片，有的地方甚至捆绑游街。好没有天良。

何建军问她找到钱没有？这十大十年哟，时间不算短。人生能有几个十年？除去年幼不懂事，除去退休老颠冬不能干事，最多四个十年。她就陪进去了人生四分之一的美好的时光。

她说：也找了一些钱，但也不是很多。农村女孩，要价便宜。除了自己日常开销，花费以外，寄了一些钱给母亲，添置家具、电器、补贴生活。母亲年近六十，日益老了，老了就没用了。何建军思考犹豫了一下，说："瑶瑶，我想问一个你难于启齿的问题，我是出于好奇心，没有别的意思，你认为可以回答就回答，不可以回答也不勉强。"瑶瑶低着头，笑了一笑，说："你问吧，没事。我觉得你是一个值得倾诉的人。像我这样的人，曾经沧海难为水，有什么不可以说的。"

"那我冒昧问你，你究竟陪多少男人睡过觉？"何建军小心翼翼地问道，生怕得到否定的回答。瑶瑶抬头望了望他，本想说什么，但又转换了态度。轻声地说："我本想报复我的那个初恋情人，开始还默默的刻记嫖客的人数。后来，想想也没有多大意思，人也麻木了，就没有记数了。究竟有多少人我也不清楚了。也许五百人以上，也许一千人也说不准。"何建军的心直往下沉，沉到了海洋的深处，他一句话也说不出来，按赵本山的小品"拔凉拔凉的。"这个话只是说说，倒真是容易，真是算下来，多少心酸帐。韩磊的歌曲《我真的还想再活五百年》是怎么唱的：

沿着江山起起伏伏温柔的曲线，
放马爱的中原爱的北国和江南。
面对冰刀雪剑风雨多情的陪伴，
珍惜苍天赐给我的金色的华年。
做人一地肝胆，做人何惧艰险，
豪情不变年复一年，做人有苦有甜，
善恶分开两边，都为梦中的明天。

**看铁蹄铮铮，踏遍万里河山。**
**我站在风口浪尖紧握住日月旋转，**
**愿烟火人间安得太平美满。**
**我真的还想再活五百年！**

这个平凡而不起眼的普通女子，怎么能承受那生活之重。那像泰山一样的沉重？男人从根本上讲比女人脆弱。所谓的坚强是装出来的，逼出来的。那些轻飘飘的话语，从她的口里说出来，却令旁边的人喘不过气来那般沉重，那样令人窒息。一千个以上的不同形态的男人，有老的、小的、胖的、瘦的、有残疾的、有病的、变态的，各种各样的人爬在她的身上发泄着兽欲，那该是一幅多么令人震撼的场景！多么的令人震惊。连想都不要去细想那些可能出现的各种细节。

何建军此时是无言以对，不知该说什么来安慰她。只好用手把瑶瑶拉过来，轻轻地拥进怀抱里，随着音乐声而前后摇晃着。泪水在他脸上无声地流淌。他曾自诩是个真正的男子汉，只流血不流泪。现在心里的滋味是五味杂存，万般难受。

瑶瑶此刻感到很温暖，心底的坚冰在开始融化。抱过她的男人何止千万，而只有这个男人的深情拥抱，才能使她感到温暖。她默默的一动不动的任何建军抱着、抚摸着，享受那只有母亲离别抱她时才有的温馨。

他开始吻她的额头，吻她的耳垂，最后是吻她的嘴唇，吻着吻着，仿佛要把瑶瑶吸到他的肚里去。

"我侬两个，特煞情多！譬如将一块泥儿，捏一个你，塑一个我。忽然欢喜啊，将它来都打破。重新下水，再团再炼再调和，再捏一个你，塑一个我。那其间，那其间：我身子里也有了你，你身子里也有我。"

一个眼睛在单间卡拉OK的窥视孔中往里张望。随后，服务员小姐给大堂领班汇报，"那小子开始沾腥了"。要知道，"沾腥"与"不沾腥"收费是不同的。

# 第十四章　我爱电脑城

龙江洪是龙凤夜总会的保安队副队长。他是市里某部门的某个领导推荐来的，加之当过几年兵，所以不到三个月就升了副职。每月工资1500元，外加奖金。这天下午，夜总会发了一千元奖金，他又不当班，于是龙江洪便来到平时熟悉的一个摊子上吃路边烧烤。他选了两串羊肉，两串豆腐干，两串鱿鱼丝，二两烧酒就开始喝起来。钱是人的胆，这话不假。他怀中揣有刚发的一千元钱，所以吃东西的姿态就像一个百万富翁，像一个十足的大款。

这时，他平时认识的一个名叫刘明强的人蹑了过来，跟他搭讪。"呲，龙哥，一个人吃独食撒，也不香哟，潇洒，潇洒。"刘明强是这条巷子里的一个小混混，平日里游手好闲，没有什么正当职业。反正是做事想轻松，拿钱又想多，抢银行又怕掉脑袋的人。成天在社会上飘着，无所事事。因他蹭别人的消费，去夜总会唱过几次歌，所以龙江洪认识刘明强。

龙江洪一看是他，便装大套，说："来，强强，一块儿整两串。"他一来有钱有酒壮胆，二来个人吃也显孤单。你看旁边那些桌子上坐着吃烧烤的男女，哪个不是成双成对。羡慕归羡慕，但若要是叫龙江洪打亲家结婚，他还总是说："莫慌，时间还早，等耍够了再说。"都三十岁出头了，结婚的事还不慌，还想趁单身无拘束耍几年。现在的年轻人，不晓得头脑里想些啥东西。对家庭，对父母，对社会，对传宗接代，对种族延续这么不负责任。据说，俄罗斯这些国家，人口是负增长，总人口逐年下降，使得克里姆林宫的新沙皇是坐立不安哩。

刘明强，正巧没有吃晚饭，见龙江洪美国摇裤——大套，便沙地萝卜一带就来，借势在龙江洪对面的凳子上坐了下来。便对烧烤老板喊道："来五串羊肉，一碗米线，三两白酒。"你看，人家龙江洪羊肉才两串，他就要吃五串，酒也要多喝一两，真是天道不公。龙江洪冤柱。

二人在饮酒的过程中，刘明强对龙江洪说："龙哥，北城天街新开了一家电玩城,刺激哟,要不要去玩一盘嘛?"龙江洪此人不但好色而且又好赌。一听说有电玩城,便来了精神,问:"电玩城,有些啥子玩意?"刘明强说:"好耍得很,样啥都有,输赢马上兑现。"于是开始给龙江洪当起了介绍。"东方甲乙木,南方丙丁火……"。

二人酒足饭饱,龙江洪付了烧烤钱,便真奔北城天街而去,银河电脑城坐落在天街旁边一个偏僻的小巷里。但一进大门,里面却热闹非凡。上百台各式各样的电脑游戏机摆满了大厅。有开车的、打枪的、捉迷藏的,应有尽有。大厅里人声鼎沸,青年人学生娃儿居多,一个个玩得兴高采烈,满头大汗。有的目不转睛,有的狂呼乱叫,有的围了一群人在看、在吼,有的一个人在紧张的玩。反正是世间万象,人间百态,都有所反映和表现。

赌博最能反映人的本性和丑态。人们对赌博消遣总是乐此不疲。有钱的人想去赌,没有钱的人更想去赌,他想在赌博上捞大钱,不劳动而有收获。但,此事难,赌博者十有九输。有高手、出老千,但人家在电视上现身说法,金盆洗手了。这是浪子回头金不换。但龙江洪不是浪子。

蚂蟥听不得水响,黄牛那见得尿桶。这些电脑游戏机的各式玩法,看得龙江洪是热血喷张、抓耳挠腮,心痒手也痒。但初来乍到,还得看看人家,要选择一种适合自己的游戏才敢下叉。他的钱袋子还是捂得蛮紧的。

他和刘明强在每一个游戏机前停留,看人家怎样玩,哪种玩法容易,哪一种玩法输赢不是很大。龙江洪显得还是很谨慎,小心试水,不然遭呛水了,还三魂不知二五。他龙江洪是只吃得起补药,而吃不起泻药的人。大款相是假装出来的。他不是大款,爱赌的人也不会成为大款。

一个年轻人正在玩吃角子机,俗称老虎机。只见他把一个绿色的筹码投进币孔里去,机器便开启,那年轻人转得摇柄,那老虎机上面的数目表便开始转动,机器也哗啦啦地响。有时,便有几个筹码从里面滚落下来。一打听,这筹码便宜,一元钱一个。若是你搬动摇柄,一阵摇动,那数目表上的读数指向四个六,就会滚出二百个筹码,也就是到兑换处去可兑换一百元人民币。若是指向四个八,就会滚出两千个,值人民币一千元。若是指向数目四个九,机器就会滚出二万个筹码,大箱子都要装满,可领一万元人民币。就表明你赢了,成万元户了。

龙江洪、刘明强二人不挪步了,就在那年轻人身后停了下来,仔细的观战。不到半个小时,那年轻人赢了一千多个筹码,走了。兑换成金钱后潇洒去了。

龙江洪心想,这个玩法简单易学,完全是碰运气,输赢也不大。要得,就玩老虎机。于是他去买了五十元钱一百个筹码，开始和刘明强两个人玩起了老虎机。这东西刺激，好玩。一会儿，一无所获，二人唉声叹气；一会儿，滚出几个闪闪发光的金币，二人大呼小叫。

不到半个小时，二人就完全沉浸在赌局中，外面的风声、雨声皆听不见了，二人连自己姓什名谁也不记得啦。赌博如毒品，可使人迷醉、沉沦、上瘾。

从此，龙江洪陷进了赌博的泥潭，而且成了"约翰孙。"越陷越深，昵称就像外国人的名字，"约翰逊"。但实事求是地说，龙江洪第一晚上并没有输，而且还把和刘明强二人吃烧烤的夜宵费用是赢回来了的哟。输钱，只是后来的事。后来赌运不佳，只能怪自己手气不好。背，我真想自己把自己这只臭手给剁下来喂狗，我靠。

埃及有部电影，名叫《走向深渊》。说的是一个埃及军官被美色所俘虏而出卖国家机密的故事。许多年前放映过，可惜大多数人都记不得了，搞忘了。

但对龙江洪而言，除了输钱外，他在游戏厅也有收获。那就是在银河电脑城里，他龙凤娱乐城夜总会的保安队副队长龙江洪，认识了黑社会老大龚勇刚。

龚勇刚被人称为屠夫，因他是杀猪匠出身，心狠手辣，力大无穷。又被人称为"杀人的生产队长"。他现在是烧杀抢掠，无恶不作，黄赌毒无不涉足。刚出道时，他网罗了几个帮凶，垄断了他那一片的猪肉市场，谁不从就打，就杀，就砸摊子。搞得鸡飞狗跳，他挖到了，控制、垄断猪肉市场后第一桶金，完成了资本的原始积累。随后，放高利贷，涉足毒品市场，出租车行业，汽车、摩配市场，也盯上了卖淫业生意的巨大利润，开始涉足娱乐服务行业和房地产市场，一路走来，生意越做越大。龚勇刚硬是凭他那把雪亮锋利的杀猪刀，成了两江市的一霸。

有人是靠做正当生意发财。凭聪明才智、凭吃苦耐劳。而有的人，如龚勇刚之流则是凭借官商勾结、商黑勾结、商警黑勾结，做权钱、权色交易，采取发放高利贷、贩卖毒品，开设赌场、兴办娱乐场所、电玩城等手段聚敛巨额钱财，然后借钱生钱，借钱捞取各种政治荣誉，捞取政治资本。聪明的开始做一些慈善事业，骗得政府的信任。成为什么人大代表，政协委员。

黑恶势力有了金钱作为强大支撑，进入政界以后，寻求政治代言人。他们貌充好人、善人，冠冕堂皇做公益事业，以提高知名度。在各种场合表态、发言，影响政坛走势，提高其社会影响力。如不及时铲除遏制这种社会现象，经济就会左右政治。政府就逐步脱离群众，只为有钱人说话，就会逐渐丧失民心，得不到人民群众的拥护和支持。

基础不牢，地动山摇。这种种弊端，种种社会现象，在如今已初显端倪。有亡党亡国的危险。这绝不是危言耸听。

在黑社会猖獗的背后，一定程度上反映了社会秩序的失衡。如果有一个相对完善的社会法制环境，黑社会组织就失去了生存的土壤，但是目前因为中国完善的社会法制环境还没有完全建立起来，中国在短时间之内还很难彻底铲除黑社会滋生的土壤。

有黑社会不可怕。可怕的是听之任之，撒手不管，让其胡作非为，壮大、发展。只有正视黑社会这一毒瘤，了解它、正视它、摸清它，才能消灭它。消灭法西斯，自由属于人民。孩子，中国这是你的家，庭院高雅。

又是一年春草绿。梁娜的孩子生下来了，是一个白白胖胖的儿子。关索玛已经和梁娜公开住在了一起，只是没领结婚证。认为那片纸还多了约束，不要也罢。那儿子脸庞有点像关索玛，眉眼又有李大海的影子，梁娜心生疑惧，不知这孩子究竟是谁的种。管他哩，现在跟姓关的住在一起，那孩子只能姓关，就叫关海吧。这名字才起得好，很科学。关索玛李大海——简称关海。两人的可能性都有了，都综合了。但梁娜征求杨水月的意见时，杨水月说："梁董，孩子可以随母姓呀，现在社会上时兴这个，就叫梁关海吧！"梁娜大惊，旋大喜，叫道："好，就叫梁关海。"娘呀，登临碣石，以观沧海。梁关海。巾帼英雄，女性气概，什么都不缺。杨水月，你真是个天才，梁娜心里喊道。

关索玛因一件小事，性情上发生了逆转。事情的起因是这样的。龙江洪在电玩游戏厅输了钱后，就想捞本，于是便找了龚勇刚借了"水钱"（高利贷）。这借的几千元水钱也很快打了水漂。他便成天窝在龙凤夜总会不敢出门，他还不上那利滚利、驴打滚的高利贷本金和利息。龙江洪想一躲了之。那都得行吗？账能躲过去吗？该来的总该要来。

一天晚上，龚勇刚带了七八个人，名为到龙凤夜总会消费，实为找人。七八个手下人一搜，就从包房里揪出了龙江洪——这个保安队副队长。自己说，怎么办？要么还钱，本金三千元加利息已翻到了一万五。要么剁下一只手，咱们两清。龙副队长这下只得跪地磕头求饶，吓得浑身发抖，缩成一团。这天，正巧关索玛也在娱乐城。他一边给龙在市内某部门的领导亲戚打电话通风报信，一边赶到了龚勇刚等人所在的包房。

一进门，龚勇刚不屑理他。他们二人原来认识，但现在关索玛已经倒台，龚就不正眼瞧他了。你关索玛下台干部，垮杆队伍一个，现为总经理，又有啥了不起？他鼻子里哼了一声，算是打了招呼。你看，黑社会也是势利眼，这么不讲道义。真是钱把利边行，雀往旺处飞呀。恰恰危险也，要是黑社会成为及时雨，为人称道的话，社会就要完火。

"嘿嘿，龚老大，不知是你驾到，请坐请坐。"关索玛一进门就赶紧给龚勇刚赔笑脸，打招呼，装香烟。当得知了事情的前因后果后，关索玛略一思忖，他想这事必须要顾及职工利益，不然保安队副队长在这里丢了一支手，要吃官司不说，还会倒了龙凤夜总会的招牌。谁人敢来消费？谁敢替公司卖命？但借钱不还，首先失理，但还钱又觉太冤。龚老大等人总得打发走，打发走瘟神，才能纸船明烛照天烧。

"龚老板，这事我来处理，看我的薄面，饶他龙江洪一次，你们各位弟兄，只管抽烟喝酒唱歌，我来买单。你们稍候，我去去就来。"关索玛说完此话，想拉龙江洪一起退出去。龚勇刚一努嘴，两个手下一下站到门边，一伸手拦住了正想出门的关索玛二人。龚勇刚阴阳怪气地说道："关主任，关总经理，不是我龚某人不买你的账，是这小子太不地道。你去拿钱可以，这混球得押在这里。"

关索玛这时怒气横生，心想，当初我姓关的在台上时，是一呼百应何等威风？谁不买我的账？如今龙游浅水遭虾戏，虎落平阳被狗欺。真是扒了毛的凤凰不如鸡呀！那一刻，关索玛心中生起了我也要成为黑社会，以黑对黑的恶念。本来意志消沉的他，在那一幕的刺激和侮辱下，激起他万丈雄心，江水那边黑一角，万丈长缨要把鲲鹏搏。龚勇刚最大的罪恶除了以前犯过的罪孽外，就是又促成了一黑恶分子的诞生。

他悻悻离去，刚一关上门，关索玛听见里面传来拳脚声和闷哼声。

关索玛在柜台上临时支了一万五千元钱，这时龙江洪的亲戚也气咻咻的赶到了。二人短暂商量一下，立即赶到龚勇刚所在的包房里，将一万五千元钱交给了他们。只见龙江洪蜷缩在歌厅包房的角落里，身子一动不动。手倒没被真的剁掉，但人已被龚勇刚的手下七八个喽啰拳脚相向，打得脱了人形。龙江洪嘴里哼哼着，已是半昏迷状态。

这时，龚勇刚又说话了："弟兄们今天帮你们教育了一下这个小子，三天后再来，你是龙杂的堂兄不是？"他指着龙江洪的亲戚问，那亲戚是龙江洪的叔伯哥哥，叫龙江水，是市统计部门的一个处长。龚老大也不等龙江水回答，就说：叫你的杂种兄弟再准备五千元钱，弟兄们打人打累了，要点辛苦费。不然，砸烂他的狗头。他用右手食指轻蔑地指着躺在地下的龙江洪说，然后带领一帮兄弟伙大模大样地扬长而去。

把个龙江水气得不行，掏出手机就要报警。这时豪气已经恢复到倒台前的关索玛反而变得冷静了,他用手按住了龙江水,说:"龙老弟,报警起什么作用?抓几个人关几天又放出来,他们还会来找麻烦的。现在,先救人再想办法,对付姓龚的。"于是,几个保安过来,七脚八手的把已是遍体鳞伤的龙江洪抬到附近的医院去了。

第二天,龙江水到单位去点了一下卯,就来到了关总的办公室。二人关起门来密谋策划。关总与龙江水二人原就是铁杆兄弟,又一起在部队当过兵,是战友。龙江洪是龙江水大伯的幺儿,到亚娜海公司夜总会上班,后来当上保安队副队长,都是龙江水的推荐,开的关索玛的后门。

关索玛说:"龙兄弟,三天后的五千元钱,照给。在龙江洪身上花的两万元钱,你我各一半,龙江洪伤好后能还则还,不能还我们两个当哥的承担起。医药费可能也就是几千元钱,无非是皮外伤,我先叫保安队的会计垫付,回头在龙江洪的工资中扣除,也叫这小子长点记性。"

龙江水回答:"关哥,钱的开支就这么着,我听你的。但三天后那五千元钱,硬要给吗?不给行不?"

关索玛阴阴地说道:"君子报仇十年不晚。钱照给,先麻痹他们,再下狠手,叫他晓得马王爷有三只眼。"龙江水昨夜回去一夜没睡着觉,他大伯原是村里的支部书记,在位时,各方面都很关照龙江水一家,各种救济、何种钱粮,反正上级拨的款,免费发的物资,不管家里困难不困难,都有龙江水一家的份。现大伯已死,两个女儿早就嫁人,只剩下这个文不文,武不武的儿子,临死前托付给了侄儿龙江水照顾。

龙江水大学毕业,去当了几年兵,还读了军校,转业后到两江市统计局当了一名处长。但他对大伯心存感激,是大伯在他们家最困难的时候帮助了他们。

这时关索玛又说:"我本不犯人,但人要犯我,这个社会就是这个样子,尔虞我诈,弱肉强食,适者生存。你即无情就休怪我不义,我要开杀戒了,叫他龚勇刚这些不学无术的暴发户们知道,什么叫第三种打击。"关索玛本就有僚族血统,本就是个顶天立地的硬汉子。他在任职期间,都是在尽量适应环境,压抑自己的血性。如今官已丢,公职不保,他没了约束,又有亚娜海公司的经济实力作为后盾,他要放手一搏,用命赌命了。你龚勇刚仗势欺人,都欺侮上脸了,好,你等着,我要杀得你们片甲不留。

他说着这些话的时候,很平静,但听得龙江水的脊背是阵阵发冷。作为战友,他太了解关索玛这个人了。关索玛现在倒是无官一身轻,光人一个,我还有个处长帽帽得嘛。可事到如今,我也管不了那么多,我也想出出这口恶气。

龙江水悠悠的说话："我知道你的心思，你要启用铁杀神是不？关哥。"关索玛会心一笑，说："还是你龙老弟对我的心思。你说得对，我要把铁杀神请出来，成立特别行动队……"

"铁杀神"真名叫母兵，又称铁横，独人一条。他上无父母下无妻室儿女。母兵当过特种兵，母兵也曾当过海军陆战队员，在部队个人军事素质一流，擒拿格斗在他们那个部队中数第一。又有一身横练功夫，二、三十个年轻小伙子近不了他的身。他是西北人，野外生存能力极强，他仅凭一柄小刀，一小包食盐，一盒火柴，在海南岛的热带丛林中，独自生活了一个月。

退伍返乡后，不知什么原因，他杀了两个人，便潜行到两江市，投靠了曾经是战友的关索玛。关索玛那时还没栽水，就收留了他。给他改名换姓，办了假身份证，还在一家关主任熟悉的私人医院整过容，又安排在手下的某个工程公司中当了一个仓库保管员，从此隐姓埋名待了下来。

他很少在江湖上走动，只是偶尔关索玛、龙江水等几个现工作或生活在两江市的战友，趁夜晚悄悄开着车去看看他，和他拉下家常，摆摆龙门阵。他的工资加战友不时接济的钱足够他花销了。这年头，杀人后只要不用愁经济来源，在一个地方不显山不露水的潜伏着，任谁也找不着。

所以，母兵从人们的视线中彻底消失了。虽然警察在全国发了通缉令，没抓着就是没抓着，高手就是高手，独狼就是独狼，来无影去无踪。母兵就是一个夜晚行动的独行侠。

说实话，关索玛这样收留和安排母兵是要冒极大的风险的，一旦事情败露，他关索玛至少是要判十年以上徒刑。但关索玛一是出于战友情，同志爱，出于义气。二是他极为赏识母兵的为人和本领高强。母兵为人义气、豪爽、耿直。为朋友两肋插刀，是一个铁骨铮铮的硬汉。何况他杀人也是事出有因。对关索玛的收留，母兵深深感激，自己在危难之时，是关收留了自己。并且易了容，安排了一个相对稳定的工作。使他母兵无了后顾之忧，不再东躲西藏，也不再为生计发愁。所以他把关索玛视为再生父母，对其非常尊敬。

有一次深夜，是一个雨雪天气，关索玛去看母兵并陪他饮酒，摆到动情处，母兵对关索玛说："关哥，你给了我第二次生命。如若我被抓，我只说我的事瞒着你的，与你无关，绝不牵连你。""说这些，你我弟兄是什么关系？还跟我说这些客套话。"关索玛酒已上头，兴致很高。说："你我对天发誓，歃血为盟，结为异姓兄弟如何？"

母兵哈哈大笑，这笑声声震屋瓦，传出去很远很远。一对斑鸠被惊得扑棱棱飞起，扇着翅膀往别处去了。这仓库在一个深山沟里，保管着工程上用的一些机器、设备和炸药、雷管等。这里很僻静，人迹罕至，除了偶尔来拉东西领材料的运输车队，一般人走不到这里来。因沟口处拉有铁丝网，要先电话联系，人才会在沟口开门守候来的车辆进入，车返回时仓库员搭车子至沟口，待车走好又锁上大门。所以这里就好像是一座巨大的保险柜。山沟两边全是悬崖峭壁，猿猴欲渡愁攀援。

笑声一停，母兵说："关老兄，你我还用得着搞桃园三结义那一套吗？那么老土，你就是喊我上刀山下火海，我也不会退缩的。我们是刎颈之交，若你在官场有难，给我说一声，我提他项上人头。"这话关索玛相信，他相信母兵的忠心，也相信母兵的能力。这里有一首《减字木兰花》说得好，"听哀告，听哀告！贼躯流落谁知道，谁知道！极天罔地，罪恶难分颠倒。有人提出火炕中，肝胆常存忠孝，常存忠孝！有朝须把大恩人报！"

在狱中关押那段时间，战友们悄悄给母兵通了信息，但关索玛犯的是公诉案件，无具体报复的对象，不是私人仇恨。所以母兵没有采取任何行动，他按兵不动，只是等候关索玛出狱的消息。母兵知道梁娜等人在营救关索玛，但王亚娟、梁娜等人压根不知道有铁杀神这个人存在。

不到万不得已，关索玛是不会动用母兵等人的。为什么呢？一是一旦动用就会有厮杀，引起警方注意，母兵必死无疑。而且和黑社会血拼，双方必有死伤，亚娜海公司必遭重创，难逃倒闭的厄运。自己死不足惜，王亚娟、梁娜和她们的孩子呢，那些幼小的生命是非常脆弱的。不出事则罢，一出事就是大事，焦土一片、玉石俱焚。我和母兵等人就是死也不可怕，但牵涉到一些无辜的人就有些不值了。不行，得想一个万全之策，要保全亚娜海公司，也就是保全王亚娟、梁娜，保全了大家。不然，王亚娟、梁娜、杨水月等人会晚景凄凉，日子难过。那我就是在九泉之下也会心下不安。也会死不瞑目。

另一方面，龚勇刚这一伙人又如此嚣张、跋扈，此仇不报非君子。不行，我不报此仇，誓不为人。树欲静而风不止，风乍起，会吹皱一池春水。那伙人会得寸进尺，得陇望蜀，会不断地找夜总会的麻烦，不断的惹是生非和敲诈。亚娜海公司、凤翥龙翔娱乐城、龙凤夜总会将会永无宁日。暂不动用母兵，另用一阴计，叫龚勇刚等人有来无回。他陷入紧张的思索中。

# 第十五章　绵里绣花针

这时，有两个人推门走进了关索玛的总经理的办公室。关总一见二人，顿时眉头舒展，朗声大笑，说："天助我也，救星来了。"

这两个人是关索玛被关在监牢中时的两个狱友。狱友、狱友，监狱中认识的朋友。身陷囹圄，命运相同，同是天涯沦落人，相逢何必曾相识。同窗狱友自然是惺惺相惜，同病相怜，臭味相投。关系好得不是一般。就是二班。

东北人名叫侯长捷，是个瘦猴，他被抓入狱的罪名是惯盗、偷窃。湖南人名叫熊军，人称大熊。他长得膀大腰圆，气壮如牛，是因寻衅滋事、打架斗殴而被投进大牢，判了四年。现二人双双释放出狱，听说关索玛任了亚娜海公司总经理，便一同找了来。要关大哥找个活干，给碗饭吃。这个好说，当下正是用人之际。何况二人身怀绝技，有不世武功。关索玛二话没说，就让二人当了他关索玛总经理的贴身跟班。大熊会开车，就当专车奔驰的驾驶员，瘦猴有些文化就兼秘书，二人实则就是保镖。

当天晚上，瘦猴秘书侯长捷就接受了第一项任务。当然不是去写作计划书什么的，而是去医院库房拿一种东西。注意，不要让人家知道，也不要让医院觉察到某些药品少了一些，只是少些而不是全部丢失。这个我懂，侯长捷笑笑，关总，我是什么人，你还不知？大粪用不着臭尿淋。三人配合默契，一搭上手，就天衣无缝。

氰化钾。化学品英文名称：potassiumcyanide。那药无色无味，剧毒，人一沾上，立亡。拿而不是偷那药来干什么？关总准备要它干啥？关总说："我拿来制烟，制假的中华烟，一定会香喷喷的。但大熊你们却不能抽，那是给尊贵的客人准备的。"

大熊开车接送瘦猴，二人领命而去，一会就消失在茫茫的夜色中。

两江市第九人民医院是一个职业病防治医院。医院距江边不远，那幢显得有些突兀的建筑物孤零零的，大楼静悄悄的，只有灯光却没什么音响。它还不知道，今晚有客人要光顾它的库房。库房、放药品的地方。强盗进屋灰都要抓一把。但有谁会去偷药哩？你没病找病来生吗？除非是脑袋进水。所以，医院的库房疏于防范，一般都不会安装报警装置和监控录像。瘦猴想，你就是安了上述设备，我也不害怕。铁流向前二万五千里，谁能阻挡我前进的脚步。我侯长捷还没有想得而没有得到的东西。侯长捷，号称天下第一神偷，人称东北猛虎。

等二人出了门，关索玛又打电话叫来陈德田，给他如此这般耳语一番。陈德田高高兴兴地去了。这个陈德田，最近一到晚上就泡在龙凤夜总会里，几乎天天如此。他白天忙公事，晚上办私事，夜夜做新郎。把一厅、二厅里的百拾个姑娘几乎睡了个遍。所以，他乐于听关总经理的差遣。他只管做事，不管背后有什么勾子麻汤。

秘书小姐进来，把一条软壳的"大中华"香烟，摆在关索玛的大班桌上，然后悄悄地退了出去。

第三天没有人来收账。龚勇刚的两个手下是第四天晚上来的，态度很骄横，很傲慢。经理陈华和保安队长马奔亲自将五千元钱用双手奉上，态度毕恭毕敬，诚惶诚恐。那两个打手回去将五千元钱交到龚勇刚的手里时，不忘加上一句话："他们的态度好，好得是不能再好了。"龚勇刚那一刻心中满是得意之情。哼！在两江市，谁敢捋我的虎须？好，下一步我杀猪刀的刀锋就该指向龙凤夜总会啦。

双方不动声色，都在暗中准备。黑帮大战一触即发。不同的是，龚勇刚以为对方没有防备，以为给了钱就万事大吉了。他龙凤夜总会做你的春秋大梦去吧！我龚勇刚只是小试牛刀，不，应该是小试杀猪刀而已。事还未了呢。

关索玛组建了"特别行动队"，自己亲自任队长。成员是母兵、大熊、东北虎、马奔等人。龙江洪养了半个月的伤，出院归队，坚决要求加入特别行动队。经此糗事，龙江洪仿佛变了一个人似的。他眼神阴冷，面貌狰狞，活像一头要吞活人的饿狼，神情异常乖戾。

关索玛把亚娜海公司，其中主要是凤翥龙翔娱乐公司的人员分成了两类。一类是正常经营的人，他们或她们绝不染指黑社会的事。甚至对他们封锁所有消息，让他们在大事后好脱身，于公司经营无碍。这些人是公司的绝大多数人，梁娜、李大海、罗尼德、杨水月等就是代表人物。另一类就是特别行动队成员，约有四十人左右。全是两劳释放人员，双开人员，要么就是提起无毒毒，放起无沿檐的底层困难人员，全是一伙亡命之徒。这批人的特点就是不怕死，敢玩命。

关索玛力求把行动队的人员减少到最低限度。但人太少也不行，没有阵仗就没有气势，没有人多势众就吓不到人，没有数量就没有质量。关索玛给每个人都购买了双份保险，保的是意外死亡赔偿和因伤病住院医疗费。当然，为遮人耳目，亚娜海公司上上下下五百多号人都购买了保险。不要什么事都有蹊跷，一查就出问题。要事事周全。莫看关索玛是个有着络腮胡子的男人，他的心眼比女人还要细密。有人说：十络九美。意思是十个络腮胡子有九个是美男子。

他需要的药，瘦猴给他找来了。医院的库房里，这种药只有五瓶，他东北虎一瓶也没有偷，只是每瓶都倒了一点，匀了一点而已。医院的人觉得什么东西也没有丢，他们根本不知道丢了什么东西，他们怎么会去报案呢？大中华香烟也制造好了，真正的云贵好烟丝，只是多了点东西而已。后面的院子里，搅拌机、铁盒、浇筑混凝土预制板的钢筋笼子、水泥、河沙、石子，一应俱全。静静地躺在地上，等着派上用场。

关索玛派人去贵州的边远县份，这里是制造黑枪而闻名全国的贫穷地区。乡民们躲在山洞或是挖的地窖里，制造各种各样的枪支，贩卖到全国去，贩卖到需要的人手里去。乡民们靠此生存，因那个地方拉屎都不生蛆。专人专车悄悄地去，悄悄地回，打枪的不要。买回了几支仿六四式手枪，二十几把霰弹枪和一批弹药。霰弹枪好，威力大，一轰倒一大片。又派人购买了几十把雪亮的大砍刀和杀猪刀，关索玛准备以黑对黑，用杀猪刀对杀猪刀。只是看谁的刀快，谁的手快。你若双风贯耳，我就是白鹤亮翅。你若举火燎天，我就仙人摘桃。好，来吧，姑娘，我在等你。我碰见你的夜晚，一定会让你销魂，让你永世难忘。

一切准备就绪。就等鱼儿钻进网里。

在做准备工作的过程中，人员大多都在山沟中训练。请母兵做教员，办一个杀人速成班。因时间短，只能教杀着，绝技，要的是见血封喉，一招致命。母兵的功夫派上用场，他正全身痒得难受，在山沟中快憋出毛病了。关索玛战前训练动员，只有两句话："我要求你们个个成为母兵，或是人人有他十分之二的功夫就够了。"他当然没说出铁横的真实姓名，他介绍母兵的时候说的是假身份上的名字。

训练班中，没有侯长捷和大熊的影子。但他们二人一点也没有闲着，他们另有特殊任务。神偷的任务是把龚勇刚团伙成员的照片全部偷齐，汇制成册，特别行动队成员人手一份，读熟背诵，并把那些人的面孔牢牢地记在心里。任何时候，任何情况下都能认出。大熊还是老本行，开车接应。

&gt;&gt;&gt; 第十五章　绵里绣花针

　　特殊行动队每人都是双卡手机，对外对内各有不同。对内联系的暗号、手势、切口都精心设计，要的行动迅速，快如闪电，配合默契。

　　经过调查了解，龚勇刚团伙有百多人，开有总公司，三个子公司，经营房地产、运输物业、开设有赌场、夜总会等。

　　龚勇刚的手下人拿走五千元十天后，特别行动队就每天派二人在龙凤娱乐城夜总会门口值双岗。他们穿着黑色的西装，留着小平头，精神饱满。他们不站大门口，那是礼仪小姐应该站的地方。队员只在门房坐着，注视着每一个进出的人，看有没有相册上熟悉的面孔。

　　杀猪匠龚勇刚有一个烂习惯，就是每天睡觉前都要洗头洗脚。他杀猪时，每天一身臭味，那猪尿泡的腥臊味，无论怎样洗也洗不去。有时，他生气起来，就打起肥皂、香皂拼命地搓洗，一遍二遍三遍，皮肤搓红了，搓破了，搓稀烂了，那气味仍如影随形。他泄气了，想当个上等人、斯文人、文化人的念头落空了。"生来就是舅子命，想当姑爷万不能。"他现在成了大款，有很多的钱，可以买名牌西装，如他现在身上穿着的那套西装，就是意大利名牌——"帝国王朝"，价值二万多元。他也可以戴金丝眼镜或是无框玳瑁眼镜，但举手投足仍然没有脱俗，撩裤脚挽袖口，活脱脱一个下力胚子。

　　这天晚上，杀猪匠一边思考问题，一边躺到了那把专门为他量身打造用来睡觉、洗头洗脚的沙发床上。沙发床高矮适中，按照空气流体力学的原理设计，是半圆弧形，上面有许多按钮。

　　杀猪匠成名后，他就从不在床上睡觉，而就在此按摩床上半躺而睡。人家给他洗头搓脚，他就酣然入梦，一遇紧急情况，他就可一跃而起，像狸猫一样轻盈。妮娅和另一个丰满的女人扭着大屁股走了进来，她们身披薄薄的白衫裙，腰上用一根纱巾系着，里面全身赤裸，什么也没有穿。妮娅给他洗足，另一个女人洗头，这是每天的功课。

　　妮娅将香油涂在杀猪匠的双脚上，然后一扯腰上带子，身上的衫裙掉落地上。她全身赤裸，坐在一根小圆凳上，将硕大的乳房凑在他在臭脚上，开始用双乳给龚勇刚搓脚打油，嘴里便有一搭没一搭的和他聊着话，让他慢慢入睡。

　　"老大，今天又在想什么呢？那么令人心疼。"龚勇刚正在想如何才能搞掉或是把龙凤夜总会霸占过来，从何处着手的事。听妮娅这么一问，他头也不抬，眼也不睁，说："听说对面'大海深深'美容院新来了个大波妹，我在想她的小肉巷子究竟有多深？"说完自顾笑了起来，他有些自鸣得意，不是吹牛，说荤龙门阵我杀猪匠是高手。

　　妮娅有些不满，便撇了撇嘴，撒娇地说："这个还不容易，你派个人过去

115

看看，不就得了。"龚老大心下一咯噔，我冥思苦想，正愁无处下手龙凤娱乐城，先派个人去观察观察不就行了，看有什么空档让我钻。妮娅忽见杀猪匠没有答话，正在沉吟之中，便又说道："老大，动心了，是不是？听说那姑娘乳房大、屁股大，那个山洞火车都能开进去，你要不要把你的凯迪拉克也开进去？"这时，不是她的双乳在给龚勇刚搓足，反过来是杀猪匠的双脚在搓她的乳房了。

黑社会分子真会享受，他们享受的是人间至福。但他们大多有个毛病——晚上提心吊胆，睡不着觉。

龚勇刚打定了主意，心中轻松了不少。去了心事欲火便升腾，他说："今天你们两个一起上，去把伟哥拿来，我今天晚上要吃个夹心面包。"

第二天一早，他叫来一个叫黄毛的小喽啰，叫他今天如此这般，依计而行。

华灯初上，龙凤夜总会门前车水马龙、人来人往。黄毛混在人群中，开始向大门走去，他身穿一件体恤衬衫，外套一件风衣，像一个公子哥儿模样。身上除了钱和手机外，凡能暴露身份的东西都没带。

今天晚上，特别行动队值班人员是龙江洪和另外一个人。黄毛一进门，他俩就瞄上了他。龙江洪叫另一队员继续值守，自己便给关总经理打电话，关索玛在电话中对龙江洪说："按第一套方案办理，你其余的不用管，我来安排。"

黄毛上了楼，龙江洪缀在后面跟着。黄毛装着找人的样子，这个包间进去看看，那个雅厅从门边往里瞅瞅，龙江洪还是不动声色，看黄毛究竟要干啥子。他龙江洪有第一套方案强力扎起，黄毛看了也是白看。第一套方案只有七个字：来探路的全哑掉。

你莫说，龙凤娱乐城还真是生意好，不到九点半钟。一、二大厅里的姑娘媳妇们就被挑走了大多数。真是门庭若市，银子盆满钵满哩。

龙江洪一眼瞥见大熊从后门进来了，手里还提着一个小包。他们眼神相汇，龙江洪便开始采取行动了。当黄毛走到一间没有人的雅间门口时，龙江洪一个箭步冲上去，用手一推就把黄毛推进了空无一人的房间里。大熊跟进去，迅速关上门并堵在门口，像一尊铁塔。黄毛骄横惯了的人，不虚这阵仗，便吼道："你干啥子？"声音虽然大，但夜总会是音乐的海洋，加上房间隔音效果好，他黄毛那点声音微不足道。

"干啥子，我还要问你呢？你来干啥子？"龙江洪用低沉地声音反问黄毛。黄毛不认识龙江洪，头次龙江洪挨打那场戏，黄毛没来，所以他不知道。

"我来找人，未必不可以吗？我拿钱消费，你管得着吗？"黄毛嘴巴硬得很，其实内心还是虚得很。他一进门就被盯上，情况没探明就遇上硬角，他要想办法脱身。

龙江洪说："你找的人不在这里？"大熊推开龙，对黄毛很世故的说："莫伤和气，莫伤和气。"大熊一幅和事老的样子，从衣兜里掏出一包"大中华"牌的香烟，取出一只递给黄毛，便打燃了手中的打火机。黄毛将烟叼在嘴上，借光向火凑上火苗，他刚抽了一口，便双眼圆睁，舌头突出，像被人用铁拳捏住喉头那般难受，连哼都没哼一声，就倒地死了。

大熊不慌不忙从手上的小包里取出一个长长的细布口袋，嘴里还与龙江洪调侃道："你还有精神和他闲扯，不如用在妹儿身上。"二人一边说着，一边将黄毛的尸体装进口袋里，收拾好地上的烟头等后，大熊肩扛口袋就往后门走进去。龙江洪垫后，见过道上无人，便也出了后门，直奔后院。

后面有几个队员早在那里等着，他们七脚八手扒光了黄毛的衣裤，就把黄毛的尸体硬塞进一个刚好容下一个人的铁盒里，再把铁盒塞进一个钢笼里，开始开动搅拌机。将石子、河砂、水泥倒进去，开始浇钢筋水泥的混凝土水泥圆柱。亚娜海公司不是正要建自己的大楼吗？水泥圆柱一定能够派上用场。

在这当儿，大熊和龙江洪也没闲着，而是将黄毛身上扒下来的衣服鞋袜，手机等所有的物品扔进焚化炉中燃烧。但钱没被扔进焚化炉，大熊嘿嘿笑着，把二百多元钱揣进自己的口袋里。特别行动队内部有规定，谁动的手，死者的钱归谁。但其他东西一样也不能要，绝不能留下任何蛛丝马迹。

天还未亮，水泥圆柱已浇铸完毕，现场也进行了清理，一切归于平静。连焚化炉中的金属扣，没完全燃烧的手机废件等也全部清理完，连灰尘全都全部打扫，装进口袋，大熊开车将垃圾袋扔进了城市另一端的垃圾场里。

黄毛这个大活人，从人间蒸发了。

杀猪匠到了第二天的下午，仍不见黄毛的踪影。便觉得有些奇怪，找来手下人一问，谁也没有看见黄毛。便发动手下人去找，连找了三天，城市的旮旯都翻了个。硬是找不着这个黄毛杂种，手机当然更是不通。把个杀猪匠气得是七窍生烟，这个黄毛上天入地了不成？或许是跑到外地去了，离他龚勇刚而去，另靠他人？不可能！黄毛十九岁就跟着我，不可能背叛。那就是被人做了。他想到这里，有些不寒而栗。没有任何动静，鸡不叫狗不咬，就把一个大活人给灭了。这一定是高手所为。龚勇刚也不敢报警，他一生臭事还少吗？对警察是绕道走好，生怕惹火烧身，沾上麻烦。

黄毛没有上天，只是入了地。在水泥柱子里待着呢。

过了几天，杀猪匠又派两个人到龙凤娱乐城去打探。他始终怀疑这个场所，虽说没有人看见黄毛从这里走进去，但麻雀飞过都有影子，他龙凤夜总会里面的女人真能够把黄毛生吞了不成？是骨头都有渣，黄毛不会地遁。

这两个人同样是黄毛一样的命运。不知所踪。

隔几天，又派三个人去，还是成了三个黄毛。

这下该杀猪匠傻眼了。他彻底的懵了。六个人六条命，活生生的人，就从世上彻底消失了。真是奇了怪了。龙凤娱乐城没有一丝异样，照样歌舞升平。

他选择了报警。警方出动大批警力，对凤骞龙翔娱乐总汇进行了彻底的搜查，甚至还出动了警犬。但什么也没有查出来，没有血滴，没有衣服碎片，连毛发也没有。水泥柱早就运到建大楼的工地去了。

警方领导委婉地批评了杀猪匠，说："龚老板，你不见了六个人是实，但只能列入失踪人口。为什么就一定是人家龙凤娱乐城所为呢？不一定吧？"

杀猪匠龚勇刚哑口无言。是呀，什么事都要讲个证据，你凭什么就一口咬定是人家龙凤娱乐城所干的？你有什么依据？龚勇刚不敢说出内情，只好哑巴吃黄连，自认倒霉。

雨过天晴，龙凤娱乐城依旧生意红火，灯火通明。

杀猪匠不敢派人去打探了，去多少死多少。不能蛮干，不能硬闯，得另外想招。龙凤夜总会的水有多深呀，吃了人连骨头都没吐，全吞到肚子里去了。

龚勇刚一连几天，吃不下饭睡不好觉，连妮娅那迷人的肉体也激不起他的性趣。该怎么办呢？只能智取，这一点是明确无误的，但他杀猪匠的智力有限，怎样智取？这时他想到了一个人，这个人叫杨博闻，人称杨半仙，是一个算命先生。家住东城区。杀猪匠笃信鬼神，认为一切皆是天定。死生有命，富贵在天。他对此深信不疑。他经常去找杨博闻聊天，给他些钱物，有时遇上疑难之事，杀猪匠便会找半仙释疑解惑。半仙是个一只独眼，又称"半头房子"。但看人很准，他一看就知杀猪匠是个暴发户，知他有钱，想多讨赏赐，便净拣好的说给杀猪匠听，喜得龚勇刚欢笑连连。

说去就去，龚勇刚带领上两个喽啰，开车直奔杨半仙家而去。杨半仙是外地人，在东城区租了一间平房作为栖身之所。一进门，杨半仙就说："贵人来也！"

龚勇刚进门先向瞎子请了安，兜里摸出五百元钱，全是百元一张的递到半仙手里，口里说："神仙，今日来得匆忙，未带礼物，失礼失礼！这点钱孝敬您老人家！"瞎子见钱眼睛开，但半仙故作神秘，不苟言笑地说："惭愧，惭愧。"

龚勇刚说明来意，说手下有一个兄弟失踪，请半仙帮忙推算一下吉凶祸

## 第十五章 绵里绣花针

福。半仙说:"你写个字来,我测一下。"杀猪匠低头一想,这黄毛开弓没了回头箭,便随手写了一个"射"字,半仙拿起一看,说:"身高不过一寸,这个人没了。"杀猪匠连忙追问:"没了,到哪里去了?""到土里去了。"杨半仙回答道。杀猪匠听了心中暗暗叫苦,他知晓半仙道行深,一说一个准。黄毛等人是彻底没戏了。

他又写了一个"矮"字,请半仙测算。半仙一看,又道:"您派人出去办事,结果有去无回。"杀猪匠大惊失色,半仙真神了。其实,报纸上早就登了警方到娱乐城寻人的消息,地球人都知道。半仙拈着胡须,故弄玄虚,又说:这矮字由两个字组成,一个矢字,代表箭杆,委字是委派的意思,派出去的人没了消息。本来在古代,"射"和"矮"这两个字是搞颠倒了的。身高不足一寸应读矮,委派弓矢才应读射。您说是也不是?

杀猪匠那点文化,那能会过意来。但他不懂装懂,说:"大师学问渊博,高明,佩服。"

龚勇刚今日来到此的目的是问计于半仙,还未谈到正题上,于是便说:"神仙,我如今该怎么办?"半仙回答:"还是写个字来,我帮你推演一下。"

龚勇刚想了想,这段时间心中的苦无人诉说,就随手写了一个"甜"字,交给大师。半仙看是"甜"字,沉吟有顷,才慢慢悠悠说道:"甜字也是由两个字组成,一个舌字表示舌头;一个甘字,代表苦尽甘来,你好自为之,好日子在后头。"

舌头,侦察学上不就是会说话的了解情况的人吗?抓个舌头,不就什么都知道了。杀猪匠豁然开朗。千恩万谢而去。

## 第十六章　临水有诗案

亚娜海大厦经过紧锣密鼓的筹备工作，现在图纸已经出来了，大致是按李大海和罗尼德的初步设计理念和方案搞出来的。只是局部地方有一些改动。因要有利于温泉的开发和利用，给以后的设计预留出足够的空间。另外就是房顶新设计了一个展翅欲飞的金色凤凰造型。这是大厦设计师的建议，却成了画龙点睛之笔，成了亚娜海大厦的亮点。为人们所称道，大家认为这是神来之笔，给大厦增色不少。

另外请的钻探队也完成了全块地盘的地质结构、岩层分布的调查等技术手段工作。他们的结论是：此地块地质结构稳定，下面是花岗岩石，适合建高楼大厦。那么，找哪个工程建筑公司来承建呢？大家有些争论。因这不是国家单位搞建设，必须要经过招投标等严格的程序。民营企业就免了这些繁文缛节，只要建筑施工方有资质，能保证建筑质量和施工安全，有一定比例的流动资金，垫底作工程质量保证金，和前期工程启动就行。现在如今，工程质量、安全责任重于泰山，是千秋万代的大事，要实行建筑质量终身追究制，那可不是开玩笑的。

梁娜将大权已经完全移交给了关索玛，自己一心在家带孩子。虽说请有保姆，但她仍放心不下，从食品安全、营养配搭、育儿方法等都完全按书中所说的内容来操作。所以是70%的精力用来照顾儿子。虽然挂有董事长一职，关索玛只是总经理，但她只有30%的精力来过问公司的大事。她不常到公司上班，有事你电话请示她。

用哪个工程建筑公司来承建亚娜海大厦，这个问题对关索玛来讲，应该是驾轻就熟，用不着梁娜操心。但梁董坚持认为，为了尽量减少工程造价，她准备找北方建设集团旗下的"德田工程建设公司"。老板是陈德田，她得找他谈谈，看能不能在如今两江市建设领域大行大市的市价内，少几个百分点。

陈德田所在的公司是一级资质企业，建筑质量一流，在业界是有口皆碑。

## 第十六章 临水有诗案

打定主意后，在亚娜海公司现在的董事长办公室里，梁董召见了陈德田老总，洽谈有关大厦的修建问题。作陪的有江菊和苏小琼这两个哼哈女将外，还有杨水月。

听梁董说明来意后，陈德田似乎面有难色。他想自己的公司承接在建工程已经有几处，摊子铺大了，有些忙不过来。有的是国家重点工程是必须在规定时间内完成任务的。所以，到处都在抢进度。下面的施工队纷纷找他陈总要人要资金要物资。搞得他是焦头烂额。陈德田看着梁董身边那两个如花似玉的性感女郎，似乎有些不舍。但工程是接也难，不接也难。因此，半晌没有说话。

接手这个工程吧，他势必要停下时间不很紧的一、二处在建工程，加上他知道梁娜的算盘精，自己的盈利率可能要大打折扣。不接手吧，关索玛总经理那里又不好办交代，再说，自己夜夜当新郎都是龙凤夜总会的特殊关照。还有梁董身边那两个娇艳女人站在那里是起什么用的？是不是在向他暗喻着什么？谈合同这么重要的事情，怎么找二个年轻女孩相陪？此等大事应有关索玛、李大海之流在场才是正常。

陈德田如坐针毡，正在左右为难之际。梁董与陈德田开起了玩笑："陈总经理，陈肥头，我看你坐立不安的，是不是痔疮病发啰？十男九痔，这个正常。是外痔还是内痔？内痔流血，外痔疼痛。我这两个妹儿可是专注痔疮病的，一个内治，一个外治。"一番话说得几个人都笑了起来，特别是江菊和苏小琼更是笑得前俯后仰，连眼睛水都笑了出来。一贯严肃的杨水月也忍俊不禁，屋子里的气氛缓和轻松下来。

等大家笑够了，梁娜又才说："陈总，今天找你来是先意向性的，看你有没有承接的意思。若为难就算了，我们另找他人。不会怪罪你。其实，是这两个妹儿有事求你，但她们又不认识你，只好托我引见。你们说，是不是？"她说完一咧嘴，江菊会意，便连忙说："陈总，我们老家有一帮老乡，想到城里打工，找点活干。听说陈总管的工地多，摊子大，需要人手，看能不能解决他们做个力气活？反正是凭劳力吃饭。"陈德田回答很干脆："这个没有问题，叫他们来找我就是。"他说完这话，又转脸对梁娜说："你刚才说的关于兴建亚娜海大厦的事，不是小事。得容我去找几个人商量一下，明天下午六点以前答复你，给个准信。好不好，行不行？娘子。"他又开始使用起"娘子"的昵称。

梁董莞尔一笑，说："可以，明天我等你的佳音。今天晚上这样安排，我做东，请陈老板赏光吃顿饭，你们几个作陪。地点陈老板定。"

吃过晚饭后，梁娜先行回去了，因家中有小孩。她临走之际，对陈德田

121

讲:"我不陪你们了,你们几个随便到哪里玩哪里去疯都行。"陈德田已是醉眼蒙眬,两个女郎把他搀扶着,香气直扑鼻孔。他说:"梁董请便,请便。"

第二天日上三竿,江菊才给梁董打电话,她说:"梁董,建大楼的事妥了。陈德田在你走之后,又喊来二个副总要我们陪着喝酒。折腾一夜,三个老总全被撂翻,杨水月被捎带挨了三扳手。"

下午五时,陈德田给梁娜打来了电话。他在电话中说,经过商量大家同意承建亚娜海大厦。梁娜回答:我要的就是你这句话。具体细节和合同,关总和李总找你洽谈。我的定价意见是,在市价的基础上少三个百分点。

陈德田在电话中苦笑了一下,说:"娘子,你还是要让我们吃饭汕。不过,你那两个妹儿不得了,让我今天骨头软,站都站不住了。"二人在电话中又是一番调笑。

临水县最近出了几件大事,轰动了全国。一件事是丧葬事宜。临水县城新修了一个殡仪馆,是民营企业家所为,花费了上千万元。政府本着支持殡葬改革,就发文要求县城居民、单位职工死了人,都必须到殡仪馆,统一规范管理,免得哀乐声、鞭炮声、锣鼓声扰民,这本无可厚非。但民营企业家觉得投资过大,政府又硬性规定凡有工资收入的人家,死人后,必须到殡仪馆,不然不准领取财政丧葬费用,这就成了行业垄断。

为了快速回笼资金,收回成本,殡仪馆的各项费用奇高。弄得临水县城居民怨声载道。殡仪馆的做法是急了一点,弄得个适得其反。这不,县城郊区的一老菜农死了。就不愿到殡仪馆去。这是一家姓蔡的大家族,有几百上千号人。蔡家的儿子们理由是:我们家住西郊,老头的坟地也是就在自留地里,是十几年前就修好的。而殡仪馆在东郊,把死人拉过去还要拉回来多不方便,费用上也是浪费。

民政、街道、公安、政府许多部门都出面了,要强行将死人——老菜农拉到殡仪馆去。为了支持殡葬改革的严肃性,为了面子,为了种种其实是不必要的东西。双方发生了冲突。政府组织了部门人员,公安、武警近千人,蔡姓人家几千人,双方拳来脚往,砖头瓦块乱飞,打伤了不少人,还砸了几辆车。这动静就整大了,惊动了市政府,惊动了媒体舆论,来了个副市长,解决此事。最后,县政府殡葬改革暂缓执行。殡仪馆收摊,作罢论。蔡姓人家拘留了十几人,罚了款么台。

第二件事,临水市政管理人员在一次执法行动中,掀翻了一个卖烤红薯的老头的摊子。还对老头拳打脚踢,因老头骂了他们是土匪。看见老头挨打,激于义愤，围观的人不依教了。人群高喊"市政打人啦!"迅速围聚近万人，由一些青年人带头，围攻县政府，要求严惩打人凶手。后又涌上国道319线，堵塞交通十多个小时，闹得不可开交。并迅速上了报纸，上了电视。

第三件事就是"临水诗案"。诗是这样写的。

《沁园春·临水》：

马儿跑远，
伟哥滋阴，
华仔脓包。
看今日临水，
满眼瘴气，
官民冲突，
不可开交。
城建打人，
公安辱尸，
更哪堪白云中学，
空中楼阁，
生源痛失，
老师外跑。
虎口宾馆，
尽落虎口。
留得沙坨彩虹桥。
俱往也，
当痛定思痛，
不要骚搞。

诗的作者不是别人，就是罗尼德的儿子罗桑星。

罗桑星是当地一个小有名气的小诗人。平日里爱舞文弄墨，写点小诗自娱。鉴于临水县发生的几件大事，一时兴之所至，便灵感突来，便吟填了这首词。觉得好玩，便用手机短信的形式发送给几个好友、文友。好友、文友又一转发。县委、政府接到有人告密，大怒，抓人，要判刑。理由是诽谤罪。

这下罗尼德有事做了。因言获罪，这不是当代"文字狱"吗？秦始皇焚书坑儒，自古就有文字冤案。"清风不识字，何故乱翻书。"作者就是讽刺清朝统治者没文化而被杀了头。如今悲剧又将重演。罗尼德作为办公室主任，开始动用亚娜海公司的各种资源，开始了营救行动。

首先，给儿子罗桑星请了两个律师，准备打官司。律师说，诽谤罪是自诉案件，他们怎么让公安、法院、检察院、司法局、政法委等部门全面介入，搞成了公诉案件。程序上都不合法。又将此事捅给新闻界的朋友，让他们媒体曝光，网上呼吁，发挥舆论监督的作用。媒体一哄而上，网上浪潮一片。

现在的新闻记者是挖孔找蛇，无孔不入。他们发愁的是没有奇事、怪事、突发事。若有机会就会穷追猛打抓住不放。连香港的凤凰电视台，美国的电视台都播出了诗案新闻。

这下又热闹了，临水县又成为网上点击率最高的一个地方。在强大的舆论和上级政府部门的过问下，罗桑星在狱中关了一个多月后，被无罪释放。虽说在牢中吃了苦头，但却得到了国家财政几千元的赔偿。

罗尼德为这事搞得是心力交瘁，病了一场。儿子罗桑星给父亲表态，以后再也不写诗了。通过这次教训，他不知是会变傻还是会变聪明。人的力量在社会面前是那么脆弱，那么不堪一击，桑星变得悲观起来。

李大海征得梁董、关总同意。特批罗尼德半个月假，陪儿子到海南岛去休息散心。

海南岛的热带风光是美丽而又迷人的，美的无与伦比，令人震颤。五指山的巍峨与神秘，大东海清澈透明的海水，牙龙湾雪白的沙滩，南山宝相庄严的菩萨，文昌的椰风海韵，万泉河的幽趣与漂流，琼海的如汤温泉，西岛的浪漫，猴岛的顽皮，别的地方的确无法取代。

海南岛长夏无冬，不失为一块宝地。

候鸟们真聪明。冬天来了，它们扇动着翅膀就向着温暖的南方飞去了。去度过漫长的冬夜，去寻找温暖和光明。黄叶儿飘飘，秋风儿阵阵凉；大雁行行，展翅儿飞向南方……人呀，有时还不如鸟儿。鸟儿都知道躲避寒冷和困境。人呢？就在原地蹲着，以不变应万变。死猪不怕开水淋。冬天来了，哪里都不去，就在原地那里硬扛着，名为"猫冬"。"猫"就是弯腰驼背，逆来顺受。要多窝囊有多窝囊。

一路上，船行海上，海水黄、橙、蓝、深蓝……，不断的变幻色彩，令人啧啧称奇。

在海南，风景是美好的。海南的气候是得天独厚。这是上帝对海南的恩赐。

山里人到了大海边，感觉就是不同。罗尼德每天清晨就到大东海的海边沙滩上去散步，看海上日出，聆听大海的波涛声，看晨泳或跑步的人们。罗尼德眺望着辽阔深邃的南中国海，陷入深深的海阔天空的思索中……，思考人的前世今生，思考他在构思阶段的《人生感悟百论》，思考南中国海蕴藏的丰富宝藏和黑色的石油。什么都想，也什么都不想。

人呀，在又长又平凡的人生之路上跋涉，活得是又苦又累。工作之忙、生活之累、男女之爱、钱财之梦、琐事之扰、交际之烦、电话之吵、名利之缰、辈活之趣……，谁又不想到那些风景美好能任心灵驰骋的地方去自由自在地旅行呢？人同此心，心同此理。

中国绝大多数的劳动者是平凡的，默默无闻的。命运注定如此。但是这些人，担起了中国的脊梁，承担了国家建设与发展的重任。

在罗尼德和儿子远赴海南岛度假期间，龙凤娱乐城却出事了。三天之内有两个小姐失踪，先是二厅的一个农村姑娘不见了，第三天又有一厅的一个模特儿失踪。关索玛明白，铁杀神清楚，这肯定是杀猪匠龚勇刚所为。

情况的确如此。由于受到杨半仙的启发，杀猪匠组织手下弟兄开始了疯狂反扑。先抓小姐作为舌头打探虚实。二厅的农村姑娘因是分散居住，容易下手，可是抓来以后，她对杀猪匠手下六个人的失踪一无所知。严刑拷打，毒打逼供，可她就是不招。其实不是不招，是因为母兵的特别行动队是在极端保密的情况下秘密进行的，她一个只能坐二厅的乡下村姑怎么可能知道。

又抓一厅的模特儿姑娘，情况仍然如此。未必龙凤娱乐城的小姐们个个都被洗脑或是药物控制？杀猪匠想，个个都是刘胡兰。两个姑娘被打得遍体鳞伤、奄奄一息。还遭到无数次的强暴。怎么处置？放回去，龚勇刚就暴露了，警察会找上门来，关索玛也会找上门来的。那就惹火烧身了。只有灭口，无非是两条命债。

小时候，龚勇刚听爷爷讲，他们那个村子里有一个叫唐二爷的杀猪匠。一生杀猪为业，走村串户，一辈子杀了成千上万头肥猪儿。带了无数命债。临死之际，三天三夜都不咽气，人处于昏迷状态，但喉咙里嚎叫却是杀猪式的惨叫声。老班子的人就讲，这是他唐二爷杀过的猪找他索命来了。唐二爷死得很痛苦，很遭罪。但现在的杀猪匠龚勇刚却只管今生，不管来世。

把两个姑娘身上绑上石头沉入大江。杀猪匠一不做二不休，叫手下喽啰给他照章办事，灭了。可怜这两个无辜的姑娘，命丧黄泉，香销玉殒。

不知是手下办事不力，还是捆绑不牢？又过了几天，那两个泡涨而变形的女尸又浮了上来。看着那惨不忍睹的尸体，使亚娜海公司的人个个义愤填膺，人人要求抓住凶手，以命抵命。

大江大河的夏天，常有人因各种原因溺毙，人刚死时沉在河底，泡涨后就升到水面，因此河上不时可见尸体泡涨后漂流。有好心人（包括打鱼船，趸船处的守船人）等。则划船前去，将尸体用绳索牵回岸边，等待他或她的亲人前来认领。有的给认尸人一点报酬；有的则分文不收，当着自己在行善事。

在长江中上游，人们称死尸为"死人子"或是叫"水打棒"。其中，有两条是古人认尸认定的，屡试不爽的经验，现今人仍在沿用。

一是男尸女尸的鉴别，男尸永远是脸朝下，你若把他扳过来，冲不到多远，他又会自然翻过来，仍是脸朝下。女尸则刚好相反，永远面朝上。

二是，是否是亲人。因遭水长期浸泡，尸体发胀，有时尸体泡得像一匹马那样大；或遭鱼儿噬咬，早已面目全非。但只要是自己的亲人来到，尸体会口鼻流血。其他外人则无此反映，死尸会有如此感应，令人惊奇并大为不解。但事实就是如此。

第一条还可解释为男女重心的不同；第二条只能解释为血缘问题。这世界真的神奇！

人命关天，自古皆然。警方开始介入调查。情况已经发生了实质性的变化。

亚娜海公司既接受了警方的反复调查，又加强了公司内部的自身戒备。关索玛和特别行动队的人员内心明白，是杀猪匠和狗腿子们探听情况之所为。但他们也不能给警方讲实情。事情僵持，处于三方力量的一种胶着状态。

但此事绝不可能善罢甘休。关索玛、铁杀神等人这样想，杀猪匠也是这样想。但目前警方已开始行动，不宜有所动作。双方只好暂时偃旗息鼓，坐等机会。

昆仑山人有文为证：

书不可不读。但世上有两种误，一种是聪明误，二是读书误。

谁也不敢说，也不能说自己读尽天下书。因为古今中外，卷帙典籍浩如烟海，人的精力、时间、生命有限。何况如今是知识、信息处于爆炸的时代，每一天都有新的东西问世，知识汇聚成各种书籍以成倍的速度增长。

谁能皓首穷经。

但古人有"走万里路，读万卷书"的诗句。这不过是表明钻研学问、探究人生、求索真理、追逐善美的决心而已。信不得真的，按现在的说法叫"表面文章"，不是实指。

本人在人生的道路上跋涉，活得又苦又累，从身体到心灵。最大的爱好就是思索——而且是苦苦地思索。

最近年余，自己身体欠佳，疾病缠身，于是联想更为丰富。前不久，积劳成疾，第一次尝到了"眩晕"（美尼尔氏综合征）的滋味。在腾云驾雾之余，猛然悟到了一些东西。

儿子随侍在侧，我闭着眼，口诵儿记，父子两人紧紧抓住疾病或者是冥冥之中的上帝赐给我的那些稍纵即逝的灵感。

人在吸引力无比巨大的黑洞中坠落，种种玄机像八卦图一样呼啸着旋转扑面而来，又呼啸而去……

有一个人，化名"黑虎"，写了一篇文章，发表在《沧桑》杂志上，还是作为"卷首"篇。被一高层人士偶然发现，视为奇文，与自己平素脑中所相吻合。于是约请面谈，可"黑虎"并不受宠若惊，处之泰然。口中说道："玩玩而已。"高层人士惊为天人，如此文章奥妙无比，玩怎么玩得出来。

这个世界，男与女，人类怎么那么痴迷地爱着自身。令人百思不得其解。假若一个男人或是一个女人为了爱一个异性而存在，他们来到世界上就是为了这唯一的目的。那么，他们何不离开人世，拥抱着，接着吻，到浩瀚的宇宙中去追求爱情的永恒呢！来到世上干什么？

谁能告诉，我是谁？人是什么？

天与地，上与下，悲与喜，欢与愁，贫与富，美与丑，病与健，生与死……这些东西的差异在哪里？不过是一种观念而已。一种存在，一种感觉，一种变化，一种对立，一种协调，一种平衡，一种循环，一种时空的变换，一种正确心理的对待，一种角度不同眼光里的东西……一种说不清道不明的东西。但应该说得清道得明。

生与死一步之遥。欢与愁一念之差。上与下互为存在。功与过，是与非，对与错，成与败，强与弱，好与坏，以谁说的为准？

是从人口中出的过眼云烟，还是天道轮回。

"一时强弱在于力，千秋功罪在于理。"这个理是天地间客观存在，还是人为制定，约定俗成。

# 第十七章　远走大洋洲

　　王亚娟到澳大利亚后，先住堪培拉，后住布里斯班旁边的犹文图斯小镇。

　　王亚娟来到澳洲，不觉已有一年多了。孩子早就生下来了，是个儿子，名字就叫李小海。儿子快满一岁，正在牙牙学语，蹒跚学步。学的语言是两种，一是英语，澳大利亚的官方语言；一是母语汉语。汉语是王亚娟自己教，教孩子喊"妈妈、爸爸"。英语是王亚娟请的一个保姆教。保姆是来自菲律宾的女佣，既会英语，又会菲律宾土语。既做家务，又带孩子。薪酬可是不低。

　　堪培拉城市位于澳大利亚山脉区的开阔谷地上。海拔有700多米。莫朗格洛河流经市区，向西汇入马兰比吉河。堪培拉有铁路连接澳大利亚各大城市。堪培拉气候温和，四季分明，旅游业很兴盛发达。全城树木苍翠，鲜花四季开放。被誉为"大洋洲的花园城市"。

　　堪培拉坐落于格里芬湖岸边，它宛如一个建在花园里的城市。格里芬湖长十一公里，它看上去好像是天然形成的一样。其实，三十五公里周长的湖岸是挖出来的，这个湖1964年引摩罗河水注满。它把堪培拉城市一分为二，澳大利亚政府、国会就建在这里。由于四周森林环绕，绿意盎然，且邻近自然秀丽的乡村，令堪培拉成为优雅的现代化城市。

　　葡萄酒、木制品、手工艺是堪培拉的特产。每年九月中旬，堪培拉以数十万株鲜花妆点，以郁金香为主题的花节向游人开放，以迎接春天的到来。

　　如果不去格里芬湖，不看湖中的喷射式喷泉，就不能说到过堪培拉。格里芬湖是以昔日首都建设总监伯利·格里芬命名的人工湖。环湖建有公路，路边遍植花木，湖中有为库克船长而建造的喷泉，它从湖底喷出的水柱高达137米。站在堪培拉全城任何地方，都可以看到高大的白色水柱直刺蓝天。水柱四周的水珠和雾粒在阳光的照耀下，闪烁着一道道彩虹，极为壮观。格里芬湖湖区辽阔，水面有700多公顷。湖水碧波荡漾，景区十分美丽，可供人们游泳、驾驶帆船和垂钓。

## 第十七章 远走大洋洲

王亚娟瞒着兄弟张川，只给姑姑一个人讲了李大海的故事。讲了亚娜海公司的事。姑姑很宽容，她知道做女人的艰辛和不易。也时常开导她、宽慰她。姑姑对王亚娟讲，等女儿裴小玉大学毕业后，就到澳大利亚留学。母子也可团聚。若小玉愿意，也可留在澳洲工作。大陆就作为探亲之地。

儿子茁壮成长，女儿小玉越洋电话或书信往来，也解些许寂寞。王亚娟偶尔也和李大海通通电话，了解他的近况和公司的经营情况。日子还算充实。

王亚娟远赴澳洲之后，令李大海非常想念。梁娜现在已是关索玛的专宠，李大海近身不得。身边没有了女人，那寂寞和无聊像汪洋大海一样包围了他。他在想，她在大洋洲那边怎么样？那边又是一个什么样的世界？于是，他提笔给王亚娟写信。不一定要寄出去，也不一定非要通过电子邮件方式发出去，只是兴之所至，聊以排遣而已。信是这样写的：

娟：

近来好吗？不知什么原因，我心里总有一种惴惴不安的感觉，谈不上什么原因？也许是失去你的缘故吧。你走后，我突然觉得好空虚。你是一个最读得懂我的人。你是一个最懂得我价值的人。你是一个最懂得欣赏我的人。

没有爱的天空，是什么颜色？是一片黑色，那种黏稠，挥之不开。

我自己认为，我是一个非常冷静和理智的人，年龄与皱纹告诉了这一点。可是，你用肉体和激情，却把我拖入了一个青春与浪漫的旋涡中，越转越快，越转越快……，我开始溶化，开始释放，开始也变得激情起来。自己变得像青年人般年少。可当我快要完全燃烧的时候，突然，你却不见了。你说，这时我该怎么办？

其实，你最让我割舍不得的，不是你为我添置衣物或是小恩小惠；不是你许诺要照顾我的未来；也不是你的床上功夫……。最让我割舍不下的，是那种亲情，亲近的感觉。我是一个没有家的孩子，是一个哭了千年的孩子。

我有兄弟姐妹，但在我心目中，从没有那种手足之间的那种骨肉同胞情谊。不知什么原因？也许是从小就被人抱养的缘故吧？但对你，冥冥之中，娟，感觉就是我在这个世界上最亲最亲的人了。

我在这个世界上，感觉是孤独的。就像在荒漠之中行走，远离人世，不见绿洲。对于你，我就像是在沙漠中见到的清澈的泉水，犹如渴马奔泉。可是，如今，你走了，幻影消失了，生命中没有了"水"，还能支撑多久？

第一阶段的感觉是，暗无天日，世界末日。要么，呼天抢地，痛哭流涕。要么，借酒浇愁，愁上加愁。欢乐离我而去，愉快离我而去，从此再无快乐时光。

随着日子的推移，愈感刻骨铭心的爱带来的是刻骨铭心的痛。

"没有你的日子里，

我会更加珍惜自己。

没有我的岁月里，

你要保重你自己。"

这种痛，痛入骨髓，痛彻肺腑，痛入心扉。有时候，独自一人在梦中抽泣。悄悄流泪，彻夜不眠到天亮，但感觉还是痛。这种心灵疼痛无法排解。"知我者，谓我心忧；不知我者，谓我何求？"

对酒当歌，人生几何？譬如朝露，去日苦多。知事态已如此，知昨日不可留。

我对你说过多次，我对亲近、亲切的人，从不设防。那是一点也不见外的意思。能引起那么深的误解吗？你走了，而且是一去不回头。

你是一个控制欲和占有欲都非常强的人，可能你觉得不能控制、驾驭和完全的占有我，所以只好选择了逃避和离开。

娟，我爱你。真的，离不开你。

你让我度过了人生中一段最暗淡的时光。你硬是不要我了吗？我心灵的湖泊中永远是你的影子。

刚写到这儿，李大海准备再写几句，便刹车收尾。这时，桌上内线电话骤然响起，是值班秘书小魏的声音："李副总，请马上到关总办公室开会。"

李大海知道，内线电话是为了保密起见而专设的，一般情况下不使用，要用就是紧急情况或是临时工作安排。他刚搁下笔，掩上门，一刻也没有耽误，直奔关索玛的办公室。

这时，正巧杨水月来找李大海有事，推门一看，人不在。她正想退出去，一眼却瞥见了桌上零乱的纸张和签字笔。她想，李大海肯定是正在写什么东西而临时被人叫走了。于是，杨水月踱到办公桌后，低头浏览信件的内容。她只看了两行就明白了。便迅速的收拢散落在桌上的纸张返回了自己的办公室，她常用的那台复印机就静静地躺在办公室的角落里。她把那封情书偷偷地复印了一份，又返回李大海的办公室，将信件原样放好。桌上有一根头发，她用纸包起来揣进了兜里。

她的手机响了，因小魏通知她开会。打到办公室无人接听，只好打她的手机。杨水月比最后一个进入关总办公室的策划部肖主任只迟到两分钟。不算太晚。会议内容三件事：首先，亚娜海公司上下对两个小姐失踪实行"钳口令"，娱乐城暂时关闭二厅；其次，公司中层以上领导深居简出，每人暂配二名保镖；最后，年关将近，亚娜海公司准备与驻地公安局搞一次警民联欢活动，要大家分头做好准备。

身在异国他乡，王亚娟就有了一些观念上的或是思想上的，语言、行动都或多或少有些变化。有时一觉醒来，仿佛置身中国大陆，仿佛又在两江市的燕子楼里。有时又觉到大陆中国有几万里那么遥远，那么遥不可及。她有些思乡了。

八月十五，中秋佳节。王亚娟和姑姑一家子就在庭院里摆上桌子，摆上各种吃食和月饼，饮酒赏月，遥望家乡。寄托思乡之情。

张川的工作单位是一家澳大利亚的海洋生物研究所，做海洋生态环境和海洋生物的多样性方面的研究。工作任务繁重，且经常外出考察，一去就是好几个月。太平洋、印度洋、大西洋上，到处都有他繁忙的身影。张川的媳妇是英国人，如今在小镇上的医院工作，她如今会说一口流利的汉语。和姑姑、王亚娟等人的语言交流完全没有障碍。她育有三个孩子，两个女儿一个男孩。大的五岁，小的才半岁。

约翰·麦克与约翰·哈利是一对孪生弟兄。他们出生在澳大利亚的悉尼。二人一起玩耍，一起读书，长大后，麦克与哈利双双进了澳大利亚的远洋轮船公司当了水手。他们到过世界上的很多地方，许多码头与港口都有他们的身影。

麦克与哈利是双胞胎弟兄，长相非常相似。但两人的性格却截然不同，哥哥麦克沉默寡言，但却很有心计。弟弟哈利乐观大方，性格开朗，加之能言善辩，所以很受女人青睐。

二人一生没有成家，按哈利的说法是：船到哪里，哪里就是我们的家。他们和不同国家，不同肤色，不同语言的女人睡过觉。那些都是一些经常游荡在港口和码头的妓女们。只要给钱干什么都行。会玩三十六种把式，七十二种花样。

从十八岁兄弟二人就当水手，和妓女们睡觉究竟留没有留下野种，谁也不知道。反正千篇一律，拿钱干事走人。麦克与哈利在船上一干就是将近四十年。

但他们弟兄二人一次也没有去过中国。

中国，一个神秘的国度。就在那大洋彼岸，遥远的东方。

二年前，兄弟俩所在的货轮"维多利亚女王"号在大西洋上亚特兰蒂斯群岛附近海域遭遇风暴沉没，船上四十五人无一幸免。只有麦克与哈利兄弟二人飘流到一个荒无人烟的小岛上，靠野果与鱼虾充饥生活了十多天后，才被过往船只搭救，得以返回澳大利亚。

二人本无什么积蓄，一辈子找的钱都用在了女人身上。可说来也怪，二人大难不死，从荒岛回到人群中后，突然变得阔绰起来。

他们年近六十，宣称再也不去当水手了，他们也干不了啦。

麦克与哈利来到布里斯班近郊的犹文图斯小镇的海边，购置了两栋海滨别墅，那就花了好几百万美元。他们分别雇请了厨师、花匠、管家等工人打理别墅和庭院，过起了富翁式的晚年生活。他们到教堂做弥撒，给当地的医院和学校捐钱，还大做慈善事业。钱对于他们似乎用不完。

于是，有人猜测，麦克与哈利兄弟二人流落的荒岛上，埋有海盗们的宝藏。被他们给发现后，带了回来。据船上的目击者讲，他们兄弟二人上到获救搭乘的船上时，的确带有二口沉重的皮箱。

麦克与哈利却对此守口如瓶。

一天，天气炎热。王亚娟带上儿子小海和菲籍女佣到海滩边游泳。儿子和女佣只能到沙滩上玩耍，下海是不可能的，也是不允许的。王亚娟换上游泳衣，准备下海游泳。她以泳装出场，却吸引了一个人的目光。

西方白种女人皮肤是白色的，但却毛孔粗大，白中透红褐色，甚至还有许多雀斑。近看，皮肤上还有浅浅的茸毛。亚洲人东方人特别是中国人，皮肤是黄色的，但有的女人皮肤却白得耀眼，皮肤细腻，不见毛孔。那种感觉给人不一样。

王亚娟虽然四十来岁，生过两个小孩。但她肌肤雪白，体态肥美而不失轻盈。是一颗熟透了的葡萄。她一走向大海，就吸引了不少男人的目光，吃惯了山珍海味的人们，总想换口味。红薯苞谷粑也是一种选择。

她，王亚娟，来自中国大陆深处的一个公司董事长，来到澳大利亚的一个不知名的偏僻小镇。金钱不发愁，子女不发愁，她想痛痛快快地在海里畅游。给生理和心理以极大的满足。

温暖的海水包围着她，像男人的手在温情的抚摸她，那种惬意无以言表。她想，我这生足矣，比中国大陆绝大部分女人强啦！就是死了，我应该感激苍天对我的眷顾。苍天，你对我王亚娟是特别照顾的。我永远的都记着你的恩情。人生如此，夫复何求？

她渐渐地游向深海处，完全忘却了身处的危险。那太阳那大海，那一切都仿佛都属于我。我就是上帝，我就是主宰。她忘了印度诗人泰戈尔的一句名言："谁能告诉我，我是谁？"

哈利的聪明不同于别人，他这个小镇的首富之老早就瞄上了这个来自东方的神秘女人。眼光独到，是对少数人的赞美之辞。大多数凡人享受不了这个殊荣。他驾着摩托艇小心翼翼地跟了出去。

危险来了，机会也来了。二元论、辩证法、悖论，统统都有预测。

但是对专家、学者的观点要留点心眼，要多点分析。

现在时兴的专家、学者其实并不受人尊重。为什么呢？首先，专家不专、学者不学。要么是替别人打广告，要么是方舟子此类人物揭露的假膏药，学术打假，迫在眉睫。

大陆的新闻媒体，曾经专论过"论权威"。国人不敢议论。但昆仑山人却可以说，就是要迷信权威，搞一家之言，一言堂。

可则可矣，休则休矣。

山人从不迷信权威，也不轻信某人说。因为上当太多，要有自己的分析最重要。坏人最爱穿好衣，无文化的人最爱冒充有文化的人。

假的就是假的，伪装应当剥去。

人类的对真理的认识是何等困难。哥白尼、雅戈尔的地心说，太阳说，被人认为是异端邪说。

感慨：人生多少陷阱，第一人去了，说。二代人又去，说。如此多次重复。人们做了多少无用功，耗费了多少无谓的精力。

所以，昆仑山人认为，我们的后代才是我们的祖先。请你们牢牢记住这句话。

昆仑山人为这句话，注定要成为名人。

法国画家高更说过："人总是为了后代而牺牲掉自己的一切，而后代们又为他们的后代而牺牲，这样愚蠢的事情周而复始，没完没了地继续下去。如果人类都这样盲目地牺牲的话，谁来创造崭新的艺术和美好的的生活呢？"

王亚娟这时突然感到右腿一阵剧痛。鲨鱼这种吃人的东西，说遥远也遥远，就像电视上说人家的故事。说近也近，你只要身处深海中，鲨鱼无所不在。她就被鲨鱼咬中了。这时哈利恰如时机的凑了上去，他一点也不迟疑。像中国的指挥员要请示很多人那样是没有的，中国的模式要搬到外国绝对是行不通的。外国亦然。

说明迟，那时快。王亚娟是得救了，但人昏过去了，救人者肯定是活雷锋，注定要走进她的生活。

英雄救美的故事太多太滥了，但真出现了，你肯定会半信半疑。

哈利是澳大利亚人中不可多得的聪明人之一，又有钱又有走遍四海的经验，不上当的人，只有一种可能，脑袋进水。

经此事，哈利与王亚娟走在了一起，他们成了好朋友。

哈利给她讲各种国家的逸闻趣事，风俗习惯。他见闻广博，语言幽默，很会讨王亚娟的欢心，他彬彬有礼，又具有绅士风度，他有钱而且生性快乐。他对她蹩脚的英语"深加工"。他们几乎每天都见面，她的英语提升很快，只是能听能说就行了。

哈利也经常邀请王亚娟到他的别墅里去玩。那里草坪宽阔，后边庭院深深。有露天游泳池，还有一个网球场，他还教她学会了打网球。哈利有时甚至邀请王亚娟她们一家到他的别墅去，王亚娟的姑姑对亚娟说："哈利这老头是个好人。"她们也常邀请哈利到家里去，给他做中国菜。

由于双方频繁交往，王亚娟也认识了哈利的哥哥麦克。麦克，头发已经有些花白，话很少，他总是冲着王亚娟微笑。有时，他用不太标准的汉语说上一句："您好，密斯王。"

麦克挺爱吃中国的菜肴，他说中国的菜肴是色香味、麻辣鲜俱全的艺术品。他要王亚娟做他的师傅，教他做中国菜。特别是川菜。

王亚娟很少下厨，所以对厨艺不是很在行。但她作为食客却是吃遍了中国内地的各种美味佳肴。吃得多懂味道。她乐于麦克做她的徒弟。

在拜师学艺的过程中，既交流了语言，又增进了彼此之间的了解。两个文化背景完全不同的人，才会在从事某项事情的过程中，达到相互理解，信任和融合。

王亚娟先教麦克做凉菜、泡菜，四川的凉碟、各种泡菜风行天下。哈利有时也兴致勃勃的来学，但他的兴趣似乎不浓。王亚娟的姑姑有时也参与进来，现身说法。

学习了怎样做泡菜，做凉拌菜后，又学炒菜，然后是炖菜。每样东西王亚娟都只教四、五个品种，因她自身所学有限。又教麦克刀功，怎样切肉；择菜、洗菜、放作料。麦克是学得专心，兴趣盎然，每天都有新的收获。

王亚娟要麦克喊她"师傅"，她叫麦克"徒弟"。麦克乐此不疲，师傅长师傅短的。

麦克与哈利弟兄二人，一个是王亚娟的救命恩人，一个成了王亚娟的徒弟。因为学厨艺的缘故，麦克与王亚娟的接触倒还超过了哈利而多了起来。

这正是麦克老头的聪明之处。麦克语言少，但他很有心计。

王亚娟在教学的过程中，发现麦克特别聪明。什么东西一学就会，一点就通。他笑容可掬，总是微笑着听王亚娟讲解，然后动手操作。水手出身的麦克，操作感、动手能力很强。实际上，麦克与哈利所懂的东西，比王亚娟懂的东西要多得多。只是二人藏拙，要想接触、了解、熟悉王亚娟，只能是耍手段。

麦克与哈利这两个老水手，都同时喜欢上了王亚娟这个神秘的东方女人。

只是用的手段不一样。一个用的甜言蜜语，哈利就是典型例子。一个是拜师学艺，以接近对方。兄弟二人都彼此知道对方的心思，但都不点穿。只是静静地观望，看事态的变化和发展。

王亚娟也隐约地感受到了什么，这两个老水手一生走南闯北，足迹几乎走遍了世界的各个角落。他们有什么不懂？他们有什么不知道？他们接近她的目的是什么？王亚娟凭女人的直觉知道。但这是一母所生的双胞胎弟兄，我只有一个身子，我该跟谁呢？哈利嘴巴很甜，他总会用世界上最夸张的语言来形容女人的美丽，哈利总会用各种方式来逗王亚娟哈哈大笑。王亚娟跟他在一起，总是很愉快。但麦克也不错，他为人沉稳，做事老练，跟他在一起，王亚娟有足够的安全感。这一点在异国他乡显得尤为重要。

扳起指头屈指一算，王亚娟来到澳大利亚的犹文图斯小镇已有二年多了。李小海都有一岁半了。已经会走路，会用英语、汉语叫妈妈，会说话了。在这里，学习外语的环境是再好不过。

王亚娟有时也思念李大海，想到李大海时，她从小腹丹田处会慢慢升腾起一股热流，一会儿热流便弥漫全身，变成对异性的渴望。李大海的功夫无人能敌。那么，麦克呢？哈利呢？这两个近六十的老头又如何呢？她无法进行比较。只是健康中年美妇的欲望在她身上仍然存在。

不过因有小海的缘故，冲淡了她对两江市的记忆。她把全部的热情和爱都给了李小海。她对儿子的关心超过了爱自己。

# 第十八章　老海盗之梦

这天，麦克又来邀请王亚娟到新西兰去七日游。这已经是麦克第三次盛情邀请了。他的理由是王亚娟教会了他做中国菜，改善了他的饮食结构，有了更丰富的营养。全程旅游费用由他承担，并且若是担心小孩的话，可带小孩一起去旅行。

新西兰由南岛、北岛以及一些小岛屿组成，是一个神秘得不得了的国家。美国好莱坞的许多大片，如《阿凡达》等都是在这里拍摄的。

碧蓝的大海，辽阔的牧场，黑压压的森林，绿油油的草地，嶙峋的礁石，雪白的浪花，飞翔的海鸟，构成一幅幅迷人的美景。新西兰被称着是"人类最后的一块净土。"

王亚娟推辞的原因有几点，担心保姆在家带不好孩子；麦克出费用有些不恰当；自己与他离开澳大利亚到国外去旅行，怕会弄出什么事来。

但一再推辞也有些不妥，外国佬的思想观念和行为方式与中国人不一样。入乡随俗，应充分尊重人家的生活习惯。不然，麦克郁闷了、憋屈了，就有点拉风，不礼貌。认为是王亚娟忽悠他，瞧不起他。

好，那就去吧，新西兰，迷人而又神秘，王亚娟早就想去看看哩。

一切旅行手续都由麦克去办理。王亚娟本想邀约哈利一同前往新西兰，可碍于是麦克出钱，她想想也就算了。

三天后，麦克和王亚娟就出发了。他们乘车先到墨尔本机场，然后坐泛美航空公司的波音747客机，飞越塔斯曼海，到新西兰北岛北端的奥克兰国际机场降落。当夜，驻奥克兰的希尔顿大酒店。开始了他们行程七天的新西兰之旅。

当波音飞机在飞越大海上空时，麦克显得兴高采烈。二人世界的精心策划终于得以成功实施。后面的故事就只能是尽人事，听天意啦。

飞机舷窗外，白云朵朵，有时飞机在云层上面飞行，有时又在云层中穿行，脚下是万顷碧波，看得见帆过船航，有一些不知名的小岛上植被茂密。一切都那么赏心悦目。王亚娟一会儿就睡着了，盖上毛毯，做她的美梦。

麦克笑意盈盈，看着身旁的王亚娟的白皙、肥美的银盘脸，他脸上满是笑容，那笑容出自内心，是那么真诚。

麦克在心中暗暗起誓，他要向她求婚，他要娶她为妻，渡过自己的后半生。

当这个旅行团住进奥克兰希尔顿大酒店的时候，天已经黑了下来，市区到处灯火辉煌。城市的上空亮如白昼。

希尔顿大酒店坐落在大海边，北边黑沉沉的，是浩瀚的南太平洋。在酒店的大厅里，女导游小姐正在分发房间的磁卡条。王亚娟才注意到，从澳大利亚来的这个旅行团共有二十四人，男女各一半，年轻夫妇、中年夫妻居多。原来这是一个情侣团。别人把麦克、王亚娟也看成是一对夫妻。顺理成章，他们二人同住一间客房。

约翰·麦克在洗漱间洗漱，王亚娟站在窗边，正在欣赏奥克兰的城市美景。她也不想问麦克什么，因麦克本身就不爱说话。现在，势成骑虎，一切都在情理之中，一切又都仿佛在意料之外。

在灯光的投身下，海水泛着粼粼的波光，海浪拍打着海岸，发出哗哗的声音。不远处，停靠着一些豪华的游艇，隐约听见有迪斯高的音乐声从游艇的窗户中飘出来，撒向茫茫的大海上。

奥克兰位于新西兰的北岛，依海而建，景色优美。整座城市四周被海洋和火山所环抱，有美丽的港湾和壮观的大桥。这里还吸引了世界各国的帆船爱好者，奥克兰是全世界拥有私人船只比率最高的城市，有"帆船之都"的美誉。奥克兰的海港大桥连接奥克兰最繁忙的港口——怀提玛塔海港南北两岸，全长1020米，与停泊在奥克兰港内游艇俱乐部的万柱桅杆，组成一幅壮观美丽的图画。

此情此景，让人有些恍惚，我是谁？我是在哪里？真实的情形反而让人觉得是在梦中。这该不会是场梦吧？独在异乡为异客，今夕何夕，今年何年？

"手如柔荑，肤如凝脂，领如蝤蛴，齿如瓠犀，螓首蛾眉。巧笑倩兮，美目盼兮。"

麦克本想解释什么，但他没有。他很绅士的在另一张床上睡下了。房间是标准的双人间，共有两张客床。进门的时候，王亚娟顺手把她的手提袋扔在了靠窗的床上。因此，麦克知道这意味着什么。他给王亚娟道了晚安，识相的在没有手提袋的床上睡了。

王亚娟没有睡意，她久久地伫立在靠海的窗边，想她的心事。她在想麦克在洗浴过后，可能要发生点什么事。男女之爱是再正常不过的事。可是却什么事也没有发生，这让人有些意外，又有些失落。

"醉人的笑容有没有，大雁飞过菊花插满头。"难道我作为女人的魅力没有了？我老了？麦克不喜欢我？她抬眼望了望镜子中的自己。自己虽说年龄四十多岁，是徐娘半老，但风韵、风韵犹存。应该是有人爱我的，莫说老头麦克，就是那些外国青年男人，都垂涎我的肉体。从那些小伙子的眼神中，我知道那是倾慕，眼中燃烧的是饥渴之火。

我王亚娟有充分的自信，麦克所为不过是一种矜持，欲想取之，必先予之。这是欲擒故纵之法，老掉了牙的招数。"你今夜会不会来？你的爱还在不在？"王亚娟要和麦克老儿熬耐心，比谁的定力好？功夫强。

瘦么瘦，有肌肉；排么排，有身材；胖么胖，有阵仗。

天皇皇，地黄黄，我家有个哭二郎；过往君子念一念，一觉睡到大天光。麦克与王亚娟一觉睡到天亮，一夜相安无事。

新西兰的美丽无法述说。

新西兰是位于太平洋西南部的一个岛国。惠灵顿是其首都，但最大的城市却是奥克兰，城市人口有一百多万。新西兰又称纽西兰。当地土著毛利族人称之为"Aotearoa"，意即"长白云之乡"。

新西兰的国花银蕨，是一种很神奇的植物。在毛利人的传说中，银蕨原本是居住在海洋里的东西，其后被人邀请来到新西兰的森林里生活。就是为着指引毛利族人民生活的方向，作用和意义都非常重大。从前的毛利猎人和毛利族战士都是靠银蕨的银光闪闪的树叶背面在丛林中认路回家的。因为，只要将其叶子翻过来，银色的一面便会反射星月的光辉，照亮穿越森林的路径。新西兰人认为银蕨作为国花最能够体现新西兰的民族精神，故此这种植物便成了新西兰的独特标志和荣誉代表。

除了银蕨植物和国树四翅槐之外，新西兰还有一种鸟也很有特色，那便是几维鸟，又名奇异鸟。是属于一级保护动物。这种不会飞的鸟大小有如母鸡，有一个细长的喙和细如毛发的羽毛。新西兰人将这种喜欢夜间活动、不会飞的可爱鸟儿作为国家的象征。新西兰是罕见鸟类的天堂。

新西兰千万年一直无人居住，直至公元十世纪，才有来自库克群岛和塔希幕的波利尼西亚航海家乘坐独木舟来到新西兰。1642年，荷兰航海家阿贝尔·扬松·塔斯曼在一次远洋冒险中发现新西兰的西海岸，但在企图登陆时遭到毛利人的攻击而迅速离去。1769年，英国海军舰长詹姆斯·库克及其船员成为首先踏足新西兰土地的欧洲人。随后，捕捞海豹和鲸鱼的人们也来到这里，传教士也很快接踵而来。

新西兰于1856年成为英国的殖民地，1907年成为自治区，到了1947年新西兰完全独立。

有长白云之乡美誉的新西兰属于大洋洲，位于太平洋南部。新西兰素以"绿色"著称。境内多山，植物生长十分茂盛，森林覆盖率高达35%，广袤的森林和牧场使新西兰成为名副其实的绿色王国。生态环境非常好。北岛多火山和温泉，南岛多冰河与湖泊。北岛第一峰鲁阿佩胡火山高2797米，火山上有新西兰最大的湖泊陶波湖，面积达616平方公里。

新西兰大约于一亿年前与大陆分离，从而使许多原始的动植物得以在孤立的环境中存活和演化。除了独特的植物和动物之外，这里还有地形多变的壮丽自然景观。新西兰有四分之一的国土仍是茂密的森林，虽然经过人类1000年的砍伐，人们仍然可以尽情享受高原地区森林的野趣。

毛利人跳一种独特的舞蹈，被称为"哈卡"。男女几乎全身赤裸，手握刀棍，以棍杵地，举刀向天，嘴里发出嗬嗬的声音。这种舞蹈来源于古毛利土著武士的战舞，男女舞蹈的具体方式有所不同。

根据维提·伊希玛埃拉原著小说改编，由妮基·卡罗执导的电影《鲸骑士》在2002年的多伦多国际影展里令大多观众大为惊艳，并得到观众票选最佳电影。《鲸骑士》的拍摄地点在新西兰东部地区吉斯伯恩的一个小村庄，那奇幻的风景使观众为之倾倒。吉斯伯恩也是全世界最早一天看到日出的地方。好莱坞的巨片《金刚》就是在新西兰境内拍摄的。还有《魔戒》三部曲，安德鲁·亚当森拍摄的《纳尼亚传奇》等大制作影片，都是在新西兰境内选景拍摄。电影里面那些如幻如梦、如诗如画的风景，令全世界的观众陶醉。如今，每年有几百万的来自全球的旅游观光者拜访新西兰。使新西兰从名不见经传到一夜成名。

这真如新西兰国歌所唱：《天佑新西兰》，《天佑女王》。

由于新西兰地处环太平洋火山线上，因此到处都有地热温泉。数百年来，这些有温泉的地方是当地毛利人的最爱，而当欧洲人开始注重温泉的养生功效之后，也开始流行到这里。罗托鲁阿以间歇泉和沸泥塘而闻名，是新西兰最负盛名的温泉之乡。罗托鲁阿许多旅馆和汽车旅馆里都拥有自己的天然温泉池。在波利尼西亚温泉，游客还可以从数座温泉池中，挑选温度不同和含矿物成分不同的汤池泡澡、洗浴，以解除旅途的疲劳。

王亚娟每天都在惊叹声中度过，她惊叹大自然的鬼斧神工，她惊叹造物主的神奇，一切都是那么不可思议。美得炫目。造化弄人。

她从内心感谢麦克，促成了这次新西兰之行，让她心灵受到极大的震撼，心灵受到洗涤，澄净得像头顶上的碧蓝的天空。她的内心不排斥麦克，甚至肉体还有些渴望，她已经有两年多没碰过男人的身体啦。

七日游过去了六天，他们之间还是"童子之身"。明天就要返回澳大利亚了，麦克，你这个老海盗，你再不动手，就可能没有机会了。

吃过晚饭以后，是自由活动时间。王亚娟有些疲倦，懒得出门，便一人回到酒店房间，整理和收拾衣物，明天就要回家了。

麦克对王亚娟打了个招呼，说要出去一下，就独自一人溜上了大街。

足足过了一个多小时，王亚娟已整理好了所有的物品，麦克仍然没有踪影，这次出行新西兰，王亚娟购买了不少的东西物品。她见到什么东西都喜欢，麦克就在旁边鼓励她，"买吧，喜欢就买。"有大半的物品其实都是麦克掏的钱。这老头掏皮夹的动作特别熟练，也特别潇洒。

王亚娟打铃叫来了服务员，叫他们办托运，把这几大箱的行李用海船运回澳大利亚。因空运重量受限，只好走水路。好在两国之间的水上运输非常方便，而且价钱也便宜。她掏出十美元作为小费给那穿制服的小伙子，小伙子向她鞠了一躬，推着行李车出去了。

澳大利亚和新西兰之间的海运业务，奉行的是货到付款。当那小伙子办好了货物托运的手续，给她送来了取货凭证时，麦克匆匆回来了，而且是满头大汗。看来是好像走了很远的路。他手中拿着一个纸盒子，轻轻地放在房间的桌上，然后进到了洗漱间。

王亚娟看见这个纸盒子，觉得有些诧异，但她不便去私自打开，看个究竟。这样不好，不礼貌，虽受好奇心驱使，但她竭力忍着。

麦克终于出来了，他径直走到了王亚娟面前，用自己粗大的双手扶在她的双肩上，只笑不语。王亚娟坐在床沿边，给麦克说："老麦克，你有话就说出来，不要憋在心里，那样会非常难受。"麦克用右手从纸盒子中取出一束红玫瑰花，然后单腿跪地，郑重其事地对王亚娟说："密斯王，我正式向你求婚，请你嫁给我吧！"

天呀，老麦克向我求婚，而不是求爱。我以为他只要肉体之欢。看他认真的样子，不像是作假或作秀。天呀，我要嫁给一个富有的外国老头子，做合法的妻子，在这里定居了，不再回去了。

幸福来得有些突然，但幸福感却像温暖的八月的海潮一样包围了她。使她浑身燥热。她站起来用双手扶起麦克。麦克又从纸盒子中取出一枚铂金戒指，给王亚娟带在她右手的中指上，说："密斯王，你今夜属于我。"那铂金戒指上的图案是一个锚形器物。王亚娟哪里知道，这是古希腊海盗们的徽记。

王亚娟投进了麦克的怀抱。这一夜，王亚娟柔情似水。老麦克呢，如鱼得水。由于外国人生理结构不同，麦克的性器非常强壮，使王亚娟得到了极大的满足。她心想，别了，李大海；别了，中国。我可能永远回不去了。

其实，王亚娟心中明白，关索玛与李大海他们的经营内容和方式有一些问题，事关涉黑和涉黄，被查处只是早晚的事。所以她要早抽身撤退。

事实后来证明，王亚娟的隐忧是不无道理的。

麦克与王亚娟这一夜，只是专心做爱事，不说话。

回到澳大利亚后，王亚娟向姑姑一家通报了麦克向她求婚的事。她宣布自己将在麦克的帮助下，变寓居为定居。自己要把女儿接过来，把财产转移过来，自己将和麦克举行一场隆重的婚礼。然后白头到老。

王亚娟一家要取得澳大利亚的永久居留权，取得国籍并定居于此。这在麦克来说是易如反掌。

麦克和王亚娟二人在作着各自的准备。哈利听到消息后，赶来找王亚娟，深情地说："密斯王，你为什么不嫁给我呢？我对你是一往情深。"

王亚娟对他说："哈利，你为什么不向我求婚呢？迟迟不表态，让我说什么好哩！"哈利原以为王亚娟早晚是他的，不料棋输一着，王亚娟成了麦克这个老混蛋的囊中之物。哈利理穷词屈，伤心欲绝，既像是对老天爷，又像是对王亚娟，说："上帝呀，我该怎么办？"

王亚娟灵机一动，她对哈利说："你若真是喜欢中国姑娘，我跟你介绍一个，要不要？"她这时想到的是自己的女儿小玉和梁娜。

哈利没有回答，转身走了。王亚娟看他失魂落魄的样子，既有些内疚又有些伤心。哈利毕竟救过她的命，哈利是她的救命恩人。哈利给她带来了那么多的快乐，他们在一起度过了那么多快乐的时光。甚至连麦克这未来的新郎都是经哈利介绍才认识的。

不行，得找个机会报答哈利，王亚娟暗暗下了决心。

年关将近，亚娜海公司的全体职工和所在地的两江市公安局北方分局的能抽出身的警官们搞了一次警民联欢活动。

亚娜海公司为北方分局捐献一台车和十台摩托，然后开大会，双方领导都在会上讲话。分局领导讲的是感谢亚娜海公司的无私援助。亚娜海公司经理们讲的是警民合作，共建平安家园，回馈社会，建设国家等语。双方共进晚餐，

*141*

然后包下娱乐城，开舞会，唱卡拉OK。气氛融洽，双方领导都很满意。

联欢活动非常成功。大家都表示，这样的活动还要搞下去。一年一次。

那晚，一厅的女模特儿们悉数出场，既表现走猫步，又酒后陪跳舞。把那些男警官们喜得心花怒放，看得眼花缭乱。有个别的还喝醉了。搞了个"现场直播"。花枝招展有人爱，浓妆淡抹总相宜。

那天的活动亚娜海公司的母兵、侯长捷、熊军三人没有参加。他们可压根就不算公司的注册人员，亚娜海公司全体人员的名单中，根本就没有这三个人。

他们趁着夜色的掩护，趁这些个警官都在忙于觥筹交错，踩着舞步的当口去干见不得人的勾当。

龚勇刚的手下共有五个堂口，分别是黄陵堂、点易堂、青城堂、铁佛堂、青牛堂。每个堂口分别有五六十个弟兄。平日各行其是，都分散在龚勇刚的企业和公司里上班。一旦有事，便啸聚在一起，为非作歹。

众皆知其恶名，莫敢捋虎须，不敢挡其锋。

龚勇刚还豢养了"龙蛇虎豹鹤猿鹰"七个著名杀手。这七个人皆是无恶不作的亡命之徒。平日里就分散隐居，如有任务，就是龚勇刚单独指派。龙、蛇、虎、豹、鹤、猿、鹰是神龙见首不见尾。有时单独行动，要么团伙出行，搞的无非是杀人、抢劫、绑架、敲诈等犯罪勾当。

一个晚上，也就是亚娜海公司与北方分局警民联欢的那个夜晚，那七个杀手中就有蛇、鹤、猿、鹰四个被人在睡觉中挑了脚筋，而不知道。当早晨醒来，疼痛难当，才知被高手黑做了。

原来，这四个杀手都有各自的窝点，平日互不来往，都是独行侠，独狼一个。七个杀手之间，互相不准联系，只听命于龚勇刚。所以，他们行踪飘忽不定，居无定所。是什么人有这么大的本事？一夜之间，就黑了四个。要知道，这七个都是百里挑一、训练有素，个顶个的顶级高手。被龚勇刚视为骄傲，倚为干臣。别说是挑脚筋，单就寻找他们七个人中的一个人的踪迹，都会大费周章。但不管怎么说，而且别人就真做了。事实就摆在那里，你信也是，不信也是。

其过程是，这个高手能飞檐走壁。因为鹤、鹰二人就分别住在高楼里，门锁完好，窗户无撬之痕迹。则又证明这个高手有万能钥匙，可轻松、随意打开各种锁，出入别人家如入无人之境。另外，这个不知名的杀手还懂医道，他先在四个人睡觉前喝的茶水、饮料中下了迷药，使人昏睡，又在脚跟处作了局部麻醉，让其不至于当场疼痛而醒，这才挑了脚筋，废了这四个杀手的武功，然

## 第十八章 老海盗之梦

后从容离去。

等麻药、迷药药性一过，四人才从疼痛中醒来。高，实在是高，神不知鬼不觉。

龚勇刚这个杀猪匠听了手下人详细汇报了事情经过，不由被吓出一身冷汗。内心惊惧，立马打电话，把剩下的龙、虎、豹三个杀手召到身边，说："从现在起，你们三人就跟在我身边，要寸步不离。另调十个弟兄在周围十米范围内警戒，把警戒级别提高到最高级别——黑色。"

这个高手是谁？又是谁的指使？这所作所为一是为了打击我的势力，削弱我的实力。二就是明目张胆地向我示威，宣战。这个人胆量高，手段强，能杀人于无形。两江市怕还没有这样的高人。未必是来自香港、澳门的黑道？要么意大利的黑手党，法国的红色旅，日本的赤旗军，奥姆圣殿教，还有就是以色列的摩萨德，巴勒斯坦的哈马斯。不可能哟，这不成要挑起国际争端，成为国际事件，国际刑警能不成都要插手介入。

杀猪匠又想，这个人为何不来直接取我项上人头呢？趁我还没有加强戒备之时。这又是为什么？指使他的后台是不是考虑到我是两江市政协委员，优秀企业家等金字招牌，杀了我会政治影响大，政府、高层会震怒，而招致警方打击报复。

那么，杀手是受谁的指使？找出这个后台老板就明白了前因后果。杀猪匠在聚敛财富的过程中敲诈勒索，巧取豪夺，用尽了十八般武艺，手段肮脏。树了不少敌，也得罪了不少人。有许多人对他——龚勇刚是恨之入骨。杀猪匠深知这一点。他想来想去，有的人要么有杀心，无杀胆；有的人是无实力请不起这么强肯定要价高的对头人。谁呢？他思想矛头的指向还是最后定格在关索玛三个字上。

肯定是关索玛所为。他亚娜海公司经济上强大，有实力。关索玛当过兵，胆大心细，武功高强。关索玛为人讲义气，经常济困扶危，所以身边有一批死党朋友。对，就是关索玛——这个下台干部。

龚勇刚又转念一想，但挑脚筋这件事肯定不是关总经理亲自所为。他虽说武艺高强，但强不过我手下七个杀手中的任何一个。那就是另有高人。两江市黑道中人，他龚大爷要么认识熟悉，要么应有耳闻。遍想应无此人。

唔，早知如此，当初不该得罪关索玛，如今引火烧身。但是梁子已经结下，关索玛黑吞了我六个人，又干了此事，想罢手已不可能。

报案吧？人家亚娜海公司的人员全有不在现场的人证，不具备作案时间，人家在与警局的人联欢跳舞哩。你关索玛不开腔闷着头做事。我也以其人之道，还治其人之身。不开腔只做事。杀猪匠心想，就这么办。怎么发生在亚娜海公司与杀猪匠之间的事都是无头公案。

　　于是，龚勇刚没有报案，只是派人送四个病号到医院治病。看医生，打吊针。

# 第十九章　第三种打击

过了几天，豹独自一人溜进了龚勇刚董事长的办公室；龙和虎就站在外面门口警卫。豹真名叫龚豹，跟杀猪匠龚勇刚是本家。这是一个瘦削的中年人，脸容冷冷地，一片青色。他的特长是善攀援，是典型的"蜘蛛人"。另外格斗擒拿无所不精，其独门绝技是暗器——豹叶飞花针，奇毒无比。见血封喉，沾血立死。

豹对龚勇刚说：董事长，请允许我今夜去摸"夜螺丝"，看能不能在关索玛的办公室里找出点有用的东西出来。

杀猪匠沉吟半晌，才说："这非常危险，还是不要打草惊蛇为好。"

豹又冷冷地说："我们不能坐以待毙，而应该主动出击。进攻才是最好的防御。再说，关索玛的住处肯定是随时变换，戒备森严。外出又有保镖簇拥，无法下手。但到了夜晚，下了班，办公室无人，可以一探虚实。"

龚勇刚经豹这么一说，知他一身本事，艺高人胆大，也是豹说的这个理。就接着说："你独自一人前去，龙和虎留在我身边。注意，若你遇危险，绝不能暴露是我们所为，我也要让关索玛风声鹤唳，草木皆兵。"

豹说："董事长，明天早晨若我没有回来，请照顾好我的老母亲。"听龚豹刚才的一番话，知他是军人出身，深谙行伍之道。他是一个独子，只有一个七十多岁的老母亲。

龚勇刚接口道："这个自然，你可千万小心，豹儿。"

豹奉命去了。到了深夜十一时过，豹出了门，坐车来到了亚娜海公司总部大楼附近，他下了车，朝总部大楼的后面阴影处走去。白天，他坐车来过这里。但他没有下车而是叫司机绕着亚娜海公司总部大楼附近慢慢地绕了一圈。他让车从前面绕过后面到大楼的后面又到左面，然后让车开走了。

这是一座二十六层高的综合用途大楼。大楼底下是停车场，地面一至三层是大型商场。四楼被亚娜海公司全部租用，作为临时公司总部。因为自己的大楼正在兴建之中，无法搬进去居住。可是，关索玛的总经理办公室却设在这幢大楼的十六层。

豹在决定行动之前，已对整幢大楼的图纸作过详细而认真的研究。对大楼的外貌和内部结构进行了分析，他的计划是顺着大楼后面的消防管道爬到四楼。那里有一个平台，安全通道则从这里开始，一直可以爬到顶楼。这个安全通道裸露在大楼的外面，是作为备用通道。因为少有人走，铁梯上满是斑斑锈迹。豹考虑这样走，可以避免惊动大楼的保安和巡逻人员。商场内设有监控录像，免得被人看见。

豹来到后面管道处时，夜光表显示针指向凌晨三十分。他取下肩上斜挎着的行李包，从包里取出一大沓还未使用过的干毛巾，开始悄无声息的擦抹消防通道上涂抹的黄油。原来，他在白天对大楼侦察时发现，管道2米及以下部分全部涂抹了滑不溜湫的黄油。这是大楼安保人员，为了防止小偷从此上楼而采取的预防措施。豹戴着薄薄的医药手套，尽量不让油污涂上自己的双手。新毛巾只从上到下捋一次就扔掉，再换一张毛巾又捋。一打毛巾足足用了十张，油污才擦拭干净。他并没有扔掉那些满是油污的新毛巾，而是擦拭后又小心翼翼将用过的毛巾铺在地上。意图很明显，他做完作业顺原路返回后，又要将涂抹毛巾上的黄油重新擦回去。让别人看不出管道有什么异样，仍然满是油污。

做完这一切，时间已经快要指向凌晨一时。豹脱下手套，另外换了一双手套带好。只见他将行李包斜背有肩上，又将带子紧了紧，然后退后几步，一个助跑。蹭、蹭、蹭，只左右交换二十几下，就来到了四楼的那个平台。

豹像云豹那般轻盈、敏捷，不带一丝声响。来到四楼，脸不红气不喘。他开始顺着备用的消防安全通道的铁梯向上攀援。铁梯已被严重氧化，但还不至于断掉，只是手触及处铁皮屑纷纷掉落。豹选择尽量不用手摸栏杆，但脚下铁梯仍有细微的吱吱声，那可是没办法的事。

豹一边往上爬，一边默数着楼层数目。十六层楼到了，他停止了脚步。然后倾听和观察四周的声音和灯光。这是五楼以上主要用着写字楼出租的综合性楼房，白天人来人往，晚上除了值夜人员，不见人影。十四楼和十七楼各自有一扇窗户透着微弱的灯光。夜晚的凉风吹在脸上，寒意吹进衣服中，远处有星星点点的灯光。

豹提一口丹田气，一闪身进了十六层的装有自动弹簧的木门。他又停了下来，观察楼道中的动静。楼道内静悄悄的，没有灯光，不见人影。他取下肩上的行李包，从包中取出一只微型钢笔电筒叼在嘴上，又取出一套特殊的开锁工具。

## 第十九章 第三种打击

豹出发时，就是一身夜行衣裳，脚上蹬一双软底橡胶球鞋，走在路上不会发出任何音响。他重新背好行李包，拎亮电筒，开始顺着楼道慢慢前进走。当他来到写有总经理室牌子字样的门前时，他又停住了，开始侧耳倾听门内的动静。办公室静静的，在此上班的人们都早就回家睡觉去了。

他用手中的开锁工具开始开防盗门上的铁锁，只用了三分钟。只听咔嗒一声轻响，门打开了。在寂静的夜里，这声音非常清脆，听得人有些瘆瘆的。

豹进到门后，只把门在身后掩上，然后往里间走。进到总经理室的门边时，他灭掉了电筒，从衣袋里掏出一颗小石子，轻轻地用小力向前滚去。石子滚动发出轻微的声音，室内还是没有任何反映。

他放下心来，又重新扭亮微型电筒，开始大步往办公桌前走。

当豹走到房间空旷处，室内的所有灯光全亮了。他瞬间明白，自己掉进了人家的陷阱中。

原来母兵与侯长捷、熊军三人，悄悄地黑做了蛇、鹤、猿、鹰后。他本想第二天又做龙、虎、豹的手脚。谁曾想，龚勇刚第二天早晨就将三人收到窝里去了，他们一时难以下手。那为什么不一夜之间做掉七个人？因为七人居住分散，一个晚上时间不够用。另外找人帮忙，又怕对付不了这几个高手。不料想打草惊蛇，剩下的龙虎豹钻进了杀猪匠的老巢了。

但母兵这个铁杀神料想，龚勇刚一伙肯定不甘心，必会有所行动。关索玛等现有很好的保护措施。他们肯定会将目标盯准晚上无人值守的办公室。于是他在此设下了埋伏，就等着人往里钻。

谁曾想，一出手就是一头豹子。

灯光大亮时，瞬间的强光像聚光灯一样只笼罩在豹的眼睛上，让他短暂失明，什么也看不见。但他凭职业敏感知道，前面办公桌后有两个人，自己身后有一个人，这个人更具危险性。眼睛暂时看不见，但他手却没有闲着，一探手裤管外面的胶囊中取出两支暗器，将两枚豹叶飞花针向身前的二人打去。

豹在招呼身前的两个人时，后面的铁横已一阵风似的来到跟前，豹想转身应付，刚好迎着，一把雪亮的匕首已刺进了他的胸膛。这一切都快如闪电，不过是眨眼般的功夫。豹大睁着双眼，软软的倒下了。铁杀神要的就是一刀毙命。干净利落。铁杀神在布置战场之前，就对窗帘、聚光灯、防护服、面罩等做好了精心的安排。所以办公桌后两个诱敌的大熊和瘦猴没有受伤，他们身上穿的防弹服，头上戴有头盔。二枚细小豹叶飞花针，一支打在防弹服上，一支打在头盔上弹了开去。而铁杀神母兵要的就是这二秒钟的耽误时间，他就可取人性命。

他们三人将尸体装进尸体袋中。这尸袋共有三层，里层是尼龙，中间是层塑料，外层是黑色帆布。非常结实，既不渗血，又很柔软。然后将办公室内的东西归位，恢复原样，处理干净地板上的血迹，收拾好豹遗留下的东西。三人出了大楼，又是熊军开车，将尸体送往大楼工地的搅拌机处。那里有人等着呢。

有人担心地上的血迹会没有擦干净，不会的。老板的办公室是大理石地板，事发之前大熊在地板上铺了一层厚毡，人已杀，地毡一卷放入尸袋。抬走了之。瘦猴转到后面，将地上的东西全部收拾进一个袋中，重新把消防管道涂抹上一层黄油，又到焚化炉前处理杂物去了。豹的衣服鞋袜、行李包、毒针、电筒、一打沾满黄油的毛巾等全部烧掉了。烧后余烬全部打扫干净扔掉了。

天亮了，一切又归于平静。

有一首歌曲是这样唱的："你静静地离去，正如你静静地来。"

第二天早上，龚董事长带着妮亚昨晚折腾所带来的一身疲惫，来到自己的董事长办公室。他的办公室很宽大，足足有二百多个平方米。里面有会客的地方，有他的大班桌、大班椅。也有他专用的卫生间，各种设施非常高档。在他办公室中最醒目的是那整个排满一壁的高大书柜，显得十分气派。里面放满了各种各样的书籍，其中许多是线装书、砖头书、工具书。

杀猪匠董事长龚勇刚本来没有多少文化，认字不多，但他要冒充知识分子，要装斯文，想要有文质彬彬的气质。于是，他去贩子手里买了一个假文凭，有时戴一副平光眼镜，镜框很名贵，在这一点上他不惜血本。有时大学里，办个什么文学欣赏讲座呀，他也会夹个皮包，驾着豪华车紧赶慢赶地去听课。对大学教授更是点头哈腰，百般奉承，还拉着他们一起去接受记者们的采访。虽说有时读说错别字，开了一些较为粗俗的玩笑，但仍然是谈笑风生，高谈阔论。面对摄影机镜头，他总是显得很有教养。为此，他还专门请专家给他个人开小灶，上专课，讲仪表，服饰，怎样应付记者们的各种提问等。

龚勇刚这人也很怪，读书就打瞌睡，但对服装、作秀、讲假话、装派头这些繁文缛节是一点就会，一点就通。好像是这方面的天才。

你若仔细的去搜索书柜中的书目的话，便会发现，有的书上下反顺都放颠倒了。其实，那些书是杀猪匠的秘书听命于董事长的安排专门去买来装潢门面的。龚勇刚自己从来不去翻那些书。他一看书就头痛，没有杀猪来得痛快。

所以，那些昂贵的书虽然花钱不少，但却受冷遇，没发挥什么作用。

时间已指向九时，龚勇刚叫龙给豹打手机，看他现在情况如何？龙拨豹的手机号码，关机。再拨，仍然关机。龚说："不打了，我明白了。"

如果事态发展到这一步，他龚勇刚董事长还不明白的话，那他杀猪匠这几十年算是白活了。

对头就是关索玛和他背后的亚娜海公司。杀人、消尸、灭迹已是一整套操作流程。我还他妈侦察、侦察、侦察个屁。

关索玛呀，关索玛！你这个大凉山上的野猪，和我杀猪匠较上劲了。好呀，我杀猪匠原来就是杀猪的，别的倒不在行。我操你个奶奶，我操你关索玛八辈子祖宗。他在办公室里走来走去，口里大声骂着，像一头暴怒的公猪。

龙和虎静悄悄地站在门边，身子缩成一团，像压紧而收缩的弹簧，随时会扑上去找人厮杀的动物。他们二人脸色铁青，感到愤怒，同时也感到死亡的恐惧。多种复杂心情把他们的脸扭曲得十分狰狞。

龙是农村乡下的一个恶霸，因爱打狠架而闻名一方。后又因犯罪而去劳改，在狱中，他结识了不少罪犯。那些人全是抢劫、强奸、杀人、放火，无恶不作的社会渣滓。这些人，要么是社会的精英，聪明过了头的人，要么就是人世间的人渣。监狱就是一所社会大学，各种人才应有尽有。搞音乐的，教英语的，撬门入室的，奸污幼女的，和动物交配的。等等。骇人听闻、庞杂肮脏、千奇百怪、愚蠢发笑。若把每一个人的故事都写出来，不是警世录，就是畅销书。

所以龙在监狱这种社会大学里，好的东西没有学到，坏的东西倒是一样不拉下。坑、蒙、拐、骗、烧、杀、抢、奸，他都得到真传。龙不以为耻，反而引为骄傲。他逢人就说："上了一趟山，不枉活人间。"降龙十八掌，你知道不？有了这一套拳法，走遍天下，不愁吃穿拉撒用。

降龙是哪十八掌？请听龙给你吹嘘。第一掌：亢龙有悔。第二掌：飞龙在天。接下来是：见龙在田、鸿渐于陆，潜龙勿用，利涉大川，突如其来，震惊百里，或跃在渊，双龙取水，鱼跃于渊，时乘六龙，密云不雨，损则有孚，龙战于野，履霜冰至，羝羊触蕃，神龙摆尾。

虎是典型的关中汉子。他原本是来两江市读体育学院。虎从小就爱动，一分钟也不得停歇。稍长，他就酷爱锻炼，练长跑、马拉松、登山、游泳、练武术、少林拳、武当剑、峨眉刺，反正是抓到什么练什么。冬练三九，夏练三伏。外练金钟罩、铁布衫等硬功，内练气功、轻功等内家功夫。虎认定了，这辈子就读体育类大学。他还有一绝技，让他声名大振。那就是四肢着地，全身俯伏，然后像马一样奔跑，像老虎一样闪转腾挪，像豹子一样窜、跳、爬树、越墙。四肢非常协调，既柔软又有力，而且速度非常快。

有家电视台在他读大学期间，曾专门采访过他，为他制作了一个专题节目。在这个节目中，他表演了独门绝技——"豹子纵"。

虎在读大三的时候，因荷尔蒙分泌旺盛，精力过剩。他对一个女同学动了粗，是强奸未遂罪。大学开除了他，虎自觉无颜回去见关中父老，便在两江市流浪。龚勇刚收留了他，给房住，给饭吃，给钱用。这让虎很感激，从此跟随杀猪匠，当了一名杀手。龚勇刚有时为了讨女人欢心，特别是那些新搞上的年轻女人、漂亮小姐，他也会让虎偶尔表演一下成名绝技。令那些妖五妖六的女人，撑圆了嘴巴，半天合不下来。这让杀猪匠经常是开心地哈哈大笑，看着她们那目瞪口呆、瞠目结舌的傻样，龚勇刚董事长硬是高兴得不得了。

据从关中来的虎的老乡附耳密谈，虎在老家十余岁当放牛娃的时候，曾干过一件糗事。一个老光棍教唆他，让虎娃去和他喂养的母水牛交配。老光棍牵着母水牛站在一个土坎下，让虎脱掉裤子，掏出小虫虫，老光棍把小虫虫搓热发硬后，掀起老水母牛的尾巴，让虎儿把小虫虫硬送进牛羞里去，反复捅刺。说来也怪，那老水牛不但没跑、跳，而像还是很受用的样子。这令老光棍和虎儿都感到很惊奇。这一老一小从此一有空就搞母水牛这事。后来干的次数多了，被人看见了。丑事传了开去，老光棍被判刑，后来死在了牢里。四乡八里哄笑了一阵，传了些岁月，就淡了。

龚勇刚暴跳如雷，咆哮一阵后，冷静下来。他想，事情既然明白不过，他就要公然去找关索玛，向他摊牌，不是鱼死就是网破。有他就无我，有我就无他。事情就是如此再简单不过。去是肯定要去，但得四脚人马都扛齐了，各方面都准备好了，才能有备无患。

龚勇刚将公司的各项业务工作作了安排，他要腾出时间和精力来专门对付关索玛和亚娜海公司。他要让他们灰飞烟灭，从这个世界上彻底消失。

杀猪匠磨刀霍霍向猪羊。关索玛一方也没有闲着，霰弹枪，铁砂粒，大砍刀，准备充分，正是"钢枪已擦亮，行装已背好，部队要出发"。

一场大战迫在眉睫。

这天，龚勇刚给关索玛打了一个电话。在电话中，杀猪匠成了变色龙。"关总呀！哈哈哈，我小老弟的声音都听不出来了，真是真是。对，正是在下，嗨！过奖过奖，不敢当，有个事情求教于您。我们公司有个项目要想和你们亚娜海公司合作。哦，不是开发月球和火星？也不是造枪造炮？哈哈哈，你关老哥真会开玩笑。那些事，违法又违纪，我们才不去做呢？你们肯定也不会？玩笑，玩笑，我是真心诚意要和你们谈正事。时间、地点由关哥你定，我独自一人前来，该对啦。"

二人在电话中谈妥，明日上午十时，关索玛办公室会面。你敢学关云长单刀赴会，我关大汉还怕你不成。

笠日十时。龚勇刚的豪华坐驾准时出现在亚娜海公司的大门口，但杀猪匠并不是独自一人，而是带着龙、虎二位手下。在大门口，早有李大海、罗尼德二人在候着。罗尼德一伸手，拦住了龙、虎二人，说："龚董事长，说好是二人相见，外人一个也不参加。我方也同样，麻烦二位兄弟大厅里等候。"继而又对龙、虎兄弟说道："二位放心，龚董进了我公司的大门，就是我公司的客人，他的安全暂由我们负责。关总正在办公室等候龚董的大驾，他保证龚老板毫发无损。"

龚勇刚抖起杀猪胆，你关索玛的办公室就是龙潭虎穴我也要去闯一闯，怕什么？他一示意，龙虎二人没有到大厅休息，而是到龚的坐驾里休息去了。龚勇刚的劳斯莱斯车里，各种通信联络工具，器材应有尽有，方便得很。

关索玛与龚勇刚二人关起门来谈了一个多小时，内容外人都不知道。只知道，杀猪匠脸红筋胀从办公室出来，摔门悻悻而去。而关总从门后面缝里传出的几句话是："你划下道来，我们单挑。不然，持械混战，各人打死各人埋。"

十天后，恼羞成怒、气急败坏的龚勇刚给关索玛下了战书。内容：明日晚上九时，沙嘴河边碰面，人数自定，死伤各人负责。摆下擂台，要关索玛和亚娜海公司接招。要打群架。你关大汉不是夸口，各人打死各人埋吗？

关索玛心生一计，他提笔写了一个回复，叫来人带回去。大意是：我们是正规公司，是做正经生意的，不会去参加你们那些无聊的械斗。恃强凌弱、好勇斗狠是黑社会所为。把龚勇刚的挑衅行为轻轻地撂在了一边。犹如拳出而无着力处。

然后，关总写了个备份，和龚的挑战书复印了几份。一起送到公安局备案。

这一次，满打满算亚娜海公司和关索玛会硬碰硬，大打一场的杀猪匠又棋差一着，输了。人家不讲诚意，不要面子，咋的？还留了证据在警察处，奈何？

有句话叫，不怕流氓没文化，就怕流氓有文化。什么叫奸佞之人，能言善辩的油滑小人？以静制动，以柔克刚，这是太极功夫的至高境界。一般人功力达不到这一步的。

双方虎视眈眈，双方按兵不动，双方奇招妙想，双方你来我往。

就这样，过了三个月。

# 第二十章 关索玛之死

关索玛有一个习惯，就是每个周末，必定要到住处附近的一家洗浴中心去洗芬兰浴，舒舒服服的洗完后，再来一个泰式按摩，以消除一周的疲劳。五十多岁的人哪，各方面都一年不如一年，加上与杀猪匠的斗智斗勇，更是耗费了大量的时间和精力。这家洗浴中心叫"夜来香逍遥所"，老板是个中年女人，是关索玛认识多年，也算是可靠的朋友吧。对"习惯"一词的解释，书上是这样写的："人们通过长期的实践活动，逐渐养成的一种特殊方式的行为倾向和社会态度。"习惯一经形成，就通过人的语言、行动等方面无意识地、自然而然地表现出来，较难改变。

有时人的习惯，不论是否好坏，有时会要了人的命。

这段时间，万马战犹酣。关索玛虽说对夜来香洗浴中心的女老板是一百个放心，但母兵这个铁杀神对任何人都不放心。关索玛说："这个女老板我认识多年，那时我还是个一般人员，没有发迹哩。"但铁横还是把保镖由两个增加到了四个。这天黄昏，关索玛在四个保镖的簇拥下，走进了夜来香逍遥所。像往常那样，胖胖的女老板迎了上来，笑盈盈地说："关总，一切如常，请。"她说着边伸手作出往里让的姿势。

关总每次来，都是洗最里面的那个一号房，一个保镖跟着蒸，一个门外守候。但现在是四个人，只好两个人跟着关总贴身保护。另两个门边守候。

蒸桑拿，又称三温暖。是指在封闭房间内用蒸气对人体进行理疗的过程。通常桑拿室内温度可以达到90℃以上。桑拿起源于芬兰，有2000年以上的历史。利用对全身反复干蒸冲洗的冷热刺激，使血管反复扩张及收缩，能增强血管弹性、预防血管硬化的效果。对关节炎、腰背肌肉疼痛、支气管炎、神经衰弱等都有一定保健功效。患有心脏病、癫痫症、高血压、糖尿病等的病人不宜桑拿。

"桑拿"是芬兰语，原意是指"一个没有窗子的小木屋"，这样的称呼恐怕与桑拿的起源有关。最初的小木屋，不仅没有窗户，甚至连烟囱也没有，浓烟把屋子熏得油黑，因而，那时的桑拿就叫"烟桑拿"。后来，一些富有革新精神的人安装了烟囱，桑拿从此也就有了新颜面。不过，芬兰的一些地方现在仍然保留了"烟桑拿"，但享受一次，却要很多钱，而且很费时间，因为"烟桑拿"要熏上七八个小时才能达到真正的效果。

桑拿习俗源自芬兰，后来世界各地也将此享受引入自己的国家，不过风情却始终不如芬兰的正宗。

正宗芬兰浴的浴法：一间用木头建造密不透风的浴室里面设置火炉，炉上搁卵石，待卵石灼热，把凉水浇在卵石上，产生高温蒸气，室温超过50℃，全家男女老少象伊甸园里的亚当与夏娃，赤身裸体置身于密室中共浴，满身大汗时，再用浸了凉水的白桦树嫩枝互相拍打全身，以降低温度。持续发汗一段时间后，到室外的湖边浸泡冰凉的湖水，浸泡后再回到高温浴室蒸焗，如此反复几次，达到强身健体、放松身心的目的。桑拿房内保持着原木结构，房中有一个搁满了卵石的火炉，烧的是桦木，进去就闻得到一般燃烧后的桦木的清香。进入浴室时，卵石已被烧灼得快要"开裂"了。把凉水一勺勺地浇在卵石上，凉水一挨滚烫的石头，马上化作阵阵氤氲水蒸气，房内马上被高温蒸汽笼罩着。

桑拿浴是一种特殊的洗澡方法，兼有清洁皮肤和治疗疾病两种作用。它通过接连几次的冷热交替可缓解疼痛、松弛关节。对皮肤来说，由于蒸汽浴过程中皮肤血管明显扩张，大量出汗，血液循环得到改善，汗液排泄有助于体内废物的排除，使皮肤里各种组织获得更多的营养，对许多皮肤病诸如鱼鳞病、银屑病、皮肤瘙痒症等都有不同程度的治疗作用。

每次洗好蒸好后，中间都有二十分钟左右的短暂休息，喝杯牛奶，进点水果或糕点，饮一杯香喷喷的热茶。然后开始按摩。每周都一样，每次都如此，今天也没有例外。

关总搞完这一套活动，回到家已是晚上十时。这个家不是他和梁娜的家，而是他自己的家。他当市建委副主任时，在两江市悄悄置办了三、四处房产。头次东窗事发，他退赔了那二十万元。可对于经济损失，根本没伤到脾胃。所以，虽说丢了官，丢了公职，但对他来讲，吃饭这下半辈子根本不成问题。正所谓：百足之虫，死而不僵。何况，现在财雄势大的亚娜海公司收留了他。他关索玛还当上了总经理，坐上了宝座。真是东方不亮西方亮，黑了南方有北方呀！造化弄人，世事无常。

他有些亢奋，暂时还不想睡觉。他要找个女人来发泄一下，那用牛鞭马鞭羊鞭补起来的身体需要排泄。他想了一下，给江菊打了一个电话。江菊很快便来到了关总的身边。因为上周洗浴后，他打电话招的是苏晓琼。这周得换换人，老吃同一种食物东西会腻味的。

梁娜自从有了儿子后，她同全世界绝大多数妇女们一样，就把生活的重心和绝大部分的心思都花在了儿子身上。儿子就是太阳，儿子就是月亮。

关索玛和苏晓琼已是"老打"，但对江菊却还有些陌生，虽然也有过鱼水之欢，然而只是二次。一次是在他的办公室里。那时是夏天，江菊到他的办公室请示一件事情，恰好办公室里没有其他人，只有他们二人。于是就有了故事，哦，不是故事而是序曲。那天，江菊穿得很暴露，下身是一件短得不能再短的牛仔裤超短裙，上身穿一件半透明的吊带装。两个乳房被黑色的乳罩绑得紧绷绷的，乳沟清晰可见。超短裙下没有丝袜，露出白森森的两条腿，大腿大，小腿小。看得关总经理是欲火升腾，他忍不住走上前去关好办公室的内栓。然后走过来，不管三七二十一，一把抱住江菊那肉嘟嘟的身子。江菊嘴里无声，但两手却作无声的反抗。怎奈军人出身的关索玛势大力沉，他不管不顾把江菊压在办公桌上，扒下她红色的内裤，就干了她。时间前后不过十几分钟。

据说，穿红内裤是本命年，关键是红色可以避邪。若是打麻将，手气好得很，一摸一个准，手手和牌。可江菊呢？穿红内裤还是被人搞了。注意，没有女儿红，看来她也早就不是处女了。这年头，找处女比找大猩猩还难。

事后，江菊迅速的溜出办公室，到卫生间整理零乱的头发、口红和"内务"去了。关总经理提上裤子，继续办公，像没事人一样。

第二次，是在他的汽车里，和江菊也是几分钟的性交，匆匆完事。他们之间没有深入的性爱交流，他关总经理还不懂得和江菊这个年轻女子在床上性爱的妙处。

可能是西方或是日本、韩国的黄色录像看多了的缘故。这年头，黄片泛滥成灾，年纪轻轻的女孩子比性爱大师还懂得多。边看录像边实际模仿，比上"生理卫生"课还生动。什么舔、吮、吸、咬，什么冰火两重天，什么最具进攻性又最脆弱，全懂。真是吓死人了，奇啦、怪啦。

江菊对关索玛总经理的性侵犯是半推半就。为什么哩？就，因为关总是她的顶头上司，人在矮檐下，怎能不低头。推，是因为关总是个半葛老头，口又臭，身上有股怪味，是个臭男人。这年头，臭男人还真不少。

但今晚对于关总经理的正式电话邀请，她还是愉快地接受，并欣然前往。来以前，她已经服了名为"娘娘再生"的春药。那是一种口服溶液，带有一

## 第二十章 关索玛之死

股淡淡的薄荷香味,半小时以后,药性才开始慢慢发作。关键是药性持久,保你"男的吃得三天三夜不投降,女的吃得这间床爬到那张床。"效果好得不摆了。

还有秘密的一件事,谁也不知道。江菊看苏小琼和关总是老情人一对,不免心生嫉妒。于是,前几天,她特意花大价钱去做了处女膜修复手术。她今晚要去关总经理处验证一下,看手术成不成功。

关索玛一骑上马,就感觉这身下的马是一匹千里马。不,不是千里马而是匹独来独往的天马。飞呀飞呀,天马载着他飞上云天。头上是蓝得发黑的天空,足下是棉花般的云海。他在天空中自由地飞翔。

"在苍茫的大海上,风聚集着乌云,在乌云和大海之间,海燕像黑色的闪电高傲地飞翔。

一会儿翅膀碰着波浪,一会儿箭一般地直冲云霄,它叫喊着,——在这鸟儿勇敢的叫喊声里,乌云听见了欢乐。

在这叫喊声里,充满着对暴风雨的渴望!在这叫喊声里,乌云感到了愤怒的力量,热情的火焰和胜利的信心。

海鸥在暴风雨到来之前呻吟着,——呻吟着,在大海上飞蹿,想把自己对暴风雨的恐惧掩藏到大海深处。

海鸭也呻吟着,——这些海鸭呀,享受不了生活的战斗的欢乐,轰隆隆的雷声就把它们吓坏了。

愚蠢的企鹅畏缩地把肥胖的身体躲藏在峭崖底下……只有那高傲的海燕,勇敢地,自由自在地,在翻起白沫的大海上飞翔!

乌云越来越暗,越来越低,向海面直压下来,波浪一边歌唱,一边冲向高空去迎接那雷声。"

雷声轰响。关索玛突然感觉有些不对劲,他猛地感到胸部的灼热变成了撕裂般的疼痛,脑袋里有一点在受到某种敲击,慢慢地又变成了重击……,他颓然地倒在了江菊平滑地胸腹上。

江菊发出杀猪般地嚎叫,吼叫声惊醒了门外的几个保镖,众人涌进来,忙把全身赤裸的关索玛套上一件长长的睡袍,赶快送到医院去。

但是已经晚了,在救护车还在路上的时候,关总就停止了呼吸。

关索玛死了。是死在女人的肚皮上。

很快,医院的死亡原因出来了。关索玛死于脑出血,并伴有心肌大面积缺血,猝死。可能死前服过某种药物是诱因。

梁娜和李大海把关索玛死前一天的活动进行了逐项的认真梳理。江菊是无辜的,那姑娘早已被吓得半死。梁娜了解忠心的江菊不会干那事。

梳过去梳过来,问题肯定出在洗浴中心的那杯茶上。现在有一种药,无色无味,发在水里,没有任何异样。若人饮下之后,暂时不会有什么反映,但五到十个小时后,可诱发高血压、心胸大面积缺血、猝死。

真是杀人于无形之中,梁娜她们还不知道,那杯茶花了杀猪匠五十万元。一杯茶五十万,是不是太贵了点?不贵,这杯茶还要搭上几条命啰。

死了关索玛,令铁杀神母兵如丧考妣。他心中悲痛,心中明白,关索玛是遭了暗算。他要以牙还牙,报仇雪恨。但母兵是不能站到前台来的,他只能是偷偷行动。

梁娜、李大海、罗尼德等人把关索玛火化,然后找块墓地埋了。可怜,生前英雄汉,死后化为草。

地方风俗,死人要等过了头七,祭拜烧纸敬香,此事就算完结。再也不提此人此事。真是人死如灯灭。无草不死,无木不萎。

第八天的晚上,铁横与大熊、瘦猴三个人又悄悄地开车出去了。

那个夜来香逍遥洗浴中心的老板娘叫张大珍,原来是个做皮肉生意的小姐。后来稍稍有了点积蓄,便开了一个洗浴店,几年时间挖到了第一桶金,就开了这家洗浴中心。算是从无到有,从小到大,鸟枪换炮了。张大珍也算个人物,自己勤扒苦做,有了这份家业,也真不容易。她接近四十岁,但仍是独身,没有嫁人。可她是未婚享受已婚待遇,那些到洗浴中心来嫖女人的男人中,有不少人不喜欢不谙风情的小姑娘,而喜欢像张大珍这种有成熟风韵、善解人意的半老徐娘。若遇到那种有恋母情结的男人,张大珍也卖身。所以她是夜夜不缺男人,不但如此,生意比做小姐时业务还要好。既然这样,还嫁男人干什么?不是自找苦吃吗?

张大珍的特点是涂脂抹粉,浓妆淡沫的,看起还是有些粉嫩。不乖装乖,不嫩装嫩。

杀猪匠派人跟踪了一个多月,才摸清了关索玛有周末泡澡的习惯。他于是找到了张大珍。他吞了两颗万艾可,和张大珍肉体厮磨、搏斗了一场。他知道,要想征服女人的心,必须先征服女人的身。

他在几次高潮后,就对张大珍摊牌。"你只要把这包药面面投到关总经理洗澡、按摩间隙中喝的茶里,这五十万元的支票就是你的。"

几句话把张大珍吓出了一身冷汗,她刚才被杀猪匠像揉面团一样揉得通红发烫的身体也迅速发青,冷了下来,甚至还起了一身鸡皮疙瘩。这杀人偿命,加上关总经理也对她不薄,她不能干这昧良心的事。

## 第二十章 关索玛之死

龚勇刚对她又哄又骗，说："这药是进口的，要第二天才有效果。人死后认为是心肌梗死而亡，不要害怕。"杀猪匠又对张大珍甜言蜜语说："你事成之后，我就娶你当老婆，有我大老板给你罩着，谁敢把你怎么样？"

杀猪匠最爱对女人说的一句话就是"我娶你当老婆。"这句话他至少说过几百遍，骗了近千名女子。

最后，龚勇刚凶相毕露，他摸出了随身携带的磨得雪亮的杀猪刀，对张大珍说："姓张的，识相点，不然我现在就打发你上路。"他面貌狰狞，丢下一包药和五十万元的支票，扬长而去。

张大珍是彻彻底底的镇住了，怔在了当场。下药，难。不下药，更难。两边的人都得罪不起。干脆，我自己吞了，死了，算了。谁也不害。她一仰脖子将药粉吞了下去。

说也奇怪，她吃了药后，过去了五、六个小时，她什么事也没有，什么反映也没有。这时，杀猪匠折返回来，见她镇定自若。便说道："怎么样？关总不会死在你的店里，他回家去死在自己家里，神不知鬼不觉。再怎样也怀疑不到你的头上，你怕啥？"

他给张大珍服了些药片，说是解药。张大珍点了点头，认账了。龚勇刚临走时，张大珍说："你说的话要算数哟！""什么话？"杀猪匠反问。

张大珍有点羞涩地说："这么快就忘记了，我要做龚夫人。"龚勇刚厚颜无耻的在她肥屁股上拧了一把，说："心肝宝贝，我怎么会忘了，事成之后，我用大红轿子抬你进门。"

当关索玛总经理死了的讯息传到张大珍的耳朵时，她并没有慌阵脚，逃到别处去。因为听说关总是死在一个女人的肚皮上，得的脑出血，他的死与我有何关系？她安之若素，仍然做她的生意，忙她的业务。

龚勇刚杀猪匠又一次对女人食言。他听到关索玛的死讯后，并没有用大红花轿把张大珍娶回家。女人如敝屣，用完就扔掉。

关总死后的第八天晚上，洗浴中心的生意稍逊于往常。张大珍也无业务可做。她于是给领班讲，她要回家去休息。叮嘱领班，等客人走完后，要店打烊关好门等等。回到家已是晚上23时过。她本想洗澡后睡觉，但转念一想，把给关总的香烛纸钱香敬了再睡不迟。她张大珍对关总是怀有深深的歉疚的，她十八、九岁混迹社会当妓女时，就在一次偶然的机遇中认识了关索玛。关对她很好，那时关还什么都不是，只是一个小职员。后来关索玛升了官，科长、处长、副主任，越爬越高，但只要二人碰上，都要摆几句龙门阵。她和关索玛没有肉体关系，但二人却很亲近，兴许是相识多年的缘故吧。

她开设了洗浴中心后，关索玛经常带着人到她这里消费。洗浴中心许多人都因此认识关索玛。

这次谋害关索玛，她内心的确不愿意。但那是无心之过，没办法的事。虽说有那五十万元的诱惑，但主要还是惧怕龚勇刚的杀猪刀。她是违心的，也是被逼的。因此，她今天上午去农贸市场买回香烛纸钱等物品，她要祭奠关索玛的亡灵，愿他早升天界，浴火重生，一路走好。

她关好门窗，在香案上摆好香烛，点燃后，开始一边在脸盆里烧纸钱，一边在心中为关索玛默默祈祷。"亲戚或余悲，他人亦已歌；死去何所道，托体同山阿。"阳台上的门被风猛地刮开，随着风声，三个人影旋风般扑进室内。张大珍哪见过这个阵仗，嘤咛一声，昏了过去，屎尿齐流。

当她被冷水浇醒，清醒过来时，张大珍已是浑身赤裸，嘴里阻着毛巾，全身被五花大绑着。面前站着三个蒙着头巾，全身黑色衣裳，一身夜行打扮，手里拿着大刀和匕首的江洋大盗。张大珍再一次小便失禁。腥臊味在屋内弥漫开来，又热又冲，让人想打喷嚏。

其中一个人蹲了下来，用手中的匕首在她的阴户上比划着，说："我们不杀你，但是问什么你必须如实回答，不然，老子的匕首就从这肉孔里钻进去，听见没有？"张大珍全身痉挛，拼命地点头。那个人扯掉了塞在张大珍嘴里的毛巾，她大口大口地喘着气，一阵呛咳。

问："是不是你下的药，毒死了关总？"

答："是。"

问："谁指使？"

答："龚董事长。"

问答结束，她嘴里又被堵上毛巾，审问非常简单，其实早就知道是怎么回事，不过是想得到确认。

大熊问铁横，"这女人怎么处理？"

铁杀神冷如冰霜，硬硬的蹦出几个字："先奸后杀，让她在这个世界消失。"

张大珍得到龚勇刚的五十万元，但无福消受。结果，她的死相很难看。

关索玛死后，梁娜就给远在大洋洲的王亚娟打越洋电话，要她回来共撑危局。王亚娟却说，她暂时是回不来了，她要结婚了，她要嫁给一个外国老头，虽说是老头，但却是一个阔佬。等从法律和形式上都具备了效力的时候，她可以考虑回两江市一趟，可能也只是短暂停留，她还是要返回澳大利亚去的，因为那里有她新婚的家。老公的名字叫约翰·麦克,他有一个孪生兄弟叫约翰·哈利,他也想娶一个中国媳妇呢。

一番话把梁娜气得不行,看来外国的月亮都比中国圆,这王亚娟是暂时指望不上的啦。那么,亚娜海公司的运转怎么办?思前想后,她觉得自己应该打起精神,担起公司这个千钧重担。把小孩的事交给保姆,自己要专心管大事,具体业务工作让李大海、罗尼德他们具体去操作。

梁娜任董事长兼总经理,李大海、苏晓琼、江菊为副总经理,杨水月仍为顾问,罗尼德仍是办公室主任。新增了米莉莉为公司顾问,兼模特儿经纪公司经理。母兵为特别行动队队长,当然,这只是内部掌握,不为外人知。名义上的队长由龙江洪挂名。

梁董打点起十二万分精神,对公司内部结构进行了改组,对人事安排作了重大调整。目的只有三项:把公司大楼建立起来;把公司业务做大做强;防范小人搞垮公司。当然包括像龚勇刚这类人物。口号是:公司人可以死,但公司不能垮。

忙完这些,已是一个多月的时间。梁娜忙得是头昏脑涨,云里雾里。她这时才想到,自己应该超脱一点,不要事无巨细,都要董事长亲力亲为。公司开创之初,万事排头难,应该如此。可如今公司家大业大,她作为董事长应该有董事长的样子。有事让副手、下属去干。想到副手,她想到这段时间,她的确冷落了李大海。

梁娜和关索玛同居后,就没有单独召见过李大海,肉体亲热更谈不上了。关索玛是亚娜海公司草创的恩人,让他当了总经理,李大海也没有怨言。他认为理应如此。李大海是一心一意做关索玛的下手,做一些琐碎的杂事。

但现在关索玛已经死了,该是梁董重用李大海的时候了。她打定主意,今晚约李大海到春风洼地去,她要先用肉体犒赏李大海,她要重操"吮吸功"和"吸纳功",让李大海服服帖帖继续为她卖命。

晚上,李大海如约而至,两个老情人免不了一番亲热。但这番亲热平静如水,味同嚼蜡,毫无激情可言。也许生活的本来面目就是如此,有高潮也有低谷,有起就有落,有进就有退。李大海与梁娜仿佛都恢复了他们的冷静和理智。

完事后,二人躺在床上聊了起来。先是梁娜开口:"大海,如今关索玛死了,公司的发展怎么办?你谈谈个人的想法。"她说完点燃了支香烟,抽了起来。那香烟的烟雾在屋中缭绕,给人一种淡淡的清香。

梁娜见他久久不语,知他在思考,也不催促他,而是起身去把摆放在茶几上的盖碗茶杯端过来，放在李大海一侧的床头柜上。她嘴里叼着香烟，斜手叉腰，那在柔和的床头灯照射下折射成的剪影，给人一些线条般的美感。

她又躺回床上，回到李大海身边，面朝他侧卧着，她在等候李大海思考的结果。良久，李大海才慢吞吞地说："娘子，我个人认为，我们应该改弦更张，主动和龚勇刚搞好关系，如今见好就收，悬崖勒马，还来得及。"

"噫！和龚勇刚讲和，不成仇敌而成朋友，强强联手。大海，你怎么想到这一点的哩？"梁娜来了兴致，眨了眨她那聪明的眼睛，问道。

李大海说道："道理是明摆着的，这样下去，双方的业务大受影响。人死伤不说，时间长了必会受到警方的注意、重视，一旦有了证据，就会受到打击。这不是两败俱伤吗？再说，我们是靠卖肉行业起家、发家。但现在我思考公司已到了转型期，要做正经生意，我们才能立于不败之地。龚勇刚和关索玛二人矛盾升级，不过是意气用事，一时的血气之勇，泄一时之愤。如今关总已死，我们就坡下驴，双方修好，握手言和，这才是明智之举。娘子，为了维护我们的利益而采取的必要措施，最终将毁灭我们所要保卫的生活方式，这个危险确实存在。"

这一回，是梁娜陷入了沉思。她将烟蒂丢入烟灰缸里，爬起来，斜倚在床板上。是呀，大海的分析是有道理的。和为贵，斗则损。这个道理谁都明白，为什么非要好勇斗狠，争个你死我活？不就是为那一口气吗？那争一口气，什么气？莫名的妖气。冲动，冲动是魔鬼。

她又点燃一支烟，李大海从她手中拿过抽了起来，她又抽出第三支香烟，打火后吸燃。二人陷入烟雾之中。

随后二人就具体的事宜作了长久的磋商。请何九月副市长出面，请龚董事长出来吃顿饭、喝台酒，她们亚娜海公司准备与龚董事长的公司合作开发一个新的项目。双方要合作开发一个更加广阔的市场，争取双赢，取得更大的发展。

时间已是深夜，但二人毫无睡意。目标意见趋向一致，二人显得轻松愉快起来。这时干什么呢？离天亮还早，睡又睡不着。二人别无他途，只有做爱。这次的做爱就不比刚才进门的时候，也不像往常，而是深情款款，深入浅出，渐入佳境，渐入高潮。梁娜深情地说："大海，你躺着别动，我来将就你。"

"啊哟，还是我的大海最好，一流的英雄，二流的脑子，啊……宝贝，我要吞了你，把你全个身子都吸到肚子里面去……"

二人无数次的达到高潮。床差点散了架。

## 第二十一章 洒血祭雄杰

李大海与梁娜的如意算盘打得再好,并且立即开始着手实施。但对于铁杀神母兵来说,他却并不这样想。

"龚勇刚,你这个杀猪匠,我咒你十八代祖宗。我铁横跟你没完。"他在心底里狠狠地骂,暗暗地想。他在暗中窥伺着,在做准备,在等待机会。

小时候,母兵的梦想是做一个诗人。对中国古代那些灿若星辰的大诗人们非常仰慕,觉得他们非常了不起,伟大得不得了。诗歌是一只鸟,向着太阳飞。

现代诗人摩萨的诗歌《鹰的世界》,母兵特别欣赏。他朝夕吟诵,烂熟于心。体会鹰的精神。他也要做一只鹰。

诗是这样写的:

1

当金凤凰
在朝霞的燃烧中
朝着太阳
飞向献身的旅程
鹰,在阴冷的雪山
飞向沉默

2

鹰
一首穿透力极强的诗
驾驭浩渺的意境
在稿笺的地平线上盘旋

3
飞翔的高度是一种痛苦
胆魄却追求痛苦的高度
鹰，把高度
悬在痛苦的双翼上

4
鹰，无声地滑翔
灵感，黑幽幽地
飞掠诗的黄昏

5
钢铁般地羽毛
在长风的气流中
张开，鲜红的野玫瑰
在游弋的暗影里
仰望鹰的伟岸

6
在魔幻的梦境里
在梦境的月夜中
鹰以真实的飞翔
掠过沉睡的回忆

7
深奥莫测的天空
云的海洋
波动光的大潮
天空和海洋的图腾
由风
嵌印在鹰的翅膀

8
当黑色的掠影
消失在蔚蓝的天宇
溶化在深不可测的
茫远
鹰,像我的思维
化进庄严的宁静里

9
高空的寒冷将
冷峻描绘得具体
鹰,因孤独而变得神圣
即使恐怖的哀鸣
也能召唤欲望和
勇敢

10
鹰有时是阴郁的
尤其在阴郁的天气里
一切虚幻都变得悲切
而鹰的眼睛
却大写着大风暴的诺言

11
鹰,在眼眶里漫游
眼神象秋天一样遥远
而瞳仁后面的春天
离我的心灵很近

12
全身插满了钢铁般的意志
把年代和历史翻越
在高耸的思想里
有燃烧的雪峰,鹰
栖息在挂满冰柱的

## 穴洞

关索玛是母兵的救命恩人，是关索玛给我铁横母兵提供了栖身的穴洞。如今他被人害死了，我的命留着有何用？我要杀死龚勇刚，替战友报仇。

有时事物的发展并不以人们的意志而转移。未知的因素，突发的事件，偶然的原因，都有可能打乱人们预先设计好的部署。韶光无可牵挽，历史颇似螺旋。月亮永远不会背叛天空。

有首东汉民歌这样唱道："发如韭，剪复生；头如鸡，割复鸣。吏不必可畏，小民从来不可轻。"

当铁杀神母兵像冷冷的鹰一样，端枪瞄准杀猪匠的时候，梁董事长、李副总经理却通过何九月副市长牵线搭桥，开始了与龚董事长及其公司，你来我往的蜜月之旅。双方交谈甚欢，正是郎有情，妾有意。娘子的想法与杀猪匠不谋而合，他也正有休兵罢战之意。于是双方互不侵犯，并将开辟全新的项目，以表示诚意。

合作一个什么项目呢？经过商谈，双方同意在亚娜海公司正在兴建的大厦处后面，搞一个温泉开发项目，一条龙配套服务。

亚娜海出土地，那是已批准开发办好各种手续的地块，龚勇刚则出资兴建温泉城。双方为此成立了一个名叫"红土地温泉城管理有限责任公司"的新机构，各出资占股50%。亚娜海公司以土地出让折价，龚勇刚出全资建地上建筑物。

温泉城规划室外建大型汤池、中型汤池、小型温泉浴；室内也分大、中、小温泉洗浴，还细分有私密的鸳鸯浴池等。配套则购物一条街，美食名小吃一条街，大型健身中心等。尽量与前面亚娜海公司的酒楼、宾馆、停车场等项目配套，共同完工。

真是天上掉馅饼的大好事！大家握手言欢，弹冠相庆。

国人妇女中，漂亮者有之，相貌平平者也不在少数。但近些年来，由于物质充足，人们生活逐步好转，加之辅以化妆、美容、整容等修补手术，漂亮女人多了起来。虽然没有经过精确的统计和推算，但估摸胸大无脑，没有思想的漂亮女人占女人中的80%左右。又漂亮又聪明又有思想深度的女人就是凤毛麟角，人中翘楚了。

苏晓琼算不上是极品，精品，但在女人堆中，介乎于两者之间，还算是既漂亮又有品味的女人。女人嘛，就要有女人味。而且，一个女人各一个味。这话真不假。

这天下午，天气有些炎热，苏晓琼独自一人前往两江市的下半城去办一件私事。当她走到转盘处的街心花园处时，看见树荫下，有一个老者摆有一个书摊。她走上前去，见卖的全是旧书。一是为了歇歇凉、躲躲荫；二来苏晓琼有睡觉前看书的习惯。她便翻阅起来，准备淘一、二本旧书，回去读一下。这时，那老者发话了，那老者大约有七十多岁年纪，脸上的皱纹像核桃皮。他说：

"姑娘，我看你面相，是个知书识礼，爱读书的人，我有几本好书你要不要？"几句奉承话说得苏晓琼内心舒坦，熨帖贴的。她答道："有啥子好书？拿出来看看。"老头神神秘秘的从身后的布袋里掏出了几本书，递给苏晓琼翻阅。

她浏览了一下书目，只是一些市场上禁止销售的小说书，如《午夜销魂》、《情场赌徒》之类的外国翻译过来的性爱小说，还有夏飞著的各种黄色小说等。她站起身来准备离去。

老者见她要走，又说："药医有缘人，书卖识货客。我还有几本书，你要不要？"苏晓琼伸出手去，有些不耐烦地说："好东西都拿出来，我看上了自然要买。"老者一探手，又从布袋中掏出了几本书递给她。

一本是《推背图》

《推背图》相传是我国唐朝唐太宗时期，当时著名的天象家李淳风和袁天罡所作，主要是以推算大唐王朝的国运。据说李淳风某日观天象，得知武则天将篡权之事，于是一时兴起，开始推算起来，谁知一推就上了瘾，一发不可收拾，竟推算到唐代以后中国2000多年的命运。直到袁天罡推他的背，说道："天机不可再泄，还是回去休息吧！"

《推背图》由此而得其书名。《推背图》以其预言的准确而著称于世。

《推背图》与西方大名鼎鼎的预言家诺察丹玛斯所著的《诸世纪》所不同的是，推背图并没有打乱历史的顺序，而且预言的也都是有关国家兴亡的大事，所以更具研究价值，其准确性也更高。而最令人感到欣慰的是，它与《诸世纪》预言的悲观世界正好相反，它预言世界将大同，天下一家的其乐融融的未来世界，令人鼓舞。

苏小琼拿起书来，随手乱翻，一翻翻到第四十四象，丁未，上有一图：一带弓男子跪拜圣人。

谶曰：

日月丽天群阴慑服

百灵来朝双羽四足

颂曰：

中国而今有圣人

虽非豪杰也周成

四夷重译称天子

否极泰来九国春

苏小琼不知何意，又往后翻，见是第四十五象，戊申，上仍有一图：两个面向西的武士用长矛指着太阳冲来。

谶曰：

有客西来至东而止

木火金水洗此大耻

颂曰：

炎运宏开世界同

金乌隐藏白洋中

从此不敢称雄长

兵气全销运已终

她又往前翻，翻到第三十九象，壬寅巽下兑上颐

图：山上有一鸟，旭日正东升。

谶曰：

鸟无足山有月

旭初升人都哭

颂曰：

十二月中气不和

南山有雀北山罗

一朝听得金鸡叫

大海沉沉日已过

另一本是《枕中记》，此书不知是何人所著，但在农村地区广为流传。此书每一页上都有一幅图，并配有几句诗，是用旧历年月日与公历相比对，预言哪一年要有洪灾、旱灾、地震、蝗虫、瘟疫、战争等事件出现，六十年为一轮甲子。也算一本奇书。

苏晓琼决定买回这两本书，回去仔细研究。老者说："这是我搜存的孤本，如今社会上早已见不到踪影，见你是识货的有缘人，每本收你100元钱，不算贵呗。"

苏晓琼嫌书太贵，准备不买走人，但又心中有些不忍。老者又说："过了

这个村，便没有这个店。你不买，别人我还不卖哩。"

苏晓琼见他如此说，心想是这个道理。便掏出200元钱，递给那个老头。那老头叹了一口气，说："红粉赠佳人，宝剑配英雄。这奇书也算名花有主，有个好归宿了。"

苏晓琼去办了私事，返回，那老头和书摊早已没了踪影。

古人曾经讲过，有些奇书怪书是不能随便看的，看了是有灾祸降临的。如所谓《鲁班书》，讲的全是修房造屋，或是造桥什么的，主人家在匠人修建期间，待承不好，烟酒茶饭照顾不周呀，匠人就在修建过程、巧设一些机关、蹊跷，让主人家不得安生，不好使用。这类整人下蛊的书看了之后，要平白眼睛瞎，遭报应的。一句话，整人害人的事不可为。

不是说吗，人整人整不倒，天整人一把草。人整人，犹可恕；天整人，不可活。善有善报，恶有恶报；不是不报，时候未到。时候一到，一定全报。善恶到头终须报，只分早来与迟来。

那些书，定会将苏晓琼之类的人，惊出一身冷汗。

王亚娟和老海盗约翰·麦克在澳大利亚海边的一个小镇上举行了婚礼过后，新婚燕尔，带着麦克和哈利到中国度蜜月来了。当然主要是到两江市。这有几层含义，一是她见好就收，要带着女儿裴小玉一道撤退；二是对家中房产、财产要做技术性地安排和处理；三是看能不能给救命恩人约翰·哈利找个中国姑娘做媳妇。已平慰王亚娟内心的歉疚之意。她有两个目标，一是女儿裴小玉，二是梁娜。女儿自不说了，自己身上掉下来的肉。梁娜呢？她与她情同姐妹，她要找机会想办法把梁娜也带出去。事业呀，公司呀交给那些男人们去干。

把此事给小玉一说，小玉坚决不同意。到澳大利亚留学读书，这事还可考虑、商量。但嫁人一事，她不愿意。她激烈地反驳，母女俩起了争执。你想，你嫁个外国老头，我不反对，也就算啦。你要我也嫁个外国老头，而且是俩娘母嫁俩兄弟，成妯娌关系，这像什么话？真是打亲家吹海螺——情理不合。

王亚娟说，外国人不介意这些。裴小玉撂下一句话，我已有男朋友了，名叫叶章，就是市规划局副局长叶凌的儿子。而且已睡过觉了。

说完，裴小玉飘然而去，母子二人的谈判不欢而散。

亚娜海公司为昔日的王董事长举行了盛大的欢迎宴会，公司中层以上领导全部参加。还有一些与公司有业务往来的老总们也来了，其中就有何副市长、陈德田、龚勇刚、骆明远等人。骆明远不知怎么搞的，跟龚勇刚搞到了一起，成了杀猪匠那个公司的副总。

在这个欢迎宴会上,最百感交集的人要数李大海啦。他看着昔日的情人如今挽着一个外国老头在席间穿梭,在应酬。他真有恍如隔世的感觉,眼前的那个美貌妇人就是当初和他海誓山盟的那个情人吗?他不敢相信,但这却是真实的。命运跟他李大海开了一个残酷的玩笑。

几年过去,王亚娟似乎没有什么变化,岁月的风霜仿佛没有在她身上留下什么痕迹。而是更加成熟,更加洋气了。想当初,她在他的胯下辗转翻滚浪叫呻吟,一次又一次地达到高潮。他们二人曾在云端生活过,而今却是"昔人已乘黄鹤去,此地空余黄鹤楼,黄鹤一去不复返,白云千载空悠悠。"空悠悠呀空悠悠,真是世事如棋局局新,白云苍狗,瞬息万变呀。我心依旧,我情依旧。相貌上却是满面尘灰烟火色。

王亚娟当带着麦克来到李大海的面前时,她仍然满面春风,没有一点难为情,她给麦克介绍李大海时,说:"麦克,这是李副总经理,李大哥。"麦克热烈地拥抱了他,并拍了拍大海的肩膀说:"亚娟的同事,好伙伴。"

麦克与王亚娟又挽着胳膊到别处去了,去介绍更多的人让麦克认识。她脸上没有对旧男人的眷恋之情。女人总是喜欢另结新欢,总是……

两性之爱,是一切欢乐和痛苦的根源。

我们嘲讽这个世界,因为一切努力都是徒劳的。世界本是一座巨大的屠场,一个庞大的地狱。事实上,肉体和痛苦是同义词。痛苦是一种过于伟大的东西,绝不是任何人都能承担的。没有痛苦就没有男子汉。

在宴会举行之前,王亚娟和梁娜二人关在梁娜那宽大的办公室里密谈了一个多小时。宴会上,梁娜总是时不时地往哈利身边凑,看来谈的大概就是这个事,不然,何来此举。至于此事成不成,旁人不用去猜。


何建军在各种娱乐场所鬼混,半年时间下来,结识了不少的年轻女孩。他从她们嘴里,听到各种逸闻趣事之外,也有一些小道消息,或是黄道和黑道的一些内幕。他回到家中,就用笔在本子上把看到的和听到的详细地记录下来。时间、地点、人物、故事始末,当中点到的个别名字和绰号都加了重点符号。

他有不少姑娘的电话号码,有时也约她们中的一些人出来吃饭或是逛公园、逛大街。让她们了解他,也更加信任他,对他也无话不谈。他与她们中的不少人甚至成了好朋友。

当然,任何事都不能急。心急吃不了热豆腐。这些事得慢慢来,要花大力气,要花很长的时间和精力,主要还要有大把的金钱。

他把瑶瑶从龙凤夜总会二厅里提了出来，放在他的宿舍里与她同吃同住。这本是违纪的事，但何建军顾不了这么多了，因他由同情变成了对瑶瑶的爱。

何建军是血气方刚的年轻男人，除了有各种欲望外，他还不是有一颗渴求异性欣赏的寂寞的内心。他同情瑶瑶不幸的遭遇，他静静地聆听她的倾诉，有时，心底突然泛起一丝善良。慢慢地他爱上了这个女孩子。他何建军也要结婚、生子，也应该组建自己的家庭。他有这个权利，也有尽健康人之责的义务。

瑶瑶顺从地跟了他，但她对他的身份一无所知。

白天，瑶瑶出去买菜，回来煮饭、洗衣，收拾家务。空闲的时候，就看电视打发时光。她很少外出闲逛。夜晚，她就和何建军做爱。她下体毛发特别浓密，极容易挑起男人的欲望。她的胳肢窝里、小腹上满是浓密的、黑油油的、卷曲的茸毛，正是青春最盛时，黑色之花开得是多么鲜艳。

何建军是越来越迷恋她，越来越离不开她。他要让她做贤妻良母，大丈夫讨娼家，过门为正。

但在床上时，瑶瑶时不时地露出她的小姐本性，让何建军求生不得，求死不能的瘫在床上，像一团黄泥，软得起不来。

但他仍然喜欢她，仍然爱她。男人啦，都这个德性。要女人在大街上正经，在床上要淫荡。

同居生活不到三个月，有一天，瑶瑶就失踪了。

何建军遍寻三个月，仍然是泥牛入海无消息。

何建军就像是做了一场梦，一场春梦。幸亏组织上不知道。他也只是梦一场。

齐葩是一个漂亮的姑娘，人们称她为"葩儿"。她不仅人长得漂亮，而且风骚入骨。她性欲奇强，据说，她是每年春天里第一个"阳公忌"生的人，她把性爱当做真正的享受，而找不找得到钱倒无所谓啦。她认为这档子事那有这么舒服，这么奇妙无比，说不出，形容不了那个味道，但总之是那般妙不可言。

齐葩还是高中生时就和那些想和她上床的人几乎睡了个遍，既没有得过病，也没有怀过孕。但长大成人后却嫁给了一个稀松平常的农村人，名叫丁太林。夫妻成婚后，却没有孩子。所以，葩儿照常偷男人不误。说来也怪也不怪，丁太林对齐葩是不管不问。如若他外出回来，见有另外的男人在家中，他扭转头就又出去，连鼻子都不吭一声。

所以和葩儿有交往的男人都不怕丁太林，都无视他的存在。有人就说：丁太林是（炮）耳朵，丁太林是吃软饭的。还有人说：是葩儿的奇淫把丁太林燉粑了，他巴不得找人帮忙呢！反正说什么的都有。

但不管你说什么，葩儿这姑娘就有与众不同之处。任何男人你只要手一搭上她的身子，她就开始呼吸急促，轻声地"哎哟，哎呀"的叫唤起来。任何男人你双手一拥抱她，她就开始双脚发软，人往地上慢慢地软下去、梭下去。不管是在路边、田坎上、山坡上都是如此。若是在床上，男人一摸她，她嘴里就"老公、老公"的嗲叫。做爱不到五分钟，她的淫水就会把你的下体淋得精湿。就像《红楼梦》中的多姑娘一样，软得像一团发酵的面团。

那些和她有一手的男人们，都是又爱她，又怕她。

丁太林来到红土地温泉城工地当了一名仓库保管员，葩儿当然也跟了来。她整日却是闲着，看丈夫如何发放材料，或是到工地各处逛一逛，打发时光。

但不到两个月，她的美名和威名却传遍了整个温泉城，当然包括龚勇刚公司和亚娜海公司的那些猩猫。葩儿的门口排起了长龙，人人都想一亲芳泽，亲自尝尝她的软劲和粑功。她的故事一传十、十传百，加油添醋地把葩儿吹成神女了。但尝过的人都说，齐葩就是一个神女。

有首方言诗朗诵，题目叫"劝君莫学吴老三"，内容是这样的：
　　隔壁有个吴老三，
　　三天两头不上班，
　　走起路来打"川川"，
　　一坐上麻将桌子
　　——像抽足了鸦片烟。
　　老婆的话他不听，
　　娃二的事他不管，
　　到处打牌去赌钱，
　　直打得天昏地暗，气息奄奄。
　　赢得钱就去杀馆，
　　火锅酒楼到处钻，
　　吃得稀里糊涂，
　　哭得稀里哗啦，
　　左邻右舍笑他——颠。
　　有天勉强去上班，

> 坐不到二十分钟，
> 呵欠就连天，
> 一个麻友才喳腔，走，
> 他跟起来比狗还快，
> 差点摔到路沟边。
> 吴老三，他麻将桌上不下课，
> 从头天坐到第三天，
> 输赢上千千……。

龙江洪如今不参赌了，他戒赌了，而且真的戒了。他可不是方言诗中的吴老三。可是，单身汉的他又开始嫖妓了。是呀，是人总得找点事来干。单身汉呀单身汉，穿的多少烂衣裳，吃的多少馊臭饭。单身汉的日子虽然自由，但没有异性陪伴的日子的确不好熬。

龙江洪嫖了一回齐葩后，就爱上迷上她了。他说，他要和葩儿结婚并白头到老。真是鬼迷了心窍了。人家是有丈夫的人呀，而且是合法丈夫。龙江洪说：他丁太林算啥东西，窝囊废，蹬了就是了。他跪在葩儿的面前，痛哭流涕，赌咒发誓地说："葩儿，我才是真心爱你的，我可以把自己的心掏出来给你看。你和丁太林离婚吧，我可以让你过上美好的日子。"葩儿轻蔑地对他说："可以呀，我跟你结婚只有两个条件，一是给我农村老家的父母修幢房子；二是嫁给你后，该咋样还咋样。"意思是我要偷男人你还不得管我。

龙江洪这回是动了真心，正是太阳坐牢，月亮抛锚。若是生活中缺了葩儿，他的魂就会丢了。丢了就找不回来啦。第一个条件还好办，不就是修幢农村的一楼一底的小洋楼呗，有个十万二十万的就够了。二的个条件就让龙江洪不干了。他寻思道，我的女人还能让人沾不成，那不要了我的命。不过不要紧，哄骗过来再说，那时就由不得你了，齐葩儿！

那就回到第一个问题吧，到哪里去找钱修房子？

找堂兄龙江水要，三万两万的或许还没有太大的问题，多了可就难了。自己挣吧，每月的工资有时还不够花，要挣到二三十万元，猴年马月哟！他开始绞尽脑汁地想，打起了歪主意。

葩儿嘞，我行我素。什么人都可以上她的床，只要给钱就行，多少？行市的半价。什么陈德田呀、骆明远、黄闷、罗尼德、范晓生呀等等都来过了，连李大海也来过几次。这时，李大海心中才真正明白，什么叫真正的绝配。大家有时聚在一起，谈到葩儿时，大家异口同声地说：不错不错，真的不错。在不明就里的旁边人听来，他们一群人好像是在议论某个知名餐馆里菜品的味道一样。

*171*

# 第二十二章　洗衣房风波

又到了红土地温泉城建筑工地发放工资的日子，当然这主要是针对建筑工地上的临时工和打短工的那些人。真正的正式工人和技术员们的工资和资金是打到卡上的。而那些短工和临时工是属于背脚抬轿丢得就要的现过现性质。所以，每到发工资的日子，妮亚就帮着公司财务处的出纳兰大姐一道去银行，然后驾车到工地发放。一般也就是十几二十万左右的现金流量。

民工们排着队用身份证和工资单核对后领取，七、八十个民工三个小时即可结束。

妮亚是一个中俄混血美女，就是东北人说的"二毛子"，父亲是中国人，母亲是俄罗斯西伯利亚人。她原在东北某大学留学，后来就滞留在中国。有一次，龚勇刚到东北出差，结识了她。他惊艳她的美貌，于是出一大笔钱，买了她的终身。随后把她带回了两江市。

妮亚金发碧眼，高鼻深目，丰乳肥臀。因闲得无聊，龚勇刚则让她陪兰大姐有时去下银行，然后开车送到建筑工地。一则是陪伴兰大姐，出于安全考虑。二则也让她出去透透风，不然，害怕关在家里时间久了，要发霉。君不闻：好久没到这方来，这方的姑娘长青苔。

为了不引起别人的注意，这天妮亚正是开的一辆普通的桑塔纳轿车，灰色。一切都显得低调。小车驶进一条僻静的小巷，长约七、八十米，然后往右拐，再走三分钟的大路，就到工地上了。

突然，不知从哪里钻出一个人，只见他头戴棒球帽，脸上是墨镜和口罩，手持霰弹枪，双手平端，也不说话。

妮亚开的车，兰大姐坐在助手席上，怀里抱着一个帆布包，那里面就装着刚从银行取出来的可爱的二十万元现金。有人叫女人为宝贝，也有人叫钱为亲爹。妮亚一看这个阵势，知道来者不善，善者不来。倒不如开足马力冲过去，也许能逃过一劫。

## 第二十二章 洗衣房风波

说时迟，那时快。妮亚猛踩油门，一推变速杆，自己则尽量低下头，往端枪之人猛冲而去。就在这时，霰弹枪轰然作响，前面的挡风玻璃顷刻粉碎，无数的小铁球、小铅弹把车前座的两个人打成了筛子。兰大姐当场报销，妮亚重伤昏迷，车停下了。

端霰弹枪的男人得意地往还冒着硝烟的枪管吹了一口气，然后几大步走到桑塔纳右侧，拉开车门，从兰大姐血肉模糊的怀中抽出那个帆布包，挎到肩上，准备离开。

螳螂捕蝉，黄雀在后，就在他直起腰来的一瞬间，有两支枪，一支是仿六四式手枪，另一支是自制火药枪。但火药枪里面这次装的是独丸，不是铁砂子。两支枪同时作响，一支是对着右边太阳穴，另一支是顶着后心窝。持猎枪的人连吭都没有来得及吭一声，就倒下死掉了。而且血流满地。

二人抓起帆布包，迅速离去。这是两江市近两年迅速崛起的一个黑社会组织，"黑狐帮"所为。

"黑狐帮"人数不多，但很精悍。据说，帮主名叫黑狐，诡计多端，他们专搞黑吃黑的勾当，经常挑起原有仇隙的帮派组织火拼。据传闻，帮主还是一个年轻的女人。传闻归传闻，消息的真实性也可能不可靠。

头戴棒球帽，手持霰弹枪的人是谁呢？警察一来，就知道了。现场二女一男，二死一重伤。重伤者被紧急送往医院，尚在抢救之中。死者：兰大姐、男死者——龙江洪。二十万元巨款却不翼而飞。

这案子又搞复杂了。

龚勇刚这方分析，亚娜海公司首先撕毁和平停战的协议，又指使龙江洪抢我巨款，打死我心爱的女人。他们，他们怎么能这样呢？龚勇刚和他的手下都想不通这个问题。不是都平安无事了吗。

亚娜海公司的梁娜、李大海也在思考，谁指使龙江洪去抢钱、杀人？而又是谁转而打死了他？这样干的目的究竟是什么？他们也思考不出个所以然。也是百思不得其解。

警方也很茫然。这一点很清楚，龙江洪打死两个女人，欲抢巨款。可后来是谁又打死了龙江洪？又是谁拿走了帆布包？现场没有目击证人，也没有留下什么线索。这案子该从何查起？当然，行有行规，他们有他们的办法。

红土地温泉城被鲜血染红，建筑工程被迫马上停了下来。

梁娜与龚勇刚等无论如何沟通，但疑窦始终无法解开。这案子又被搁了下来，但其他的却在抓紧进行。社会上有多少悬案未破？答案是否定的。否定多了就是肯定。人们常说：长袖善舞，左右逢源。如今，长袖成了短袖，热天到

173

了。逢源成了窘境，局势左右不了了。

芭儿听说这件事后，只有她明白龙江洪的作为是为了谁？为了谁？为了新的生活，为了春回大雁归。但她却守口如瓶，任谁也没有说一个字。有老人摆过这样一个故事：说是人死之后，停放在厅堂里，如果谁捉一只猫从尸体上跳过去，死尸必会坐起来抱人。并且是百试不爽。说归说，但没有人敢去验证。活人被死人抱住，那不吓个半死。

芭儿表现得非常聪明。

在亚娜海公司与龚勇刚企业打得火热的蜜月期间，骆明远坐镇指挥红土地温泉城建筑工地项目，因此，办公室与李大海的办公室比邻而居。而李大海不知道从什么渠道了解到，头次自己遭刑释人员黑打，是骆明远指使人干的。这使他怒火中烧，因而眉头一皱，计上心来，心里有了一个报复的计划。

骆明远患双肾泥砂型结石，不时发作疼痛，便遵从医生的建议，长年用中药材金钱草当茶泡水喝。一泡就是一大盅，一喝就是数年。而且还是牛饮，所以，一日之中要上数十次厕所。李大海知骆明远有这个习惯。他便不时到骆明远办公室串门，吹一些不痛不痒的、无边无际的三国聊斋的龙门阵。

吹着吹着，骆明远内急，便如厕小解，因而自顾去了。李大海见状，便急忙用右手小拇指的长指甲壳，伸进自己的右边耳朵去掏出一团耳屎，然后快速地弹进骆明远泡金钱草的茶杯中。这一切行动时间最慢都要不到一分钟。

李大海重新坐好，正襟危坐，静等骆明远返回后，重吹三国聊斋。而今天的话题，是有关奥地利精神病学家弗洛伊德的。

李大海说：自从弗洛伊德横空出世，人的尊严就被他颇为粗暴地撕碎。原来，每个人都有一只"潘多拉的盒子"，而这只盒子就像人身上的发电厂，能发出邪恶的电，支配着人的一切言行。特别残酷的是，弗洛伊德揭示了人所自认为的行为动机与实际动机的不一致性。人自以为以爱、献身精神、责任心为动机的行为，也许，潜意识里真正的行为动机却是权力欲、自我虐待、依赖性。

李大海在成长的过程中，常听自己的父亲讲，若把人的耳屎放在别人的茶水中，会致使人声音嘶哑，最后说不出话来而变成哑巴。他要报复骆明远派人毒打他，他要验证父亲的寓言，他要让骆明远变成哑巴，永远也说不出话。达到他复仇的目的。

李大海隔三岔五就去串骆明远办公室的门，瞅空就来一次金钱草茶变耳屎汤，但十余次后，骆明远仍无异常反映。

## 第二十二章 洗衣房风波

有一天晚上，骆明远做了一个奇怪的梦。他梦见自己独自一人在戈壁沙漠中负重行走，头上，是毒辣辣的太阳，自己又身背行囊，汗水打湿了衣衫。他渴呀，喉咙干渴异常，可是又没有水喝。他走呀、渴呀，他想饮水犹如寡妇想鸡巴。可就是没有水，他大吼一声，醒了过来。全身大汗淋漓，汗湿衣被。梦境已不复存在，但喉咙却干渴依旧。骆明远于是起身去给自己倒了一杯水，喝了下去，水凉凉的，喉咙的干渴好了一些，但喉咙依然非常难受。

第二天早上起床后，骆明远干咳着，听得出来声音有些嘶哑。于是，他便到医院去看医生。医生说是受凉感冒，没啥事，给他开了一些药，让他回家后服用。几天过去了，几帖药也服用了，但骆明远的喉疾仍不见好转。最后纯粹说不出话了，完全失声了，哑了。一个大男人失声（身）啦。

又到医院检查，用尽万般仪器，换过无数医院和医生，得出的结论是：不明原因使发音系统受损，无法修复。

李大海听说后，便不再去串门了。

红土地温泉城建筑工地是彻底停工了，只留几个人值守，照看设备和部分原材料。龚勇刚反复掂量，这工程不能再投一分钱了，因为土地是人家亚娜海公司的，我是替人作嫁。如今合作前景堪忧，我还是小心为高。不然到时是赔了夫人又折兵，这本就亏大了，划不来。

也是该当出事，篾条总是从细处断。那天，值守工地的四、五个人闲来无事，就去亚娜海公司的洗衣房去洗换下来的脏衣服。恰好碰见几个模特儿姑娘也去洗衣服，因彼此都是年轻人，互相就开起了玩笑。一会儿浇水，一会儿抓摸，开始还其乐融融，笑声不断。可发展到后来，玩笑开得越来越不像话，一个叫辛毛的崽儿硬要抱着一个年轻姑娘亲嘴。把那几个模特儿吓得丢下洗衣盆就跑了回去，跟模特儿队长米莉莉告了刁状。

米莉莉气不打一处来，也不跟公司上层打报告，就径直喊上黄冈和七、八个保安，手持棍棒，将那红土地温泉城工地的留守人员打得是哭爹叫娘、抱头鼠窜。

辛毛把状又加油添醋地告到了龚勇刚那里。

辛毛何许人？原来，辛毛是龚勇刚的新的野大舅子。

自从妮娅受枪伤住进医院后，龚勇刚一去探视就知，妮娅陪他已是今生无望。妮娅脑部受了重创，非死即残，就算能保住命，也是植物人一条。加之脸部全是霰弹枪挖出后留下的坑洼，毁容破相得不成样子。混血儿女郎再也不管钱了，拜拜。

那天在大街上他偶尔碰见一个美女，皮肤像奶油那样白，皮肤像豆腐那样

*175*

嫩，正是：本是芙蓉质，精神健且丰；眉分新柳碧，脸色夺莲红。龚勇刚看得傻了眼，愣在了当场。迷糊了几分钟，清醒了以后，马上叫手下人跟踪。务必将此美女拿下，不惜一切代价。

那还有什么话说？凭龚老大的名头，姑娘们白送都还怕沾不上边，何况老板亲自追，用钱一勾就上手。这个美女不是别人，就是辛毛的妹妹——辛花。

辛毛、辛花哥妹二人，父母早亡。母亲临终前跟辛花讲：花儿，我请人给你算过八字，你命中有贵人相助，今后是大富大贵之命。发达之时，一定要把你哥拉到，不然，我和你爹九泉之下也不瞑目。

常言道：三岁看七十。辛花的母亲知道，儿子辛毛是个无用之人。他肩不能挑，手不能提。是个文不文、武不武，一辈子在农村挖老生土的主。看女儿辛花，是丑马下的烈驹，凭美貌一定能找个有钱人。辛花有，辛毛就一定有。所以兄妹二人是相依为命。

跟了龚勇刚后，杀猪匠爱辛花是爱得不得了。天上的老鸹屁只要她要，他都会给她去弄回来。俗话说：老嘛老，心肠好，老马专想吃嫩草。人开始上了点年纪，心偏要开始趋向善良。所以，辛花一发达，辛毛这个野大舅子也跟着沾了光。到工地上当了一个留守人员，不做活路光领工资。

辛毛一告状，有辛花一旁捅祸，把个杀猪匠气得牙痒痒的。他怒从心上起，恶向胆边生。便小范围的找了几个人来开了个黑会，其中就有骆老二，辛毛等。具体内容大致如下：他和辛花先买好机票到云南，再由昆明转往邻国缅甸旅游。他一走后，家里组织四、五十人就开始反扑亚娜海公司，让他们在毫无防备的情况下被收拾。要见人就打，但不能出人命；要见东西就砸，但不能抢东西。龚勇刚的最后几句话斩钉截铁："一定要把他们（亚娜海公司）打得落花流水，屁滚尿流，灵魂出窍。"

安排好一切，他在秘书的各项精心布置下，手提密码箱，膀子上挎着辛花，坐上飞机走了。到东南亚旅游去了。今后出事，他有不在现场的证明。

亲爱的读者朋友，在这个世界上你无法驾驭别人，别人也无法驾驭你，这真实得不能再真实。信不信由你，但社会、人生就是如此。

黑社会，这里是地狱入口，可是从这里进去的人就从来没有回来过。按照宇宙学的观点：能量和质量可以互换。

时令已是深秋，树枝上光秃秃的，地上全是枯萎的落叶，因为雨水的浸泡，变得淋漓不堪。加之连日秋雨绵绵，头顶上的天空好多日没有露出它蓝色的面容。真是秋风秋雨愁煞人。

亚娜海公司与往常一样，人们出出进进，都在忙自己的事。当然，有的人

## 第二十二章 洗衣房风波

是真忙。有的人却是假忙、瞎忙。

一辆金杯牌面包车悄无声息地滑行到离亚娜海公司大门口十余米远的地方停了下来，它的停车位置看来经过精心选择。这里，既能一览无遗地看清大门口的情况，又不太至于引起进出人员的留意。面包车的车窗全关着，里面贴着膜，外面窥视不了车内的情况，而里面的人却什么都能看见。

秋雨纷纷扬扬，在不紧不慢地下着。雨水在树枝累积多了，便"叭嗒、叭嗒"地滴落下来，打在车的顶篷上，发出有一下没一下地"蓬、蓬"声。一会儿，车门打开，从车内走出两个人来，晃晃悠悠地踱到公司大门口旁边的读报栏前。一个蹲下开始摸香烟、打火，抽起烟来，烟雾在指间、头顶上缭绕。另一个手打雨伞，在读报栏前搜寻，仿佛是在查找什么报纸上的有关新闻。二人反正都是一幅闲得无事的样子。

今天正巧黄冈当班，他端了一把椅子，坐在大门口里边淋不着雨的地方，手拿一把大号螺丝刀，正在拆卸修理他门卫室内，整整使用了一个夏天的破旧不堪的老式落地电扇。这老式电扇看来有些年头，早已是锈迹斑斑。最先的落地扇，都是铸铁做的骨架，笨重得很，但风力还行，夏天全靠它解暑热。黄冈守门值班也是闲来无事，他就搬出不用了的这架电扇，拆卸了，打点黄油，然后包好放好，准备明年夏天再用。再则他看能不能见到好几天没碰面的米莉莉，挨不着身子搭个讪，这心里也熨帖些，晚上才能睡个好觉。

不多时，一个熟悉的身影从电梯间出来，向大门口快步走来。正是他的米姑。米莉莉今天脚蹬长筒马靴，上身内穿一件鹅黄色的高领毛衣，外套一件墨绿色的风衣，手拿一把未打开的花布折叠伞。黄冈眼前一亮，心头一颤，赶紧站前上去喊道："米姑，我给你……"

米莉莉面带微笑，用右手朝他做了个拜拜的手势，边走边说："黄队，我今天有急事，有事改天再说。"嘴里说着话，脚步却没有停下来的意思。她一走到大门口，便撑起雨伞，下了大门口的几步梯坎，朝停车场走去。

黄冈有些失望，巴叽了一下嘴唇，正准备重新坐下来，又继续他未完的活计。忽然，大门口传来一阵吵闹声、推揉声和叱骂声。黄冈抬头一看，只见刚才在读报栏前溜达逗留的两个人正一边一个架起米莉莉往金杯车方向走。黄冈的亲米姑正在拼命地挣扎，雨伞也掉落在地上，口里在大声地怒骂和呼救。一见这个情形，黄冈毫不犹豫地手握大号螺丝刀迅速地冲了上去，在临近车门的地方，他抓住反扭着米莉莉右边臂膀的大汉的左臂，右手顺势将手中的大号螺丝刀从大汉的肛门中狠命的捅了进去。那大汉像杀猪似地大声疯狂地"嗷"地吼了一声，双手丢了米莉莉，整个身子猛地往空中一窜，足有半米多高，然

177

后双手捂着往外喷出鲜血的屁股，在地上打滚。

黄冈眼睛血红，又将滴着鲜血的螺丝刀往左边那个人捅去，左边那人双手一松，身子往旁边一闪，躲过了致命的一击。黄冈赶紧拉起米莉莉往公司大门口跑。说时迟，那时快，金杯车门瞬间大开，一下子跳出七、八个手持大刀的壮汉，向黄冈猛扑过去。几秒钟时间，十余米的距离，在公司门口的几步台阶上，只听得"扑哧、扑哧"地几下声响，至少有四、五把长刀从黄冈的后背，捅了进去。黄冈嗵的一声倒了下去，就再也没有醒过来。他至死手里还紧攥着那把带血的大号螺丝刀。

亚娜海公司的保安和职员们听见了楼下门厅的打斗和吵嚷声，一下涌下楼来。他们共有十余人，手持扫帚、拖帕、竹竿等能随手抓到的东西。……但数量上占优势，武器上却占劣势。虽口里吆喝，则动作稍显迟缓，一个二个都不想，也不敢真心上前，杀猪匠的部下手持明晃晃的大砍刀，令人不敢近前。他们重又架起米莉莉，一溜烟地坐起车跑了。

当晚，母兵来到了亚娜海公司总部大楼。可他该去找谁呢？关索玛，已死了，人死不能复生。找王、梁二人又不认识他。甚至不知道他的存在。男人，万般苦难一肩挑，绝不让人认为是孬种，要的就是尊严。可有时候，还是会哭出来。哭出来好些，一是排泄、轻松；二是羞愧，好重整旗鼓，再来。三是，世事不可逆转，没有办法的事情。但母兵没有哭，真的没有，有人敢赌咒。

人与人不同，花有几样红。人与人之间的差距，咋就这么大呢？

米莉莉的失踪，没有引起大的波澜。在我们这个国家，人太多了，少几个人算什么？死几个人算什么？许多外国人都忌惮中国呢，真的是你富裕吗？真的是你有中国功夫吗？……其实，都不是。害怕的是你庞大的人口。十几亿人一旦涌出去，世界上80%的国家都将被人口的汪洋大海压沉和淹没。

中国，中国，真的了不得。终有一天，我们说话的时候，别人只有听的份。你承认也好，不承认也罢。这里，又要谈到一句古语：三十年河东，四十年河西。皇帝轮流做，明年到我家。

美国，真能长盛不衰？真能长命百岁？真能……？真能……？不相信，谁也不相信。就像"李杜诗篇万口传，至今已觉不新鲜，江山代有才人出，各领风骚数百年。"

哲学讲：变是绝对的，不变是暂时的。

老百姓，我们到底该听谁的？

米莉莉被人绑架了，所有人都无动于衷，这可以理解。但叶陵却慌了神，他有一万个理由要找到米莉莉。本来还有黄冈，可黄冈已回浙江"老家"去

## 第二十二章 洗衣房风波

了,就算他爱米莉莉爱得发疯,可如今也不可能管米莉莉的事了。

而黄冈的死,何九月副市长不依教了,他给警方施加了巨大的压力,要他们追查凶手并绳之以法。

叶陵呢。米莉莉的事拿不到桌面上来,只好另辟蹊径。他想到了一个人,一个在公安局工作的熟人,准确地说,不是熟人,而是一个朋友。

伍若,两江市公安局常务副局长,一个身材不高但已经开始发福的中年人。当年,兴建两江市公安局警务大厅,正是由伍副局长牵头指挥,负责大楼的基本建设工作。这样,就免不了要和市规划部门的叶总工打交道。自然不过,叶陵与伍若就有了相当多的来往。

警务大楼要建在市区中心,又要交通便利,出警迅速;又要占地宽阔,留足发展的备份。协调各方面的关系就显得尤为重要。既要牵涉到公路改道,高压电的移位等"大手术",又要涉及几户单位和老百姓房屋的拆迁等具体问题。说实话,叶总工没有少帮忙。虽说此类事项有市政府在出面协调各方关系,但具体工作却是由伍若、叶陵之流在经办。

承建警务大楼的公司是国家的一级建筑资质的实力雄厚的大企业,其老板和伍若早就是好得合伙穿一条裤子了。只是外人不知道,至少是外人在表面上没有看出来。

可是一到夜晚或是双休日,那些高档场所,如大酒楼呀,歌舞厅呀,洗脚城呀……总能看到他们那成群结队的身影。那么多的好酒好肉总得要人消费呀,不然烂掉了、臭了,多可惜。当然,也少不了年轻姑娘的肉,啧啧,不用白不用,不吃白不吃。

"好花不常开,好景不常在。人生难得几回醉,不欢更何待?"青春易逝,红颜易老呀,地球人都懂这个道理。

叶陵被伍若相邀着,强拉硬逼地参加了不少次这样的欢宴和聚会。他收没收人家的钱财,外人不知道也无法知道。但和伍若去嫖过几次妞却的确是事实。谁叫那几个年轻妹儿长得花骨朵一般,人见人爱。何况,大家都是酒醉八、九分的情况下,干点蠢事、傻事,风流事也在所难免,情理之中。

伍若总是这样对叶总工承诺:"叶工,我知道,钱对于你来讲,不需要。但若你遇到什么麻烦事,尽管给我说,我帮你摆平。"伍若不管是饮醉了酒还是清醒时,都是这句话。叶工想,我帮了不少的忙,担了那么多地干系。米莉莉这档子事,只有给伍副局长讲明实情,才能马到成功。警察有的是手段。

电话里给伍若讲这个事不太妥当,一是三言两语讲不清楚,二是也怕被人窃听。所以二人约定时间、地点,然后面谈。

伍若一听完情况介绍，对略显窘迫的叶工说："叶工，我说什么大事，心急火燎的？这事对于我们，小菜一碟，五天之内听我的消息。"

当然，叶工介绍到米莉莉时，不忘说是自己的"姨侄女"。

警察是干什么吃的，吃的就是这碗饭，做的就是这档子事，那还不容易。

伍若第二天上班后，找来几个贴心手下，如此这般安排下去。下面的人找"眼线"去了，只要探听到人关在何处，解救之事还不是手到擒来。

# 第二十三章　肚里有乾坤

两江市是一个典型的水码头。两条大江穿城而过，孕育了两江文明。有首顺口溜是这样说的：
好个两江城，
山高路不平，
口吃两江水，
认钱不认人。
古人的威武、刚烈、勇猛、正义成为几千年传承下来的两江人的人格基调。而幽默风趣、插科打诨、随机应变又是其主要的性格特征。人在两江生活，只要你爱寻乐子，保准成天会笑破肚皮。
两江市的风景奇美，却少为人道。有首歌是这样唱的：
青青的山哟，蓝蓝的水，
两江风光无限美。
文峰披彩霞，龙泉流翡翠，
沐浴温汤情趣满，
荡舟花溪不思归。
嗯！……哟……

青青的水哟，兰兰的水，
两江今朝更加美。
钟乳涌珍珠，仙女散花卉，
长桥如画添异彩，
红楼夜月令人醉。
嗯……哟……
特别是两江上的船工号子，可以说是两江一绝。那份气壮山河，那份豪迈无畏,那份拥抱生活,那份侠骨柔肠,可以说通过船工号子,表现得是淋漓尽致,令人叹为观止。

可惜,随着时代的变迁,岁月的更替,有很多上古流承下来的绝好的东西,已经失传,难觅踪迹啦。噫吁兮!呜呼哀哉。

有个船夫唱道:

拉纤数十载,一步一步挨到今天,水波烁金,阳光灿烂,旧社会的"扯船仔",今天驾一艘崭新的轮船。嘿哟!嘿哟!想起过去,眼泪汪汪,手扳石头脚蹬沙,哼着号子拉长纤,沿着九曲十八湾,赤足的儿男,破烂的衣衫,拉一只古老的木船。嘿哟!埋头弯腰,风雨如磐,纤绳重如山。嘿哟!如今抬头望远,航道更宽,乘风到大海。

眼瞅歌声远去,时人有许多无奈。

龚勇刚有一个弟弟,是同母异父,俗话称之为"同地不同天"。名叫靳大品。此人与龚勇刚迥然不同,从小胆小怕事,性格懦弱,沉默寡言,性格内向,专事读书,心无旁骛。大学毕业后,就留校教书,成了一个教书匠。

随着龚大老板事业越做越大,各方面都缺人手,于是他便叫靳大品辞了职,来给他当副总,全面管理龚氏集团的各项业务工作。靳大品倒也尽心,展示平生所学,为其大哥打拼。龚勇刚这个杀猪匠捞钱成功捞利成名后,整天到处招摇撞骗,花天酒地,忙得像个铊骡。就把一挑子杂务丢给其弟靳大品顶着。

靳大品为公司各项业务工作是费尽心思,周密策划,堪称是用人得当,方法得当,管理有方,奖惩分明。把偌大一个公司经营得是红红火火,蒸蒸日上,有板有眼。搞得是风生水起,让龚勇刚非常满意。

杀猪匠心下想,我没有啥文化么,我可以叫有文化的人为我服务。我不会带兵么,我会带将讪。

龚勇刚去周游列国,所有重担这下全压在靳大品这个教书匠身上。教书匠遇到咬卵匠,就像是秀才遇到兵,有理说不清哩。

那个辛苦呀,唉!

辛毛将抓来的米莉莉关在一个废弃厂房的地下室里。

每天给她吃,每天叫几个手下的兄弟轮奸她。精神上极大摧残,感官上极端满足。

"砖"家说;怒伤肝,忧伤肺,思伤脾,恐伤肾。米莉莉手脚被绳索捆着,被人反复折腾,是既怒又恐,既悲又忧。她想,完了,谁也不知道我在哪儿,谁也不会来解救我。

第三天,辛毛来审她来了。他是哼着歌来的。

他哼的是一首《抗日黄色小调》:

大婶（旁白）:姑娘,你到哪里去嘛?

姑娘（唱）:三月三,七月七,我赶着那马车到城里去呀,哎呀,我的大婶呃。

大婶（旁白）:姑娘,路上遇到啥了吗?

姑娘（唱）:走到半路上,碰见鬼子兵,拉拉扯扯不是好东西呀,哎呀,我的大婶呃。

大婶（旁白）:姑娘,他们干什么呀?

姑娘（唱）:拉进高粱地,脱下我裤儿,掏出了下面哪个东西呀,哎呀,我的大婶呃。

大婶（旁白）:姑娘,是个嘛子东西吗?

姑娘（唱）:卡那个长,把那个粗,好像那耗子没有尾巴呀,哎呀,我的大婶呃。

大婶（旁白）:背时女,你猛（捂）到讪!

姑娘（唱）:我左也是猛（捂）,我右也是猛（捂）,左猛（捂）右猛（捂）越往里头怂呀,哎呀,我的大婶呃。

大婶（旁白）:不行,我们找他们评理去。

姑娘（慌了神,唱）:大娘你别去,皇军说过的,日完了小的还要日老的呀,哎呀,我的大婶呃。

那份怡然自得,那份骄傲,的确是无与伦比。

辛毛这种人是真正意义上的坏人。教他好的东西,如知识,他打瞌睡,笨得像猪。正如俗话说的,像教牛犊。而坏的东西,他是不学就懂,无师自通。社会上怎么就生出了这种人呢?人之初,究竟是性本善还是性本恶?

"你还找人打我们吗?"辛毛问米莉莉。

"不敢了,大哥,对不起。"

"一个对不起,就算了?"

"大哥,你说怎么办?我照办。"

"我不爱财,兄弟们可缺钱花啦。"

"开个价,我给……。"

"好,爽快。一百万不多讪。"

"大哥,你放了我,一切都好商量。这一百万得去筹。"

"筹,我正愁哩,说,傍的人是哪个?"

"……，你放了我，我会永远铭记你的恩情。"

"放了你，没那么便宜。"辛毛摸了摸米莉莉的乳房，米莉莉装着很受用的样子，哼哼道："大哥，你把我弄到床上，我就会让你晓得，什么是真正的女人。"

"女人，你以为我没有见过女人？"

"不是。大哥，你误解了，我知道你见过的女人不少。我是想说，闻道有先后术业有专攻，个个味道不一样。"

"莫给我灌迷魂汤啦。"辛毛又眯起眼睛，左手摸揉乳房，右手探进下身，开始了流氓动作。

米莉莉这时，恨极了梁总和叶总工，你们这些狗杂种，都死到哪里去了，为什么不想办法救我出去？我可过的是地狱般的生活。

辛毛又说话了，他说："你想出去是吗？好，我答应你。只有一点，你的回答让我满意了，你就可以出去，到有蓝天、白云、绿水、青山的地方去……"

"你想我吗？"

"我想。"

"什么地方想？"

"嘴唇想。"

"想什么？"

"想你吮吸。"

"还有什么想？"

"奶子想。"

"想什么？"

"想你摸。"

"还有哪里想？"

"PP想。"

"想什么？"

"想你捅。"

…………

辛毛这个无赖，就这样打发时间，折磨另一个无赖。

时间过得飞快。

太阳出来飞红，晒得石头邦硬。

你可以毁坏那成堆的东西，但你怎么去消灭那无处不在的东西呢？

## 第二十三章 肚里有乾坤

如果你把所有的错误都关在门外时,真理也要被关在了门外了。

孩子渐渐地大了,思想意识上的独立性的要求已超过了对物质上的要求;在感情上得到尊重的要求,超过了对爱的要求。他们不仅需要父母的关心,更需要父母的理解和尊重。

不少父母认为自己辛辛苦苦把孩子培养大,孩子必须绝对服从老子,容不得孩子一点反对意见。有的父母太专横,坚持"父母即真理"的封建家长制观念。他们希望在孩子面前树立绝对的威信,于是要求孩子绝对服从自己,即使是错误的,也不能反对,哪怕是最小的事情,明明自己错了,不但不承认,若孩子表示反对,就感到自尊心受到莫大的伤害,粗暴地怒叱孩子:"你懂什么?"

本来,父母要求得到孩子的尊重是无可非议的,然而许多父母忘记了一个常识:要得到别人的尊重,首先你得尊重别人。孩子虽是你培养大的,但他有自己独立的人格,有自尊,有感情。你不能去伤害他的感情,否则,你是得不到他尊重的,即使你是他的父母,也会如是。

世间万物都有自身的平衡,可辛毛、米莉莉他们的人生却是倾斜的。

宗教作为一种思维方式当然是错误的。但问题不在于人们信教,而是在于人们为什么信教。美国学者科恩指出,巫术是自然问题不能解决,宗教是社会问题不能解决。社会主义社会依然存在它自己的社会问题,有些也不是一时所能解决的,这可以成为人们信教的基础。这也就解释了为什么社会主义社会中仍有宗教存在,而不应该归咎外来的原因。

我们不要轻易生气呀,知道吗?生气是拿别人的错误惩罚自己。人要是发脾气就等于在人类进步的阶梯上倒退了一步。

其实,米莉莉有一段悲惨的童年和一段不幸的婚姻。

她至今还没有得到解脱。往事像阴影那样追随着她,使她失去了欢乐,失去了温暖,失去了安逸。她与他畸形的结合,给她的心灵留下深深的创伤。她想要摆脱,但又感到不能。她难道要把这枚苦果永含口中而不吐出吗?她从心底里诅咒那个逝去的年代,憎恨那个反常的岁月。在那样的年代里,她失去了宝贵的青春;在那样的岁月里,她无法驾驭自己的命运。她无比悲愤却又默默忍受,她有心振作却又勇气不足。难道要一直这样生活下去吗?她怀疑,她愤懑,她的心在哭泣!在阳光满地的时候,她的心头仍然愁云密布,过去的印痕仍然不能得到擦拭,往昔的郁闷何时才能得到抚慰?他来了,他又走了。但他的影子一天也没有离开她;他走了,他还会再来,难道他的影子永远也离不开她?

摆脱掉他吧！但是，世俗的偏见、恶意的诽谤、嘲笑的语言、暗地的中伤，很可能会接踵而来，什么"女陈世美"啦，"忘恩负义"啦，"过河拆桥"啦，"不念前情"啦，等等，等等。但是，没有爱情的婚姻，勉强的凑合又有什么意义？无情的前情何必念它！

孤寂、沉默、冰凉的生活还应该继续下去吗？

这反映的难道仅仅是一对夫妻的关系吗？难道我们不能从中看到因袭的重负给一些人带来的困惑吗？他们身已进入新的世纪，心还留在旧的园地，矛盾重重，重重矛盾，使他们无法迈开脚步去迎接曙光，走向美好，奔赴未来。他们为此做出了巨大的牺牲，付出了沉重的代价，经历了坎坷的人生。现实生活中有多少这样的"她"和"他"啊！

能怪她吗？不能！没有他，或许不会有她的今天；没有他，或许她早已被黑暗所吞噬。在那个特定的时期他得到了她，但是，难道他就没有失去什么吗？或许他自己还不觉得。

能怪她吗？不能！她失去的太多了，得到的也已不少，她不想有更多的奢望，在她看来，耻辱即使留下一点残迹，已似乎是无可指责的。她在人生的海洋中几经沉浮，已经筋疲力尽，能够得到暂时的栖息，也就心满意足了。

是的，生活像一条长河，源远流长，延续不逝，泡沫和泥沙岂能一个早晨都清除净尽呢？

昨天的影子，米莉莉至今没有得到解脱。

说实话，当初龚勇刚要靳大品到他开办的公司帮忙，做什么鸟的个副总，靳大品是十二万分的不愿意。

教书有多好，又有寒暑两个假期休息，又较为清闲，还旱涝保收。这是一个人人羡慕的职业呢。虽说薪酬不是很高，但也还过得去。不在人前也不在人后的。当然，干饭稀饭看各人的搞干。

读初中的时候，靳大品的语文老师是一个激情四射的非常感性的一个中年男人，他用散文诗一般的语言，将班上的一班少年（当然也包括靳大品）引领进了神圣的文学殿堂。

文学的宝库里那么多令人着迷的东西，就像阿里巴巴的神秘的藏宝洞，让人眼花缭乱，目不暇接。

那时候，我们的这位靳大品先生就立志要当一个作家，做一辈子的文学梦。

世界上没有什么力量可以阻止一个人的心爱它之所爱。

但他靳大品那时还不懂，文学事业是愚人的事业，是老实人的事业，是要一辈子豁出命去干的。人们都说，要把文学当成一件艰苦的事去做，而不要把它当成一个美丽的梦来做！

弗兰西期·培根说：阅读使人充实，会谈使人敏捷，写作与笔记使人精确……史鉴使人明智，诗歌使人巧慧，数学使人精细，博物使人深思，伦理之学使人庄重，逻辑与修辞使人善辩。

又有人说：世界上只有两种职业，没有时间浪费。在任何环境下，干什么工作，学习任何东西，对他们都是有用的。这两种职业就是侦探和文学家。

文学对人的魅力，并不是作家的头衔，而是创造的本身，是执著的求索，是痛苦的研磨。

是什么东西迫使作家从事那种有时叫他感到痛苦，但却美妙的劳动的呢？

首先，是他内心的召唤。良心的声音和对未来的信仰，不允许真正的作家在大地上，像流花一样虚度一生，而不把洋溢在他的身上的一切庞杂的思想感情慷慨地献给人们。

什么叫创作？最简单的解释就是：写出人家没有写过的东西……。

不重复别人，也不重复自己。

不少文学大师都认为对乡土和童年的眷恋，将保持艺术作品恒久的生命力。越是有本国某种地方色彩的浓郁气息，越是能被本国的和国际的读者所欢迎，并成为世界文学文库中的珍品。

套用一句话，越是地方的，越是世界的。

上个世纪的八十年代，多少青年人做着文学梦。

如今呢？文人已感到失落，文人的灵魂也同样失落。商品经济的大潮已将许多人的文学梦碾得粉碎。这是进步，抑或是悲哀？

我们的大品哩，许多年过去了，他说：我心中只有你，哪怕暴雨狂风，表面冷若冰霜，内心有颗太阳。

于是，出于文学家的敏感，出于对不可知未来的敬畏，靳大品叫来一个手下，去悄悄地把米莉莉放掉。

殊不知，去的人回来说，米莉莉已不见了，被人救走了。

噫，救米莉莉的人是谁呢？原来是一个偶然闯进地下室关押地点的"毛狗强盗"。

毛狗强盗的大名叫王平，年龄已有四十岁，因为家里贫穷，从小就养成一种小偷小摸的烂德性。他是那种典型的头脑简单，四肢发达的主。偷盗是他的职业，对监狱而言，王平已是几进几出。人到中年，还是整天游手好闲，偷鸡摸狗。他连老婆也讨不着，按王平的说法是哪里死哪里埋。你看，他文化不高，可还有晋人竹林七贤的潇洒和风范。我靠。

这天，闲来无事，王平独自一人逛到了关押米莉莉的废弃工厂。他蹓进了地下室，想找点废铜烂铁去卖，看能不能对付一顿中午饭。可悄无声息来到地下室的通气窗时，王平听见了几个男人的调笑声和女人的喘息与呻吟声。

他眯缝着眼睛往里瞅，正好看见了三个年轻男人在轮奸一个女人。那女人皮肤雪白，但身上伤痕累累，令人惨不忍睹。

但那幅活春宫图画令王平血脉贲张，当了四十年单身汉的他也情难自禁，下身性器也昂然勃起。他忍受着，龟息了呼吸，一直到那三人离去。

王平从通气窗处下到地下室，来到了米莉莉身边。他前后左右地端详，这么近距离地观赏一个活女人体，对于王平这个饿汉还是第一次。米莉莉处于半昏迷中，眼睛是闭着的，她隐约感觉到，眼前来人不是关押和看管她的人，于是她说：

"大哥，你是要钱还是要人？"

"我是钱也要人也要。"王平一点也不贪。

"好，你要东西就好办，你快救我出去。"

"救你出去？给多少钱？"

"大哥，你开个价。"

"给五万咋样？"王平胆怯地试探着问。

"五万就五万，要快，不然他们就吃饭后返回了。"王平见这女人这么爽快，非常后悔，自己要得太少了。

"还有人呢？"王平今天是出门就捡金元宝，发大财啦！但他还想抱得美人归，财色双赢，真是老天有眼。我叫花子也有三年瓜瓢运？

"人呢，随你怎么办吧。老娘说话算话。但要快，不然鸡飞蛋打，大家都搞不成。"米莉莉恶狠狠地说道。

这娘们，虽说是披头散发，蓬头垢面，满身血痕，但看得出来，是个有钱的主，是个大美人。

俗话说：狼有狼财，狗有狗道。强盗盗窃得手后，要撤退还不容易。"风紧，扯呼！"王平背着米莉莉一溜烟地跑了。跑得比兔子还快。

就这样，米莉莉脱险了，而且相当侥幸。

受尽折磨的米姑一逃出辛毛等人的魔爪，在第一时间里，拖着极度虚弱的身子给梁娜和叶陵打了电话，然后住进了医院。

梁娜带着江菊和苏晓琼以最快的速度赶到医院，做了两件事。一是住院费用押了五位数的现金支票在医院财务室；以保证病人的各项治疗开支。二是安排了对米莉莉的安全保卫工作，防止再次出问题。

叶总工也赶到了医院，赶得是又气又急又快，额头渗出了密密麻麻的汗珠，人明显地憔悴了不少。前后不过相差十分钟，穿着便服的伍若也来到了医院。

简单地问明了情况，伍若准备返回单位，布置搜查和抓捕工作。这时，已冷静下来的叶总工拦住了他，说：

"伍局，我想这事可不可以从长计议。深思熟虑后再行动。一怕打草惊蛇，二是检察院的人一旦介入，内中情形可能有点不妥。我个人的意见，抓人暂缓如何？"

伍若在悄无一人的走廊上，踱过去踱过来，思索良久，才说：

"叶工，你的意见也不错。先让你的姨侄女治病养伤，我们另抽时间，看此事如何了结。"但这个人我要带走，伍若指了指沙发角落里的王平，叶总工若有所思地点了点头。

王平看着这么多的人一窝蜂地涌到了医院，而且个个衣着光鲜，谈吐不凡。他心中暗想：哎呀，我的个妈也！这是个啥子女人哟？看来挺重要的。这女人的肉我是别想了，但赏赐还是要的。五万，不多，不！应该还加一万，我背她背得小腿肚子转筋呢。

伍若对王平亮明了自己的警察身份，说要他去协助了解一下具体事情经过，就把王平带走了。

听说，王平被关进一处拘留所，一个多月后，王平挂了。据说，死因是在拘留所里玩"躲猫猫"。

两江市的西北部，是一些连绵起伏的小山丘，山丘上长满了各种树木。每到春夏之交，正是春深草绿时节，山上草木苍翠欲滴，枝繁叶茂，树上鸟儿鸣叫，一派生机勃勃的景象。

靳大品下属的一个农业开发有限责任公司就坐落在这苍松翠柏之间。这农业开发公司占地大约500亩，内有三个小湖。其余全是耕地和树林。耕地里种着玉米、小麦以及四季时鲜蔬菜，水田里种的水稻。

开发公司的人员和办公地点就在一幢四楼一底的小楼里。初一乍看，这开发公司普通得不能再普通。但它的秘密不在这些，而在那三个小湖里。那三个湖依面积大小被称为：天湖、地湖、人湖。

天湖、地湖都不稀罕，而人湖呢？就不同了，这是一个喂养着几百上千条鳄鱼的鳄鱼池。

# 第二十四章 "七"的神秘性

鳖鱼脱却金钩去，摆尾摇头再不来。米莉莉逃出魔窟之后，靳大品预感大事不妙，立即给远在东南亚的龚勇刚打了电话，汇报此事。杀猪匠思虑再三，叫大品斟酌办理。

要说辛毛掳米莉莉的本意是教训一下这个桀骜不驯的母老虎，以雪洗衣房被辱之耻。另有一意是想试探一下亚娜海公司的动静，殊不知是否天意如此，居然让她跑了。手脚都是绳捆索绑，难道她腋下真长有翅膀不成？

如果她一旦报警，非法拘禁罪、强奸、轮奸罪都是罪不可恕哟。

靳大品从内心是瞧不起辛毛这类人的，不学无术，游手好闲，不务正业……要安什么恶名都安得上，反正烂人一条，人渣一个。但他却有个貌美如花的妹妹，而且搭上了财雄势大的龚大董事长。而且龚大董事长爱那个小妹妹爱得心尖尖痛。

来到龚勇刚的企业以后，靳大品逐渐喜爱上了这份工作。除了报酬高，待遇好外，还有一个原因，那就是靳大品认为龚勇刚没有多少文化却打拼出这一份家业，还真是不容易。社会上，不知有多少人，心比天高，命比纸薄。有的打拼了一辈子，到头来还是穷人一个。呜呼！时也、运也、命也。

靳大品反复琢磨，决定还是把野舅子辛毛找来，商量对策。大大咧咧，满不在乎的辛毛把身子往沙发里一放，眼睛瞪着靳大品这个副总，示意说：有啥事？说。

靳大品耐着性子，忍受着厌恶，对辛毛讲明了事情的现状，利害关系，要他觉得怎样处置为好。

辛毛钱不多，但烂点子不少。只见他眼睛骨碌碌一转，说："这样行不行？"他附耳在靳副总的身边，如此这般说了一通。然后嘿嘿地阴笑起来。

大品副总有些犯难，他搓着手反复在室内踱步，最后才狠下决心，对辛毛说："钱我可以给你筹，但至于你如何处置，与我无关，我也不想知道。"

### 第二十四章 "七"的神秘性

辛毛胸脯一拍,说:"钱我明天就要,另外鳄鱼馆内三天关闭,不准闲杂人等出入。"

看管和关押米莉莉的三个人,一个叫张三,另一个叫李四,还有一个叫王二麻子。有人说,这几个名字好俗气哟!用得太多太滥了。管它哩,君不闻:现在是电影里除了人名是真的,其他全是假的;小说里除了人名是假的,其他全是真的。

等钱一到位之后,辛毛便分别找张三、李四、王二麻子"个别谈话"。谈话内容大同小异,但万变不离其宗,清楚地表达了一个意思,大致如下:

"兄弟,在押人犯跑了,你们有责任,我们虽不追究,但怕警察要找你的麻烦。何况你几个小子轮奸了那个骚货。要记住,女人什么都记不住,唯独,对曾骑在她肚皮上的男人是过目不忘。所以我们是爱莫能助。"

这期间,只有王二麻子插过一句嘴:"毛哥,你还不是上过那个烂堂客。"

"我是我,你是你,我个人自有办法。那与你无关。"辛毛翻了一下白眼,轻蔑地说。

辛毛接着往下说:"公司要你们离开这座城市,永远不要回来,到别处去快活地生存。公司给一百万给你们三个人分,意思是分手费,做生意的垫底资金,或是养老的基本生活费。当然……"辛毛故意打住了话头,停顿了一下,然后看着对方那双略显紧张的眼睛,说:

"如果你嫌钱少了点,我有一计,如此这般……",大家不用猜,老掉了牙的诸葛亮生前巧妙安排,免得魏吴二国盗掘他死后坟墓的故事。当然,以上这番话是辛毛背靠背对三人讲的。他对张三、李四、王二麻子三个人是又捶胸又搂肩,一副亲密得不得了的样子。说到动情处,辛毛还挤出了几滴鳄鱼泪。说实话,电影演员谱中没有辛毛,还实在是一大遗憾。

第三天的晚上,在农研所内鳄鱼湖的吊桥边,辛毛等四人碰了头。按商量的结果,今天是最后的发钱的日子,是分手各奔东西的日子。

鳄鱼湖的中间,有一个湖心小岛。上面杂草丛生,有几株歪斜的杨槐和柳树,杨槐树上还有一个不大的老鸹窝,此时黄昏时分,昏鸦正在哀鸣着归巢。

绕着四、五十个平方米的湖心岛的边缘,有一圈用鹅卵石铺就的甬道。岛上与岸边的连接,就是这一个长长的左右摇晃的吊桥。

湖面上有几条鳄鱼在昏暗的水面上游弋,不时有一二条鳄鱼在水中翻腾,响起水面被搅动的哗啦声。但总体上晒了一天太阳的鳄鱼们还算平静。

风萧萧兮湖水寒,壮士一去兮要复还。

辛毛悲壮地对张三、李四、王二麻子三人说:"湖心小岛上有一百万元现

191

金，你们一人归33万，那剩下的一万元，归我。去吧！"他挥了挥手，那三人也不慌乱，挨个依着顺序上了东摇西晃的吊桥，向湖心小岛方向攀援而去。

三人速度还是非常快，所以吊桥晃动得很厉害，脚下的绳索和木板发出咯吱、咯吱的声音。

吊桥长不过三、四十米，不到五分钟，三人全登上了湖心小岛。此时天已完全黑了下来，只有湖岸边稀疏的路灯发出鬼火般地微弱的光亮。

湖心小岛平日里是没有安照明设备的，只有在节日里才会张灯结彩，布置一番的。三人于是拎亮了袖珍电筒，很快，在甬道的靠近水边的突出部，找到了一个纸箱子。

张三性急，一步跨上前去，便打开纸箱子要检查情况的真伪。他手刚一接触箱盖，一条毒蛇从纸箱中窜出来，像张三昂起头来准备进攻。张三一惊，倒退了两步，但他也不含糊，在他后退的过程中，从腰间抽出一把西瓜刀。那二人还没有回过神，正在楞怔之间，只见张三右手连挥几下，那毒蛇已身首异处，被锋利的西瓜刀斩成几截。

李四也好像是早有准备，一眨眼的工夫，已是从腋下抽出了一把寒光闪闪地大砍刀。李四将几截还在蠕动的断蛇身子用大砍刀挑进湖中，然后靠近纸箱察看。

纸箱里码摞着成捆的钞票，新崭崭的。李四粗略地数了数，整整的有百万元之巨。这当儿，张三与王二麻子已凑近了纸箱跟前，三个人哪里见过这么多花花绿绿的票子，顿时血往脑门上冲，眼里也射出绿幽幽的光来。

这时，人湖中开始浪花大作，鳄鱼在争抢抛进湖水中血淋淋的断蛇，发出撕扯和争抢的声音。

那三个人此时全神贯注地互相乌眼鸡似地盯着，恨不得你吃了我，我吞了你。湖水中的动静仿佛来自天外，他们根本不屑一顾。

李四在三人中年龄居长，到底处事要老辣一些，他迅速地恢复了冷静和理智，说："两位兄弟，我们不要上了辛鸭儿的当，内部自相残杀，鹬蚌相争，让渔人得利。现在钱一到手，我们还是赶快脚底抹油——蹓，走人吧。"

王二麻子最为阴险，此人一辈子穷苦出身，生活中穷怕啦。桌上摆明钱，是个敢抢的主。现在而今眼目下，哪里管得了许多，他阴恻恻地坏笑道："想走，怕你们是走不掉了。"

他一边说，一边从腰间拔出一支手枪来，并用枪口对准了张三和李四二人，手枪满带烧蓝，在微弱的星光映照下，闪着蓝色的幽光，看来是一把刚买不久的新枪。

李四镇定地对王二麻子说："老弟，不要做傻事，你打死我们，你照样跑不脱，不如我们好说好散，各人拿自己那一份走人……"

张三虽说有一定的思想准备，但心想无非是一场打斗，那里见过这个阵仗。特别是见王二麻子凶神恶煞的样子，他心里打鼓，腿肚子抽筋，知今天绝难善了。可是手里的西瓜刀却捏得更紧，打定主意，反正今天不是鱼死就是网破，不如以死相拼，放手一搏。

李四转过头来，嘴里对张三说："兄弟，钱我不要了，让给王二兄弟，他家里穷些，上有老母要供养。你呢？让不让？"嘴里在说话，眼睛却在眨巴，意思是给张三递点子，既然不能善了，我两兄弟同时动手，怎样？

平日里，他们三人出去干坏事，张三与李四演双簧，敲边鼓，二人一唱一和，配合最为默契。事到临头，岂有懂不起之理。

张三假意哀叹一声，说："钱财身外之物，生不带来，死不带去。好、好、好，我也看得淡，听老哥子的话，把我的那份也让给王二。"

王二嘿嘿地笑着，嘴里说道："难得二位清楚，明白事理，那我就不客气啰！"嘴里说着话，便伸出手去抓那装钱的纸箱。要知道，百万元的现钞有好几十斤重，何况辛毛在箱底还压有石块，纸箱更是沉得不行。

王二虽然右手仍提着手枪，一点也没有放松警惕。但他抓钱那力道却用得小了一点，一下没有抓动纸箱。他略一迟疑，就在那电光石火之间，李四、张三二人挥刀猛扑了上去……。

枪响了，李四大腿中弹，张三一枪毙命。但在枪响的同时，李四的大砍刀削掉了王二的右手掌，断掌与手枪同时飞落湖中。张三的刀也奋力刺进了王二的胸膛，一腔黑血带着浓浓的腥臭喷溅出来。

因为三人距离太近，都是拼老命发狠招，大家是妙到毫巅，拿捏得精确，半秒钟时间，顿时二死一伤。代价沉重。

人湖中的鳄鱼嗅到鲜血的腥味刺激，不顾一切向湖心小岛方向涌来。那千百条鳄鱼的集体发力，那声势的确惊人。

三去其二，剩下的李四已是勿追穷寇，他挣扎着伤腿，将张三和王二麻子的尸体，扔向池中的鳄鱼。据说，鳄鱼这种凶残的动物，食猪、牛、羊肉，不如吃人肉来得新鲜。

吃腻了一般肉食的凶猛的鳄鱼们，陡然吃到了新鲜的人肉，精神倍增，打斗更加激烈。乃至于附近的住户事后都说，那晚恐有地震，园池中特别闹得欢腾。这属于火山喷发，蚂蚁搬家，青蛙逃生等动物异动之列。

据说，几天之后，农研所卖出去的鳄鱼肉被商家们大捧特捧，说是比往日

193

香了不少。还纷纷打电话询问，人湖的鳄鱼馆中是否引进了什么"古代偏方"，应向世人公布。

《水浒传》属中国四大名著，孙二娘卖人肉包子应该还是言犹在耳。某市杀人越货，用人肉蒸鲊扣受到围抢，报刊上也时有所闻。这些都不细论。

但笔者听说，有占山为王，杀人为寇者，每每将人的心脏置于铁锅中沸煮，折腾了大半天后，揭盖观之，心脏不见其踪。

这是何故？原来但凡煮人心者，都会自然的悬挂在锅盖上，使煮者、观者骇然。但人肉却其香无比，这是不争的事实。

闲言少叙。

李四扔掉张三、王二麻子后，也扔掉了砍刀。拖着伤腿，抱着装有百万元巨款的纸箱，沿吊桥向岸边荡来。

真是桥儿三晃，人儿跟晃，向岸边慢慢挪来。

辛毛呀辛毛呀，是谁生出了你这个杂种？也可能是天地之正气，日月之精华。也可能是中国几千年，世界上几百年才出一个的人种，他毅然地站在吊桥边，说："李老弟，你过来，你才是今天的大赢家……"

李四知他不怀好意，但也无可奈何。

有句话是伟人复述过的："天要下雨，娘要嫁人。由它去吧。"

李四的伤腿没有来得及包扎，他只想快一点逃离湖心小岛。越快越好。

有许多人都不相信，生与死只是咫尺之遥。

看似遥远，有时眨眼之间，就是天人永隔。朋友，这不只是你的悲伤。也是人类的心灵之痛。

眼泪已流干了，那么，就只有，永远的痛。

李四好不容易挪到了吊桥的中央，血线顺着裤管往下滴。鳄鱼得了，黄牛见得尿桶，蚂蟥听得水响。呼啦啦地往吊桥下涌。那声浪，纵有"降龙十八掌"也是枉然。

我们的先贤呀，应该对他们的话负责任。

什么"人之初，性本善"。什么"唯女人与小人难养也"。什么"人与人不同，花有百样红"。什么"人上一百，形形色色"。

现在，没有什么了。神马都是浮云。当现实来到你面前的时候，一切的一切，都晚了。

现实就是现实，严酷得要命。

辛毛只一挥刀，斩断了吊桥这边的缆绳。只一倾斜，李四就掉进了人湖的池中。浪花欢腾，渔舟唱晚。有人就作了无枪之鬼。

事后，靳大品对辛毛说："你去办一个假身份证，到全国各地旅游去，要保证半年内不在两江市露面就行啦。"随手从百万元现钞中取出二万元，甩给辛毛，说："给个卡号，不够再给。"

辛毛说了个银行账号，靳大品记下了。

辛毛道："身份证我多得很，光假的就有七、八张。"

实际上，靳大品和辛毛的罪行掩盖，完全用不着，是枉费心机。因为米莉莉和叶陵等压根就没有报案，他们根本就不想报案。

臭肉难道不是埋倒不臭要挑起臭吗？

辛毛只要不被警方抓到，只要不被米莉莉这受害人指认，他们包括龚勇刚的公司就撇脱了干系。

那么，辛毛会到哪里去游玩呢？中国的版图大得很哩，风景优美的地方多了去了。不是有首《省、市、自治区歌》吗。

歌是这样唱的：

> 两湖两广两河山
>
> 五江云贵福吉安
>
> 川西二宁青甘陕
>
> 内台重与北上天

从海南岛度假归来不久，罗桑星就失踪了。原来，在罗氏父子外出期间，有不少人都在打听罗桑星的下落。一类是执有权力的人们，这些人是临水县领导的政敌们，他们想借"诗案"之手，把现坐在台上的政敌搞下台，自己好登上临水政治、经济的舞台，唱一出出大戏。另一类是黑社会势力，他们想借"诗案"名人的号召力扩大其影响。第三拨人就意图不明了，想干什么只有他们自己知道。反正，罗桑星不见了，人间蒸发一样。他父亲罗尼德也不知道他去了哪儿。

但是罗尼德从网络上发现了其儿子罗桑星的踪迹。罗桑星用网名在网络上发表了几篇文章，只有父亲罗尼德才知道这个网络上儿子常爱用的名字。

第一篇文章：

《我谈钓鱼岛问题》

"一九三七年啦，鬼子就进了中原"

——摘自一句歌词

钓鱼岛自古以来就是中国神圣的领土，这是一个不容争议的事实。领土神圣，铁的事实。既然如此，还有什么争辩的呢？

上个世纪，日本帝国主义信心满满，完全有把握三个月踏平中国。结果怎么样？不是乖乖地投降，认输了吗！

现在，故事重现，故技重施。自认为又强大起来了，又信心满满，又要向中国叫板啦！好哇，来呀，我们接着，保证不闪劲。中国人几十年不打仗了，早就牙痒痒了，早就手痒痒了。我们不是好战分子，我们是热情善良爱好和平的人民。但，我们不害怕战争。

但有人硬要骑在中国人头上拉屎，那就不行，一万个不行。不信，试试看。

前事不忘，后事之师。曾几何时，日本鬼子在中国的土地上烧杀抢掠，无恶不作，是多么的嚣张和凶残。我们回顾历史，不是为了延续历史，纠缠过去，而是为了教育子孙，我们应共同面对人类美好的未来。

中国人发明了许多成语。每一个成语都有一个故事，每一个成语都挺能说明问题。"恣意妄为，一意孤行"就是当今日本某些政客的真实写照。

回首往事，历历在目。积贫积弱的中国在那么艰难的条件下尚且打赢了八年抗战，现在而今眼目下，我怕谁？来吧！包括美国。你有长箩筐，我有翘扁担。魔高一尺，道高一丈。对付美国人最好是土办法。伊拉克战争就是明证，"零伤亡"变成几千人死翘翘。

光说不练不行，好，我出招了。

中国不是有弹道导弹吗？！钓鱼岛自古以来属中国所有，不是中国固有领土吗？！好，向全世界宣布，X年X月X日，中国将向东经X度，北纬X度海域进行导弹试验，届时该海域领空、海区禁飞禁航，不然，后果自负云云。排炮打过去，导弹过去……，能过去的都过去，敲山震虎呀，提振国人信心呀……

"昏睡百年，国人渐已醒"。日本人的风流，总要被雨打风吹去。百年后的中国，不知怎么样？但我想，世界末日后，留下来的人种中肯定有我们中国人。

第二篇文章：
再谈钓鱼岛问题
"阶级仇，民族恨，燃烧在胸膛"
一句京剧样板戏唱词

中国、日本同属亚洲国家，又是东亚近邻。人同种，文化同源，本应和平共处，世世代代友好下去，才是正途。但两国关系总有一些磕磕绊绊，不很正常。日本历届内阁成员总有那么一些人，要去参拜什么靖国神社，借以伤害亚州各国人民，当然也包括中国人民的感情。中国呢，每逢抗战胜利纪念日和九·一八国耻日，不想不生气，越想越生气，"大刀向鬼子们的头上砍去"的歌声响彻中华大地，令人感到仇恨之火在中国人胸中依然在熊熊燃烧。两国关系是不是两国都奉行"远交近攻"的古人策略？不去深究，我去参观侵华日军南京大屠杀纪念馆时，进门之前，一行人有说有笑，出来后，众皆默然，心头沉甸甸的。反正说不出那个味道，反正不舒服。听导游和解说员的介绍，各参观团队基本如此，进去哗然，出来默然不语。试想一下，三大三十万人，活生生的血肉之躯呀，说没就没了，虽说几十年过去了，岁月无情，人间有爱，谁还笑得出来？

写到这里，我的眼泪在往下流……

两个人口大国，两个经济大国，怎么会是如此样子？资源贫乏，空间狭小，是否就注定要向外扩张？

这历史是谁造成的？

说又说不拢，打又不应该。排炮打过去，不过是中国人式的幽默。真的打不得？打起缝了，可能要漏水？实事求是，面向未来；搁置争议，共同开发；妥善解决争端等语不是经常挂在嘴上吗？但事又不能久拖不决，管你拖多久，问题总该是问题。不是说，办法总比困难和问题多吗？真是叫人郁闷和烦心的回避不了的问题，这个真难为了两国领导人。好吧！只有老汉唱戏——过说。

钓鱼岛，一个小小的海岛。并不起眼，也不出众，若把它搬到内陆新疆去，定会被滚滚黄沙、戈壁荒漠所淹没。

但钓鱼岛所处的特殊地理位置，又注定将使它成为全世界关注的焦点。钓鱼岛注定不平凡。这可应验了一句俗话：金刚钻，小亦小，锥力好。偶然性当中有必然。

但钓鱼岛小么小，却事关主权和领土完整，事关国家利益和人民的尊严。这事不小，也小不了。

还是那句话，这事怎么办？——凉拌

一语惊醒梦中人。热事凉办。不失为一种选择。

俗话说，铁冷了打不得，但话冷了，说得。

好，我们继续往下说。联合国海洋公约也好，两国间的东海问题谈判也好，历史遗留问题、历史的证据也好，说白了，就是为了那片辽阔的海域和地底下深埋的黑色金子——石油，才是问题的根本。

石油呀，能源呀，谁不渴求！能源，未来生存之战。前不见古人，后不见来者。市场经济大潮，只问今生，何管前世与未来。

地球是不是宇宙中具有生命迹象的独特现象，不得而知。但我想，地球虽然能"坐地日行八万里"，但地球载不动人类的许多愁。

"起来，不愿做奴隶的人们，把我们的血肉，筑成我们新的长城"。每唱国歌，我们激昂慷慨；每唱国歌，我们泪眼滂沱；每唱国歌，我们心中酸痛。中国的出路只有两个字：雄起！

第三是一首诗：

《东海千堆雪——三谈钓鱼岛问题》

惊闻钓鱼岛，
深海起波澜，
猖狂妖魔怪，
扣我打鱼船。
船长要判刑，
交涉枉空谈，
万民愤而怒，
莫欺好儿男。
它日国号召，
举我屠龙刀，
踏平万顷浪，
奋力斩凶顽。
倭尚不惧我，
我还畏流血？
无非盆钵破，
把敌全消灭。

# 第二十五章　红烧锅巴铲

世界的尽头是什么地方？是什么东西？是人心的丧失，是道德的沦丧，是环境的彻底恶化，是资源的消耗殆尽？……还是茫茫的大海、蓝蓝的天空？……

只有那首歌曲《心中的太阳》能答复你。

我不知道！我不知道！我不——知道。

实际上，世界的尽头也可能什么都是，也可能什么都不是。

枯杨树，生幼芽，老头子娶个女娇娃。枯木又逢春。

伍若，出生于两江市的近郊区县。幼时家境贫寒，生得很弱。长大得势后，大权在握，可以呼风唤雨，撒豆成兵，又很强势和得意。

官至两江市公安局常务副局长，天上掉猪肉，该他小伙子跷哟。正师、厅级干部，得了。

据说，伍若的父母亲都是老实巴交的农民，结婚十年也无子嗣。忽一日深更半夜时分，狂风暴雨，电闪雷鸣。伍若的母亲梦见一条黑色的巨蟒在空中翻腾，上下乱窜，黑云与黑蛇绞缠在一起，使风云变色。哪知，一掉头，竟向她怀中扑来。伍若母亲大惊失色，哇地大叫一声醒了过来，犹自战战兢兢，冷汗涔涔。

说来也怪，她自此怀孕，十个月后，生下长子伍若。这以后，一发不可收拾，伍若的母亲共生养了五个儿子和两个女儿。

据伍若的父亲回忆，伍若出生那时，正是太阳当顶的中午十二点钟，按旧时古历计时法，是生于午时。伍若的老家有一迷信说法，就是儿子要午时生，女儿要子时生，今后长大成人便会发达。要么有权、当大官；要么有钱财源茂盛。这就是当地流传的古语："男是要午不得午，女是要子不得子。"

出身农村贫穷家庭，加之子女众多，伍若一家人日子是过得较为艰难。但这并不影响伍若的读书热情，他聪明好学，性格随和，经常受到老师的表扬。

在他的带动和影响下，几个弟妹读书都很上进。让伍若的父母亲很是感到欣慰。

常言道：穷人的孩子早当家。山沟里能飞出金凤凰。

很小的时候，年幼的伍若心中就暗暗发誓，长大后一定要当大官、找大钱，让父母亲和弟弟妹妹们过上幸福的好日子。

他后来进了警官学校，毕业后当了一名普通的民警。但人能处处能，草能处处生。这普通警员的职业并不妨碍伍若的上进之心。凡事都讲个事在人为。

伍若人很勤快，嘴巴又甜，什么工作都抢着干。按行话说叫认认真真地干事卖老实屁眼。他钻研刑侦业务是钻得有滋有味，有板有眼。

功夫不负有心人，伍若从一个低级警员开始爬起，不到二十年时间，就坐上了两江市公安局常务副局长的宝座。期间，也有汗水和辛苦，外人不得而知。

当然，这也有杀人恶魔陈君的功劳。

陈君，湖南湘西人。此人从小膂力过人，聪明好强，特别喜爱擒拿格斗和中国武术。成人后，仇视社会，便纠集一帮亡命之徒，长期在川、渝、湘、桂、鄂等地杀人放火、流窜作案。

陈君一伙手段残忍，滥杀无辜，不惜用杀人练胆。他们基本上是不出手则罢，一出手就是大案、要案。

另一方面，他们善于伪装，反侦察能力极强。作案前都要进行周密的策划和准备。一般都不会留下任何蛛丝马迹。让警方很头疼，很无奈。

由于组织严密，开销巨大。牵涉到的人员众多。所以发展到后来，陈君团伙的作案对象主要是针对大金额的运钞车进行抢劫。时东时西，时左时右，行踪飘忽不定。一旦得手，就销声匿迹，隐藏起来。隐蔽的地点也很多，其中有一些据点就在两江市内。让警方摸不着头脑，狗咬刺猬——下不到口。

一段时间，公安部严令破案，限期督促。市面上，人心惶惶，商家提心吊胆，不可终日。给几省警方带来了巨大的压力。

在这个节骨眼上，分管刑侦工作的伍若被安排到陈君专案组任副组长。他带领他的破案团队，不分白昼，废寝忘食，抓住一丁点线索，从一部手机入手，先抓住了陈君的一个爪牙，紧跟着陈君落网，团伙覆灭。

取得了破获这起全国闻名的陈君团伙杀人抢劫大案的胜利。这让伍若在警界声名鹊起，名声大噪，一时如雷贯耳。

他和他的团队因而获得了国家部门的一等功和功臣称号。

人在获得巨大荣誉之后，一定要也应该要内敛，才不致招来横祸。老子说："祸兮，福之所倚；福兮，祸之所伏。"有多少人能真正读懂？有多少人承受得起声名之累？

其实，想通了，想透了，就会不惑于世。名是缰，利是锁，钱财是身外之物，生不带来死不带去，有什么好长久依恋的。秦始皇死后据说带走了不知多少金银财宝，现在不是都要掘墓了吗？

名缰利锁会将人牵进牢笼、牵进死门。

小心谨慎、胆子要大但心要更细，守口如瓶才是不摔跤的秘诀。

人应该相信，也应该明白，事业如日中天，就要见好就收，早点蜷脚。不然……

可惜，许多人都不这样想，也不明白盛极而衰的道理。伍若就是这样的人。走到顶点，后面只能是下坡，这是人类的宿命，永恒而不可摆脱。命运注定让伍若之流要走的是一条不归路。全身而退对于他们只能是一种奢望和梦想。

活捉陈君一幕极富戏剧性。

陈君的爪牙落网后，陈君既知自己已经暴露，便抱着必死之心，决不让警方活捉。因此，两把枪是随身所带，枪不离人，子弹上膛。正当他独自一人，趁着黑夜，来到他在两江市认识的一个情妇家的楼下时，殊不知，一张撒下的天罗地网在等着他。

夜，黑黢黢的，周围三、二个行人，卖香烟的老头，擦皮鞋的妇女，一切都显得静谧而安详，似乎根本没有什么危险。

陈君放松了戒备，缓步向黑暗处踱去。近身处，一声哨声突然响起，等陈君这个穷凶极恶的悍匪蓦然惊觉时，已被三个人抓手抱脚，扭打在一起。根本不容他有掏枪的机会。

他拼命地挣扎，使出浑身力气，但无济于事。一个大汉用双手抓住他的右手反扭着，另一个大汉用双手抓住他的左手反扭着，第三个大汉抓住陈君的双脚然后一个摔碑动作……

四人厮打了足足五分钟，这真是纵然你有三头六臂，但双拳难敌四手。埋伏在远处的警察跑来，匪首陈君，这个杀人如麻，身背十余条命债的恶魔被踩在伍若局长的脚下。那一刻，一个英雄、一个狗熊。英雄风光、狗熊窝囊。

浑身上下一检查，陈君左右两边肋下，各有一支六四式手枪，子弹早已上膛。那三个贴身肉搏的便衣警察事前并未告知此险情，怕他们稍显踌躇。因而事后而惊出一身冷汗。虽说后来三人都是立的一等功，但还是感到后怕。

立了大功，戴了大红花，又上报纸又上电视。伍若有些昏昏然，飘飘然了。当今天下，舍我其谁？不知大哥第几啦！

有时，媒体也能杀人，或是捧煞人。

随着伍若的地位和威望的不断提升，他开始私欲膨胀，享乐主义抬头，人也变得脾气越来越大，非常骄横，嚣张跋扈。人位高权重，来依附的人就越多。伍若开始在警界培植亲信，安插党羽，手下不久就有了所谓的"四大天王"和"八大金刚"。

一时之间，伍若的位置坚如磐石，圈子固若金汤。

他在黑白两道都有很多朋友，整天里基本上不回家。除了工作外，闲暇时间都是陷在饭局里、牌桌上、温柔乡中。反正，随便干什么事又不用他掏一分钱，何乐而不为。

伍若的老婆长得高大、丰满，皮肤白皙，很有弹性。但与老婆长相厮守二十余年，他也有些腻歪了，便经常在外面打野食。

他嫖女人有两大喜好，一是喜欢影视、歌舞等艺人和演员；二是喜欢清纯的学生妹。

在现代社会，只要有权有钱，嫖女人有多容易。

伍若常受别人之邀，出席各种酒席、宴会，饭后一般都是到高档歌舞厅唱歌跳舞，或是雅致的地方洗头、洗脚、按摩。尽兴玩乐之后，他嘴巴一咂，跟在身边的人心领神会，便会将他事先盯好的对象安排好，或威胁恐吓，或金钱物质利诱。然后到宾馆开房睡觉。

和他打交道深一点的人都知道，伍大官人是寡人有疾，寡人好色。伍若是典型的"好色之徒"。

有的清纯学生妹并不愿意同伍若这个臭气烘烘的半糟老头睡觉，怎么办哩？这个问题还不简单，伍若事先看上了谁，就在她喝饮料或是酒类的杯子里悄悄放上一点药面面，让她昏睡百年不就成了。嗨！用不着昏睡百年，只要昏睡几个小时就够了。

那清如纯净水的学生妹姑娘第二天早晨醒来，通常都会看见自己身边躺着一个年轻漂亮的帅哥，十有八、九那姑娘不但不生气，不报警，还欢喜得不得了。一般都会主动索要那帅哥的联系方式，我们伍局不是就瞒天过海，偷关过了。

但有一个姑娘唯独例外，所以后来伍若倒台后，其中有一项罪名就是强奸罪。

也正是伍局长的风流快乐事，检察官用这个作为武器，撬开了伍妻铁嘴钢牙的嘴，吐露了伍若的许多犯罪内情。

## 第二十五章 红烧锅巴铲

本来伍妻是一个很刚强的人，任你检察官怎样迂回包抄，想从外围打开伍若的缺口。你想嘛，一个跟侦察员睡了几十年觉的人，反侦察不会都会了。有句行话不是这样说的吗：

"要想徒弟学得会，必须挨到师傅睡。"

但干练的检察官一寻思，慢琢磨。明白了一个道理，但凡坚强、能干的女人一般都爱冒酸、吃醋。

改用这一招，效果立显。伍妻大骂自己的男人是衣冠禽兽，一边主动交代了伍若的种种贪赃枉法的不少事情。

也许在伍妻骂伍若的同时，也许她一边也回忆起了年轻时伍若如何追她到手，第一次落红的过程。

伍若夫妻二人利用节假日，下属的进贡，"朋友"的红包，企业的"笑纳"，黑社会的"撑伞"费等种种名目，聚敛了巨额财富。折合人民币是好几千万元，可以说是不做任何生意，但却富甲一方。

这就是我们的"人民公仆"。

在伍若的"四大金刚"、"八大天王"中，还有二位是女将。

女人和电冰箱有什么共同点和不同之处？对这个问题，有好多人答不上来。女人、女人，这个世界如果光是男人，该有多好！

当然，朋友，你不要联想丰富，想到美国好莱坞的电影《断背山》。

伍若想到这次救米莉莉之事，自己手下无能，未能抢到头功。对叶总工显得极为重要的女人被一个机缘凑巧的"毛狗强盗"王平，救了出来。这真是瞎猫碰到死耗子，误打误撞，"毛狗"行了大运。

他知道叶工心中很不爽，于是，便利用一个星期天，约叶工出来饮酒、聊天、散散心。

米莉莉也相跟着来了，因她要考虑如何处置毛狗的问题。她内心还想兑现对那强盗偷二的诺言，人不能言而无信。不是他，她可能早已尸骨无存。

虽说这次遭人绑架，对米莉莉而言，内心的伤害也许是永远无法愈合。但她的外伤是早已痊愈，住了十几天医院，输了不少液，那些皮外伤早已干疤结痂脱落了。

三人一见面，叶工和米莉莉对伍若局座说了些客气和感激的话，然后书归正传，话题直奔主题。摆在面前的两个问题亟待统一意见和寻找解决方案。首先，对绑架者是否采取行动。叶工面色凝重，说：

"这个事是龚勇刚手下所为，如板上钉钉，不争的事实。但先是米莉莉打了他们，道理上有先亏。如若警方抓人，势必在社会上引起舆论关注，担心越扯越深沉。我不想惹麻烦,把火种踏灭了算了。"

米莉莉在医院养伤时,对警察伍若等的询问,碍于叶凌在场和他的心理承受力,她没有讲出被强奸和轮奸之事。这当然是出于女性害羞的丢人的心理在作祟。所以在伍若和叶陵之流看来,这不过是一起打架斗殴的普通治安案件而已。

伍若若有所思地点了点头,然后说:

"那王平哩,怎么处理?叶工,我充分尊重你的意见。"

米莉莉不等叶工回答,便插嘴说道:

"给他点钱,让他走算了。"

"走,可能事情没有这么简单。"叶工接口道。他接着又说:

"龚勇刚手下对这事唯恐避之不及,他们绝不至于张扬。那样对他们不利。可是这个人就难说了,他什么也没有得到,若出去后乱讲,麻烦就来了。"

经过伍若调查,小偷王平是个孤儿,从小在孤儿院长大。无父无母,无兄弟姐妹。如若死了,就像个蚂蚁一样,无声无息。叶工和米莉莉也知道这个调查结果。

伍、叶、米三人对视了一会,互相都想从对方脸上探询出点什么。三人约摸有几分钟谁都没有说话。

最后,伍若说:

"叶工,你放心,这事我来处理。我们今后见面大家都不要再提这个事,好吗。"

叶陵说:"好,有劳伍局,妥善解决此事。"

米莉莉面相略显难色,嗫嚅着道:

"其实,我这次得救,还多亏了他……"

这时,梁娜和江菊、苏晓琼这两个哼哈二将风风火火地赶来了。她们是接到米莉莉的电话"暗示",特地给米队长设宴压惊的。

但通知梁总这事,米莉莉预先并没有给叶工和伍若讲。讲了怕他们二人反对,这是她处心积虑的安排巧遇。

当然,见到梁总经理和两个貌美如花的性感女郎,伍局长也并不是很反感。虽然说他身份较为显赫,但便装在身,又在较为僻静的地方和环境里,他还有些暗自庆幸,又有美酒佐餐,又有美女在旁。可以,可以。

就这样,梁总、江副总、苏副总和伍、叶二人算是正式认识啦。一回生、二回熟、三回四回肉挨肉。接下来的事就好办多了。

<<< 第二十五章 红烧锅巴铲

有人说，做生意在酒桌上谈成的，比在办公室谈成的要多得多。

此话不去深究。

这顿饭值得，吃掉多少钱都值。梁总在后来的"扫黄打黑"风暴中能够从容出逃，伍若局长是有功之臣。

至于江菊和苏晓琼两个副总经理，在伍局长身上也得到了她们想要的东西。虽说肉体有些破损，但作为交换之物还是值得的，有所失有所得嘛。何况你情我愿。

靳大品最近有点烦，不光是为了辛毛惹的祸事。龚勇刚到安逸，携着美女去东南亚旅游去了。坐飞机、逛海滩、吃美食、饱览异国风情，光想想都很惬意。而家里的一摊子事，大事小事好事坏事，烂摊子事都压在了他一个人身上。无人分担他的责任，因此他感到了巨大的压力，无法排遣而心烦意乱。

虽说生意上还有骆明远这个配牌副总在担当一部分，但骆成了哑巴，和骆交流非常困难。骆说不出话，只有靠比划或是用笔在纸上写，这简短的语句到还勉强可意会，若是长篇大论或是复杂的内容就很难表述了。

大家都干着急。实际上，骆明远基本成了废人一个。靳大品有时想，等龚勇刚回来商量，把骆明远开销算了。拿点钱、乖乖、走人。就这样简单。

想想也是，世界上有很多事情是把简单的问题复杂化，或是把复杂的问题简单化。

靳大品早已成了家，但老婆远在江城武汉，她不愿意到两江市来与大品团聚。原因很简单，她在武汉有一个相好的，是个小白脸，比她还小几岁。但她愿意拿钱供养他。靳大品对此是一点也不知情，他只是有时骂她：

"天上九头鸟，地下湖北佬，这狗日的湖北佬，八格牙鲁。"他情急之下，气愤之余，也会骂一些脏话。

这天，他独自一人驾车外出，到北部温泉城去泡了一会儿热汤。然后——这句词如今在电视上出现的频率已经上升到了第一位。有人解释，然后的意思就是"裤子的屁股后面这个地方被烟头点燃了起来之后"。然后来到旁边的一间茶室休憩，他要了一杯青茶，独自在那里啜饮。大半个小时过去了，大品有些昏昏欲睡。他站了起来，摆了摆睡意蒙眬的脑袋，做了几个扩胸动作，正准备去洗手间一趟。这时他的手机急促地响了起来，铃声很怪："老爸，电话来了；老爸，电话来了……"。

靳大品按下接收键，然后将手机凑向耳朵边，原来是办公室秘书的声音。这声音他是再熟悉不过的了，毕竟朝夕相处。这时，秘书的声音带着哭腔：

"靳总,你在哪里?厂里出事啦,出大事了!正在修的厂房莫名其妙的垮了,还死伤了几个人……"

靳大品一听此言,脸色都变了,一把抓起桌子上的钥匙串冲了出去。一边对秘书吼道:"不要慌,我马上回来……"连挂在吊钩上手提公文包都忘了拿,就匆匆地走了。

一会儿,他刚坐过的这间茶室就进来了一个女人。她三十多岁年纪,人不是特别漂亮,但穿着光鲜、时髦、气质高雅。她也是刚洗完了温泉,来此歇歇脚,喝喝茶的。

这女人显得精明强干,她一进门,抬头就瞧见了靳大品遗留在此的手提包。于是她喊来了茶室里间的女服务员,问道:

"刚才是哪位先生在此喝茶?"

"我不认识,是一个男士,独自一人,我不知他已走了……"

那服务员小姐小心翼翼地回答到,生怕答错了什么。

"他东西掉了,我在这里等他回来取,许是有急事走得匆忙,他一旦发现,很快就会回来的。来来,你作个见证。我们请点一下包内东西。"

手提公文包里有几万元现金和十几张银行卡,还有一些合同和发票等单据,电话本、眼镜等物品。这女人心知肚明,这肯定是个有钱的主。

于是,她也要了一杯茉莉花茶,慢慢饮着,等失主上门寻包。

这个中年女人就是亚娜海公司属下的龙凤歌舞厅经理陈华。一个曾经当过财政局长的刑满释放的女人,现在是娱乐城一厅二厅姑娘们的妈咪。

她绝不是故意要认识靳大品的,这事纯属偶然。他根本不认识什么靳大品,因为在龚勇刚名声的光辉映照下,靳大品是二、三流人物,是站在阴影和盲区里的。谁也不知道和认识这个默默无闻的人物。

但陈华凭直觉明白,这男人可能值得他等待和认识。

果然,走到半路,靳大品发觉公文包丢了。便立即将车调头,往茶室而来。就这样,他认识了陈华。

两人真是一见如故,仿佛前世就是熟人似的。话一搭上,双方都是滔滔不绝,似乎谁也挪不动步了。

靳大品明白,陈华更明白,缘分到了,他和她感情的第二春已经踏着冬的脚步悄悄地来到了身边。陈华放荡,这个不假。但靳大品并不好色呀,可是陈华这个女人就是令他这个柳下惠心旌摇晃,有点把持不住了。

他和湖北佬的结合从根本上讲就是错误的,而且是彻头彻尾的错误。眼前这个女人才是我苦苦寻觅的心上人。真是老天有眼。

## 第二十五章 红烧锅巴铲

当天晚上，陈华就径直从茶室走到了靳大品的床上。她很满足，早早地就入睡了。真是绝妙的组合。

靳大品和陈华同居后，大家各自忙自己的事，有空就聚在一起。整整一个月之后，彼此才知道了对方的身份：一个属于龚勇刚集团；一个是亚娜海公司。但这并不妨碍二人的继续交往。

到是靳大品萌生了退意。他来到这个世界上的目的，主要就是为了寻找自己的另一半。现在这另一半——陈华，已经被他找到了。他感觉到那么幸福、那么和谐、那么默契，他靳大品无所求了。那么，他何不带着心爱的女人退避三舍，到一个不为世人所知的地方去过隐居式的田园生活呢？

这么些年积累下来的金钱，虽然不敢说自己下半辈子用不完，但开销悠着点用，或许还是绰绰有余吧。

长铗，长铗，归来兮！虽说是食有鱼，出入有车。

可陈华却不同意他的观点，为什么要小富即安哩？人活在世上不就是要拼搏，要表现自己存在的价值吗？给社会创造的财富越多，你越能青史留名，越能流芳百世，越能……

反正钱还怕多吗？应该是韩信点兵，多多益善。

龚氏集团也不是龚勇刚一个人的，这里面也有你靳大品的功劳。照行话来说，叫没有功劳也有苦劳，没有苦劳都有疲劳。钱该捞还是要捞，不捞白不捞。

陈华柔声细雨地对大品说这番话，讲这些道理开导他时，一般都是靳大品爬在她肚皮上折腾的时候。什么风都没有枕头风厉害，有时一句顶一万句。这些话犹如重磅炸弹轰开了靳大品思维的大门。

本来俗话说的是"床前教子，枕边教妻"。现在反过来是枕边教夫了。靳大品这个教书匠出身的蜷老夫子，做事基本上是不问几个为什么的，人家怎样说就怎么办。从不去想多余的东西。

细细思量陈华的话，人家讲得有道理呀。天下者，我们的天下；国家者，我们的国家。我们不说，谁说？我们不干，谁干？唔，有道理。虽然靳大品有点二，有点蜷，但读过大学的人，基础知识在，基本的道理还是懂滴。

人家只要说得对，我们就改正，我们就应照人家说的办。

今后，具体应该怎么办哩？不要紧也不要慌，躺在身边的女人曾经当过财政局长，上百万人的钱粮都管过，这些招不都是现成的吗？

穷人莫听富人哄呀，桐子开花才应该下种。

坊间说：重赏之下，必有勇夫。又有人说，女儿的心是水做的，这是真的

207

吗？尺有所短，寸有所长，物有所不足，智有所不明呀。

有首《口味歌》是这样唱的：

　　　　安徽甜，河北咸，福建浙江咸又甜；
　　　　宁夏河南陕青甘，又辣又甜外加咸；
　　　　山西醋，山东盐，东北三省咸带酸；
　　　　黔赣两湖辣子蒜，又麻又辣数四川；
　　　　广东鲜，江苏淡，少数民族不一般；
　　　　因人而异多实践，巧调能如百人愿。

有时，说的比唱的还好听。有人说，教的歌唱不得。哪里哪里，人家唱得蜜蜂昂嘞。

　　　　妈妈，你可曾记得，
　　　　你送给我那草帽？
　　　　很久以前，失落了，
　　　　它飘向浓雾的山峦。
　　　　妈妈，那顶草帽，
　　　　它在何方你可知道？
　　　　它就像你的心儿，我再也得不到。

　　　　忽然狂风呼啸，
　　　　夺去我的草帽，
　　　　高高卷走了草帽，
　　　　飘向那天外云霄。
　　　　妈妈那顶草帽，我可真爱它——无价之宝。
　　　　就像当初你给我的生命，
　　　　也都丢了，找不到！

人家陈华是：心有三爱奇书骏马佳山水，园栽四物青松翠竹白梅兰。心胸何止是能撑船，有时女人的肚子不光是能怀娃娃，还能开飞机哩。她岂是塘中久困之鱼？

你想上天堂，请进黑社会。你想下地狱，请进黑社会吧。

## 第二十六章　委屈为求全

骆明远变成哑巴之后，他感觉到给工作和生活都带来了许多不便，令人十分沮丧。与人交流非常困难。说吧，嘶哑着无声；不说吧，自己想要说的话和所要表达的意思又如何传递出去哩。

非常郁闷但也无可奈何，怨天怨地怨不着，只能怪自己年龄逐渐大了，是出百病的时候。

人老气力衰，屙尿过手抬。人老气力衰，屙尿打湿鞋。

唉！多少英雄好汉，老啦，就没有用了。

但后来又仔细琢磨，遍查各种医学书籍，这莫名的声音变哑，声带受损无法修复有点莫名其妙。

是不是遭人暗算？他开始筛查可疑对象。首先，应该是仇家，才至于下此毒手。可平日里嘻哈打跳，与众人都能打成一片，不至于吧？自己没有得罪什么人而不自知吧。要说心中有仇人，那就是李大海，大海翻了他的院墙，拐跑了他骆明远的女人。

骆明远用金钱请两个刑释人员教训了他，但这事只有天知地知你知我知，李大海应该不知道是他骆老二所为。那两个年轻人和发廊妹都已经到别处谋生去了，李大海今生今世不可能再碰见他们。他应该不知道，也绝对应该不知道。

世界上有许多问题就出在绝对上。

那么是什么人要弄哑他而不置他于死地，说明这人是仇恨但不是刻骨那般凶恶。其次，是用的什么办法让他生活失去质量而苟活呢？现代医学检查不出来。难道是用的古代偏方。可这要施蛊者自己是懂家和行家才行啦。在他骆明远的朋友圈子中应该没有这种人。

那么，是谁呢？是自己多虑了，还是碰见了高手。

骆明远百思不得其解，只好不解。金三角的"九转断肠花"既然无解药，那就屁不淡——算了的意思。要怎么样就怎么样吧。

这才是洒脱的人应有的处世之态。

骆明远是怎样当上龚氏集团副总的呢，这里面有个故事。

原来骆老二和龚勇刚二人是小学、初中的同班同学，在求学的过程中，二人臭味相投，很合得来。所以经常在一起玩耍，二人一块上学，一块放学回家。童年时代的友谊还是比较纯真的。

龚勇刚读书不用功，脑筋死不开窍，笨得像猪。但骆明远读书也好不到哪里去，可好歹算是班上的中等成绩，所以每逢考试，龚勇刚总是抄骆明远的答案。骆让龚回家少挨了多少板子，不然，龚大老板的屁股可能到现在都是肿起的，还没有消肿哩。

初中毕业，二人都未考上高中。其实龚勇刚早就不想读书了，他想去学杀猪，当杀猪匠。从此，二人各奔东西，彼此天各一方。

龚勇刚这一学杀猪，殊不知，硬还是被他杀出了点名堂。他凭杀猪刀，还真的杀出了一片新天地。不到二十年，杀猪匠就成了龚氏集团董事长。

同班同学中，经常后来会出现这么一个怪现象。

当年学习成绩好，在学校当班干部、混得不错的学生，长大成人后，反而混得不怎样，有的甚至还贫困潦倒，不及常人。而当年的调皮生，差等生还混得人模狗样，有房有车有小蜜，当上董事长或是大企业的CEO了。

当然，穷人占多数，大款是少数。

所以，谁能知未来之事？有自称知道的，也肯定是假的。

在学校时，大家一起长。师傅领进门，修行在各人。以后的事，就看各自的造化啰。你是龙就上天，是蛇就钻草哟。

知识就是力量。教育成就未来。性格就是命运。细节决定成败。这些都是至理名言。切记、切记。

一个偶然的机会，本来已是寓公，中隐于市的骆明远碰见了老同学龚勇刚。两人多年不见，不免多喝了几杯黄汤，龚大老板拍得胸脯咚咚山响，大着舌头对骆明远说：

"老同学，你既然已赋闲在家，以前又做过生意，现在你过来帮我，我给你个副总，月薪一万元。呃，你干是不干……"

骆明远一高兴，也是喝得东倒西歪的，他眼睛都有点睁不开了，留着口涎说：

"我来，不拿钱我都来，说这些，大家兄弟伙，是啥子关系？……哪个舅子不来，哪个儿就不来。"

<<< 第二十六章 委屈为求全

就这样，骆明远不费吹灰之力，就"打进了敌人的心脏"。

可惜，癞毛不争气，嗓子哑了。只能抬轿子，拍马屁，不能"吹喇叭"了。有时，吹胯胯也嘿重要哟。

"生就栋梁材，冷落路旁哉；为何遭小看，只因脖子歪。"呔、呔、一呔、呔呔。坊间只能是哀其不幸，怒其不争。

嗓子哑是哑了，但并不妨碍骆老二的眼睛有毒。

他冷眼旁观，瞧出了靳大品和某个女人的端倪。他虽不知这个最近和靳副总打得火热的女人叫陈华，但他跟踪了她，基本查明了这个叫陈华的女人的基本路数和某些底细。好家伙！当过某区财政局长，双开份子，刑释人员，现在又在开歌舞厅，隶属亚娜海公司。——这个女人不寻常。

骆明远和靳大品二人都忝居龚老大的副总经理，但两人素来不合。一个仗恃是总裁的异姓兄弟，另一个依靠总裁与二人是穿叉叉裤的同学关系，互相不买账，互相不屑实。但有一点是共同的，对杀猪匠是忠心耿耿，帮死忙的。

如今，龚老大不在家，他靳大品却被一个狐狸精的女人迷缠上了。能有什么好事？自古道：红颜祸水。

他骆老二得多留点神，观察观察，小心无大错。

靳大品和浪荡女人陈华采用的是"蚂蚁搬家"的办法，用的是"老鼠拖大象"的手段。开始着手策划、准备、实施，要将龚大老板的财产慢慢地偷呀偷、拖呀拖、运呀运，搞到自己的家里去。表面上听不见鸡叫狗咬，俗话说："闹闹雀不着肉，咬人的狗不叫唤哩。"

从某个方面说，虽然男人在社会生活中占主导地位，但有时男人比女人傻，就听女人的摆弄。真是天堂有路你不走，地狱无门你偏要闯进来。有的儿子很听父母亲的话，在学校很听老师的话，可一旦结了婚，成了家，态度就有了一百八十度的大转变。谁的话都不听，唯独只听老婆的话，成了一个偏执狂。生活中此类例子多了去了。

大品和陈华白天做他们发财的春秋大梦，晚上做他们只羡鸳鸯不羡仙的黄粱美梦，日子过得舒服着哩。

每个人门口都有步时，只分来早与来迟。哪怕是已穷到底的叫花子，都会有三年瓜瓢运。

靳与陈的结合可谓"精诚团结"，这是他们二人人生中最美好的时光。天上的白云在飘呀飘、地上的水儿在流呀流，我们的心儿将飞向远方。飞呀飞，飞飞飞……

骆老二这次出奇般的镇静，靳大品他们一点儿没有察觉。大家都是相安无

211

事，工作、生活是各行其是。事、事、事，每天遇到的都是事。

人生的过程，就是一个解决各种问题的过程。人死了，事情就完了。不对！人死了，事情还在，别的人还得来继续解决。

在上个世纪的六十年代中期开始至七十年代末期结束，社会生活经历一场十余年的浩劫。经历过的人，往事历历在目，刻骨铭心。后来出生的人对此是大睁着无神的双眼、茫然无所知。听不懂，他们也不想去懂。

那动荡的岁月才真叫地覆天翻。乾坤大挪移，黑白、是非颠倒，真叫天昏地暗、日月无光。人们表现出来的那份疯狂，令全世界的人侧目和胆战心惊。

社会的精英们走投无路绝大部分自杀、逃亡海外，或是被彻底搞傻。大部分被关过牛棚。就连伟人也难逃厄运，我们改革开放的总设计师——邓老先生也被下放到江西劳动改造。

红色恐怖时期是一句错话、半句怨言都是不能讲的。一讲别人一告发，就是滔天大罪，有灭门之祸。那时有句流行的话叫："你娃死得早……。"

那时的两江市，也是阴风惨惨，犹如人间地狱。搞武斗，把兵工厂的坦克、高射炮等重型武器都拉出来了，不知死了多少人。甚至连驻地部队的巡逻艇在江面上游弋，都被高射机枪击沉了。

于是，有一批年轻人，对社会不满，便组织了一支地下秘密武装，名叫"山城小分队"。清一色的年轻人，他们干了一系列大案。其中，最著名的是抢劫长江上一艘客轮的案件。震惊全国，使神经久已麻痹的国人难得有此刺激，而对此津津乐道。那时的报纸杂志，基本上没有社会新闻。登载的全是祖国山河一片红的故事。

据说，这一群大约有二、三十人小分队成员乔装打扮，做旅客模样，混上了长江上甲地驶往乙地的一艘客轮。然后迅速控制了船上的各个要害部位，如船长、驾驶室、通讯电台、机舱等。胁迫船只在一处绝壁处停泊，人们无路可逃。便持枪弄刀，开始洗劫所有乘客，对每一个人都逐个搜身。所有值钱的东西全要，如现金、手表等物。

传说抢来的票子装了两麻袋，手表装了几脸盆。然后砸坏电台，在某处地方上了岸。这群人逃之夭夭，跑进了深山老林。

高层震怒，誓言打击。但传闻说，只抓到一些人，全是判了死刑。可大部分人没抓着，寥落星散，这个组织就销声匿迹了。再也没有了这个秘密组织的任何消息，从此淡出人们的视线，被人们遗忘了。

这个组织中，有一个唯一的女性，那就是鲁生。有一个男孩的名字。那是一个具有叛逆性格的姑娘，虽貌美如花，却心如蛇蝎。

## 第二十六章 委屈为求全

特殊时期开始后，鲁生抱着一腔热血和激情，加入了一个红卫兵组织。马克思主义的道理，千头万绪，归根结底，就是一句话：造反有理。造反造反，造一切不合理的制度的反，造一切剥削阶级的反。造就造个酣畅淋漓，造就造个地覆天翻。

鲁生与当时绝大多数学生和年轻人一样，以极大地热情投入了这场轰轰烈烈的运动。他们穿着绿军装，手缠红袖章，拿着红宝书，身背语录牌，到处冲冲杀杀，精神长期处于亢奋之中。

挡我者死。他们红卫兵是所向披靡，敌人是望风而逃。

好神圣的事业！好过瘾的造反！

一次两派的冲突中，鲁生落了单，被另一造反派抓了去，从此落入魔掌。她被造反派打了无数次的"排子炮"（轮奸）。三个月后，被救出来，头上已是早生华发，脸容已像个老太婆了。她受尽了非人的折磨，已脱了人形啦。

鲁生一怒之下，她加入了秘密组织——山城小分队，开始了报复社会，反人类之路。

组织被打击瓦解后，鲁生来到成都，投靠了当时威名赫赫的"李向阳部队"。

电影《平原游击队》中，有一个抗日游击队长名叫李向阳。他神出鬼没，炸碉堡，搞机枪，扒火车，那个炸桥梁，打得鬼子魂飞胆丧。十年浩劫中，那些老电影片中的对白，许多人都能一句不拉的背下来。你说这电影该是看了多少遍？咚咚呛，我的个娘吔。

李向阳本名叫李建，是成都市的一个无业游民。但其人酷爱各种枪支武器，是一个狂热的发烧友。武斗期间，枪支泛滥，这就给他创造了大展拳脚的机会。

他醉心于搜集各种真枪实弹，也自己制造手枪，而且威力不小。时间长了，李建就有了让枪支派上用场的想法。后来，他进了工厂，但那点微薄的工资瞧不上他的法眼。于是，开始抢劫、杀人，为非作歹。

这以后一发不可收，抢劫多起，杀人无数。趁着特殊时期的混乱，每次作案后，都要在现场张贴纸条，称是"李向阳部队"所为。

那时，举国混乱，公检法司等部门瘫痪，法制不健全，基本上是聋子的耳朵——摆设。所以，此案久攻不破。

蓉城人心惶惶，谈李向阳而色变。

但李向阳部队究竟有多少人，谁也不知道。有的只是猜测。

鲁生仰慕其名，用特殊的方法，或是用山城小分队的特有联络方式，找到了李建。她投靠了他,并与他结为夫妻,虽然没有举行任何仪式。

婚后,鲁生怀孕了。又过不久,李建落网。李建在狱中坚不吐实,没有招供出任何人。所有罪恶全是他一人所为。

李建死了,但鲁生并没有受到牵连,她顺利的产下一个女婴。为安全起见,她给取名为——鲁建生。鲁姓和李建结合所生。

鲁建生两岁的时候,昔日的革命战友又来找到了鲁生。要她重出江湖,跟随他们到缅甸去,到东南亚的热带丛林里去。去搞"国际革命",要把中国特殊时期的战火烧到全世界去,要让全世界受苦受难的人都站起来,把资本主义彻底埋葬。

他们成立了许多组织,有的叫"铁血团,"有的叫"捍卫真理国际小分队",有的干脆就叫"敢死队"。还有的名头更大,叫"国际红卫兵总队中国支队山城分队"。林林总总,不一而足。

在这革命的浪潮中,年轻的鲁生又一次受到裹胁。她已是多次受到命运的残酷打击,她要豁出去了,以死相拼,活着还不如死了的好。

临走前,她将女儿托付给了一对膝下无子女的夫妻。这对夫妻均是残疾人。残疾人在以往受到社会的轻视和唾弃,但残疾人大多生活在社会的底层,这些人良心好,值得信赖。

现在社会重视残疾工作了,但有少数残疾人却开始装怪,偷骗抢都来,开始胡作非为,不自尊自重了。

有时坏的东西引出好的结果,反之亦然。好心有时讨不到好报。注意不要一篙杆打倒一船人,一颗耗子屎坏一锅汤。

好心的夫妻虽然收留了鲁建生,可贫穷如洗,物资匮乏,也不可能给予幼小的孩子什么物质的、精神的,文化上的保障。

这瘦弱之苗,艰难地活着,时饱时饥,时热时寒,饱尝了人世的艰辛。畸形的环境造就了畸形的人生。但好歹慢慢地长大了,虽然营养不良,虽然先天不足,但遗传因素显示了强大的力量。鲁建生像她母亲年轻时一样,长得花容玉貌。增之一分则太长,减之一分则太矮,施朱则太赤,施粉则太白。真个是有倾国倾城之色,有沉鱼落雁、闭月羞花之貌。

只是人们不敢正视鲁建生的眼睛,那双眼睛寒冷如水、锋利如刀。眼睛经常爱眯缝着,倏然睁开,寒光四射,令人脊背阵阵发冷。这冷,浸入骨骼,让人不寒而栗。

喜欢她可又怕她的人们,给她取了个名字,叫"冷月刀"。

"李向阳部队"的头领,匪首李建的血在鲁建生心中流淌,她冷酷无情,在底层社会的摔打中，学会了各种能够安身立命的本领。

马瘦毛长，人穷志短。贫贱夫妻百事哀，贫穷的日子真难挨呀。这对残疾人夫妻靠做糖人来勉强维持一家三口的生活，趟着生活这条冰冷而又浑浊的河流往前走。虽然临走之前，鲁生一再地给他们说：

"尽你们所能，好好地待我的孩子，我终有一天会回来的。我一定会好好报答你们的。"

但这对夫妻比谁都清楚，他们不奢望回报。他们自己没有子女，而鲁建生的到来，会给他们平淡、寂寞而又枯燥的生活带来无穷的乐趣。

街道干部来了，有时逢年过节会给他们送来大米和面粉。民政部门的人来了，有时会给他们送来了几百元的困难补助金。残联的领导有时也会屈尊来到他们破旧、低矮、潮湿的家，嘘寒问暖，给他们间或送一床棉絮。

但这些只能是杯水车薪，不能从根本上解决问题，贫穷的现状仍不能改变。

贫穷的日子真不是滋味。那时，小小的鲁建生心中就暗暗发誓，我一定要发达，一定要拥有很多很多的钱，让父母过上好日子。过上上等人的日子。

目标一旦确定，接下来的就是手段、途径和办法。

在这个世界上，财富的分配是极不均衡的。有的家徒四壁，一无所有。不，有的应该说连家都没有。茫茫四顾，何以为家？偌大的一个地球，竟无立锥之地。

有的却肥得流油，钱财都多得从屋顶上翻冒出去了。富人也有发善心的，他们富了不忘回报社会，于是就做慈善事业，给山里的穷孩子们捐款捐物。这些人死了，他们的灵魂一定会上天堂。

可有的富人却不尽然，他们一毛不拔，是个铁公鸡。是个鸡公也就算了，但他们还振振有词，有自己的一套理论：

"我们富裕，是靠自己辛苦劳动挣来的。那些人穷，是智商问题，活该。"连那些生产、流通、销售假冒伪劣商品而发财的也这么说，真是混账逻辑。

有的人富了，是占的垄断、行业的优势；有的是不法所得，有的是巧取豪夺。

穷人应该诅咒那些为富不仁的人，这些人死之后是要下地狱的，也应该下地狱。如果真有地狱的话。

但谁都不相信阴间有地狱。无神论者如此，有神论者仍然如此。那些犯各宗罪的人何以前赴后继，他们就是硬不相信人间、阴间有地狱。

鲁建生稍长，有一个街道干部看上了她，想把她占为己有。她却让他吃尽了苦头。

鲁建生知道他要来，就将门半掩上，然后将装满屎尿的盆子搁在门上面，结果是地球人都知道。

她约他在仓库的黑暗处见面，然后是联防队员赶来，将他逮个正着。

她的恶作剧层出不穷，不断地花样翻新。

同时，她还要他给她们家做事、买米、担水、下苦力，而且是随喊随到，任劳任怨。但身子是沾不着的，我的身体玉洁冰清，给真老公留着哩。你那些臭男人，想摸老娘，占老娘的便宜，门都没有。连想法都是错误的，还莫说真干。

男朋友换了一茬又一茬，鲁建生家开始逐步摆脱困境，有了起色。你莫说，年轻漂亮的脸蛋，还真的管用。

后来听说，那街道干部还真的评为了"爱民模范"，说他常帮老百姓家办事，鲁建生听了这个消息，乐了——黑色幽默。

但有一次，鲁建生吃了大亏。这次大亏让她丢尽了颜面，也彻底扭曲了她的性格，让她走向辉煌。

事情是这样的：

有一次，鲁建生独自一人去水码头的服装城买衣服，碰上了一个蛮横的老板。她的挑挑拣拣惹恼了中年肥胖女老板的酸气，她看鲁建生姑娘不是嫌这件裙子土气，就是嫌那件衣服价钱太贵，就在旁边阴阳怪气地咕噜道：

"有钱没得哟？嫌这嫌那的……。"

鲁建生本是穷家小户出身，因此也最忌讳人家说她是穷光蛋。因而就反唇相讥：

"你有啥子不得了嘛？还不是给别人守摊的……。"

那肥胖的女人本来就是这摊的老板，加上这些年倒腾废旧的二手服装又找了几个臭钱，去年同时裹了几个小年轻，与自己的老公离了婚。她现在是什么都不怕。有人说：女人是越离婚胆子越大。

她结三次婚都离了，她怕个鬼。

于是二人钉子过去、瓦子过来，吵骂开来。两个都是泼妇，两个都是横人。越骂越花哨，越骂越起劲。

"你有本事把裤子脱下来，让大家看看，是不是长法不同？"

"我这东西长得像馒头，来喂你吃嘛！"

看见吵得闹热，周围的人就围了过来，一会就聚拢了一大堆人。有人就开始起哄：

>>> 第二十六章 委屈为求全

"莫光说不练,脱下来大家看下稀奇,是不是真钢?"

当时正值夏季,女老板穿的是件吊带装,卖的就是性感,要的就是人气。鲁建生穿一件连衣裙。

二人吵得兴起,女老板开始说:

"老娘今天生意也不做了,就陪你这嫩＊＊玩玩,你敢不敢?把衣服脱下来?"

"老娘先脱,"老板娘一把撩起上衣,露出两个圆滚滚、肥弄弄的大奶子。

众人皆大乐、大笑、拍手、免费看脱衣舞、真人秀,声浪一时似乎掀翻了屋顶。

老板娘看众皆鼓掌,愈发得意,就裸着上身扭摆起来。那对大奶子就上下甩动、晃悠着。

有的年轻人小时吃过,长大还真没见过,这下开眼界。眼睛都看直了,有个别的还流出了哈拉子。

魔肉真是威力无穷呀。

这时,那老板娘几个小相好的赶过来了。她便穿上衣服,对那几个小伙子说:

"这烂X要掀我的摊子,你们几个把她的衣服裤子脱掉,我们让众人看一看,她的X是如何烂法的。"

末了,还加上一句:"出了事情我兜着,坐牢我去。"

这下鲁建生吃了大亏,倒了大霉。她的连衣裙、乳罩、内裤全部被众人七手八脚的扒掉,并被扔到屋顶上。

她赤身裸体,身上无一丝一线。她忙蹲下,又被人拉起来扳直了身体让人欣赏。她这时想跑,但不行,上天无路,下地无门。

逃又逃不掉,躲又无处躲,她被这伙人尽情地羞辱了近一个小时。警察赶来,才把她救了出来。

事后,那个女老板虽然被判了刑,受到了应得的惩罚。但鲁建生心灵和肉体所受到的伤害,永远也无法愈合。她在床上整整躺了三个月。醒来人就变了。

她要报仇,她要报复社会,她开始变得冷酷无情。

我鲁建生不是一无所有吗?我的身体不是被众人围观了吗?我不是变成残花败柳了吗?好,从现在立誓:我今生不再嫁人。肉体谁要给谁,但要为我所用。

她在众多追求者中挑选,组建了一个黑社会性质的组织——黑狐帮。

217

女人变坏就有钱。用钱作枪使,用肉体作为纽带,她俘虏了一大批人作了她的胯下之臣。她成了一把名副其实的"冷月之刀"。

鲁建生对狐狸这种动物特别钟爱。

狐狸既聪明又狡猾,全身的皮毛又特别光滑,值钱。特别是有着黑色皮毛的狐狸,被鲁建生看着是狐狸中的佼佼者,被她称为狐狸之花。但那黑色一定要像黎明前的黑暗那般纯黑。

黑夜给了她黑色的眼睛。黑色的单调王国,曾经有过百年的统一,无数个人就像无数片森林,树丛深处有火在燃烧,那火也是黑色。

## 第二十七章　人间都是怨

在鲁建生的部队中，有一个人就是那个刘明强。曾经和龙江洪一道吃过烧烤，并诱使龙副队长去赌钱的小混混，拆白党。

这家伙有一个特长，无人能及。那便是跟踪盯梢。

刘明强可以二十四小时昼夜不停地监视一个人，直到摸清他的窝子、情妇家、爱好习惯乃至生活规律，有时花上几个月，便能将一个特定对象的所有资料摸清楚。

靠着这种特殊的本领，他于二十八岁那年，钻进了黑狐帮，并迅速跻身高参之列。

刘明强并不是黑社会中人，但他对两江市的黑道人物和情况是了如指掌。谈到哪个黑道大佬，他都能口吐莲花，口若悬河而津津乐道，一核实，全是真的。

这点本事可不是浪得虚名，虽然刘明强不懂白道。

黑狐帮是干什么吃的？不就是专事黑吃黑吗？除了头领鲁建生大姑喜欢黑狐狸的黑色漂亮的皮毛这一点外，黑吃黑还不容易犯白道的险。

棋走险招，有着就胜，无着就死。明知山有虎，偏向虎山行。这是国人千年不变的性格。

特殊的人物有特殊的本领，特殊的本领会派上特殊的用途。

嗨啰嗨！嗨啰嗨！什么花儿开，没见过黑花开！

两江市的黑社会构成，实际上是有一个渐进演变的过程。有的是开门辟户，另立山头。有的则是错综复杂、盘根错节。你中有我，我中有你。

平日里都是各行其道，井水不犯河水。你打你的南拳，我踢我的北腿。可有时也为了利益或是女人而起冲突。

正是这种你只闻我名，我不见你人的这种特殊的构成方式，给了鲁建生领导的黑狐帮以可乘之机。

她们这个舞台上演出的尽是打掉了牙和血吞的闹剧。

　　没有枪怎么办？枪是人的胆，有了枪就有了一切，有了枪就可以干惊天大案。他们把关注的目光盯住了驻两江市的野战部队的身上。

　　先是偷，偷不成就抢，抢不成就杀人。硬来也要做成事。

　　真是胆大包天，日龙日虎。

　　可后来刘明强一琢磨，有点不对劲，正规部队可不是好惹的。

　　于是他找到鲁建生，说："头儿（他们私底下都这么称呼她），我们在草创和组建阶段，最好不要做太出格的事。那样将会有灭顶之灾，对我们将大大不利。"

　　和鲁建生商量许久，最终统一了意见。黑狐帮开了一个高层的"军事会议"，决定组建一个正规的广告公司，经营各种广告业务，如各种户外广告、门店招牌、节庆宣传等。这样可以扩大收入来源，取得合法性的地位，洗黑钱，拉生意，人员聚集才有掩护之地。

　　然后招聘人员，办一个中华武术运动技击学校。大肆招生，扩充人马，作为黑狐帮精锐的预备队。这个学校要做到正正规规，像模像样。既要上政治、文化课，又要传授中华传统武术，还要聘请外教、名教头，教授现代运动项目。连户外登山、街舞、酷跑等热门、时髦的东西也包括进来。

　　现在而今，办各种培训班是非常找钱的生财之道。

　　社会上学生，千篇一律地走的是上大学的独木桥这一条独路。但就算当年毕业的高中生能70%的考上大学，那么剩下的30%的人没考上，那怎么办呢？

　　人又没长醒，大学又上不了，只好进职校、外出打工、就业等，各类培训人才的基地就有了用武之地。

　　一边不断地招生，网罗人才；一边是不断的毕业，推荐就业。人群就像潮水一样涌过去、涌过来。

　　有的差等生自知求学不成，就只能去习武，强身健体，防身自卫，说不准将来能派上用场。不是说天无绝人之路吗？不是说天生一人，必有一路吗？就是一条道走到黑的路也叫路，只不过是一条黑路。

　　罗桑星就是被他们掳了来，一是可以请他设计广告公司的各种广告用语、文字内容；二则还可以在运动武术学校里上文化课。罗桑星是伤心已极，有厌世之心，如今与世隔绝，深居简出，也正合他弃世的禀性。他就安安心心地在黑狐帮大营地驻扎下来，从此不问外面事。文章也有时写，互联网也是要上的，这是他的天性使然。

　　但和过去的熟人、朋友断了联系。石头放入水中，只能是沉入大海，没有消息。

鲁建生将几次行动搞来的黑钱，全部投入了这两个项目中，只用了一年多的时间，她的广告公司和中华运动武术技击学校就办起来了。而且是龙腾虎跃，风生水起。

刘明强呢？又开始像潜水艇一样不见了，他潜入深海，去摸排他们行动的下一个目标去了。

这次，他把毒蛇一样的目光投向了肥头——陈德田。

陈德田最近一段时间，高兴得很。因为他刚刚用假夺标的方法，抓到手一个大项目，是一个造价五六千万的建筑。他找公司的会计师测算了一下，这项工程的利润就可以达八、九百万元之多。

关于假夺标，行业内的人都比较清楚，这是欺骗国家，蒙蔽纪检监察部门，喝哄局外人的把戏。因为国家明文规定，工程项目必须公开实行招投标政策。要办事透明，公开、公平、公正。否则，视为违法违纪，要追究当事人的责任。

于是贴出公示牌，要有具备一定资质和条件的施工单位三家以上来公开竞争，看谁的报价更接近标的，谁就中标。

过了一段时间，圈内人摸熟了操作流程后，就搞起了假过场。三家公司先内部商定一家，再由这家公司承诺事成后（即夺标后）给另外两家参与竞标的公司以退出竞争赔偿金（也有叫封口费、损失费、演戏费的），当然这一切要秘密进行，私下交易，并上抬成交金额。主要是让业主方（其实也就是国家财政）多出钱而蒙受损失。

有的包工头更干脆，顺势多成立几个不同名称的空壳公司，来参与竞争，实际就是一家公司。外表是几家公司，几拨队伍，搞得很是闹热，实则是自演自唱，独吞胜利果实。哄骗外行罢了。

如若真有几家正规公司同台竞争，这事也好办，只要找到业主方关火那个人，出重金买到标的，那其他对手还不是瞎子点灯——白费蜡。

这次这个大项目，陈胖子拿出了一百五十万元给那个关火的隐形人，不就轻松击败几家对手，搞定了吗。哇噻！赢八百万，送一百五十万，还余六百五十万。大头在我这里。有什么不高兴呢。

事前，陈德田给了那个隐形人一百万元。那是一张银行卡，密码是六个七。据说，"七"这个数字在《易经》中很有神秘性，也很吉祥。陈德田就选来用了。

余下的五十万呢？因先前已谈妥，只要夺标成功正式合同一签，工程一动工,陈老总就付给隐形人。而且要现金,为什么呢?陈德田不管它,照办就是。本来大额现金是有风险的,极不安全。因这是隐形人给小三准备的,人家点名要现码。当然,具体情形,陈胖子是不知道的。

一个雨后的黄昏,圆滚滚的陈德田总经理手提一个密码箱,独自一人来到一处僻静的茶馆,径直上到二楼。他来到一个雅间,敲了敲门,不等回音,就抬腿跨了进去。

雅间里,隐形人已先他一步到来,现正喝着茶抽着烟等着陈老总哩。本来送钱这事,可不用他亲力亲为,叫秘书给他就行了。但隐形人不同意,多一个人就多一份危险。现在这个社会氛围,随便怎么样小心都不为过。

肥头、胖子陈德田只得屈驾亲送。他还有一点心思没有告诉任何人,因这个隐形人是一个当今道上红得发紫、权势炙手可热的人物。陈德田也是第一次搭上桥。听说,隐形人是专吃大弄弄,小当当他还看不起。

因此,陈德田想和他套点近乎。争取以后还有合作的机会。

本来按照行规,他们之间成交一笔后,从此就不再联系和往来,这才是最保险的。

其实那些大小包工头,在有求于人时,"你哥子,我兄弟,你不吃我怄气。"信誓旦旦地拍胸脯,"你放一百个心,刀搁在颈子上我也不会出卖你……"实际上,他们在绝对的隐秘处都放有一个小本子,上面记有只有他们自己才看得懂的符号,代表什么人,多少金额、地点等等。清楚明白得很哩。

所以,江湖上的话,不可不信,也不可全信。凡事都有假。

五分钟不到,隐形人提起密码箱就准备走人。这时,陈德田笑容可掬,发话道:"XX,刚来就走,怕不妥当吧!人家刚刚看见是我提进来的箱子,你立马就提走,不引人怀疑吗?多待一会,就冷了,别人也记不得啦。"

这番话,入情入理,也深谙交易之道。隐形人想了想,是这个道理,便又一屁股重新坐了下来。

二人有一句没一句的聊起了闲篇。

十来分钟后,一个服务员走了进来,给二人用托盘端来了两张热腾腾的白毛巾。陈德田是个油汗人,早已满脸油光闪闪,他向隐形人做了个先请的手势,然后抓起剩下的一张毛巾揩起脸来。

这一揩不打紧,不到两秒钟,二人就迷瞪过去了。这个服务员脸上露出一丝奸笑,在墙角的一个柜子里取出一个旅行包。然后将旅行包的东西和密码箱中的东西作了互换,从容离去。

下面有一辆车恰到好处驶到门口,这个服务员迅速钻进车中,车绝尘而去。

这个服务员是个男的，开先泡茶的是个年轻的女服务员。这个男的不是别人，正是刘明强。

又不过十来分钟，陈德田、隐形人二人同时迷糊劲过去。大家都觉得只是脑袋莫名地晕了一下，仿佛只是几秒钟的时间，而没引起足够的重视。

隐形人等不及了，便先行告退。这次陈德田没有再挽留他，而是拱手先让他走了。

小三等着哩，白花花的银子谁不爱？

下文哩，就是一篇难写的文章了。五十万元不翼而飞。难道是陈德田不认这五十万的后账了，用报纸捆充数？不会吧，陈德田他不想在江湖上混了，他自掘坟墓，不想吃这碗饭啦！那是隐形人喊黄，要多赖五十万元。不像不会不可能。

是茶楼搞了名堂，做了手脚？他们怎么知道你们二位茶客在做这几十万的大生意呢？其间，人不离箱，箱不离人。钱怎么会不见了呢？

一切都高度保密，钱长翅膀飞走了不成，真是神了。

反正，这篇文章没有见报。

家丑不可外扬。这是国人奉行的千年不变的古训。本身就是不义之财，隐形人、陈德田都说不出口，只好认栽。

轻松攫取五十万元巨款，还无人报警。这钱也来得太容易了。

鲁建生和刘明强把下一个目标悄悄地瞄准了靳大品和陈华，他们要让这一对苦命的野鸳鸯鸡飞蛋打，梦想成空。

鲁建生对下属的有奖犒赏就是非常直接的东西——肉体，她或者是女下属的雪白的胴体。她让他们吞下春药或是万艾可之类的药物，延长性爱的时间和烈度、强度，然后让他们做爱，疯狂的做爱，事后的那份疲软，他们感觉已经似乎来到天堂的门口。唾手可得，只有一步之遥，天涯咫尺。

人生的过程，就是一个追求幸福的过程。而幸福又是什么呢？幸福等不等于"性福"？其实，说穿了，幸福就是一种感觉。

上个世纪的七十年代，人们刚刚从混乱中走出来。报刊上开展过一场轰轰烈烈的关于"人生的意义究竟是什么？"的人生观问题的大讨论，说什么的都有。

"主观为自己，客观为别人。"

"假如生活欺骗了你，不要悲伤，不要心急！忧郁的日子里须要恬静……，一切都是瞬息，一切都将会过去，而那过去了的，就会成为亲切的怀恋。"

"向后退只有死亡，向前进有死亡的恐惧，而生命永远在前方。"

"人必生活着，爱才有所附丽。……人来到世界上并不是为了爱情，人应当负有推动社会前进的历史使命。"

"对真善美的追求，才是人类精神生活的全部内容。而追求真的，是科学；追求美的，是艺术；追求善的，这就是宗教。

艺术既然可以不真实，宗教又为什么一定要真实？艺术的意义不在于真而在美。同样，宗教的意义也不在于真而在于善。

宗教一事，本为人心所设，信之则有，不信则无，完全在于虔诚。

人生，就和整个人类历史的进程一样，是一个各种各样的复杂内容交替出现的漫长过程。在不同的阶段，便有不同的主题。

痛苦与幸福的因果循环，才造成了丰富的人生。

青春是最美丽的，但并不是最宝贵的。在一个有所作为的人那里，壮年和中年才是真正的黄金时代，因为你在这时才真正地成熟了。我们的祖先说过：春华而秋实。"

"人在长期艰苦奋斗之后才终于踏上通向生活终点的驿路的时候，是不是都在寻找自己失去了的自由呢？"

"在又长又平凡的人生道路上辛辛苦苦几十年，好不容易望到了幸福的终点，谁不想把一直忍耐到今天的个性统统解放出来，到那广阔的世界去自由自在地旅行呢？"

"人生，——是一道永远没有正确答案的历史难题。"

"生活的路呀，究竟该怎么走下去？人活着究竟是为了什么？"

…………

也许有的人的内心独特感受与文学家的感受是一致的，但他却不能用恰当的语言将感受诉诸文字，而准确地表达出来。

中国人似乎变了，不是那么含蓄了。时代的潮流显出，青年人更爱表现自己激动的感情。

这更像精神流和物欲流所表现出的结果。

现在回想，那场大讨论也没有多大意思。虽然讨论的内容也触动过许多人的灵魂，让人震动，使人心悸。让我们窥见了人性中的某些弱点和敏感处。

夏日来临，大街上年轻漂亮的姑娘的裙子如花般飘扬。

离两江市区约摸三十公里的地方，有一座紫云山。山上终年云雾缭绕，是一个避暑的好地方。

自从结识了陈华之后,靳大品好像换了一个人。原来生活中还有这么多美好的东西。我以前怎么就没有发现呢?陈华这个神秘的女人,给了他全新的生活体验和爱情感受。爱情之水滋润着他,阳光照耀着他。靳大品好似焕发了第二个人生的春天,从里到外都洋溢着青春的活力和热情。

从某种角度来讲,当然也包括从动物学,人真的应该结几次婚。才对,才不枉过一生。

幸福不就是感觉吗?只要感觉好!——胖娃,你哥子东西还多吔。

一个周末,靳、陈二人决定利用假期上紫云山去休息两天,避避暑、消消夏。

紫云山,雄峙于两江市北部区佳陵江温塘峡畔,是七千万年前"燕山运动"造就的背斜山岭,古名巴山。

山间白云缭绕,似雾非雾,似烟非烟,磅礴郁积,气象万千。朝晚霞云,姹紫嫣红,五彩缤纷。古人观云雾之奇,赏红霞之美,故又名紫云山。

景区古木参天,翠竹成林,环境清幽,景色优美,素有"小峨嵋"之美誉。是观日出、览云海、夏避暑、冬赏雾,饱览大自然风光的最佳去处。

紫云山景区气候温和,雨量充沛,树木葱茏,森林面积广博,植物资源十分丰富。其中有桫椤、水杉、银杏、红豆杉、伯乐树、无刺冠梨等国家级珍稀濒危保护植物等上百种,有地方特色植物,如紫云槭、紫云四照花、紫云黄芩等数十种。共有各种植物近两千种。是长江中上游地区流域具有代表性的亚热带常绿阔叶林林区和植物物种基因库。山上竹林茂密,多达十余个品种。是两江市的"环保教育基地"、"中小学绿色教育行动野外实习基地"。

紫云山从北到南有朝日峰、香炉峰、狮子峰、聚云峰、猿啸峰、莲花峰、宝塔峰、玉尖峰和夕照峰等九峰。其中玉尖峰最高,海拔有一千多公尺;狮子峰最为险峻壮观,其余各峰亦各具风姿,尽显不同。

紫云山又是具有1500多年历史的佛教圣地。山中庆云寺,始建于南朝刘宋景平元年(公元423年),后曾称"相思寺"、"崇胜寺"、"崇教寺",曾多次受到历代帝王封赐。寺中自古办学,历来求学者甚多,称为"庆云书院"。书院也曾名满天下。寺内现存有宋太宗诵读过的二十四部梵经。寺外青石照壁上的"猪化龙"浮雕,为六朝文物。

佳陵江由西北向东南横切而过,因而在紫云山下形成三个险峻的峡谷,即牛鼻峡、温汤峡、观音峡。峡谷两侧山高岩陡,峭拔幽深,形势险要,其雄奇瑰丽之势,犹如长江三峡的缩影,故素有"佳陵江小三峡"之称。

两江市紫云山国家级自然保护区总面积7600多公顷，是以森林植被，自然生态系统为主要保护对象的自然保护区。是两江市北大门的天然绿色屏障，是主城区的肺叶，为两江市主城区附近的天然氧吧。

紫云山上到处是星罗棋布的度假村、农家乐，又卫生，又幽静。对于谈情说爱是绝佳之地。游人可林中漫步，也可湖水中游泳、荡舟。树上有秋千、绳床，还有金碧辉煌的庙宇可以求神拜佛，烧香磕头。饿了，有美食；渴了，有清澈又无污染的山泉水。

那份舒服和惬意，只有鬼神才知道。

脱去城市的喧嚣，追求心灵的宁静。恬淡、闲适、与世无争、天人合一，一切归于虚无。

有时，紫云山上的道士们，看着山下那些忙碌的人们那匆匆地脚步，心里叹道：傻子们，何苦呢？——俗。

凡人们没有修行，道行哪有和尚、尼姑、道士们来得高深。

说到平静，这时陈华的内心却是万丈波澜，并不平静。她的生命中也有过辉煌，可如今风光不再。工作没有了，家庭没有了，什么都没有了。她孑然一身，孤独无依，每到夜深人静的时候，还是感到十分的凄凉和凄清。

谁曾想，她碰到了靳大品，这是一个理想的值得托附后半生的男人。虽说大品有点迂腐，是个蜷老夫子。但人忠厚、老实。当然，最主要的是，他爱她。这就够了。

自己风光不再，青春不在，眼看着一天天老去，人老眼珠混浊，不值钱啦。自己要把靳大品牢牢地抓在手心里，后半生就有了着落。

我愿意陪他慢慢变老，共赴黄泉。

这个世界上，谁也靠不住。当然，我的靳大品除外。

丈夫离婚了，孩子归了别人。过去的同僚们早就鄙弃了她，没了往来。读书时同学们呢，早已雨打风吹，不知星散到哪里去了。

过去的生活全是一团破碎的、乱麻式的回忆。回忆已经没有什么意义。

"不要问我，一生曾经爱过多少人？

你不懂我伤有多深。"

……

……

现在的一切不切实际的想法都统统靠边去。找足钱财，攒够下半生的享受，就刀枪入库，马放南山。我就退休。我要去周游世界。

这才是正理。

## 第二十七章 人间都是怨

话是这样说，也是这个道理。是讪，我有天赋人权。老有所靠，老有所乐讪。但恐怕世间没有这味药！生活中，算路不把算路来，多了去啦。

靳大品榆木脑袋不开窍，但陈华不是傻子讪，她把深邃的目光投在了红土地温泉城管理有限责任公司的地盘上。——那里，有无限的商机。

自洗衣房风波之后，加上二十万元农民工工资被抢。这块曾打出过温泉水又权属于亚娜海公司的项目是彻底被搁置了，两家公司再也不愿共同开发这个已经熄了火的项目。但是，请注意，龚氏集团在前期工作中，是付出了相当大的血本的。现在，怎样收回成本呢？

亚娜海公司的态度非常明确，我们又没有撕毁合同。约定的是我们公司出土地，你搞地上建筑讪，谁叫你自行停建？

言下之意，你继续兴建，我公司继续合作。反正我公司又没出一分钱，你龚氏集团单方面停工，责任自负。先期投入的钱打了水漂，活该。愿赌服输。

另外，你公司若将此半截子工程转卖给第三方，门都没有。我的地盘上，谁敢来趟这浑水？

龚氏集团为此伤透脑筋。继续合作，硬着头皮干下去吧，唉！实在没有这个必要。既死了人，又伤了和气，双方已是心中不爽啦。丢掉吧，又实在可惜。关键是无人接招。

最好的办法是用成本价打给红土地的主人——亚娜海公司。啊，哦！说错了，不应该是成本价，而是贱价。贱到什么程度哩，也许只有站街女知道。她们懂得：什么是赢利？什么是持平？什么是贱卖？

陈华愿意充当这个穿针引线之人。媒婆这个行当在江湖上存在了几千年，媒婆的地位不可动摇。

当下，温泉项目是正当其时。许多人眼红得不得了，早有觊觎之心。到哪里去找地热水哩？温泉水不是你拍脑袋就能找到的。

亚娜海公司的梁总、李大海、罗尼德等人，早已是心痒如猫抓，急得不行。久拖不是办法，早日解决遗留问题才是正途。

互相背着对方，都对龚氏集团的前期投入进行了重新核算。全面钻探、全套图纸设计、已基本建好的三幢建筑物等。龚氏集团会计报告给靳副总和骆副总的金额是九百多万。而亚娜海公司测算得出的结论是七百万。

有两百多万的差距，但问题不大。只是看双方如何运作。

靳大品哪，你要把握这个机会哟！龚勇刚不在家，你是山中无老虎，猴子充大王哟。一朝权在手，便把令来行。呛呛一呛一呛呛！

别慌，不是还有一个骆副总吗？不要紧，那是配牌的，是个哑巴。可是哑巴急了会双脚跳哟，跳就紧他跳！怕什么？

这是陈华这个女人说的原话。男的急得屙粑尿，女的急得才双脚跳的嘛。说错了，说急了，不算数。

要知道，杀猪匠偶尔也有心细的时候。两个副总，一个是同父异母的兄弟，一个是从小长大的同学朋友。他们两个可以互相制约和牵制，才会平衡。

手端脸盆，盆中有水，手不端平，则水要溅出来。

他们第二次上了紫云山。这一次可不是为了观风景去的，他们另有任务。

他们分别是梁娜、李大海、罗尼德、江菊、苏晓琼等，另一拨队伍有靳大品、陈华、龙、虎二位保镖等。

龙、虎二人本是龚勇刚的贴身保镖，不离左右。但龚已去东南亚游历去了，又是度蜜月，所以二人没有跟去。

闲得无事，有些毛皮擦痒的，便跟了靳副总，上山来玩。

到得山上之后，两拨队伍都不约而同的进驻了"紫云山庄"。

"紫云山庄"位于紫云山的五分之四的高处的一个山窝里，后面是黛湖，面积约有百亩大小，两旁是郁郁葱葱的森林。山庄的前面是一片开阔地，混凝土铺就的公路从这中间穿过。

这个地势远看群峰环列，近看农舍田园，好一派无限风光。

## 第二十八章　海内有仙山

站在紫云山庄前凝神远望，但见峰峦叠嶂，群山列峙，林木联袂，郁郁苍苍，恰似一道绿色屏障。景区内，山、水、林、泉、瀑、峡、花等，自然景观俱全，佛、道、基督、天主、回教建筑，人文景观毕集。

好一个修身养性之所。

这里有许多美丽的传说。传闻，紫云山在远古时代叫做巴山。山上松翠花香，山下佳陵碧流，在这一带，居住着两个善良的氏族。

一个是巴族，一个是賨族（音丛）。他们和睦相处，靠打猎和捕鱼为生。山上有一个石穴，终年翻涌着一股暖人心脾的温泉水。这水，据说是王母娘娘的玉液池裂了一条缝，流淌到巴山来的仙水，巴山上的人喝了这仙水，岁数都活得很长很长；洗了这仙水，从不生疮染病。巴、賨两个氏族过得十分快乐。到了轩辕黄帝打败了炎帝，统一了中原以后，大封功臣，把一个掌管驱疫、驱鬼的臣子封为夏官、赐了他一个姓氏，就叫紫云氏。紫云氏生了一个名荼的儿子，性情暴躁，常在外为非作歹，涂炭生灵。老百姓控告到皇帝那儿，皇帝大怒，准备下令把荼处以极刑。紫云氏十分恐惧，他想起了同朝共事的高辛氏也有八个不成器的儿子，便去找他商量主意。他们终于盘算出了一个办法，向皇帝汇报说，巴山有一个仙泉，恳请皇帝批准由他们的儿子带兵到巴山一带去征服当地的氏族，夺取仙泉，将功赎罪。皇帝想占有仙水，于是，紫云氏之子荼为帅，高辛氏八子当先锋，率领上万兵士，溯江而上。一路上烧杀抢掠，巴族、賨族英勇抵抗。终因寡不敌众，最后剩下九位年轻的勇士退到佳陵江边的巴山上，以喝巴山仙水补充精力，坚持奋战了七天七夜，进攻者死伤数千人，荼帅气得两眼喷出火花，巴山的树木烧光了，岩石熔化了，鸟儿飞走了，老虎被烧死了，连巴山上空的云朵也被烤成绯红绯红的，待满山大火熄灭，九位勇士化成九座雄伟高大的山峰，挡着进攻者的去路，它就是现在的紫云九峰。从那时起，巴山上空的云彩，一早一晚，总是绯红绯红的，古时称赤色为紫色，于是人们便逐渐把巴山称为紫云山了。

亚娜海公司经过一番讨价还价，最终与龚氏集团（当然主要是靳副总出面做主），达成了购买红土地温泉城项目的全部产权的协议，这是双方妥协的产物。陈华对此立下汗马功劳。

亚娜海公司最终以四百万元成交，但合同和协议书上只写三百万，他靳大品暗地里要了一百万。这是他第一次对龚勇刚作了背叛。

没有办法的事，这是生活所迫。

梁娜、李大海等，是这样算的账，七百万变为四百万，既解决了这个棘手的遗留问题，又少支出三百万。账面上反映，是赢的。人说银子是白的，眼睛是黑的，隔壁王二是偷不去的。

在合同正式签订之前，靳大品还是装模作样的给龚勇刚打了电话告知此事。在电话中，靳反复强调，温泉城项目是个包袱，早处理比晚处理好。卖青苗，几百万的大生意，这事还得请示老大，得老大点头同意才行。

龚勇刚多了个心眼，在电话中说，兹事体大，容我考虑考虑，明天答复。随即杀猪匠拨通了骆明远的电话，询问此事。骆明远说不出话，干着急。等他弄明白这事的来龙去脉后，叫秘书代为告诉董事长，这事我不知道，这事有猫腻。

于是，龚勇刚第二天下午才打电话告诉靳大品，说：

"卖温泉城的事暂缓，合同不急于签，我过几天就回来。"

靳大品和梁娜他们在第二天等了一天，下午六时才等来这么个结果。不免让人有些气馁。靳大品开始喝闷酒，梁娜开始想主意。

据老年人回忆，上个世纪的二、三十年代，紫云山曾有虎豹出没，那时生态植被比现在要好，人类的活动范围也没有现在这么大。那可是真正的四只脚的老虎和金钱豹。

咦，何不来个敲山震虎，让杀猪匠会望而却步，不敢回来。梁董事长眉头一皱，计上心来，办法有了。

她把江菊、苏晓琼叫来，附耳密谈，三人商议了一阵。

她们三人开始分别给伍若副局长打电话，都是莺啼燕转、娇滴滴的声音。因第二天是周末，她三人力邀伍若局长到紫云山上来玩两天，来吃这山上的"野味"。紫云山上的"野味"可够多的啦，什么"红嘴鲤鱼"、"白腹锦鸡"啦，味道鲜着呢。

有那句说那句，这个时候，她们三人都已经同伍局长认识，吃过几次饭了。但互相有的只是仰慕，那个事还没有入港哩。有美女相邀，而且是三个女强人，公司副总经理级以上人物相邀，为什么不来？难道我男的还怕女的，公子还怕母子不成？去，为什么不去。

何况，电话中谈到晚上的安排，话言话语是那样的露骨和挑逗，暧昧得很。

伍若上得山来，大家接待是异常热情和周到。所有头面人物都殷勤地向伍局长敬酒，喝得他是酩酊大醉。然后由江菊和苏晓琼扶他回高档单人间——"松涛阁"休息。

他回到房间，就到洗手间去用手去扣舌头底部，让刚才饮下去的酒水全部吐了出来。今晚上他有正事要办，怎能让酒误了大事和好事哩。

那晚，江、苏二人没有回自己的房间。倒是"松涛阁"这单人间忽然改变了性质，成了三人间。

那晚，松涛狂吼，雷声阵阵。伍若总在想这个问题，每到晚上，不知有多少女人要被男人们压在身下？没有看见，想象得出。

第二天午饭，是在"松涛阁"内的小客厅里吃的。陪同伍局长进餐的只有梁、江、苏三个女人。

伍副局长仿佛刚起床不久，眼泡有些肿胀。他看见梁娜进门，脸上有一丝难为情，但很快就坦然了。

昨夜是疯狂了一点，可能怪我吗？是那两个姑娘够劲、够狠，又撕又咬的，差点活剥了我。

梁娜可不是来找他麻烦的，她在桌上大马金刀地坐好后，开门见山，单刀直入：

"伍局长，求你帮个忙，带人搜查一下龚氏集团，题目是寻找犯罪嫌疑人辛毛。时间是三天之内为好，我不要求有什么结果，只是震慑一下对方就行。至于活动经费吗？"

梁娜伸出右手五个手指，比划着，掌心朝上然后又朝下翻了翻。

伍若懂她这个意思，回答道：

"搜查辛毛这事我来安排，好说。至于钱不钱的，小事，用不着。"生意人的客气话你千万别当真，这是说着玩的。

伍局长带着几个人搜查了龚氏集团总部的当天，正想返回两江市的龚勇刚就收到了信息，他收回了马上返回的脚步。

这时，梁董事长的电话就打到了他的手机上。声音很轻柔宛转，内容却很强硬：三天之内，不签温泉城项目，永不谈此事。你自己掂量掂量。

永不谈，这不是要陷死吗？得几个钱算几个钱，签吧。龚勇刚此时明白，他被人绑在了战车上。

人生，要遇到多少难题。有时明知是悬崖，也只能睁着眼睛往下跳。胆小的人为了回避，就搞自杀这些把戏。何苦呢，常言道：没有翻不过去的山，没有趟不过去的海。凡事想开点。

警察要找辛花的哥哥——辛毛，那么，辛毛又到哪里去了呢？

辛花随龚勇刚出走东南亚之前夜，偷偷塞给哥哥一个白金卡，并告知了密码，要他随时放在身上，以备不时之需。

手中有钱，心中不慌。脚踏实地，喜气洋洋。

辛毛一溜，溜到了广西北海市。

北海是一座海滨旅游城市，这里游人如织，繁花似锦。城市面朝北部湾，远眺南中国海。

北海最著名的风景点，当属银滩。几十公里的海岸线，遍布雪白如银的海滩上，全是白色的细沙，在阳光的照射下，闪耀着银子般的光芒。这里海平如镜，海风拂面，海水温度适宜，一年四季均可游泳。故而全国各地来此游玩、度假、洗海水浴的游客是络绎不绝。

除了银滩外，北海的"人肉市场"也闻名全国。

"人肉市场"是自发形成的，地点就在市中心北部湾广场的旁边那条名叫山打根的椰风海浪街。

每当夜幕降临的时候，三三两两蛰伏了一整个白天的姑娘、妇女们就纷纷来到这条街的椰树下徘徊。等候着客人的挑选。

这些人来自全国各地，各个省份的都有。她们操着不同的方言，南腔北调，"南征北战"，大多年轻美貌。因为女人有高低之分，肥瘦之别，皮肤有黑与白的差异，所以，被当地人俗称为市场。市场内，就可以任意挑选。

做的全是皮肉生意。鼎盛时期，这条两公里长的街道两旁，全是"鸡母"，人数有七、八千人，有时甚至达到近万人之巨。

因为太伤风化，政府不时打击，驱逐这些人出北海之境。可过不多久，又死灰复燃。

北海太漂亮了，银滩的美无法诉说，游客们像海潮样的涌来。人多的地方才有找钱的机会。这是没有办法的事。

辛毛来到北海，租了一处单门独户的小院，安顿了下来。他白天到处闲逛，无所事事。有时泡下茶馆，有时又进网吧，哪样消遣哪样过，反正是打发时光。

一到傍晚，他就踱到山打根去，在姑娘群中挑选看得上眼的对象。谈好价钱，就带回住处，一同打发漫漫长夜。

辛毛这鬼头很会享受。他今天挑了一个肥的，明天就选一个苗条的。第三天选一个东北的，四天就选个西南的。高低胖瘦黑白，外省内省，他是通吃。真个逍遥自在。

警察倒是没有循着辛毛的脚印追，而是神偷侯长捷不知怎么嗅到了辛毛像母狗屙尿遗留下的骚味，与大熊跟踪而至到了北海。

当然，这都是辛毛在北海落脚大半年后的事了。

茫茫人海，何处寻辛毛？他们钻遍了北海市的大街小巷，连人毛都没见着，更不说辛毛了。

一打听，知有山打根这个市场。他辛毛孤身在外，拥有的只是无边的寂寞。从他的狼走千里吃人、狗走千里吃屎的禀性来分析，辛毛定会是山打根的常客。

不如来个守株待兔，定会叫辛毛无所遁形。

你说也怪，他们二人在这条街上蹀躞了十天，竟然是一无所获。

原来，晚上睡觉蹬铺盖，下边热后背心冷，辛毛病了——重感冒。在病床上挣扎了十来天，才可以勉强下床。

熊军、侯长捷二人做梦都没有想到年轻的辛毛会躺在冰冷的私人小诊所里输液。

两人只好打道回府，怏怏而归。

风流鬼辛毛因这场病而阴差阳错地躲过了一劫，暂免于难。算他小子命大。

回到两江市，又过了大半年，欲望难抑的大熊去两江市的一个偏僻的小地方嫖妓，虽说档次有点低。但他觉得很对自己的脾胃，他从骨子里讨厌那些浓妆艳抹，矫揉造作的所谓档次高的女人。就是一个母的，只要是个活的女人就行。

谈好价钱，也不作什么感情上的交流，发泄完就走人。干脆利落。

这次遇上的是一个半老徐娘，可在价格上大熊还费了点周折，为什么呢？她要的价钱明显与价值不符，她的要价比行情高了一截。大熊犹豫了一下，还是勉强随她走进一处低矮的出租屋。

在交易的过程中，那个徐娘还在喃喃自语，嘴里在咕噜着什么：

"这点钱算什么，我在北海时……"

北海！大熊脑中灵光一闪，不就是辛毛呆藏之地吗？天下真是无巧不成书，兴许这个北海卖过淫的女人就见过辛毛这个鬼佬，也未可知。

他停止了"规定动作",从放在一旁的裤兜中掏出一张辛毛的照片,对那女人说:"你认不认识这个人?如若知道,我给你今天十倍,不,百倍的报酬。"

那女人来了兴致和精神,一改刚才懒洋洋应付式的样儿,拿起辛毛的相片仔细端详起来。良久,她说:

"这个人带我到过他的住处,如果情况没有变的话,我能找到他。"这真是踏破铁鞋无觅处,得来全不费工夫。

原来那个徐娘刚从北海返乡不久。也活该辛毛倒霉。

大熊瞬间转变了态度,对那女人百般温柔,爱抚。他甜言蜜语地对徐娘说:

"那个人是我的亲爹,你若能带我们找到他,你就是我的亲娘。亲娘吔亲娘。"那晚,大熊就宿在那里,把那半老徐娘爱了个够。

这有啥话说,坛子头捉乌龟的事,还不是手到擒来。可笑世上士,沉魂到丰都。

第二天,四个人驾了一辆桑塔纳,又到了北海去了。哪四个人,你猜猜?

在辛毛临死前,米大姑对他进行了百般侮辱。她要以牙还牙,以眼还眼。辛毛死后被人打捞上岸,发现他的双眼大睁着,双眼神上写着两个字——恐怖。他的尸体是在北海银滩的外海发现的。

八面山位于两江市主城区大约一百公里的地方。这里,高山巍峨,群峰耸峙。在主峰仙女峰顶上,是一块大平坝,上面长满了绿油油的青草,面积大概有好几十平方公里。草原的尽头是一个高山湖泊,人称仙女湖。据说,在月明星稀的夜晚,曾有古人见过天上的仙女在此沐浴,在湖面上翩翩起舞。因此湖得名叫仙女湖。

这八面山一带的人们,习惯于把高山上的平地称为"盖"。所以,这里也叫仙女盖。又被人们叫称为"南国牧场"。平坝里,山民们放牧着马群和牛羊,象片片白云,在草浪中时隐时现。平坝的周围是绵延起伏的群山,山上长满了各种各样的树木。有的还是原始森林,因为人迹罕至。山上飞鸟众多,植被茂盛,是野兽们的天堂。

仙女湖所在地原是一个国有林场,现在却摇身一变,成了著名的旅游胜地。近年,高速公路从山脚下通过,因而交通变得异常方便,每年来这里旅游的人不少。

因仙女峰海拔高度有两千多米,所以,冬可赏雪,夏可避暑,是两江市名副其实的"都市后花园"。随着各种旅游推介会的大力宣传，景区里软硬件设施的逐步完善，仙女峰风景区的名气也越来越大，被海内外人士所认识，正在以全新的姿态大踏步地走向世界。

鲁建生所兴办的"中华武术运动技击学校"就坐落在仙女峰的山脚下。这里地势开阔，视线良好，日照充足，各种设施一应俱全。

每天早晨，是学生们晨练的大好时光。天不见亮，学生们就起床，在教练的带领下，进行五公里负重长跑。男女生一视同仁，雷打不动。返回后，人人都像从水里捞出来那般精湿。洗漱、早餐毕，就是各种专业课。中年饭后有一个小时的午休时间。下午就是理论课，文化知识课。

学生们既可以补习文化课，又可以学习为今后参加就业创造机会的技能，如中华武术，跆拳道、印度瑜伽、烹饪、制衣等。这里还有各种机器设备，供学生实习。甚至还办有减肥康复中心，反正都是不菲的收费项目。

这所学校与两江市的大企业、酒店、超市、宾馆、工厂等都有联系，学生毕业后，可到这些地方实习或是直接参加工作。

女生一般是到宾馆、酒店当服务生，或是到制衣厂上班。男生就业的范围则要广阔，进工厂、当保安，有事干就行。这年头，凭力气找钱吃饭，谁也不亏欠谁。劳动者有生存的权利，有一分劳力才有一分代价。

雄奇秀美的山川河岳，引人入胜的南国风情，优美动人的民族歌舞，人杰地灵的形胜之地，本来是应该出大人物的地方。可是，鲁建生的中华武术运动技击学校却麻烦不断。

为了争地盘的边界和人畜的水源，还有就是进出山下的通道问题。学校与旁边一个叫赵家村的村民们有了尖锐的冲突。学生们当中也有不听话的调皮的人，因为生活清苦，开始小偷小摸。村民们发觉，有鸡鸭莫名失踪或减少，庄稼地里的水果、蔬菜也被人任意采摘，损失不小。

他们就挖断引水渠，将报废的车辆假意抛锚，阻在路上，夜晚向校内投掷玻璃瓶或是石块……

双方关系闹得很僵。

学校的挂名校长是一个六十多岁的老头，原是国民教育系统的一所中学的老牌校长，退休后，别人推荐，来这里任校长，搞管理工作。

他对黑狐帮的底细是全然不知，只是展平身所学，尽管理之能。做事领钱。要说他本有一笔不菲的退休金，但在家里闲着也是闲着，不如身兼别职，就拿双份工资。儿子、媳妇、孙子才会更加粘他。

家有老，是个宝。但可叹的是，社会生活中，好人命不长，祸害千年在。

*235*

老校长为学生们与赵家村的村民的矛盾纠纷而痛苦，他为此而向董事会们经常报怨。老的管理办法已经逐步失灵，新的方法又没有产生。社会矛盾凸显时期，各种冲突难以避免。其实质就是利益的争夺。

鲁建生凡事躲在幕后，她只是武术运动技击学校董事会成员之一。虽然实权在她手上，她也有地下武装——别动队。可是对付广大的村民们，这个派不上用场，她也不敢惹更大的麻烦，让别人或是某种势力盯上。她是干大事的人，不要小不忍则乱大谋。

新中国成立之初，正是百废待兴时刻，而美国佬却把战火烧到了鸭绿江边。于是，举国上下，同仇敌忾，几十、上百万好儿女雄赳赳、气昂昂跨过鸭绿江。抗美援朝，保家卫国。既是叫得最响的口号，也是脚踏实地的行动。

赵家村的村民赵石宝作为入朝参战部队的一员，也胸戴大红花上了战场。朝鲜第三次战役时，他因腿部负伤而成了美军俘虏。不久又从韩国辗转被押到了台湾。

几十年过去，他已是高龄老者，虽说娶有一台湾籍女子为妻，但膝下无子女。令他晚年十分思念家乡。头上的白发是东北战场凝固的冰霜，腿上的弹片证明他朝鲜战场负过伤。赵石宝如今是台湾的富商。

在有生之年，他偕老婆返回了赵家村。

父母忠贞为国酬，

何尝怕断头。

而今天下红遍，

江山靠谁守？

业未终，

劳驱倦，

鬓已秋。

你我忍将夙志付东流？

杰作红楼千古，

影映封建王侯，

自古忠臣出逆子，

唯有宝黛入神州。

赵家村的江山靠谁守？当然还得靠赵家村的村民。世世代代传承下去，这是人们理性的自然的必然选择。

赵石宝回到家乡，父母、亲房、儿时的玩伴，大多已经故去。他不禁老泪纵横，抚今追昔，昨逝而今非，情难自禁。

## 第二十八章 海内有仙山

青山依旧在，几度夕阳红。夕阳黄昏让赵石宝慷慨解囊，他拿出一大笔钱修公路，建学校，办养老院，为贫困户送去救命钱……。

赵石宝成了赵家村的活菩萨。

鲁建生得知了这个消息后，她去结识了赵大商人，并拜他为干爹。不知怎么滴，这个赵石宝一见她就有一种亲近的感觉，他仿佛觉得，这个女孩就是他的血缘至亲。鲁建生使出浑身解数，让赵老头欢喜得不得了，整天乐呵呵的。

干女儿有才有貌，又有能力，小小年纪便办起了自己的事业。这是难能可贵呀。

鲁建生也从赵石宝做善事的过程中，感受了行善举的伟大力量。刀枪不能解决所有问题。人们渴望和平，也需要善良。

自不消说，在赵石宝的主持下，武术运动技击学校与赵家村签订了互不侵犯和平友好条约。并且约定，有事和困难双方要互帮互助。

在合约签订后的庆功宴上，赵石宝这个老头子颤颤巍巍的当众宣布，他要将鲁建生带到台湾去，让干女儿去继承他的事业。

赵石宝并要鲁建生当众保证，要永远支持赵家村的未来发展和子女们读书问题。江山江山，千秋万代。

事情出乎大家的意料，这鲁建生拜干爹这一刹那，岂止是双雕哟。这不知是多少只雕哟！

事情是好得不能再好。赵石宝及其妻子也享受到了鲁建生和部下们所能最大限度提供的待遇。竭尽所能吧，天上的月亮和云彩，地上的飞禽和走兽……只要你有所求，我们就去搞。

耄耋之人，又能有何求？

虽说黑狐帮首领鲁建生能有此奇遇，这是因她命运多舛，上天所赐之福。但她的手下骨干并没有因此停下前进的步伐。

刘明强在执行的是永远不变的任务，他像靳大品和陈华的影子，如影随形，如附骨之蛆。其实，刘明强的名字应该改过才对，他应改名叫黄雀。黄雀、黄雀，谁才是真正的黄雀。

两个黄鹂鸣翠柳，一行白鹭上青天。那是黄鹂，不是黄雀。

靳大品拿到了亚娜海公司的百万元巨款，他准备把它交给陈华保存。他签红土地温泉城出让合约前，就拿到了这笔钱，这是他与陈华实施的"远走桃园"计划之一。

钱一到手，合同立签。这是行规，不然，事后食言，又说不出口，就会吃哑巴亏。社会上流行：什么都可以吃，天上飞的，地上跑的，水里游的……就是亏不能吃。

他与陈华昨天约定,这个周末上仙女峰玩儿,就不去紫云峰了。而陈华哩,因工作是晚班性质,所以要稍落后一步才能到。

大品独自一人驱车到了仙女湖风景区,找了一家宾馆安顿下来,就乘着习习的晚风,去吃烤羊肉,边等心上人。

他回想起自己的学生时代,那么多美好的岁月,不觉已随时光远去。只留下一丝惆怅和叹息。随着时光的推移,年龄不饶人呀。自己过不惑而奔天命,就是活到七老八十也有死亡的那一天。死亡,究竟是一个什么滋味呢?

也许在死神来临的那一瞬间,人才懂得人生的真谛。可是,那时信息已肯定无法传递。

这或许是人类的最大遗憾。

他来到南国牧场的边缘,伫立良久,大品让思绪飞奔,让灵魂的附着物——幻象去纵情驰骋。云轻轻兮欲雨,水淡淡兮生烟。往事如烟。

爱好文学的人,有时就爱让灵魂出窍。

## 第二十九章　怒杀黑狐帮

就在靳大品神思飞扬的过程中，有两拨人在他左右，只是双方互相不知道。是谁呢？先不讲。

你既然要风风火火上仙女峰，我们就要该出手时就出手，来不得半点犹豫和温良恭俭让。机会稍纵即逝。有时机会留给人的并不多，这也是老天爷的不公平之处。还莫说你到了我的地盘上。

一辆车悄无声息地滑到靳大品身边，停了下来。从车上下来四个蒙面人围住了靳大品，这时，靳副总经理才感到有些不妙。

这时，残阳如血，晚霞已淡淡消退。这是一天中，最美的黄昏时光。

两把短刀抵在胁下，一把长刀搁在颈上，靳大品僵住了。此时的危情险景，奇怪得很，靳大品却一点也不慌乱，这是怎么搞的？难道说他刚才已回顾了自己的前世今生，已经淡定从容，泰山崩于前而不变色？今生死而无悔。

抑或是他有所仗恃和依靠，你问我，我问谁？这只能是靳大品才能回答这个问题。

"表独立兮山之上，云容容兮而在下。杳冥冥兮羌昼晦，东风飘兮神灵雨。"

一个低沉的声音响起来："靳大品你听着，那百万元放在哪里？不拿出来，就是死。"那声音带点磁性，若是唱抒情歌曲，定会催人入梦。

但靳大品一点也不觉得好笑。这不是好笑的人和事。

刀架脖子才知事态严重。

靳大品心想，若此时死了，我的故事无人知道，到此完结。我的遭遇就无法向世人诉说。不行，不能耍横硬顶，蚀财才能免灾。

他假装镇定，对那打头的人说道："我带你们去拿钱，但不要伤我性命。"靳大品将带来的现金用纸箱装着捆好，放在车辆的后备箱里。但他多了个心眼，不说出东西放在哪里，只说带他们去取。

239

那四个蒙面人也是艺高人胆大。心想，你靳大品一个文弱书生，砧板上的肉，任我们砍任我们切。

那磁性的声音发话道："上我们的车头前带路，我们是只要钱不害命，拿钱走人。不许耍什么花招。"

五人一行驾车驶向仙女湖景区的露天停车场，这时，天已经完全黑尽了。夜幕降临，黑得像化解不开的浓浓的乡愁。

车在途中，靳大品在琢磨，谁能知晓我得了不义之财？谁又能了解我的行踪？这事属绝密行动，难道是陈华那个婆娘起了歹意？想到这里，他不由得倒吸了一口凉意。

这可真是狗咬吕洞宾，不识好人心。此事是黑狐帮所为，与陈华无关。

稍稍有点思想和水平，素质好的女人，在社会上，在生活中，总想遇见自己心仪、又合得起自己禀性脾气的男人。可白马王子总是可遇而不可求。女人们一直在瞎摸、乱闯，但总是少数人才能如愿。多数女人总是上当、受骗，恋情失败。

其实，男人们又何尝不是如此。

这个矛盾的现象、纠结的问题，又该如何解决呢？

来到停车场，场内空无一人，因夜风太冷，客人们都躲到房里去了，有的去饮酒作乐，有的人早早地搂着女人睡觉啦。谁来关心外面的破事。

四个蒙面大盗押着靳大品下了车，向他的宝马车走去。那四人前后左右，把靳大品围在中间，像是在好莱坞电影大片才能看见的场景，像是在保护一个重要的证人。

山里的夜色比平坝黑得早些，只有远处有微弱的灯光。不闻犬吠，不见人影。

走着走着，走在最后面的一个蒙面人嗵的一下栽倒在地，嘴里没有发出任何声音。但他人倒地的声音惊动了另外三个人，他们不由地转过身来。两个黑影扑了上去，其身影快如闪电。

只听噗噗连声，是短刀刺入人体和割断人喉咙的声音。片刻只时，那另外三个人也死在了地上。

这二人不是别人，正是龚勇刚的七大杀手中的龙、虎。七大杀手一夜之间被挑了五位，豹又莫名失踪，这让剩下的龙、虎二人十分窝心。这段时间过得是生不如死。丢面子事小，他们那些生活在黑暗中的人，本身就没有什么面子。可是报仇事大，那复仇的烈火一直在他们胸中熊熊燃烧。烧向谁呢？到处都是"水"。

## 第二十九章 怒杀黑狐帮

此仇不报非君子。可找谁报呢？还犯嘀咕，成了无头苍蝇哩。

这下可好，他们暗中保护靳副总，就碰到靳大品被人劫持。这四个蒙面人不是羊落虎口吗？倒了血霉啦。

龙、虎二兄弟成名多年，手上功夫自是不弱，只三下五除二，成啦。救了靳大品，本是骆明远派他二人跟踪，名义上叫"暗中保护"，但事无巨细都要汇报，这下歪打正着。

靳大品免了血光之灾，骆明远事后闻讯后悔万分，这牌出得臭。

龙、虎二人没敢闲着，他们分别扯下四个人的头套，用电筒光一一照射察看，四张都是娃娃脸。他们三人谁也不认识。

要确定劫持人员是何方神圣所为，难了。

现在事不宜迟，处理尸首为要。哪管他是谁家孩子。

他们将尸体抬进小车的后备箱，处理干净地上的血迹。这些善后工作对于他们是轻车熟路。一会儿工夫，驾车走了。

除了夜风继续吹着，这里平安无事啰，一切归于寂静。

临走之时，龙虎二人要靳副总一同离开，免得再出事。靳大品很坚决，一夜间不可能同时安排两拨队伍杀人。只有美国大片才千篇一律。

人不可能两次踏进同一条河流。

据说，那晚农研所内的鳄鱼池中又非常热闹，撕扯声、水浪声、大半夜都没有平息。吵得远处的部分居民又没有睡好觉。这鳄鱼们是吃饱了撑的？白天晒太阳，咪耳攒蹄；晚上出来过"夜生活"，寻欢作乐了吧。

又有人闻讯来买鳄鱼肉了，那时段的鳄鱼肉特别香，不涨价都难。咦！这些人好敏感哦，只要头天晚上人池中河翻水浪，闹腾得欢。尔后卖出的鳄鱼肉就是要比平日里的好吃。

这成了铁定的规律啦。这规律之中是否有客观真理可寻。

黑狐帮失手，并丢了四个别动队员的性命。这还是破天荒的事，令鲁建生是既怒又恼。虽说近段时间她得赵石宝之力，船儿开得是又快又好又稳。出道已有十年，大要案件作了数十起，还没有一次失过手。也没有一家受害者报过案。她们在警方没有案底。

因为计划周密，都是高智商犯罪，天衣尚且无缝，谁能拆穿她们的把戏呢？莫不是被人反跟踪，着了人家的道儿。被人挫了锐气。

鲁建生要刘明强带一班铁杆弟兄，昼夜监视各大黑帮的动静，她要带人全力掩杀，把黑狐帮的威名树起来。我们不能让人小觑了。你既请我吃早饭，我就请你哥子吃午餐。

鲁建生的干爹和干妈回台湾宝岛去了，他们要去办好各种手续，等手续齐全合法了，就把宝贝干女儿接到台湾去。钱财对于他们，只是一种符号，并没有多大的实际意义。多少年前就有人说，钱是人制造的，可人又成了钱的奴隶。——这就是异化现象。

我们是否可以考虑，摒弃钱币这种流通方式，换一种另类的社会生活方式，行不行得通？

鲁建生有霹雳手段，也有菩萨心肠。她想老头子那边的手续一旦办好，她坐飞机离开大陆的那一刻，黑狐帮就动手。

台湾可是一个好地方。阿里山、日月潭、太鲁阁、鹅鸾鼻……那是一艘太平洋上的永不沉没的"航空母舰"。虽然地处环太平洋地震带上，但上帝对他们还是眷顾的，也是仁慈的。

每当月圆中秋之夜，两岸同胞那份相思情、蜡炬泪，可将太平洋的海水点燃。分裂的骨肉同胞，何时才能团聚。

变动难，一定成。就是变中求一，动中求定，难中求成。世界文化是多元的，呈现出纷繁复杂的色彩。那么，古代四大文明古国对世界所作的贡献，无法估量其影响力。我们为此而庆幸。

地球真是一个神秘的星球，上帝为什么创造了人类？给了人类那么多的快乐、幸福和痛苦。把人类所能看到的和想象到的都集中地搬到了地球上。美丽的风景，大自然的奇观，伴随着潘多拉的魔匣，快乐与痛苦混合、幸福和不幸交织。冰天雪地、热带雨林……它们究竟想要证明什么？或是要给人类什么启示？

在神秘的大得无法想象的宇宙中，地球肯定是一个独一无二的自然现象。哲学的僵化模式非改不可，人思考人，人探索人是一种不可逆转的思想潮流。哲学产生了那么多的流派，但哲学却无法解决所有的社会现象和问题。人类应该交流思想，交换意见，交融感情。

美国不可能万年强大，中国不可能五千年无能。

鲁建生忽然有一种感觉，人们的喧嚣毫无意义。我真能到台湾去，我就出家去当尼姑。斩断情丝与尘世的联系，我要放下屠刀，六根清净，立地成佛。

名人出家，报上时有刊载。以前自己总不明白，他们又有钱又有名正当盛时，为什么要选择出家呢？

她现在终于有所感悟。我们的小女孩鲁建生长大了。

这是名人觉醒，这是宗教的繁荣，这是进步带来的消极和颓唐。人们穷时想富，富了又想返璞归真，我们真的不知道我们该怎么办？

## 第二十九章 怒杀黑狐帮

太多的悬念留给后人去探索。

外国人有一本书,书名叫《世界是平的》。平的,地球不可能是平的,那是骗你的。

你有枯燥的说教,我有闪光的追求。我们不能迷路生活中。雨果说:"人只有一个冤家——无知"。

假如你觉得以上这些言论都是错误的话,那么把印度诗人泰戈尔的话送给你:"如果你把所有的错误都关在门外时,真理也要被关在门外了。"

试想,真理进不了你的门,你活着还有什么价值和意义?

活着不如死了的好,这是自杀者的信条。——永恒的真理。

鲁建生很快从刘明强那里得到信息反馈,手下的四名黑狐帮别动队员,是龚勇刚的两个贴身保镖龙虎所为。龚勇刚不在家,龙虎又暂跟副总经理靳大品。尸首可能被抛进了龚氏集团属下的农科所内的天、地、人三湖中的鳄鱼湖。

女匪首下了指令,一张大网悄悄地张开,她要将靳大品、陈华、骆明远、龙虎等一网打尽,叫他们死无葬身之地。

计划一定要周密、详细,无懈可击。而且要不露一丝痕迹,要他们死了还不知是何人所为,大睁着眼睛尽显茫然。才解我心头之气。

这是什么混账逻辑?她杀别人、抢别人,可以搞。别人就不能搞她。要叫龙虎二人知道有黑狐帮这么一个黑社会组织存在,其首领还是一个妙龄女郎的话,他们不做则已,要做就是上下一齐搞。

就在这时,天大喜讯传来,冷月刀鲁建生的母亲鲁生回两江市了。

几十年沧桑巨变,她鲁生不知是怎么的活过来了,居然没有死。她背已佝偻,头发稀疏,耳朵已背,两眼已昏花。是一个大半截快要入土的典型的老太婆啦。人们不难想象,在东南亚的丛林中,她肯定受尽了非人的折磨,过的是人鬼不分的生活。

她找到了残疾人夫妇,只是不断地询问女儿的情况。鲁生一点没涉及离别后自己是怎样煎熬过来的,往事不堪回首,非人的生活、痛苦的日子过去了就让它过去了吧。

鲁建生却接受不了亲生母亲来相认这个残酷的事实。母亲在我二岁时离开,我还尚未记事。是残疾人母亲一把屎一把尿把我喂养大,拉扯成人。才有我冷月刀的今天。那时,你到哪里去了?在那些凄风苦雨的日子里,我多想躺在母亲温暖的怀抱里,你又到哪里去了?我受了委屈,无法向人诉说,只能躲着被窝里偷偷哭泣,你在哪里呀哪里呀?我有时在梦中呼唤:妈妈呀,妈妈,

243

女儿想你呀。那时,你为什么不回来看我呢?

不,你不是我的母亲,你是一个与我不相关的女人。

可残疾人夫妻说:孩子,你错了。她真是你的亲生母亲。我们不会骗你。她叫鲁生,你叫鲁建生,父亲是李建。早死了。鲁生与李建所生呀,残疾人父母不可能骗她,这一点她比谁都明白。

但我怎么转得过这么大的弯子呢。命运是不是在捉弄我。

鲁建生在母亲这个问题上,陷入了极端痛苦的矛盾的漩涡中。

鲁生很认命,也很安详。她理解女儿的痛苦,她要给女儿时间,让她回过神来。鲁生的生活好歹算是安顿下来了。

罗桑星不知道黑狐帮的存在,但认识鲁建生。他知道这事后,来了兴致。他不断地去拜访鲁生,想让她给他讲这些年发生在她身上的故事,他要给鲁生写回忆录。热带丛林里的毒蛇猛兽,丛林小溪的山岚瘴气,可歌可泣的武装斗争,男欢女爱的爱情故事,毒品贩子,旧党国军人,土著人……是那样地令人着迷和向往。

鲁生的传奇经历写出来就肯定会成为畅销书。

但鲁生毫不犹豫地拒绝了罗桑星的请求。不管罗是怎么的软磨硬泡,死缠烂打,苦苦哀求,她仍是一口拒绝。不行就是不行。

谁愿去揭伤疤?谁愿在伤口上撒盐?

但罗桑星并不死心,他要想办法,总有一天会达到目的。

大多数人的生活像一杯白开水,平淡无奇。不是谁都具有传奇色彩的人生。

在王亚娟的越洋电话不断催促下,梁娜在静悄悄地作外出考察的各方面准备,其护照上的目的地,清楚地写着是新西兰和澳大利亚。

她这次出走的主要目的是考察约翰·哈利在澳洲犹文图斯的别墅。另外,还可附带考察一个可以投资的长远项目。有了永久的产业,经济收入就有了保障。不靠任何人,或是发生婚变,都能立于不败之地。

我们的民营企业家,算盘打得精着哩,他们一般都比国企的那些老总们聪明得多,也精得多。

当然,梁娜出走,不会忘记带上儿子梁关海。她们母子俩这次是真要去看辽阔无边的大海啰。

家中的工作也作了详细安排。几个副总各有各的分管部门和业务,李大海暂时主持全面工作,罗尼德仍然分管内务和办公室工作。

亚娜海公司高层才知道和掌握的"特别行动队",关索玛死后,由马奔接任队长，增补范晓生为副队长。母兵、大熊、侯长捷仍为编外人员。母兵仍然待在山沟里当他的仓库保管员。

李大海这天晚上和罗尼德在公司宿舍楼内喝酒，谈到梁总即将远行一事，罗尼德不无担忧地说：

"梁总这一去，也许永不回头。亚娜海公司辉煌的日子将不会再有，我们应早作打算。老了魂归何处，到哪里去颐养天年哟！"

"日子混一天是一天吧，或许情况没有想象的糟糕。"

两人都对公司的各方面情况了然于胸，平日里都在不断地交换自己对某些问题的看法。情况现状摆在那儿，不说都明白的事。

但二人心里比谁都清楚，亚娜海公司是民营性质的股份制企业。二人都是光杆司令参与草创，没有本钱投入。虽说是有功之臣，实质上就是帮人打工，高级"丘二"而已。

特别是李大海，这些年付出不少心血。为公司的生存和发展是殚精竭虑，忙了上头还要忙下头，忙了这头忙那头。累成阴虚不说，还落下了腰痛的毛病。房事问题也是不是阳痿就是早泄，与往年不可同日而语。

古人说：一醉可以解千愁。今人说：酒是一包药。吃得跑不脱。有顺口溜说：革命的小酒天天醉，喝坏了党风喝坏了胃。喝得老婆掉眼泪，做了工作还背对着睡。有人告到纪委会，纪委说话很干脆：该喝不喝也不对，我也三天两头醉。可见，在中国，喝酒是一个非常普遍的现象。俗话说：无酒不成席。婚丧嫁娶，生朝满日，没有酒成何体统？这就不叫办宴席。古语云：来客不饮空归去，洞口桃花也笑人。

甚至连远在欧洲的莫斯科人也对酒情有独钟。他们讲：伏特加酒六块八，我们仍然要喝它；如果涨价到十块，买上几碗搁在家；若果还要再涨价，就把波兰搬到我们国家。

寒冷的西伯利亚多么需要和渴望酒精的麻醉和暖意，不让他们饮酒，他们就要成立团结工会。为了饮酒不惜造反。

三国人物曹操说：对酒当歌，人生几何？……何以解忧，唯有杜康。李白斗酒诗百篇，可以说没有酒就没有李白，就没有世界闻名的大诗仙。

可见，酒对于国人的重要性，不言而喻。

什么"酒逢知己千杯少，话不投机半句多。"

什么"座上客常满，杯中酒不空。"

什么"酒逢知己饮，诗向会人吟。"

什么"三杯两盏淡酒，怎敌它晚来风急。"

饮酒成了国人人际交往的一种最重要的方式。与人饮酒、谈话投机可以迅速拉近两个陌生人的距离。酒成了一种语言，只有熟悉和认识它的人，才可以无滞涩的交流。

中国人的饮酒问题，是古人千古不变的话题之一。也是中国独有的一种文化和社会现象。因为酒精的作用，前人留下了多少灿烂的诗篇和美丽的故事与传说。

在中国，禁酒根本就不可能。醉驾可以严禁，禁酒就是三个字——不可能。

酒至酣处，人可以吐真言。

深夜，一个酒鬼从小巷深处窜出来，嘴里哼着："我吃了一点白面呀，我快乐得像个神仙呀……"让人一听，就知是灌了黄汤。

酒壮英雄胆，深夜我独行。酒醉鬼做了多少令人匪夷所思的事，能占报纸大半的篇幅。

李大海和罗尼德已是酒至深酣，自是毫无顾忌，有啥说啥。

罗尼德说："李兄，我们经历相仿，年龄相近。来此做事无非为个'钱'字，不如作好两种准备，如何？"

"未曾行兵先行败，做个预案也是上策。"

"一是捞一手钱，就撤退，后半生无虞。二是撇清与黑社会有瓜葛的事，我们就能鞋不打湿而上干坎。"

"说得撇脱！钱怎么捞？怎样上坎？"

二人均已是脸红筋胀，口齿舌笨，但意思清楚无误。

"盯准不显山不露水的钱就捞，只搞一次，不搞二回。久走夜路必撞鬼。与黑社会相关的事，要出事不在现场。我们怕溅血。"

"容我想想，今晚有点醉了，明天再议……。"

"明天？明天有明天的事。今朝有酒今朝醉，明日愁来明日忧。我有现成的主意。"

"唉，隔墙有耳，此事不要深谈。明天，明天。"

二人是一醉方休，尽欢而散。

李大海有时要同罗尼德开下玩笑，以调剂一下气氛。有时也戏谑地称罗尼德叫"老青鱼"。

他的理论依据是：大江大河大湖里的各种鱼类，不管你是用电打也好，用网捕也罢，用钩钓也行……用尽各种捕捞办法。但总有漏网之鱼汕，总是捕捞不尽绝训？这就叫鱼打千层网，网网都有鱼。网打的是背时鱼，罾搬的是过路鱼，钧钧的是好吃鱼。逃掉的，一天天长大，一年年变老，不就成了"老青鱼"了。

罗尼德就是漏网的"老青鱼"，老罗听了，也不生气，还是笑呵呵的。

第二天早晨一觉醒来，李大海分析掂量"老青鱼"的话，不无道理。是讪，人家年轻人是不怕哟，依仗年轻，还有几十年可活，啥事敢干也胆大。拿青春赌明天，就是进了牢里过了几年放出来，也是好汉一条。

人家又有足，脚杆又长，一跑就到九洲外国去啰。我们呢，跑又跑不动了，若因事进局子里去，可能这辈子就算玩完了。

辛苦大半生，钱，钱没有。人，人没有。这几十年无非是混口饭吃罢了。耗子舔米汤——只够糊嘴。说起来也惭愧。众人面前龙门阵摆不得。说起笑人巴沙的。

他前思后想，决定赌一把，但此事一定要是万全之策才行。不然，李罗二人是只吃得起补药而吃不起泻药哟。打定主意后，他给罗尼德拨通了电话，说："老青鱼，我们今天晚上继续喝酒，昨晚上的故事接倒摆。要不要得？"

老青鱼会意，回应他道："要得，要得，龙门阵接倒摆。"

五十九岁现象，在两个干部出身的人身上，开始应验了。他们想最后捞一把，分手散伙。

可天不遂人意，等到了晚上下班之后，二人正摆上酒菜和杯盘碗盏要举杯时，江菊和苏晓琼二位联袂推门走了进来。

# 第三十章　何尝怕断头

两位美女副总进门就嚷："咂，关起门来吃川汤，瞒倒我们哟？李总，罗总。"

李大海甚觉意外，便说："晚上无啥事，又无处可去，就弄了几个家常菜喝下小酒。"

罗尼德张罗着，又摆出两副碗筷说："不嫌弃，来将就吃点，如何？"

李大海忙接上话茬，说："用这个菜招待江总和苏总，实在不像话。我们干脆到外面去吃饭。"

苏晓琼忙说："我们吃过了，我们不是膝盖洗得好、洗得巧，而是来找你们商量事情的。"实则江、苏二人刚从梁娜处出来，就上门来了。

内情话今天是不能摆了，那就另抽时间吧。好在李、罗二人都是狡猾的老狐狸，随机应变性强。让了她们一会儿后，就李、罗二人吃饭、喝酒，边听她们二人说来意。

江菊自关索玛在她身上骑马惊风而死后，人瘦了不少，话言话语也比往日里少了许多。更显端庄、沉稳和妩媚，有了职场女性的成熟风范。而此时说话的还是苏晓琼，她还像往常那样，一点也没改变什么。

苏晓琼说："红土地温泉城项目收购回来后，梁总的意思是早点找个合作伙伴，把工程恢复上马，免得龚勇刚回来后悔，事情就麻烦了。我们商量一下，来个生米煮成熟饭，龚也只有干瞪眼。"

李大海一听是这事，前不久，梁娜也在他面前讲过这个意思。

"梁总心中已有一个对象，就是林金紫老婆殷梅花旗下的工程建筑公司，正在商谈中，梁总要我们做好合同等各项准备工作。一旦私下敲定，工程就恢复开工。一定要让利、让利、再让利。对我们是百利而无一害，大报答在后面。"苏晓琼又补充说。

"殷梅花是何方神圣，这么大胆？文件明文规定，领导干部的配偶、子女

## 第三十章 何尝怕断头

不得经商办企业。"罗尼德一边说,一边用探询的目光看着另外三个人。

"你这就老土了,殷梅花人长得并不漂亮,甚至还可以说有些丑陋。但她是寡母子的肚皮——上面有人啰,听说她有个亲戚在京城当京官,很有来头。市里凡事都让着她几分,这牛皮可不是吹的,这可是真的。"还是苏晓琼的话。

殷梅花,在两江市可是响当当的人物。她原有一份稳定的工作,改革开放不久,她不甘平庸和寂寞,于是便下海经商。在商海扑腾了若许年,那时,她老公林金紫还是一个小职员呢!

要说她是依靠老公才找到了钱,那可是冤枉了她。毫不夸张地说,是因为有她金钱和智力的支撑,她老公才有今天。是先有鸡母,才有鸡蛋。殷梅花可是什么都干过,哪样找钱做哪样。钱财也是一分一厘攒起来的。她可没有抢劫过银行。

近几年,房地产业异军突起,殷梅花眼光独具,她也盯上了这块肥肉。她成立了一家红梅集团,专事做商业地产、商品房的开发。正值房地产业暴利时期,她赚得是盆满钵满。

她这个人天性不爱财,钱财如粪土,仁义才值千金。她大把花钱,地震捐款,水灾捐物……做各种慈善事业。她时常讲,有钱大家赚,有钱大家花。

殷梅花信奉的是:

人生最高的境界是学佛。

人生最大的欣慰是布施。

人生最幸福的是放得下。

人生最大的敌人是自己。

人生最大的失败是自大。

人生最大的破产是绝望。

人生最大的财产是健康。

人生最可佩服的是精进。

人生最大的债务是受恩。

人生最大的愚蠢是欺骗。

人生最大的罪过是杀生。

人生最善良的行为是奉献。

人生最烦恼的是争名利。

人生最危险的境地是贪婪。

人生最可怜的是嫉妒。

人生最可悲的是淫乱。

人生最痛苦的是痴迷。

人生最羞辱的是献媚。

人生最欠缺的是智慧。

人生最快乐的是念佛。

感恩他人，就是美化自己。

欣赏别人，就是庄严自己。

原谅别人，就是善待自己。

自己害自己，莫过于乱发脾气。

发脾气是短暂的发疯。

生气是拿别人的过错来惩罚自己。

看别人不顺眼，是自己修养不够。

要批评别人时，先想自己是否完美无缺。

静坐常思己过，闲谈莫论人非。

待人退一步爱人宽一寸，就会活得很快乐。

真正的爱心，是照顾好自己这颗心。

她这个人是个怪人，不按常规出牌。因此而获得了很多政治荣誉，但她却从不沾沾自喜。政府喜欢她，受过她恩惠的人更喜欢她。

有个话是怎么说：辛辛苦苦几十年，一夜回到解放前。意思是说解放前，中国的老百姓受三座大山的压迫和剥削。如今呢，老百姓的钱财又到房地产老板的兜里去了。

辛苦大半辈子，除了吃喝拉撒，日常开销外，一生积蓄只够买商品房一个角哩。究竟是谁得了便宜卖了乖，绝大多数老百姓根本不知道。这才叫一个傻。

四个人聊了一会，各自有些乏了。于是，各回各处，安息就寝。

这是怎么回事？没有钱的人，想钱，想得到自己想要的东西。有的人想得一个苹果牌手机，不惜抢劫杀人，以身试法。而有了钱的人，想法却更复杂。有的是多了还想多，贪得无厌；有的是撒向人间都是爱，做慈善；有的是体现人生的价值；有的是想衣锦还乡，光耀门庭，光宗耀祖……一句话，穷的人想法简单些，解决温饱而已。富人呢？想法多了去，想精想怪，想老丈母还债。

我替穷人悲哀。可我更替富人悲哀。

为什么，你们都逃不脱前人的窠臼呢？

穷人和富人之争，这是一个争论了千年的问题。

### 第三十章　何尝怕断头

以色列和巴勒斯坦，是世界上最长的持久战，可屈指一算，还不到百年。

龚勇刚携辛花到东南亚各国去兜了一圈，终于踏上了回国的归程。根据家里的来电和诸多情报显示，平安无事，应该暂时不会有多大危险。

这次旅行，收获颇丰。与小辛花的蜜月之旅是非常愉快和幸福的，几个月的时间，让他把辛花爱了个够。就辛花雪白的肉体来讲，对他已是没有什么秘密可言。另外，他还与X国签订了投资办厂的协议。龚勇刚准备把他旗下一个机械设备制造厂在X国建立一个分厂，因为那里有广阔的市场、廉价的劳动力和当地政府的盛情邀请。

他因而获得X国某市荣誉市民的光荣称号，并办理了长期居留X国和进出境往来便利的护照。他回国以后，就准备将机械设备制造厂的一部分机器设备、资金、人才和技术转移到X国去，开办一个分厂。当然，工人可以在当地招，这样既可以解决一些人的就业问题，增加当地人的收入。又可以为地方政府培训技术人才，而获得地方政府的政策支持和各项优惠。

如意算盘是打得很不错的，但在外国投资办企业应该有一个前提条件不容忽视。那就是所在国一定要政局稳定。不然，投钱就似打水漂。

听了骆明远的书面报告和手势助说话以后，龚勇刚决定派靳大品到X国去，全面负责那边的分厂建设工作。反正各方面的事都要有人管有人抓。其实质是孤立靳大品，让他去海外独当一面。

谁知此举正合靳大品之意。大品本就已生去意，加之在外独立操作，会有很多机会。可陈华怎么办呢？她是亚娜海公司的人，不是龚勇刚和靳大品能驱驰得了的。

那次在仙女湖景区差点被人劫杀，绑架者来路不明，靳大品对陈华是生有戒备之心的。谁都是怀疑对象，谁都说不清楚。是敌是友，大家都是两眼抹黑。

靳大品爽快地答应龚老大后，便着手准备，一个星期后就带着前期工作小组心急火燎地飞到X国去了。临走之前，他给陈华打了电话，说明了情况。陈华想了想，然后对他说：

"大品，你先过去，等各方面都安排好了，我就过来与你汇合。"

陈华准备等靳大品在X国落脚并安顿好以后，自己就辞职，收拾好细软到外国去，去过神仙一样的生活。

她也开始着手准备，但却对谁也没有讲。

靳大品走后没几天，龙、虎二人便来找龚董事长汇报，怎样处置陈华。龚勇刚目露凶光，恶狠狠地盯着二人，伸出右手在自己的颈边比划了一下，"咔嚓"一声。杀猪匠连一句话都没有说。

不几天,昏惨惨的黄泉路上,又多了一条香喷喷的孤魂野鬼,在黑暗中飘曳着,向地府走去。

骆明远被龚勇刚董事长辞退了,因他讲不出话来,让人着急得上火,十分不利于工作。虽说是老同学,又对龚忠心耿耿,但管理工作主要是靠一张嘴,没有了嘴巴,如何管理?而且随着年事一高,万一有个三长两短,更不好交代。

杀猪匠给了骆明远一笔不菲的退职金,让他回家休息抱孙子去。可骆明远没有孙子可抱,于是,他花重金去买了两条青海湖边养殖场的纯种雪山藏獒。养在身边作为宠物,聊以陪伴他打发晚年的寂寞时光。再则,有人要打他的主意,他就放恶獒咬人。

据说,雪山藏獒对主人是绝对的忠诚。

人没有绝对的忠诚,而狗才有。所以,有时,人不如狗。

有人匿名给李大海原工作单位的上级纪检监察部门奏了一本,内容是李大海吃空饷,不上班领工资。其二是有非婚生子女,违反了计划生育政策。随举报信上还附上了大医院的 DNA 证明书一系列文件。

虽说是匿名举报,但附件真实可信,这可不是闹着玩的。原李大海单位与他关系很铁的头早已经调离。各方面的人和事都已经发生了根本性的变化。上级来人了,开始调查这些事。被逼无奈,李大海只好急抽身,回去应付此事。

亚娜海公司的管理工作出现了一个断档和空缺。这给了别人一个可乘之机。龚勇刚磨刀霍霍、蠢蠢欲动;黑狐帮的鲁建生、刘明强等人也觉得机会来了,眼里开始闪烁绿幽幽光。

可下手快不如人家下手早,有人捷足先登了。

这个人不是别人,正是前面提到的殷梅花殷大董事长。她麾下的红梅集团接过了半途而止的红土地温泉城项目,开始热火朝天地干了起来。工地上人声鼎沸、灯火通明,大型机械如挖掘机、翻斗车进进出出,好不热闹。远处看工地,在晴朗阳光的照射下,烟雾腾腾、灰尘滚滚,就像古时冷兵器时代那人喊马嘶搏杀的战场。

这背后其实有一个背景。殷梅花手眼通天,她根据可靠而准确的情报得知,两江市正在向国家申报"温泉之都"的称号。这个称号一旦获得国家认可和批准,就将在温泉的数量与质量、硬件与软件上有许多要求。不管是国家或是地方政府还是民营企业经营的"热水沐浴汤"都将会获得很多的优惠和支持。那各种名目的项目资金、无息贷款、税收减免等都将会接踵而至。那些

第三十章　何尝怕断头

甜头甜得不得了，不方便与外人道。

于是，她从亚娜海公司手中以中等偏上的价格购买了合伙开发红土地温泉城开发项目，换句话说，也就是从原龚勇刚手中接过了这个烫手的山芋。在殷梅花手中，这个"山芋"也烫，可根本烫不了她的手，而是烫着了别人。

本来，亚娜海公司开出的价码比殷梅花出的价钱要低很多，但殷董事长却不同意。她很大度，得体地对梁娜说：

"现在做生意都是大行大市，明着走，没有行市有比市，价格低得离谱让人怀疑。还是按我说那个价钱办吧！"

商人是无利不起早，追求的是利益的最大化。你有银子送给我，我受之无愧、心安理得，咋个不可以？梁娜愉快地接受了殷梅花开出的价码，双方签了合同，工地就又动起来啦！还正是"赣水那边红一角，偏师借重黄公略"。这一动就不得了。

两江市是一个著名的火炉城市。一到夏天，那份闷热让许多外地人根本受不了，只有纷纷逃避。本地本方的人倒由于多年形成的原因，成了"抗热英雄"，习以为常了。

这段时间，天气酷热难当。早晨起来，太阳就明晃晃的，让人出门就心头打怵，畏惧了这份炎热。宠物狗们一天要冲多少次凉水澡，伸出的舌头都快吊到地上了。每天的温度都是在摄氏四十度左右，但工地上的工程却不能停，停就会误了工期。所以工人们实行早、晚两班倒，躲过正午灼热的阳光。

可是天气太热，工地上接二连三有工人中暑。你热我不热，老虎还怕狗？抢工期、抢进度、抢时间，抢、抢、抢，其实抢的就是票子、白花花的银子。老班子的人说：？你隔州来我隔县，你的堂客我得见哟。为什么得见？你背上背的横片片。

社会上有很多东西，明眼人不是都一目了然吗？

可是有的人，却要在那里捏到鼻子哄眼睛，睁着眼睛说瞎话。

"就在那转身之间，

就是那过往的少年，

天空依旧湛蓝，

明朗如昨天。

……

……"

有时，天堂的道路要通过地狱来走；地狱之路走着好似是通向天堂。

气候如今变化无常，气象预报有时都说不太准。人们常说：政策好，人努

253

力，天帮忙。这农业丰收就是指望风调雨顺，三晴两雨。

两江市这段时间已是多天没下过雨了，人们是早也盼晚也盼，望穿双眼。好想天老爷下场大雨，退退暑热，来场凉风，降降温呀。天气在变，开始两天是密云不雨，天空黑黑的，有滚滚黑云在头顶上盘桓。远处的天空中，透过云层的缝隙，偶尔会觑见闪电划过的强光洒下来，间或远处还有沉闷的雷声。

天像一口倒扣的大铁锅，压在人们的头上，让人闷热得仿佛喘不过气来。这热真让人受不了，但受不了还得受，除此还真是别无他法。待在房里吹空调，可那是老年人和孩子们的事和专利，年轻人特别是工人们不可能成天呆着空调房里不出门？

工地上没有空调。

终于盼来了下大雨。一声惊雷过后，两江市下起了雨来。开初是狂风呼啸，吹得各种广告牌是东歪西倒，行道树有的枝断桠折，有的甚至是连根拔起而翻倒在地。继而就是大雨如注，最后是暴雨倾盆，平地成河。在雷声和闪电中，暴雨下了一天一夜还没有停歇……

街道成了河流，低洼处成了泽国，江水猛涨，到处都开始告急。这里公路踢陷，那边斜坡有泥石流，洪水进底层楼啦，人们惊呼着往楼上、屋顶上搬……

到处都是滚滚浊浪，残枝败叶随水漂浮，垃圾在水面打着旋……那些小动物也呜哩哇啦地怪叫着，到处乱钻乱跑。天气酷热人们又盼大雨，大雨来临人们还是怕成灾。

这就叫热也怕，冷也怕，旱也怕，涝也怕，一辈子只好打光胯。二十四小时降水量达五百多毫米，十年不遇，五十年难得一见，百年罕见，现在年年各项气象数据被刷新，早已是不争的事实。

天气凉了，人们的心也凉了，真正的从头凉到脚。

雨慢慢停了，洪水逐渐退去，到处是淤泥和垃圾，那才叫满目疮痍呢。

当殷梅花的手下向她报告，说工地出问题了，她还有些不相信。可等她深一脚浅一脚的赶到红土地温泉城工地上视察时，她彻底的无语、傻眼了。

工地上几十亩地的面积上布满了大大小小的深坑有好几十个，整个土地显得支离破碎，已经不成形了。原有的建筑物有的东倒西歪，残垣断壁，有的纯粹变戏法似的从地面上消失了。一句话，原工地的地底下就像是一个大型煤矿的采空区，百年暴雨，冲穿了，陷落了。一切都不存在了。

从有的深坑中还能听到哗哗地流水声，下面有暗河，连温泉水也不见了，随脚下的流水流走了。

## 第三十章　何尝怕断头

这一切是真的吗？是真的，真实得就像你的老父亲。

青山遮不住，毕竟东流去。滚滚长江东逝水，浪花淘尽英雄。

是你的东西，推都推不掉；不是你的东西，想也得不到。这是人类的宿命，永恒而无可摆脱。

当这个消息传到龚勇刚耳中的时候，他想，皇天有眼，红土地温泉城看来不是我杀猪匠的菜。庆幸抽身得早，早死早投生。看来我是错怪靳大品这个同父异母的兄弟对这件事的处置了。

靳大品在异国他乡也得到了两个消息：一是温泉城陷落了、报废了。二是陈华失踪了。这在他心中激起了万丈波澜。

他想，我现在有房有车，衣食无忧，连老婆也换年轻啦！但心中不换的却是那份思念，想起那个人，心里始终沉甸甸。

这多像经济社会的发展，环境污染是必然代价。等人们物质富足，转回身来，追求健康、绿色、自然的时候，一切昔日的景象已不复存在。只有美好的回忆尚存脑海间，唯有感叹：早知如此，当初不该。

神马都是浮云，一切皆是虚幻。为什么不求内心的安宁？为什么不淡泊、宁静？心存高远？现实社会为何这般现实？"只准眼睛流脓，不准嘴巴受穷。"

浮躁、追名逐利，见钱眼开的人们生病了，而且还病得不轻。

有许多人只要生前能满足自己的各种欲望，死后哪怕下地狱也一点不害怕，不管不顾。古人要问今人，一切真就那么值吗？

也许回答只有，仍然，还是一个字。X

想到这里，他连死的心都有了。

时间是把杀猪刀，刀刀催人老。

岁月就在这人世间的纷争中，慢吞吞地往前走。这时间的路，究竟有没有尽头？这宇宙的空间，究竟有没有边沿？

江月曾经照古人，江月何时初照人？人对生命的考虑，永远是不断的提问。

这正是，过程，一波三折；结局，异常简单。就像两性之爱，追求的是过程的复杂与纠结，情感的撕裂与欢愉。而结果呢；说白了，就是生儿育女，传宗接代，生命的自然延续。

梁娜带着儿子梁关海和保姆一起，办好签证到澳大利亚去了，去当"访问学者"。接受的是张川所在海洋研究所的邀请，研究的课题是"太平洋洋流与鱼类在东西部的差异"，她负责的是"西太平洋的环流和鱼类异同"汉语部分。

亚娜海公司如今是由江菊、苏小琼、杨水月、罗尼德等人在支撑危局。

李大海回老家去了，回单位上班去了。而且组织上正在调查他的问题，麻烦不小，反正一时半会是回不来了。但愿他能脱离苦海，早登仙界。

罗尼德现在而今是人老气力衰，屙尿过手抬，他本想叫儿子罗桑星来给他帮下忙，抑或做些杂务和力气活。但儿子罗桑星却对鲁生上个世纪六十年代至七十年代的东南亚丛林生活着了迷，他想写一部长篇小说或是回忆录什么的，题目就叫《东南亚丛林革命》。可罗桑星却对那段岁月一无所知，也无法想象。于是只好跟在风烛残年的老太婆鲁生的后面，亦步亦趋。他要用自己的真诚去打动她，让她娓娓道来，写出那段旷世奇闻，惊世骇俗的生活，让世人瞠目结舌，无言以对。

罗桑星不懂鲁生的心灵之伤有多深，要剥开伤口总是很残忍的事。

鲁生呢？有人陪着、服侍我，总该是很好的。但故事吗？是不会讲的。等吧，等到我想开口的那一天，等到我走到生命尽头的那一天。年轻人，也许我会良心发现，敞开心扉，吐露心曲。也许我到死什么也不想说，把秘密带到坟墓里去，让它埋藏万年。

世界上有许多事，当事人不讲，就会成为永远的秘密，或是叫千古之谜。

若古代的巴国，突然就消失了，作为巴国的巴人，怎么不见了，神龙见首不见尾。专家们研究过去，挖掘过来，不知道就是个不知道。犹如在漫漫黑夜中穿行，不知何日可见谜底那希望的曙光。

"千古江山，英雄无觅，孙仲谋处。

舞榭歌台，风流总被、雨打风吹去。

斜阳草树，寻常巷陌，人道寄奴曾往。

想当年，金戈铁马，气吞万里如虎。

元嘉草草，封狼居胥，赢得仓皇北顾。

四十三年，望中犹记，烽火扬州路。

可堪回首，佛狸祠下，一片神鸦社鼓。

凭谁问，廉颇老矣，尚能饭否？"

这首宋代词人辛弃疾的《永遇乐·京口北固亭怀古》，现时读来，倒还有些味道，合得上眼前之韵。

## 第三十一章　苦命赴黄泉

　　其实对于人来说，说到底都是苦命的，不管你是黄社会、黑社会，还是红社会。为什么呢？《红楼梦》书中说：大有大的难处。苏东坡说，高处不胜寒。俗话说，家家有本难念的经。

　　李白说，人生在世不称意，明朝散发弄扁舟。

　　人生际遇各不相同，但无非是两大类：顺风顺水；倒霉透顶。可综观一生，一帆风顺者少，顺风顺水时短。人生之事，十有八、九不如意。为什么有人会说，平平淡淡才是真。

　　拿黄道为例，肉体片刻之欢愉，却换来性病、艾滋病，终身痛苦。

　　正道如伟人毛泽东，从一介农夫到国家领导人，可谓风光无限，但他的痛苦，却车载船装，有谁知晓？

　　现今社会上的人物，看似体面风光，其实他们内心的各种各样的东西，如疾病、麻烦、隐忧、子嗣等问题，是令他或她们痛苦不堪，而且无法向人诉说。真是活着比死了还要痛苦。不是吗？有多少明星、名流自杀？不就是明证。

　　只能说明，痛苦达到极限，从心灵到肉体都承受不了啦！张国荣从高楼纵身一跳，"呼"！从无解到解脱，瞬间毙命。黄泉路上无老少。呼啦啦，似大厦倾；昏惨惨，是黄泉路近。

　　罗桑星跟了鲁生半年之久，还是没能写出他希望写成的，具有传奇色彩，颇具轰动效应的《东南亚丛林革命历险记》。而是用大半年的时间感悟，写了一个电影文学脚本——《半山有雾》，发表在《魔幻世界》杂志上。罗桑星心想，第二本再写《历险记》。

　　《半山有雾》脚本全文如下：

　　晨，太阳东升。

　　树林里鸟雀在枝丫上跳跃，鸣叫，各种无名的野花盛开在草丛里，一簇簇的杜鹃像星星点点的火焰在山坡上闪烁。

从一幢普通楼房的大门里兴冲冲地跑出来一个身材高大的年轻人，他大约十八、九岁，像一个稚气未脱的学生，面孔清秀、文雅。他两手侧举，微微地仰着头，像要拥抱什么似的，当他的全身沐浴在早晨温暖的阳光里的时候，不由得眯缝起眼睛，在原地转了一个圈。然后一个扩胸运动，贪婪地呼吸着新鲜的空气，自言自语地说："这个世界是多么美好啊！"

这时，从大门里走出了他的双亲大人。父亲提着一个旅行包，面容严肃；悲戚戚的母亲手里捏着一方手绢，不断地拭着滚出的泪珠。他们走到台阶前，站住了。两位老人看上去均是五十开外的年纪，不论穿着、面貌都极为平常、普通。这是一对诚实的夫妻。

父亲看着自己心爱的儿子，在面临命运的挑战的关键时刻，流露出的那种天真无邪的样子，内心闪过几句话："初生牛犊不怕虎，他哪里知道，做人有多么难哟！"想到这里，他不禁叹了一口气，面对儿子他语重心长地说道：

"孩子，你已经长大成人，应该自食其力了。……去吧，独自去寻找生活的出路，广漠世界由你闯荡。"

孩子激动地喊了一声："爸爸"。便跑上台阶，扑在父亲的怀里。父亲轻轻地拍着儿子的肩膀，安慰似的说："去吧，人生好比是旅行，命运是不可抗拒的，勇敢些……。"

母亲又哭了起来，嘴里说着："天啊！他还是一个孩子呀……"

这年轻人从父亲手里拿过旅行包，甩在背上吊着，对着双亲一个立正，并行了一个九十度的鞠躬礼，然后说：

"再见了，爸爸、妈妈，你们放心吧，我一定会生活得很好的。"说完，他慢慢地转过身，向着大道走去。前面，通红的太阳正冉冉上升。

母亲追了几步，喊道："孩子，你要多保重呀，你要……。"在远地的晨雾里，孩子回过身来，挥了挥手，拖长声音答道："知—道—啰！"

通红的东方，孩子向着太阳走去，远去的背影。

画面模糊，主题音乐骤起，推出片名：

《半山有雾》

嘟！是火车的叫声。一列火车即将出发，车上是一群群的年轻人，他们男女混杂，手里挥舞着一束束鲜花，挤在窗前，向着伫立在月台上的扶老携幼的人群，高呼着：再见！列车开动了，无数的车窗，无数的鲜花，无数的年轻人的纯洁面孔……

海边，远去的轮船，挥手告别的人们久久地立在岸边……
　　山路上，颤巍巍的老太婆拄着拐杖站着，一个农民打扮的小伙子向镜头走来，他满脸泪痕，一边抽泣，一边拭泪……
　　叠印职、演员表。

# 第三十二章　神明指路

## 一

奥林帕斯山。

松涛怒吼，巨石林立。山顶上，一块平放在地上的光滑的大青石上坐着两位老者，他们盘腿面对。一个仙风道骨，另一个声若洪钟。只是洪钟者红发红颜，紫红道袍；而另一位则是鹤发童颜，雪白衣衫。

二位老者正在饮酒、弈棋，趣味正浓。

风吹过树梢，发出虎啸龙吟之声，震人心魄。

树枝翠绿，山花含苞怒放；一会儿树叶翻作金黄；一会儿又落叶飘零；最后只剩下光秃秃的枝丫，在风中瑟瑟作抖。

白衣老者一推残棋，站了起来，极目远望。稍停，作歌云：

长太息以掩涕兮，

哀民生之多艰。

……

路漫漫其修远兮，

吾将上下而求索。

歌毕，叹曰："沧桑人间，尘事如棋，真正是风云多变啊！我们做神仙的，也不能一味贪图清闲，只顾自己呀……。"红衣老者望了望他，起而问之："依你之见？"

白衣老者沉吟再三，方才回答："瞧如今天下，世事如麻，干戈频繁，致使生灵涂炭。作为我们负有专责的神灵说来，也应该去帮助人类，使他们恢复信心和希望，重新去迎接新的生活才对。不然，我们的名字的确要被人家遗忘了。"

红衣老者哈哈大笑起来，朗朗地说："你虽不食人间烟火，可曾得闻人间歌声：从来就没有什么救世主，也不靠神仙皇帝。要创造人类的幸福，全靠我们自己。怎么样？来吧，还是饮酒、下棋。慌什么呢？追求我们的人还没有出生呢。"

"不对"。白衣老者态度坚决，"我们二人的职责与人类心灵中唱出来的歌并不矛盾。我乃'正义与善良'之神，你官封'勇敢与光明'之神，这不是人类的希望所在，追求所在，幸福所在吗？"说到这里，他不禁有些激动起来，稍微停息了一下，又继续说下去："正因为追求我们是如此困难，才使得我们无所事事，如此清闲。而那些忙碌的专司邪恶、卑鄙、残杀、黑暗的魔鬼正在人间猖狂肆虐，横行不法。我们怎能熟视无睹、心安理得？这……这又于心何忍！"

红衣老者一甩袍袖，提醒似地说："可上苍叫我们继续修炼，说人间还乱得不够，遭劫不够。还要等它个若干年才行呢，这……这又有什么办法。"

"不行"，正义与善良之神大声吼道，"为什么要迁就邪恶？急流勇退，这成什么话呢？"……

"老兄，冷静些。"勇敢与光明之神拍了拍白衣老者的肩膀，劝解似的："天命不可违呀，时候未到怎可妄动。君不见，自由女神都还在深闺里织锦消磨时光呢，我们又何必忙。再说，，戏总有由我们唱的时候。来……来，再下一局。"

白衣老者仰天长叹曰："也是，也是，魔鬼是天之宠儿，我这正义与善良之神都要畏惧三分，暂时退避三舍了。"

他们重又落座。白衣老者举棋不定，显得心绪不宁。红衣老者一见此情，便站起来说："算了，我们出去走一走，散散闷儿。"

二人骑着仙鹿，逶迤而行。

## 二

崎岖的山路，蜿蜒曲折。

一个小伙子，顺着小道往山上爬来。小伙子脸部近影，他就是我们在前面所看见过的那个十八、九岁的年轻人。

他风尘仆仆的样子，神情疲惫。走走停停，不时地用手抹去脸上的汗珠。

来到一座陡峭的石壁面前，石壁上长满了荆棘和小树，有的地方布满了暗绿色的苔藓。他定了定神，决心攀援而上。

只见他紧了紧裤带，把提在手里的棕色旅行包斜挎在身上，一窜身上了石壁。

特写镜头：手抓小树，手抓荆棘，手抓岩缝；

脚蹬凸出的岩石，脚蹬小树的根部；

挂满大颗汗珠的面孔。

快接近崖壁顶部的时候，他向上伸出手摸索……，可是，这是一板光溜溜的岩壁，根本没有可抓住借以攀援的任何东西。

脸部特写。稚气的面孔上露出紧张的神情，冷汗从额上渗出。

他屏住气，抬起头往上面左右一望，看见在离他右边两尺远的上方有一根拇指粗的藤蔓在风中微微摆动。他喘了一口气，像壁虎似的贴着石壁休息了一下，然后慢慢地向右上方试探着伸出手去……相距一尺……八寸……三寸，瞧得见年轻人的手在颤抖，但他终于将藤蔓抓在手里了。

年轻人愉快地笑了，他掸了掸肩上的尘土，用手试了一试藤蔓的结实程度，一个猴儿坠钩，沿着藤蔓，蹬着石壁向上爬……。

藤蔓的上部在楞坎上摩擦，突然一断，年轻人"呀"的大叫一声，头朝下栽下岩去……

两匹仙鹿飘然而至，鹿背上的红白二位老者双双用手接住了掉下来的年轻人，使他未受一丝儿损伤，可年轻人受这一场惊吓，已经昏过去了。

当被放置在地下的年轻人在白衣老者的拂尘轻拂下苏醒过来时，他看着两位老者，不觉奇怪地问道："我怎么那？……你们是谁？"

红衣老者回答："我们是到处云游的过路人，你……好端端的，没什么呀！"

年轻人抬头看了看高耸的石壁，似乎想起了先前的一切。他连忙爬起来，面对两位老者深施一礼，说道："多谢二位救命之恩。"

白衣老者顿了一顿，捋着长须问道："你叫什么名字？出门去何方？又去干什么呢？"

"我姓索名路，因长大成人应该自立，但我对生活又一无所知，所以漫无目的，四处寻找出路。"年轻人态度恭敬、诚恳。

"哦"二位老者长长地吁了一声，明白了一切。

这个名叫索路的年轻人见此情景，立即趋前一步，嘴里说道："我初出茅庐，不谙世事，还希望二位长辈指教。"

"见你也是一个诚实之人，"话到嘴边，一吐为快，白衣老者讲开了："说不上指教，因为生活的道路是那样坎坷不平，复杂多变。所以人生路上的东西根本就没有什么现存的答案，只能靠自己去摸索。退一万步来讲，就是结论，那也只不过是每一个人的经验总结。加之时代前进，又有不停地变化，况且因人而异，各有千秋。何必把答案强加于你呢？……这叫强人所难吧？"……

"不，不……"。

白衣老者一摆手，示意索路不要插嘴。"我只能给你谈一点一个老年人对一位年轻人的忠告。那就是在人生的旅途上，不管遇到什么样的艰难困苦，你都不要自暴自弃，自甘堕落，陷入低级、庸俗、卑鄙、肮脏、邪恶的泥潭。而应该信仰善良与勇敢，追求正义与光明。"

"那是人类前进的方向。也是你应该走的路。"红衣老者接过话头，声如洪钟。

三人沉默，镜头摇向天空。

晴空万里，蓝天如洗。

"当然，具体地说，人生的路有无数。"片刻之后，还是白衣老者慢条斯理的声音，"你年轻人，每一条路都应该去看个究竟。仔细地观察，认真地分析，严肃地思考，互相比较一下，看到底谁是鱼目，谁是珍珠？"

"记住：一是不要一条路走到黑。那会妨碍你以正确的眼光看待这个世界，变得孤陋寡闻。各处走走嘛，增长见识，开阔眼界，天下大着呢。"白衣老者意味深长的。

"也请注意，我们说的这些道理，也并不是绝对正确的。因为这个世界上压根儿就没有绝对的东西。只不过，你去实际中检验一下吧。我们再见面的日子，才是作结论的时候。"红衣老者作了以上的补充。

索路品味着这一番话，没有言语。

"我们该走了，"红衣老者催促道，"再见了，年轻人，咱们后会有期。"索路站在原处，呆然不动。二位老者微笑着转过身去，仙鹿蹦跳着跟随，他们慢慢地走向深处的白云。

突然，索路旋风般地跑了上来，他双膝跪在二老的面前，眼眶内泪珠在滚动。他说道："多谢你们的救命之恩，多谢您们的教诲，我一定铭记在心，终身不忘。只是，临别之时，可不可以告诉我你们的尊姓大名，今后才……。"

红衣老者摆了摆手中的拂尘，言道："算了，姓名不用打听。年轻人，你只需记住那句话：信仰善良与勇敢，追求正义与光明。"

"来，给你一个东西留作纪念，"白衣老者伸手一招，手里便攥着一颗银色的小物件，这是"自由女神"徽章，它可以在危急时帮助你，也可以作为我们再次相见的凭证。去吧，不倦地追求。

……

索路接过徽章，在手中端详：椭圆形的图案上是半裸的自由女神像。再抬头看时，二位老者已飘然离去。

## 三

主题音乐《勇敢地走向生活》慢起，忧伤、低沉、宛转，歌声似乎从远处飘来：
年轻的人啊！你走向了生活。
你是怎样地看待这个世界？
你怎样选择未来的道路？
希望你学习、分析、思考，
细心地寻找生活的坦途。

年轻的人啊！你走向了生活。
美好理想是多么的引诱人，
跋涉攀登是有艰难险阻。
祝愿你冷静、顽强、成功，
真正地走向生活的归宿。
镜头迭现：
丛林中，索路拨开枝丫，用刀劈下一根，稍作削理拄在手中而行……
裹着夕阳的余晖，沿着林荫道走着的是索路的身影……
高高的黄土高原沙丘上，一双脚留下一串串清晰的鞋印……
无边的绿色草原上，一个小黑点向前蠕动，越来越近……

# 第三十三章　四面八方

## 一

一座高大的城堡，城门上方的巨额横匾是两个俊秀的柳体——《天心》，左右两边城堡的长条石上刻着一副对联：

生活之树常绿

旋风中心平静

穿着黑皮夹克的索路，他显得高大匀称，只是略微黑瘦了一些，仍然精神矍铄，兴致勃勃。

他来到城门下，看到这副对联，不由一怔，久久地徘徊。

这时，从后面来了一群年轻人。他们无论男女，均穿戴整齐、漂亮。特别是那几个姑娘更是打扮得花枝招展。或头顶雪白的草帽，或手拿凉伞，那个带一副茶色眼镜的青年，还怀中抱一把吉他。他们昂首阔步，兴高采烈地交谈着，一边走进城去。

索路犹豫片刻，尾随而进。

## 二

入夜。恍惚迷离的灯光，熙来攘往的人群，是城市在美妙的夜晚里所特有的景色。

街道两旁的高楼大厦外面的霓虹灯闪烁着各种颜色的灯光，按照预定的图案，拼出一些鼓舞人的标语：

……天心———是生活的出发地

……这里———通向四面八方

……欢迎你——每一个来到这里的人

……我们飞向远方

镜头顺着繁华的五光十色的街道往前移动。从两旁的窗户里，传出了各式西洋乐器、电子音乐的颤抖声：印尼的《划船曲》；罗马尼亚的《云雀》；台湾的《橄榄树》；日本的《会津盘梯山》等。

人行道的花坛上，百花盛开：玫瑰花、红蔷薇争奇斗艳；茉莉花、白玉兰竞放芬芳。

## 三

在旅馆二楼宽敞餐厅的角落里，在镶着玻璃面的小方桌旁，身着绛色羊毛衫的索路正独自一人饮着泛着泡沫的啤酒，两盘热气腾腾的炒菜正摆在他的面前。

餐厅里，人虽然多，但显得较静，没有高声喧哗，只有脸蛋漂亮的女招待在穿梭、忙碌。

餐厅中央的台桌上，大型投影电视的光线射向对面的墙壁。索路全神贯注地看着。

电视节目，一个身段苗条的时髦女郎正在讲着开场白：

"我们这里，是著名的城市——天心。凡是每一个离开家庭，投身于生活急流的人都要首先来到这个地方。"

因为天心城，分东南西北四条大道，任你选择方向。

天心——是青年人的世界，但人们在这里只能作短暂停留，最终必须离去。

……

天心城中心，有一天心山。站在山顶，可眺望四面。

索路端起高脚酒杯一饮而尽，然后站起来，拿起椅子靠背上的衣服，穿过餐厅，走上三楼。殷勤地服务员过来给他开了房间门，他走进去，房门在他身后"呼"的一声关上了。

镜头对准门牌，我们看清了。156号。

## 四

早晨，阳光透过尽头的窗户洒在异常洁净的走廊地板上。156号房间的门开了，满面春风的索路从里面走出来。

他穿着一件咖啡色的西装上衣，头发刚梳理过，显得潇洒、自如。他手里握着一架望远镜，口里哼着小调。

天心山顶上。索路当风而立。

天心城尽收眼底。整齐完好的四方形城墙，标准的十字形街道通向四个敞开的城门。路上、汽车、马车、自行车、步行的人络绎不绝。

索路举起望远镜观察，镜头从望远镜里望出去：

东面：东海日出的镜头，玫瑰红的朝霞染红了半边天。

北面：千里冰封，万里雪飘，一片混沌迷蒙。狂风骤起，飞沙走石。

西面：纯粹是万花筒，不停地旋转，不同的图案和色彩，瞬息万变。

南面：桃红李白，莺歌燕舞，一叶扁舟斜着白帆在平静的水面上滑过。

索路慢慢地放下手中的望远镜，叹了一口气，自言自语地说："生活就从明天真正开始，从这条路走下去。"他用手指着东方，"一条路一条路地去看个究竟。"

他信步从山顶走下来，路上全是一群群的青年男女。

在街道的拐角处，立着一块牌：生活归来者之街。

索路走进这条街道。只见各式商店的招牌写着：

怎样做人

处世之道

家庭日用大全

见多识广

良师益友

为人的秘诀

我是顾问和参谋

索路挂着满意的笑容看着这些招牌，一边向前走。当他正想跨进一家"生活指南"商店的大门时，一个衣衫褴褛的人拦住了他。

那是一个六十开外的老头，样子寒碜、贫穷，但眉宇间有一股傲气，是一个不愿"摧眉折腰事权贵"的人物。

此人说道："年轻人，不要相信那些所谓生活归来者的胡言乱语。他们卖的'狗皮膏药'。有的为了出人头地、哗众取宠，有的貌似公允，害人不浅；有的赐予先见，反客为主；有的墙上芦苇头重脚轻根底浅；有的山间竹笋嘴尖皮厚腹中空。希望你不要去上当。"

索路嘴角掠过一丝微笑，内心想："说教之人真多。"但嘴上却答："那你说该怎么办？"

那人也报以一笑，说："很简单，不要去听偏见，不要去戴眼镜。别人的东西一则印象不深，二则容易出错。还是自己去碰钉子，得到的东西才是刻骨铭心。"

索路点点头，作答道："唔，有道理。"他抬起头来，久久地盯着"生活指南"四字，镜头缓缓推向前去，越来越大，越来越近，画面消失。

……

# 第三十四章　东部世界

## 一

八个雄赳赳、气昂昂的头戴钢盔，身着草绿色军装的彪形士兵，正在铁丝网的通道前一字儿排开，搜查、盘问过往行人。

索路带着青年人的调皮相，将外衣很随便地搭在左肩上，大步流星地走上前来。

一个士兵将胸前的卡宾枪一横，不客气地拦住他，问道：

"嗨，你干什么？"

"我想到前面去看看，认识认识这个崭新的世界。"索路略为有些激动地说。

"我们欢迎。不过……"，士兵一摊双手，耸了耸肩膀。"不过，你必须到事务所去办理合法手续，具备必要的条件，才能通行。当然，这是规矩。"士兵不无傲慢地说着，显示出他那官僚主义的派头，并伸伸手给索路指明了去事务所的方向。

## 二

事务所内。索路坚决的面孔。

他内心打定了主意，不管你什么样的条件，我都暂时承认，只要能达到了解东部的目的。这样，当事务所的大腹便便地主管对他宣布："要到东方，必须首先加入'东部宗教'"时，他也毫不犹豫地答应了。"

一座有着清真寺的尖顶，又有佛教风味的不伦不类的建筑物，代表着'东部宗教'的怪诞。镜头仰拍，整个建筑物像要倒过来。

这三不像建筑物的门大开，随着镜头向内走，大殿内黑魆魆的，有"空空"的回音。

大殿台上，大腹便便的主管正双手合十，闭目默诵，在为扑伏在大殿下的索路进行洗礼。

最后，他祝福般地祷告说："去吧，向东一直走，勇敢地闯过一切关卡，就会到达幸福的彼岸。"四壁回音，久久不散。

## 三

一个很大的水池，横在大路上，池中冒着腾腾的热气，许多人在里面搓洗。

池两旁的石级上，各站着一排唱诗班似的人，他们整齐地喊着：

"清除杂念，纯洁思想，洗去污垢，轻装前进，沐浴沐浴"。

站在池坎上的索路正在发愣，他不理解眼前的这一切。这时，一只大手，长满了黑汗毛的大手，伸向索路的后背，猛地一推，索路跌进了滚烫的水池中……。

几个穿着三角裤衩的大汉从大腿深的水中走来，拉住了刚刚从热水中冒出头来的索路。他们不由分说，有的搓头发，端颈子；有的用湿毛巾给索路擦后背；有的满身浇水。

然后，几个大汉各抓索路的手或脚，口里喊道一、二、三，将索路往空中一抛……。

特技摄影：索路在空中横着不动的呆镜头。

索路四脚朝天重重地跌下来，激起浪花占据了整个画面。

## 四

浑身湿漉漉、精疲力竭的索路摇摇摆摆地走到石级前，他换上了服务员递到他跟前的灰色的中山服和青色的肥大的裤子。他穿在身上似乎有些不合身，也不自然。

这时，走来了一个大约三十五、六岁的妇女，她高高的身材，长得丰满肥腴，浓黑的"爆炸"式发型十分蓬松，闪着发油的亮光。肥白的脸上不见一丝皱纹，端正的五官虽然没有什么突出之处，但眉清目秀，齿白唇红，别是一番风韵。

她走到索路跟前，停住了。笑眯眯地问道："你是索路？"然而她不等年轻人回答，就以命令的口吻说："你随我来。"她在前引路，两人一前一后地走，来到一个草坪的停着辆军用吉普车的地方，这妇女打开车门让索路上去后，她坐到驾驶的位置上，开始戴座位上的一双雪白的手套。

索路满怀狐疑，他在后座上倾身向前，对那妇女说道："大姐，你能不能告诉我，要我到哪儿去？""去了你就知道了。"那妇女头也不回，但从反光镜里看去，她正抿嘴一乐。

"唉！"索路重重地叹了一口气，一仰身倒在后座上，汽车启动了，吼叫着冲上一个斜坡，驶上了一条笔直的柏油公路。从车窗里望出去，一排排的白杨、枞树、枫树往后飞速掠过。田野里，那包着头巾的农妇正在劳动。

"你加入东部宗教了吗？"还是那个挺有派头的妇女打破了沉默，从她那慢吞吞地鼻音里，透出了雍容、华贵、自信。她目光盯着前面，双手熟练地摆弄着方向盘。

"加入了。不加入怎么进得来呢？"是索路有气无力的声音。

"加——入——了。"妇女拖长了声音，"那就得受约束，守纪律，自由吗？有，但必须是相对自由。"她停了一停，鼻子里"哼"了一声，"你想到达幸福的彼岸，连这点亏都吃不得。哼！日子还长着呢！"

倒在后座上的索路眨了眨眼睛，掂了掂这话的分量，他一骨碌爬起来，显得受了鼓舞，精神十足地对那妇女说：

"我不过是不了解情况，稍有动摇。今后一定听你们的。"

"对啰！这才像个青年人的样子，我就是送你去接受这方面的训练和教育的。"

五

吉普车在一幢大厦前停下来。大姐在前面引路，走进大门，再乘电梯升上五楼，穿过长长的走廊，来到一座门前。门自动打开了，里面幽暗，房间四周是大立柜似的电子设备和仪器，红、绿灯交替闪现，发出"嘟嘟"的响声。

当索路一人进去后，门又自动关上，一个头戴白布帽，白布大褂裹身的人走来拉住索路的手。他看不见此人的面孔，一个白大口罩差不多遮住了大部分脸，只见深邃的眼珠里，两颗黄的珠子在滚动。

索路被安置在一个电椅模样的座位上以后，手脚立刻被绑上了。

电椅疯狂地旋转……。

躺在病床上的索路昏迷不醒，一个医生正在准备为他注射。医生将针头向上轻推，他望着针尖上冒出的水珠，念念有词！

注射的镜头。

斜倚在病床的索路。一个女护士走来，给索路按时服药，她一边念道："不许有越轨行为。"一边将药给索路服下。

## 六

在医院的门前草坪上，一个医生，一个女护士正在跟索路送行，他们一一握手，索路踏上大道往前走。走了一定距离，他回过身来，我们看清了他的面容，似乎根本没有什么改变，而且更单纯了一些。

他向着远远地站在大门前的医生、护士挥手。

镜头看过去：那两个人晃动了起来，随着古怪的打击乐，扭曲摇摆，变成了两个大字——听话。画面消失。

## 七

宽阔的大河上，有一座桥梁。

桥是多拱石桥，很长很长的，但太窄了，窄得连过一辆汽车的时候，侧边的空隙就是麻雀也会无立锥之地。所以桥无栏杆，平坦坦、光秃秃的。

桥头堡上，有一个用竹竿、松枝搭的彩门，红字匾书："为公桥"三字。

没有过去的行人已聚集了七、八个，他们在倾听守桥士兵的讲话……

索路匆匆来到，他站在人堆后面听着，一面掏出手帕揩汗水，只听那士兵讲道：

"……这是东部世界有名的'为公桥'，过桥的原则是：一人为大家，大家为一人。在互相矛盾的情况下，那就应该：个人让集体，集体让国家。好了，你们可以过桥了。"

士兵挥了挥手，结束了他的长篇大论。

横在桥上的栏木慢慢升起。这时，聪慧的索路灵机一动，他迅速地夺过那七、八个人的行李、挎包，往自己身上横七竖八地挂，像一个满载货物的骆驼。

那几个人围住他，不解地问："你这是干——什——么？"

"干什么，不是说'一人为大家'吗？"他调皮地眨了眨眼，冲出包围往桥上跑去。

这几个人傻了眼似的愣了一下，似乎明白过来，一齐追上前去……

他们终于追上了，不约而同地把这个"骆驼"用手抬了起来。索路急了，大家都笑了。

上面的索路像一个胜利凯旋的英雄，这个奇怪的人群继续向前走。

镜头特写：站在桥头先前讲话的那个士兵，看着这热闹的场面，正点头微笑。

这时，一辆大卡车从河对岸驶来，它缓慢地上了桥。大概是司机已经瞧见了桥中间那一群人的闹剧，他一面拼命地揿喇叭，似乎是要引起那一群人的注意，一面还是执著地将车开了过来……

镜头从河中间望去：窄窄地"为公桥"上，汽车与人群越来越近……。

被人们抬着的索路一抬头，发现了驶近了的汽车，他一怔，赶紧说道："放下我，放下……你们看前面。"大家停住了，索路一骨碌溜下来。看得清楚：驾驶室里那个戴着鸭舌帽的司机嘴角挂着一丝冷笑。他又"嘟、嘟"地按了两下喇叭，似乎招呼人们："让开——让开！"

车已到跟前，不容人们有片刻犹豫。所有的人立即靠到桥边站着。

特写镜头：车轮距离一双穿着黑皮鞋的脚只有几寸了……穿着黑皮鞋的脚便往后退去。

"扑通、扑通"，随着汽车的移动，人们一个个被迫掉下桥去，在水里胡乱挣扎……桥的确是太窄了。

汽车驶过"为公桥"，在桥头停住了。司机探出头来对迎过来的，还是那个先头讲话的士兵说："个人让集体，集体让国家吧！"

二人哈哈大笑起来……

## 八

　　一座大山挡住去路。仿佛无穷无尽的宽宽的石梯级一直通向白云缭绕的山顶。
　　山脚下，青松挺立，泉水淙淙。
　　穿着帆布工装服的索路。他走得发热，敞着前胸，一直往山上走，坡度陡的地方，他大口地喘着气，简直是手脚并用，四蹄爬行了。
　　山顶的寨门俨然是古代部落的城堡。
　　累得上气不接下气的索路刚踏进古城堡的门槛，就被两个干部模样的人，拦住了：
　　"你参加东部宗教了嘛？"
　　"参加了。"
　　"那你就必须吃苦耐劳。你——愿意吗？"
　　"愿意。"
　　"小伙子，这一切都是我们东部宗教的规矩和约束。不但重要，而且必要。你一定要经受起考验和锻炼，不要辜负了我们对你们这些年轻人的期望。"
　　索路默默地听着，没有说话。
　　那两个人又讲话了。
　　"这里是'吃苦山'，每一个人必须重新宣誓。绝对忠于东部宗教，永不变心，永不反悔。然后接受再教育，参加劳动。那么，你就可以继续向前走了。"
　　"我宣誓，"索路举起了左拳，严肃地说："绝对忠于东部宗教，永不变心，永不反悔。"
　　那两人又一旁补充道："不然，十恶不赦，任其处置。"
　　"不然，十恶不赦，任其处置。"索路机械重复着。
　　镜头特写：
　　索路大汗淋漓，扛着麻袋，走进粮仓……
　　肩搭毛巾的索路在田间劳动……
　　索路在放牧，草原上，牛马、羊群无数……
　　狂风暴雨中，满身精湿的索路在用晒席盖麦垛……

## 九

《平均与禁欲》号轮船在湖面上行驶……

站在船头的甲板上眺望，只见湖水浩荡，烟波浩渺。清冽冽的湖水映着天上浮动的白云，波光粼粼。远处，偶尔可以瞧见点点的渔帆。

轮船的统舱里，坐着索路。他黑瘦、憔悴，上唇已经开始长出了茸茸的黑毛，只有眉宇间流露出来的英气表示着他还顽强地抱着"不到长城非好汉"的决心。

统舱里那些懒散的客人，正在议论着这无聊的话题：

"工人辛苦，血汗流成河，当然应该是多拿工资。"一个大鼻子的男人瓮声瓮声地说。

"没有知识分子，哪来那么多的科技发明，哼。"一个戴眼镜的年轻人插嘴了。

坐在旁边的一位中年妇女稳重地发言参加这场讨论："其实，知识分子与工人是相辅相成的，缺一不可。他们各有各的用处。至于报酬吗？都应该一样。我们坐的这艘船不就叫'平均'号嘛。"

"哼，我看怎么平均法。"左右的人，你一言我一语的议论起来。

索路一言不发，他从兜里掏出一支香烟，摸出火柴点着了就猛吸起来，一缕缕的烟雾在人们头上扩散开来。

轮船的尾部，有几支水鸟在盘旋……

饭厅里，索路与之同一餐桌的旅客们有老有少，有男有女。但是服务员可不管这么多。他们在每一个人面前摆的东西完全一样，是绝对的平均：一碗饭，一杯水，一盘辣椒。

邻桌的一个抱着小孩的妇女嚷了起来："人又不是机器，怎么要严格控制呢？小孩受不了……。"

一个穿着灰昵海员服的人走到餐桌中间，往四处瞧了一眼，然后高着嗓门说：

"同志们，安静，大家不要吵。人生下来都是平等的，没有高低贵贱之分。所以，贫富应该调和，互为平均，大家的日子不是就好过了吗?! 小孩同样是一个人，你又为什么，凭什么资格虐待他们呢？为什么不一视同仁呢？再说，你上了我们的'平均'号轮船，就得服从平均的道理。懂吗？公民们。

好了，祝大家愉快……"

他回转身去，正准备离开，可人们的吵嚷声又把他拉住了。

"给我们一点酒喝吧，长途旅行可把人烦闷透了。"

"希望召开舞会，我们要高兴高兴……"

"人的正当要求，为什么不可以满足……"

那个穿着灰昵海员服的人像体面的绅士似的做了一个漂亮的姿势，扮了个鬼脸然后说：

"同志们，酒饮醉了会胡言乱语，有伤大雅。再说，用酒麻痹神经是消极，颓废的表现，严格地说，是对现实的不满。至于跳舞呢？那……那是西方情调。当然，我们反对男女授受不亲，可是，……男女还是应有一个起码的界限。总之一句话，我们东部宗教是禁欲的。不需要投机分子。既然来了，就要做吃苦的打算，收起那些与我们水火不容的非分之想和破烂货色吧。提到正当要求……呀，一切正当要求必须服从革命的需要。"

听众愕然。可是柜台、厨房里的几个人竟鼓起掌来……

索路双手插在裤兜里，慢慢地踱到栏杆旁，让风吹拂他那显然发昏的头脑。有一对情侣正手挽着手从他身旁走过。

"这生活可太单调了，像安东尼奥尼所说的……"

"唉，人生的意义就是等待，走着瞧吧。"

"呸！等待等待，像荒诞渺茫的贝克特的《等待戈多》。"

顺风吹来的几句话，飘飘似的传进了索路的耳鼓。他默默地听着，望着远处。

远处：水天一色。

## 十

一条黄土公路通向远方。

一群群服装混乱，仿佛没有了思维，失去了理智的人们，他们唱着歌，机械似的踏着步子，顺着黄土公路稀里糊涂地往前走。

公路上，尘土飞扬，遮天蔽日。人们完全任凭命运的摆布。

走在最后的是年轻人——索路，他饥渴难当，唇上已经满是燎泡。衣衫褴褛的他只有肩上的旅行包还是比较完好，可是面容却苍老多了。

一块路边有用白漆刷过的石壁前，他停住了，镜头对准石壁，上面白底红字，赫然醒目。

## 时间之路

由此而去，翻过十万大山，跨越十万大河，横渡迷津，就是幸福彼岸。

年轻人愣住了。音乐猛响，是主旋律的乐曲。镜头飞速交叉的出现下列画面：

白衣老者：

"年轻人，每一条路都应该去看个究竟。仔细地观察，认真地分析，严肃地思考，互相比较一下，看到底谁是鱼目，谁是珍珠？"

"记住，一定不要一条路走到黑。"

天心城商店的大门，站着那个样子寒碜、贫穷的六十开外的老头。

事务所的大腹便便的主管那得意洋洋的泛着油光的肥脸。

几个穿着三角裤的彪形大汉。

宣讲士兵和司机的发疯似的大笑。

索路受了刺激似的惊醒过来。他揉了揉眼睛，又定睛细看了一下那几行字，疯了似的"啊、啊！"大叫着，从路边的一条草丛小路，跑上了就近的山冈之顶。

镜头望出去：十万大山，莽莽苍苍，雾裹云缠……。

滔滔江河，奔腾呼啸，一泻千里……

迷津黑河，深乃万丈，不见对岸……

泄气的索路一屁股坐到地上。

旁白：

这么远的路程，这么长的时间，我子子孙孙也走不到底呀！人们都说：不要一条路走到黑。我还是到别处去走走吧。

一支冲锋枪伸到了索路的眼前，年轻人惊疑地抬起头。面前站在一个头戴钢盔的大兵。

"怎么哪？年轻人，想当逃兵？"大兵傲慢地说，紧握冲锋枪的枪把。

"我……我想回去。"索路发狠似地回答，一纵身站了起来。

"——回去，你说的比唱的还好听，没那么便宜的事。知不知道，东部宗教的教规：只准进，不准出。哼哼，发的誓还记得吧！十恶不赦，任其处置。"

"我……我……，"年轻人张口结舌。

"少啰嗦，你走不走？不然，我们坚决镇压，决不手软。"大兵一端冲锋枪，凶神恶煞地咆哮道。

索路耷拉着脑袋，一脸懊丧，无可奈何地向山下走去……

半山腰，一根横在路上的老藤将索路一绊，他一个趔趄，摔倒在地上。听得"当"的一声响，睡在地上的索路猛然眼前一亮，他想起了白衣老者给他的"自由女神"像还在旅行包里，现在正是检验白衣老者的"它可以在危急时帮助你"的话灵不灵的时候。

他急忙爬起来，一边继续往山下走，一边伸手在旅行包里摸触……

当他将银色的"自由女神"徽章别在胸前时，奇怪的事发生了：

索路脚下呼呼生风，身子轻悠悠地浮起来，向天上飘去……

走在后面押送的大兵见此情景，急了。他伸手一抓，没有抓住。又跳起来抓，还是没有抓住。他急忙拉枪栓，企图开枪射击，但徒劳无益，枪栓怎么也拉不开。

浮在云朵上的索路愈飘愈高，愈飘愈远……

顺着索路的目光，从云端往下看，天心城在稍远的地方闪着迷人的金光。他满心愉悦，往天心城又飞去。

云海茫茫，往后翻腾滚动。

索路往天心城降落，降落……

# 第三十五章　北无通路

## 一

在天心城北的门楼下，精神重又振作的索路正与那个前来送行的，衣衫褴褛的六十多岁的老头话别。年轻人拱手而辞，老头频频点首，似乎他们已成了莫逆之交，彼此之间有了什么默契和共同语言一样。

北国严寒，冰天雪地，玉树琼花。

头戴大耳帽，穿着皮袄的索路正冒着鹅毛大雪在渺无人迹的雪原里赶路……

　……

进入了北极地带。

这里的天空是暗黑色的，低低地悬浮着一些铅样沉重的云块。大地上不见岩石，泥土，覆盖着几十公尺深的厚厚的冰层。没有阳光，没有雨雪，有的只是偶尔刮来的一阵飓风，发出沉闷的吼声。风吹在脸上，比刀割还要难受。

镜头对向前方的天空，我们看到了一种奇异的现象：

天空中斜横着出现了一条呈灰白色的带状的北极光，慢慢地明亮起来，灰白中透出黄绿色，还夹杂着几丝、几缕太阳辐射的红光、紫光、蓝光，真是美丽极了……

## 二

大地的尽头，立着两座石碑，别无他物。显得孤零零的，一片空旷、沉寂。

一瘸一拐的索路走到石碑跟前，完全是绝望的表情……

旁白：

——这次北方之行，完全没有什么收获，太令人失望了。

画面特写：

两座石碑，兀立高耸。左边的碑上写着四字：上天——不活。右边的碑上同样写着四字：入地——不死。字是竖写的，很大，很明显。

索路惶惑了，他感到很奇怪。他久久地站在碑前，仔细地品味着这几个字的意义。但是，没有结果，他始终不解这个偈文之意。

他围着这两座石碑转悠，口里喃喃地念着那两句话，心想寻个根底，得到解释和答案……

北极地带是半年白昼、半年黑夜。索路感到疲倦了，这时，飓风又开始刮起来，猛烈地横扫过千里冰原……

索路赶紧钻进石碑背后的一个石窝里，缩着身子，蜷成一团。

## 三

他睡着了。

突然，从地底下钻出一个披着黄色袈裟的胖大和尚，他笑眯眯地拉着索路的手说："走，小伙子，我带你去一个地方……。"

索路惊疑不定，但此时已脚下生风，由不得他了。和尚在前引路，向浓云迷雾中穿过，去飞向天宫的威赫赫的"南天门"。

到了，南天门是那样金碧辉煌。与电影《孙悟空大闹天宫》中的南天门完全没有什么两样，只是更威严，清晰一些。

和尚、索路二人走到白玉台阶前，正要迈步向上，突然头上传来打雷似的吼声：

"此乃福天宝地，没有天命之召，谁敢擅入。"

二人抬头仰视，只瞧见两个威风凛凛的金甲神：黑大汉豹头环眼；钢须者九尺身躯。他们正怒目圆睁，浓眉倒竖，各自挥舞着手中的镏金斗锤，长长地呵斥：

"滚——回——去。"

胖大和尚连忙拖起索路，下到地来却又顺着昏惨惨的黄泉之路直奔地狱，黑漆铁门的地狱，门卫森严。

一个小鬼头跳将出来，大喝道："二位是来寻死的吗？先请你们看几件东西再说。"

只听得耳边"豁喇喇"一声响亮。画面特写：

刀山：枪，刀，剑，戟如林，寒光闪闪，使人不寒而栗。

火焰：烈焰冲天，火浪滚滚，灼烫逼人，见之大汗淋漓。

油锅：油满若溢，沸腾翻卷，哗然有声，闻者两眼发黑。

画面消失，小鬼头重复出现。

"哈哈，只给你们看几件小玩意。要想进地狱，谈何容易，只要进了油锅，火海就行。怎么样？不去了吧……哼哼！你们尘世不少万念俱灰的人，都想一死了事，但怎么死法呢？平白死又死不下去，油锅、火海受得了吗？哈哈，……回去……回去……"

## 四

索路吓得抱头鼠窜，一头碰到墙上，猛然醒来，原是南柯一梦。

索路回忆刚才梦中的情景，仍不胜惊骇。他瑟瑟作抖地站起来，跺着冻僵而变得麻木的双脚，在石窝里绕着圈子。

看来，石窝还有比索路更早的捷足先登者。他们那些先来者都留下了遗弃，烧过火的灰堆，成堆的松枝和树叶。

索路燃起了一堆火，整个石窝亮了起来，他就火取暖……

镜头指向石壁，那些先来的人在此用刀刻下了几句话。

"这里是太虚幻境。一个人想用手提着自己的头发，离开地球是不可能的。"索路看着这句话，沉思良久。

旁白：

"大概这就是别人给石碑上的偈文下的注脚吧。啊！原来是——上天无路，入地无门呀！原来是一个去不去，来不来，不死不活的境地啊！"

"我要回……去……"索路举起双拳挥动着，大声地吼了出来。

画面消失。

# 第三十六章  奔向西方

把守着"西部世界"大门的是两个赤裸裸的金发女郎。

她们是典型的北欧姑娘，身材高大，体态丰满，发亮的眼睛像一潭深不见底的秋水，浓黑的睫毛挂几分柔情，红嘟嘟的樱桃小口，面容粉嫩，娇羞，波浪形的长发散披在肩上，漫不经心的样子更平添了几分妩媚。

她们一丝不挂，赤条条的。浑圆的大腿，隆起的乳房，平滑的腹部，雪白的肌肤，无处不闪烁着"爱神"的光彩。

这完全是美的炫耀，这完全是真正的、珍贵的艺术品的炫耀。

这情景犹如当头一棒，把来到这里的索路唬吓得胆战心惊，他呆住了，不能动弹……，心想："天下还有这等事，脱衣女。"

过了一会，索路好像恢复了知觉，他想起了自己此来的目的，于是他走上前去，畏畏缩缩地对那两个姑娘说道：

"请问，我初来乍到，不懂规矩，进此大门需要什么手续吗？"他不敢正眼看她们，只低着头结结巴巴地说。

那两位正在摆头扭臀，跳着"迪斯科"舞的姑娘停下舞步，慢吞吞地回答：

"哈啰，这里是自由世界。每一个人我们都欢迎，什么也不需要，来去绝对自由……。"

爵士乐骤然而起，伴随着刺耳的打击乐的敲击声，震人耳鼓，给人以强烈的刺激感。

两位女郎又就着舞步，扭摆起来……

踏着舞步，索路步子也似乎轻盈起来，他进了自由世界的大门……

## 二

刚进门，路当中迎面矗立着一尊铜铸就的"自由女神"像。她容貌美丽、端庄，象征着西部世界的风格。

但从镜头仰拍的角度看去，那又似乎给人一种不舒服的感觉——那就是虚幻。

不远处的第二座纪念碑，是一个呼呼作响，团团旋转的白晃晃的东西……镜头徐徐推向前去，我们随着索路的目光看去：

那东西原是一个巨大的银圆。显示出资本主义的特征——金钱万能。

画面特写：

旋转的银圆，向镜头压来。

索路低头叹息，自言自语：

旁白：

这太夸张了，太过分了，窒息人的灵魂，给人以压抑感，我不是要这个的，我要摆脱金钱对我的影响和束缚。

他又往前走去，迎面来了一群不修边幅的年轻人，倒男不女的，一律长发披肩，实足的放浪形骸。他们不整齐的唱着一支旋律怪诞的歌曲，歌词是：

这里不禁欲，

你可得到满足。

你什么都会有呀，

可你又会什么都不需求。

……

空虚、空虚，

时间使人又紧迫。

唉！……

成名成家又有什么用？

到头来总是一场空。

……

## 三

繁华的大街。

大厦摩天，高楼林立。交叉立体公路，滚滚的汽车洪流。光怪陆离的大街上走着熙熙攘攘的着各式奇装异服的人群。

一道铁栅门隔着，穿黑色警服的人员在里面站岗、值勤。

索路走上前去，小心翼翼发问道：

"我能进去吗？"

"唔，你有钱吗？"

"我没有——"索路迟疑地答复。

"那不行，年轻人，这儿是有钱人的世界。"

"我只进去看一看，好吗？"

"不行，没有钱你一步也动不了。"那个鹰钩鼻子的和善的外国人看来对索路发生了兴趣，反正他也闲得无聊。

"你是支那人？"

"是的……"年轻人似乎有些反感。

"嗨！你不了解我们这里的情形，我们：物质充足，精神空虚；鼓励成名，但社会分裂，家庭解体，人们同样烦恼，看不到出路，只有颓废、消沉。我们重物质，你们重精神，但说实话，我对此很不理解，就好比一个任性的孩子，他执意要到悬崖边去玩耍，你们为了满足他的这种荒唐的念头，宁愿去冒摔死人的危险。"那个警察说到这里，不禁哈哈大笑起来，连眼泪都出来了。他接下去又说：

"这在我们西方人看来，简直是不可思议的事情，可是在你们东方却发生了。多么的稀奇古怪，多么的不求实际。"

"你能放我进去吗？"索路固执地要求。

"不行，说一万遍也不顶用。"

"我会找到钱的。"

"好，那么，等你找到钱了再来吧！"

……

## 四

又是一条繁华的大街。

酒吧间里：人们喝得酩酊大醉，有的在打架；有的在吵闹；有的人在放声狂笑；有的人在干嚎哭泣……

鸦片馆里：人们在吸毒，在炕上仰面躺着，男女依偎。他们吞云吐雾，吸烟吮水，不时有（我吃了一点白面呀，我快活得像个神仙）的小调传来……。

妓女院：青楼深耸，艳帜高张。许多油头粉脸，富有肉感的年轻女郎站在门口招徕顾客。从大门望进去，脱衣舞女在翩翩起舞……

拉斯维加斯的大型赌场：人们在吆五喝六，猜拳行令。有的玩弄纸牌；有的光着膀子；抛骰子、甩帽子，花样百出，无所不有……。

街道角落：断壁残墙，危楼半倾；不时垃圾成堆，秽物遍地。

……

索路心惊胆战的背影。

旁白：

"这不是好玩的去处，这不是一个好地方。我不进这个染缸，还是到别处去寻出路吧！"

索路大踏步出了西部城门，头也不回，又往南走去……

## 第三十七章　南方极乐

### 一

南方的海湾城市。

蔚蓝色的大海水平如镜,海边大片洁白的沙滩。一群洗海水浴的男女正在游泳,嬉戏,追逐。

从飞机上往下看去,整个城市浓阴遮蔽,被绿色森林呈半圆形的包围着。

街道两旁,桃红李绿,杨柳依依。

飞机座舱内,索路正与一个年轻女子低声交谈着什么。那女子叫朱芳,是索路在来南方的路途中认识的,他们正热恋着。

旁白:

"南方是天伦之地,恰入诗人陶渊明所描写的世外桃源,人们不讲斗争,家庭和睦,信奉的宗旨是:与世无争,自得其乐。人们成双成对,建立家庭,生儿育女。一切均是和风细雨,白云梧桐。"

镜头从两个年轻人的头上往上慢抬,对准机舱上的小语录牌,上面用明亮的草书抄着鲁迅的两句诗:

躲进小楼成一统,管它春夏与秋冬。

### 二

穿着结婚礼服的索路与披着白丝绸纱巾的朱芳正在他们一间宽大的房间里审视着。

这是结婚的洞房，也是他们的新居：一间大平床，洁白的床单上是叠成囍字的被条、枕头；栗色的办公桌大方、美观；落地式收音机、沙发，地下铺着红色的地毯。

二人满意的微笑，对视，面对面地走拢……

突然，楼下铃声大哗，表示婚礼即将开始。二人于是手牵着手走下楼来，长长的白丝绸纱巾拖在楼梯上。

参加婚礼的人夹道欢迎，人们自然排成两行，向这对年轻夫妇头上洒下大把大把的五彩的纸花。

音乐响起，是使人脚痒的《青春圆舞曲》，人们跳起舞来，索路走向温柔的妻子，朱芳也仰起她那幸福的笑脸，迎接那深情的目光，他们搭肩，搂腰，跳了起来……

镜头推拢，只现出索路扭动的腰部。

## 三

镜头再拉开时，老成了许多的索路已经抱着一个白胖胖的孩子在扭动，为了孩子不哭，他用尽了办法逗哄。

镜头迭现：

穿着游泳衣的索路夫妻手牵着手从沙滩上双双跑向大海……

医院产房门前，焦灼不安的索路在走来走去踱步……

妻子在前面招手，索路卫护着，孩子在蹒跚举步，试着走动……

淘气的孩子在金鱼缸前，洒下一颗颗饭粒……

……

旁白：

"几年时间过去了，索路有了家，也有了孩子，吃穿不愁，小家庭的生活的确是充满幸福的。可是，在我们的主人公的心目中，总觉得有一种不满足，仿佛生活中似乎缺少了点什么。那究竟是什么呢？——看不见，摸不着，无形的，精神上的……"

## 四

索路从街上回家，打开房门，只见那个调皮的儿子跪在板床上，翻弄自己的旅行皮包。

听见开门的声音，儿子回过头来，见是一脸怒容的父亲，吓得一伸舌头，手一松，只听得"当啷"一声，某样东西破碎了。

索路奔过去一看，银色陶瓷的"自由女神"徽章已被摔成碎片。

他给了儿子一个耳光，儿子哭了起来……

他捧起银色的碎片，眼泪盈满眼眶……

镜头迭现：

白衣老者将"自由徽章"交给索路……

索路在荒原上跋涉……

躺在病床上的索路……

西方女人的淫声漫笑……

大把的五彩纸花在索路夫妻头顶上的情况……

旁白：

——难道这就是出路吗？——难道这就是生活的全部意义吗？——难道一个人活在世上就应该让小家庭捆住你的手脚吗？——不行！我还得去寻找——生活的真正出路。

## 五

抱着孩子的朱芳，眼角上噙着泪花，有一颗豆大的泪珠在顺着脸颊滚动。他们母子俩站在门前，给索路送行。孩子也挥泪、挥手，向父亲告别……

索路还是原来的那身打扮，还是原来的那个棕色旅行包。他亲了亲妻子，然后又吻一下儿子，摸了下儿子的下巴，掉过头去，眼睛望着别处，沉重地说：

"你要把孩子拉扯大——告诉他，要耐心等待……"

"唔！"妻子咬住手绢饮泣。

"有什么法呢？人生就是探求。"索路陡然像下了决心似的。

他沿着大道走去……

歌声又起：
年轻的人啊！你走向了生活。
你要怎样地看待这个世界？
…………
…………

尾声：
天心山顶上，索路的高大身影。
他又举起望远镜观察，镜头从望远镜里望出去：
东面：
东海日出的镜头，玫瑰红的朝霞染红了半边天。突然镜头倒转，变成了一张"东部宗教"那个主管牧师的肥肉抽动的笑脸，狂笑……。
北面：
千里冰封，万里雪飘，一片混沌迷蒙。狂风骤起，飞沙走石……一团巨石刮来布满镜头。上写着：死不了，活不成。
西面：
不停旋转的万花筒，不同的图案和色彩，突然变出一个呼呼作响的银园，变出一个裸体的女人……
南面：
桃红李白，莺歌燕舞，朱芳的倩影……
索路无力地放下望远镜，一耸肩，自言自语说：
"那边好倒是好。但一个人总不能一辈子守着老婆，孩子转哪！应该轰轰烈烈地去干一番事业。"
他又从旅行包里，掏出那个破碎的"自由女神"徽章，反复地捏在手心翻看……
旁白：
四顾茫茫，我现在该往何处去呢？——
索路仰面长啸：
正义、光明之神啊！你在哪里？……——你在哪里？
镜头指向天空，越升越高，直上云端……天空，湛蓝湛蓝的……
…………
…………

(第一部完　待续)

# 后 记

余从工作岗位上退下来，因病休息，在家赋闲。那干点什么呢？屈指算来，从初中毕业就响应党的号召到农村插队落户，当知青算起，后计算工龄，已有四十多年了。

四十多年，弹指一挥间。人生有多少四十年？

我是一个闲不住的人，生活中有那么多美好的东西，我还是应该去干点什么才好、才对。虽说已黄昏，但夕阳无限好。

思来想去，还是干我的老本行。写作，上个世纪的七八十年代，我是一个文学青年，痴迷于创作，也发表过一些东西。渐渐地，工作忙，夺走了我的大部分时间，写作也就搁下了。

写什么呢？又费思量。那段时间，各种媒体上，铺天盖地都是有关打黑除恶的消息。我想，可不可以换一个角度，来写有关黄赌毒的东西。于是，另辟蹊径，写了这部名叫《最后一搏之无情杀伤——黑道与黄道的故事》的长篇小说。本人不会用电脑，由犬子陆续发在互联网上，供读者阅读。据说，效果还可以。现正式出版之际，改名为《半山有雾》。

小时候，所受的各种教育，都是主题先行。听得多了，也就有些反感。我尝试着写了很多听来的故事，中心不突出，人物形象也不鲜明，因基本上像电影《抓壮丁》一样，全是反面人物。也就是说无主题，写哪里，累了，就歇了。

仁者见仁，智者见智。随你怎么批评。我只想若当得"开卷必有益"这句话，就是最高的褒奖啦。

2010年6月开始创作，历时一年完成。又用一年时间才出版，其间，许多波折，聊以为是常态吧。

是为记。

作者
2012.11.5